Seconde chance aux urgences

*

Le baiser du boss

*

Double surprise pour un chirurgien

SUE MACKAY

Seconde chance aux urgences

Traduction française de
ANOUK

BLANCHE

HARLEQUIN

Collection : Blanche

Titre original :
THEIR SECOND CHANCE IN ER

HARPERCOLLINS FRANCE
83-85, boulevard Vincent-Auriol, 75646 PARIS CEDEX 13
Service Lectrices — Tél. : 01 45 82 47 47 - www.harlequin.fr
ISBN 978-2-2804-7567-9 — ISSN 0223-5056

Composé et édité par HarperCollins France.
Imprimé en juillet 2022 par CPI Black Print (Barcelone)
en utilisant 100% d'électricité renouvelable.
Dépôt légal : août 2022.

FSC www.fsc.org MIXTE Papier issu de sources responsables FSC® C159065

Pour limiter l'empreinte environnementale de ses livres, HarperCollins France s'engage à n'utiliser que du papier fabriqué à partir de bois provenant de forêts gérées durablement et de manière responsable.

1.

— Je te préviens, il est incroyablement beau, lança Jaz à Chloé en refermant son casier. Il n'a été embauché que la semaine dernière, et déjà la moitié de l'hôpital ne tarit pas d'éloges à son sujet !

— Encore un médecin qui serait le plus fort, le plus séduisant et le meilleur professionnel au monde, c'est ça ? se moqua Chloé.

Elle se dirigea vers le couloir principal du service des urgences, et Jaz lui emboîta le pas.

— Oui, sauf que c'est vrai, affirma-t-elle en riant. Je l'ai vu, moi.

— Franchement, Jaz, chaque fois qu'un nouveau médecin arrive, on prétend qu'il est le plus efficace, le plus extra, qu'il est tellement parfait et irremplaçable… Puis, peu à peu, on se rend compte de nos illusions et on remet les pieds sur terre !

Pour sa part, Chloé avait vraiment appris à rester prudente, et même à garder une certaine distance afin de ne pas sombrer dans une admiration naïve.

— Avec ton expérience, tu devrais te montrer plus lucide, ajouta-t-elle à Jaz.

— Et toi, Chloé, avec ton expérience, tu devrais te montrer plus ouverte, rétorqua sa collègue du tac au tac.

Chloé éclata de rire.

— Ouverte ? Je crois bien que je le suis, dis ! Seulement, je n'ai pas envie d'imaginer ce qui n'existe pas et d'être déçue ensuite à cause de fantasmes !

Elle se rappelait certains soignants haut placés, à l'hôpital de Christchurch où elle travaillait avant, qui se comportaient comme s'ils étaient célibataires alors qu'ils étaient en réalité mariés et pères de famille. Heureusement qu'elle ne s'était pas laissé séduire ! En revanche, elle avait écouté bon nombre de plaintes et de regrets de collègues qui, elles, étaient tombées amoureuses de ces hommes-là et s'étaient retrouvées remplacées par une autre femme ou délaissées.

— Trêve de plaisanteries, tu m'en dis plus ? demanda-t-elle à Jaz. Comment s'appelle ce médecin ? Quels sont ses horaires ? Et s'il te plaît, concentre-toi sur ses compétences, pas sur ses attributs virils !

De 7 heures du matin jusqu'à 15 heures, parfois plus longtemps, Chloé s'occupait des admissions les plus graves : blessures, maladies soudaines... Tous les cas qui se présentaient. De fait, mieux valait qu'elle en sache davantage, et le plus rapidement possible, sur le nouvel urgentiste de l'équipe. Chaque spécialiste ne possédait-il pas ses propres habitudes et façons d'agir, ses attentes et besoins ? Les infirmières telles que Jaz et elle-même, ainsi que tous les autres professionnels du service, devaient s'adapter en un clin d'œil.

Les prunelles de Jaz pétillèrent.

— Je vais donc te lister ses qualités médicales et strictement médicales...

Mais à ce moment-là, un aide-soignant se précipita vers elles et se tint au garde-à-vous.

— Urgence à la réception ! Une femme ! Ne respire plus !

— Hé, Willy, tu n'es plus dans l'armée, rappela gentiment Chloé en attrapant aussitôt un défibrillateur. Jaz, c'est parti ! Au moins, je me remets directement dans le bain..., ajouta-t-elle tout bas, plus pour elle-même, tandis qu'elles se hâtaient vers le hall d'entrée.

Chloé venait de passer quinze jours en famille dans la région des Marlborough Sounds. Au lieu de partir en vacances ailleurs, elle avait utilisé ses congés pour prendre soin de sa mère qui venait de subir une intervention chirurgicale bénigne au niveau abdominal et devait s'astreindre à l'immobilité totale durant sa convalescence. Un défi, pour sa mère habituellement très active. Avec Jack, son beau-père, Chloé avait dû la rappeler à l'ordre plusieurs fois. Elle s'était même surprise à gronder sa maman qui semblait incapable d'obéir aux consignes médicales… Puis, peu à peu, tout s'était apaisé, et Chloé avait quand même pu se reposer… un peu.

Elle avait grand besoin de tranquillité après des semaines de travail particulièrement chargées en raison d'un sous-effectif soudain de personnel infirmier : l'une de leurs collègues avait accouché trois mois plus tôt, une autre souffrait d'une fracture du fémur et une troisième avait dû s'absenter à cause d'une grave crise familiale.

Pour ne rien arranger, la docteure urgentiste avait dû quitter précipitamment ses fonctions suite à un tragique accident – une chute d'un toit pendant des travaux – dont son mari avait été victime. L'ambiance du service s'était tendue, chacun devant accepter d'agir plus vite que jamais et d'être présent pendant de longues heures supplémentaires.

Étant infirmière en chef, Chloé était donc continuellement très occupée, et au fond cela lui plaisait. Même si, dans un premier temps, elle s'était préparée à ne pas pouvoir s'octroyer de congés… Oh ! sa famille aurait compris ! Mais finalement, tout semblait s'être réorganisé pour le mieux grâce à l'arrivée du médecin remplaçant.

Parvenant près de la victime allongée sur une civière – il s'agissait d'une femme d'une quarantaine d'années –, Chloé posa le défibrillateur et s'agenouilla auprès d'elle pour lui prendre le pouls.

Elle se concentra, s'efforçant de sentir les pulsations vitales…

Il n'y en avait pas.

— Tu sens quelque chose ? s'inquiéta Jaz.

— Non, rien du tout.

Chloé insista encore un court instant, toucha la base du cou de la femme, puis se décida en un éclair.

— On défibrille !

Elle ouvrit rapidement le chemisier de la patiente, arrachant quelques boutons en même temps.

Chaque microseconde comptait.

Sourcils froncés, Jaz brancha l'appareil et, d'un geste précis, plaça les électrodes sur le buste dénudé.

— Quelqu'un connaît son nom ? demanda Chloé.

— Wendy Wright, annonça un homme en les rejoignant. C'est ma femme.

— Que s'est-il passé ? interrogea Chloé en commençant les compressions thoraciques.

— Wendy m'a réveillé vers 5 heures en se plaignant de douleurs aiguës qui la gênaient dans la poitrine depuis environ une heure, m'a-t-elle dit. J'ai voulu appeler une ambulance, mais elle a refusé, elle a préféré que je l'amène vu qu'on n'habite qu'à cinq kilomètres d'ici…

Ce n'est pas loin, mais un véhicule de secours est équipé pour les cas critiques…, songea Chloé.

Elle continua à compter.

Vingt-quatre, vingt-cinq…

— Jaz, tu es prête ?

— Oui.

Chloé retira ses mains, et Jaz lança deux secousses qui résonnèrent dans la salle. Les quelques personnes présentes les observaient avec autant d'inquiétude que de curiosité.

— Wendy a des antécédents cardiaques ? questionna Chloé en constatant que de prime abord la patiente aurait donné l'impression d'être en bonne santé.

Comme les apparences étaient trompeuses…

— Aucun. Wendy va à la salle de sport quatre fois par semaine, court, mange sainement et ne boit pas, décrivit l'homme d'un ton où affleurait l'effroi.

À ce moment-là, les doubles portes menant dans le hall s'ouvrirent puis se refermèrent. Concentrée sur les mouvements salvateurs qu'elle exerçait sur le torse de la patiente, Chloé ne regarda pas qui entrait, mais une étrange sensation l'envahit. Une impression vaguement familière, chaude et troublante. Mais hors de question de se laisser perturber. De la sueur perlait sur son front tandis qu'elle poursuivait les compressions thoraciques.

— Écarte-toi, prévint Jaz.

Puis elle lança de nouveau le défibrillateur.

Chloé garda les yeux rivés sur le moniteur tandis que le cœur de la victime était secoué par une onde électrique.

— Toujours rien, murmura-t-elle.

Mains jointes, elle recommença à appuyer sur le torse, à relâcher, à appuyer.

— Un, deux, trois, quatre…

Elle continua en attendant que le courant du défibrillateur prenne la relève. Le visage de la femme devenait d'une pâleur mortelle. Pourvu que le mari n'assiste pas trop à cette scène, il risquerait d'en être traumatisé…

Allez, Wendy ! Tu peux le faire ! Allez ! implora-t-elle mentalement.

— Je lance un nouveau choc ! s'écria Jaz.

Chloé se recula, contempla l'écran et aperçut, enfin, ce qu'elle espérait tant : une ligne verte, jusque-là plate, qui se mettait à osciller de haut en bas sur le rythme des battements cardiaques désordonnés de la patiente.

— Mon Dieu, merci…, murmura-t-elle, en renversant la tête en arrière afin de soulager ses propres épaules.

Puis elle souleva le poignet de la femme et lui reprit le pouls afin d'en être sûre.

Oui, le cœur pulsait bien, propulsant le sang dans tout le corps, apportant l'oxygène qui permettait à Wendy de rester en vie… Il fallait donc poursuivre sans tarder.

— Willy, tu veux bien préparer un lit ? Et on a besoin d'un brancard, ce sera plus facile pour transporter Wendy…

— C'est déjà prêt de l'autre côté, répondit-il.

En général, il anticipait avec justesse et se trompait rarement sur ce qui était nécessaire.

— Bien joué. Apporte-le ici, dans ce cas. Un grand merci, ajouta Chloé en se relevant.

Ses avant-bras la tiraillaient. C'était toujours pareil quand il s'agissait de sauver une personne victime d'un arrêt cardiaque : il fallait intervenir très vite, se donner à fond, compléter la défibrillation, et continuer les mouvements jusqu'à ce que l'organe soit reparti ; tout tenter, toujours, jusqu'au bout… Et souvent, les efforts s'avéraient couronnés de succès.

Mais parfois, malheureusement, le patient ne survivait pas. Plusieurs fois au cours de sa carrière d'infirmière urgentiste, Chloé avait affronté ce genre de situation critique. Le découragement qui s'ensuivait était toujours difficile à surmonter. Elle savait bien qu'il n'était pas possible de sauver tous les malades… Aussi, quand la réussite se montrait au rendez-vous, savourait-elle ce moment comme un magnifique cadeau de la vie.

Chloé, Jaz et Willy déplacèrent délicatement la patiente pour l'installer sur le brancard.

— Elle respire… Et nous aussi, déclara alors une voix masculine derrière Chloé.

Elle sentit tous les muscles de son corps se tétaniser ; le souffle lui manqua soudain.

Un homme grand et mince en blouse blanche se glissa devant elle et, la frôlant involontairement, palpa le pouls de la patiente.

Non, impossible.

Et pourtant, comment ne pas reconnaître la minuscule étoile tatouée entre le pouce et l'index ?

Devlin Walsh ?

Chloé garda les yeux rivés sur la femme qu'ils transportaient à présent vers son box.

Pas étonnant que l'atmosphère ait changé autour d'elle quelques instants auparavant… À croire que l'air avait tenté de l'avertir des problèmes qui s'annonçaient.

Ainsi c'était lui, le nouveau médecin… C'était lui qui avait déjà fait tourner la tête à bon nombre d'infirmières et soignantes de l'établissement !

Forcément. Devlin Walsh était un très bel homme…

Et un égoïste uniquement préoccupé par le statut social et l'importance du compte bancaire dans une vie de couple…

— Chloé, on a réussi ! dit Jaz en posant le défibrillateur. Ça va, toi ?

— Oui, oui…

Mais le sang martelait ses tempes.

Chloé secoua involontairement la tête, jetant un coup d'œil à l'urgentiste qui les avait rejoints et ne la regardait pas à cet instant. Il marchait, uniquement focalisé sur leur patiente.

Ne l'avait-il donc pas remarquée ?

Du coin de l'œil, Chloé le regarda avancer, droit, le visage concentré. Épaules larges, cheveux blond foncé, un peu longs et bouclés sur la nuque. Elle se rappelait ses prunelles d'un bleu acier transperçant, sa bouche sensuelle, gourmande... Ses mains puissantes. Des mains qui l'avaient emmenée, elle, au septième ciel... Et l'avaient relâchée, laissée tomber, balayée d'un geste méprisant parce que Chloé n'était pas riche comme la famille Walsh, parce que Chloé ne correspondait pas aux desiderata de Mme Walsh mère, parce que Devlin Walsh, le fiancé de Chloé, n'avait pas eu confiance en elle.

Sept ans s'étaient écoulés, mais la plaie demeurait très vive... Très. Contrairement à ce qu'elle avait cru jusqu'à cette seconde.

À cause du bébé perdu...

Et de ses illusions broyées...

Et de ce chagrin d'avoir aimé un homme qui ne lui avait accordé aucune chance de le convaincre qu'il se trompait sur elle ; qui avait été persuadé qu'elle lui avait menti.

— Qui rapporte le défibrillateur ? Toi ou moi ? demanda Jaz tandis qu'ils poussaient le brancard de Wendy à l'intérieur du box qui avait été préparé.

Et elle lui lança un clin d'œil après lui avoir discrètement montré Devlin du doigt.

En proie à une désagréable fébrilité, Chloé étouffa un soupir. Devlin leur tournait le dos, heureusement. Sans doute sa collègue pensait-elle que Chloé, comme toutes les femmes, serait d'emblée conquise par l'impact physique du Dr Walsh ! Mais Jaz ne connaissait pas grand-chose de la vie de Chloé. Les confidences sur son passé, Chloé les avait évitées depuis qu'elle travaillait dans ce petit hôpital de Wellington.

— Je m'en chargerai, pas de souci, proposa-t-elle, surprise par son sang-froid malgré tout. Là, on doit s'occuper de Wendy.

Elle posa l'appareil sur le chariot, et emboîta le pas à Devlin et à leur aide-soignant qui s'affairait pour installer la patiente. Le cœur battant, Chloé plaqua un sourire sur son visage, attendant le moment où Devlin se retournerait vers elle.

Ce serait une épreuve de travailler avec lui… Une sacrée épreuve. Mais n'était-elle pas plus forte, à présent ? Plus sûre d'elle ? De l'eau avait coulé sous les ponts. Elle n'était plus la jeune femme naïve et inexpérimentée que Devlin Walsh avait failli épouser.

— Vous avez été fantastiques, tous autant que vous êtes, avec cette excellente prise en charge que nous allons donc poursuivre dès maintenant, déclara-t-il en pivotant sur lui-même.

La stupeur se refléta dans ses yeux bleus quand il contempla Chloé. Il se racla la gorge, comme s'il cherchait ses mots, mais elle le devança.

— Bonjour, Devlin, et merci pour ton compliment. On a assuré et on a eu de la chance. Et oui, on se connaît déjà, ajouta-t-elle à l'adresse de Willy et de Jaz qui les observaient avec étonnement. Mais ce n'est pas bien important. Ce qui compte, c'est ce qu'on va accomplir tous ensemble à partir de maintenant…

Chloé Rasmussen…

Elle !

Quelques instants plus tôt, il avait bien cru que c'était elle mais, préoccupé par le sort de leur patiente, Devlin n'avait pas considéré davantage la jeune femme, même si la silhouette lui avait semblé étonnamment familière.

Il dut prendre sur lui pour ne pas trahir sa joie et, à la même seconde, son trouble.

Chloé n'avait pas changé. Menue, mince, elle avait une allure énergique, une masse de cheveux auburn noués en un chignon lâche, de grands yeux verts emplis de défi, une bouche bien dessinée qui appelait les baisers… Mais qui, à cet instant, affichait une moue déterminée et distante…

Devlin parvint à se ressaisir.

— Bonjour, Chloé. Mon compliment est sincère. De fait, oui, Mlle Rasmussen et moi avons déjà travaillé ensemble quand on était étudiants, précisa-t-il à l'adresse de l'équipe. Mais peu à peu, je vous connaîtrai tous puisque je suis ici pour un bon moment, je crois.

— Effectivement. Et quel hasard ! s'exclama Jaz. Le monde est petit… C'est une chance que vous vous connaissiez. Vous n'en serez que plus efficaces !

Chloé lui lança un coup d'œil perplexe.

— Je l'espère. Mais il faut que le Dr Walsh s'entende bien avec chacun et chacune d'entre nous.

— Ce sera le cas, non ? répliqua Devlin.

Il commença à examiner leur patiente dont le mari venait d'entrer pour se placer auprès d'elle.

Tandis qu'il accomplissait des gestes répétés déjà maintes et maintes fois sur d'autres patients, à la recherche de la moindre blessure ou anomalie, les souvenirs se bousculaient à son esprit.

Il avait vingt-sept ans quand il avait été fiancé avec Chloé, et il l'aimait tellement qu'ils avaient prévu de se marier… Il lui aurait tout donné !

Sauf qu'il avait découvert que Chloé lui avait menti, exactement comme sa précédente petite amie.

Il avait alors immédiatement verrouillé son cœur, et rompu sans la moindre hésitation. Il avait déjà été trompé, dupé… Pas question que cela se reproduise. Accablé par la déception et le chagrin, il s'était lancé à corps perdu dans le travail…

Et voilà que sept ans plus tard, il retrouvait Chloé sur son chemin !

Quelle ironie du sort.

Quand il avait lu son nom dans la liste du personnel du service, il avait d'abord cru avoir mal vu. Puis il s'était persuadé qu'il parviendrait à passer outre et à collaborer avec Chloé sans problème. Il le faudrait bien ! Il n'allait quand même pas changer de poste à cause de cette femme en qui il n'avait plus eu la moindre confiance ?

Sauf qu'à cet instant, alors que Chloé le contemplait droit

dans les yeux, il sentait à quel point il était pris de court et profondément ému.

Ce ne serait peut-être pas si facile que ça.

— Parfait, il n'y a aucune lésion, dit-il en terminant ce premier examen de la patiente.

— On va la monitorer, proposa Chloé en plaçant des électrodes sur la peau de Wendy.

— Je te laisse agir, répondit Devlin.

Chloé ébaucha un bref sourire et effectua ce qui devait être accompli. Soudain, Wendy entrouvrit les yeux et balbutia quelques mots incompréhensibles.

— Tout va bien, madame Wright, assura Devlin sur ce ton calme qu'il adoptait toujours dans les cas graves. Vous êtes aux urgences. Je suis le Dr Walsh, et voici les infirmières Chloé et Jaz. Notre aide-soignant, Willy, vient de partir. Et votre mari est là…

— Ian ? murmura Wendy.

— Je suis là, dit aussitôt l'homme, bouleversé.

— Je vais vous poser quelques questions, demanda Devlin, pendant que Chloé et Jaz effectuaient des prélèvements. On a besoin de comprendre d'où vient la crise cardiaque de votre femme, et nous n'avons que peu d'éléments. A-t-elle déjà ressenti des douleurs à la poitrine, au dos, ou au niveau du bras gauche ?

— Pas que je sache.

— A-t-elle des antécédents familiaux ? insista Devlin tandis que Chloé pianotait maintenant sur une tablette pour noter les réponses.

— Pas à ma connaissance, dit Ian. Wendy va s'en sortir ?

— Nous devons établir la cause de l'arrêt cardiaque, donc des tests complémentaires seront effectués, expliqua Devlin en éludant la question.

À ce stade, il était impossible de se prononcer.

— Wendy a-t-elle contracté des maladies infantiles particulières ?

Un épisode de fièvre rhumatismale aurait pu être lié à

l'incident du jour, mais la patiente semblait musclée, donc cela semblait peu probable.

— Je ne sais pas, avoua M. Wright. Je l'ai toujours connue en bonne santé, vous savez…

— Ne vous inquiétez pas, on s'appuiera sur les informations qu'on a, dit Devlin. De toute manière, on va vite confier votre femme au service de cardiologie.

En effet, il faudrait recourir sans tarder à un spécialiste. Le problème ? Il n'était même pas 8 heures du matin et, à moins qu'il y ait eu une urgence cardiaque durant la nuit, les chances qu'un cardiologue soit déjà à l'hôpital étaient quasi inexistantes. Devlin serait alors contraint de mobiliser un confrère qui les rejoindrait précipitamment, parfois sans avoir le temps de prendre son petit déjeuner. Cela faisait partie du quotidien, et arrivait plus souvent que Devlin ne l'aurait voulu.

— Tension en chute, annonça brusquement Chloé en consultant l'écran. 8-7. C'est vraiment trop bas.

Devlin croisa son regard et hocha la tête.

Son pouls à lui, en revanche, palpitait de plus belle. Il aurait tant de choses à lui demander…

Aimait-elle toujours marcher quel que soit le temps ? Admirer les nuages ? Danser nue ? Onduler, le provoquer et…

— Reprends sa tension manuellement, dit-il, s'arrachant à sa rêverie.

Chloé arqua un sourcil brun parfaitement dessiné.

— Devlin, je te signale que je suis justement en train de le faire.

— Mais oui, bien sûr, marmonna-t-il, agacé par lui-même. Désolé. La fatigue !

Le tensiomètre à la main, Chloé lui sourit.

— Pas de problème.

— Vous vous connaissez manifestement très bien, tous les deux, commenta Jaz en finissant de poser une perfusion sur le bras gauche de leur patiente.

— Oui, mais ça date ! répondit Chloé d'un ton évasif.

— Je n'ai pas revu Chloé depuis qu'elle a obtenu son diplôme d'infirmière, précisa Devlin. C'était une professionnelle très minutieuse à l'époque, et je suis certain que ça n'a pas changé.

— J'essaie de faire au mieux, répliqua Chloé en enregistrant les données du tensiomètre.

Les mesures se stabilisaient de nouveau à la hausse, constata Devlin avec soulagement.

— Devlin étudiait pour devenir médecin urgentiste, et il a bien réussi, semble-t-il, ajouta-t-elle en souriant d'un air entendu. On était nombreuses à l'admirer !

— N'importe quoi, protesta Devlin.

Chloé afficha une mine malicieuse puis reporta son attention sur Wendy, qui avait fermé les yeux et paraissait enfin s'apaiser.

Devlin s'obligea à chasser les souvenirs perturbants qui revenaient encore à son esprit, et se concentra sur la situation présente. Oui, leur patiente commençait à récupérer. Quel soulagement…

Lorsqu'il était arrivé dans le hall des urgences un peu plus tôt, il avait failli demander à Chloé et à Jaz de le laisser assurer les compressions thoraciques. Après tout, c'était lui le spécialiste des urgences. Autrefois, il aurait agi ainsi, mais dorénavant, sûr de lui, il n'avait plus à faire ses preuves, et de plus il avait vite constaté la compétence des deux infirmières. Elles n'avaient exprimé aucune panique, aucune inquiétude, seulement de la concentration alors qu'elles exerçaient leur métier.

Tout comme maintenant, d'ailleurs. Chloé continuait à surveiller la pression sanguine de Wendy tandis que Jaz lisait le compte rendu de leur prise en charge à Ian afin de vérifier les informations et lui en restituer l'essentiel.

Chloé échangea quelques mots avec sa collègue, puis de nouveau elle croisa le regard de Devlin et, encore une fois, lui sourit.

Son sourire exprimait un curieux détachement, ainsi qu'une pointe de provocation. Dire qu'ils seraient contraints de travailler ensemble jour après jour…

À cette perspective, Devlin se sentit aussi oppressé que surexcité.

Elle est sûrement mariée et mère de famille maintenant ! songea-t-il.

Il s'obligea à répondre au sourire de Chloé, conscient du regard curieux que Jaz posait sur eux.

Il lui faudrait aussi gérer ce genre de situation. Tout le monde apprendrait que Chloé et lui s'étaient connus avant. Pour sa part, il n'avait pas l'intention d'ébruiter cette réalité, encore moins de préciser qu'ils avaient été fiancés. Mais Chloé, elle, parlerait-elle ?

— OK, on se retrouve plus tard pour un débriefing, déclara-t-il. Je vais prévenir le Dr Nick Somers, le cardiologue…

— D'accord, fit Jaz.

— On espère qu'il va vite arriver, renchérit Chloé.

— Je l'appelle tout de suite.

En fait, il aurait déjà dû lui téléphoner…

En quittant la pièce, Devlin se rendit compte que, depuis qu'il se retrouvait près de Chloé, il peinait à garder les idées claires.

Ça promettait…

2.

Tout en buvant son thé, Chloé fixait distraitement ses baskets.

Décidément, pour un lundi, cette première matinée de reprise avait vraiment été plus chargée que d'habitude... Mais s'il n'y avait pas eu la présence tellement inattendue de Devlin, elle n'aurait sans doute pas éprouvé un tel tumulte intérieur.

Consciente que Jaz la contemplait d'un air un peu inquiet, Chloé hocha la tête.

— Rien de tel que d'enchaîner la prise en charge d'une victime de crise cardiaque et celle d'un accidenté de la route pour me rappeler que ma vraie vie est ici, à l'hôpital, et non sur la terrasse surplombant la baie du Kenepuru Sound ! plaisanta-t-elle.

— Sans parler d'un docteur super séduisant qui te scotche sur place dès qu'il pose le regard sur toi, ajouta Jaz avant de mordre dans son muffin.

Toutes deux se trouvaient dans la salle de repos du personnel, éclairée par le soleil à cette heure.

— Moi, il me laisse imperméable, mentit Chloé.

Si seulement Jaz savait...

Elle avait aimé Devlin de tout son être, passionnément, et vraiment cru qu'elle ne l'oublierait jamais.

Mais grâce au temps et à la lecture de pensées positives partagées par différents auteurs philosophes ou psychologues, Chloé avait peu à peu réussi à balayer son ressentiment et sa déception, puis à gommer son ex-fiancé de sa mémoire, d'abord rageusement puis profondément... Et enfin, avec détachement.

Et heureusement ! Si elle n'avait pas accompli ce travail sur elle-même – et fait son deuil, en quelque sorte –, ce matin, elle aurait laissé libre cours à une colère noire devant tous ses collègues…

Chloé songea alors que, dès l'âge de vingt ans, elle avait appris à faire face au chagrin et à la déception. D'abord avec Stephen, son premier amour, qu'elle avait rencontré à dix-neuf ans. Elle avait emménagé avec lui, mais très vite elle l'avait trouvé trop exigeant et autoritaire. Il attendait d'elle qu'elle se comporte selon son bon vouloir et ses désirs, et n'hésitait pas à se moquer d'elle. Ainsi, il lui lançait qu'au quotidien elle se débrouillait mal… Et de plus, il la jugeait mauvaise amante.

Elle l'avait quitté du jour au lendemain.

Sauf que Stephen avait essayé de la reconquérir… Et naïvement, elle l'avait cru. Elle avait pensé qu'il avait changé, qu'il s'était amadoué, qu'il tenait sincèrement à elle. Alors elle était revenue…

Pour repartir peu de temps après. Car Stephen avait rapidement repris ses vieilles habitudes.

Sa mère avait agi de même avec l'un de ses compagnons qui n'avait jamais accepté la présence de Chloé. Un homme qu'elle aimait mais qui se comportait mal avec sa fille. Alors elle avait claqué la porte, affirmant haut et fort qu'elle ne ferait jamais sa vie avec quelqu'un qui se montrait hostile envers Chloé.

Cette attitude maternelle porteuse de valeurs fortes avait incité Chloé à essayer d'être la plus indépendante possible et, surtout, à ne pas se laisser manipuler ou diminuer.

Toutefois, elle n'y était pas très bien parvenue, même si elle avait réussi à rompre avec Stephen la tête haute. Deux ans plus tard, elle avait rencontré Devlin alors qu'elle était en stage dans un service de chirurgie plastique et reconstructrice. Là tout était devenu autrement compliqué et douloureux.

Devlin avait toujours été gentil et attentionné à son égard. Il semblait l'aimer autant qu'elle l'aimait, jusqu'à ce jour fatidique où il avait fait irruption chez elle à l'improviste. Ils ne vivaient pas ensemble mais se sentaient libres d'aller chez l'un ou l'autre quand ils le souhaitaient.

Cette fois-là, Chloé avait accepté que son voisin, Adam,

vienne utiliser sa salle de bains. Une coupure d'eau qui s'éternisait au domicile d'Adam avait justifié ce service qu'elle lui rendait, d'autant plus facilement qu'elle connaissait son voisin depuis longtemps. Ironie du sort, quand Devlin était arrivé, Adam sortait de la douche, simplement enveloppé d'un drap de bain. Devlin l'avait fusillé du regard, et s'était littéralement enfui, refusant d'écouter les explications de Chloé…

La rupture avait été quasi instantanée. De la part de Devlin, le rejet avait été foudroyant.

Jamais elle n'avait pu lui exposer la vérité.

Jamais il n'avait accepté de l'écouter.

Dire qu'ils étaient tombés amoureux l'un de l'autre de façon immédiate, un vrai coup de foudre, et s'étaient si bien entendus à tous points de vue… Il n'y avait que pour des raisons familiales, du côté du clan Walsh, que le bât blessait. Mme Walsh ne considérait pas d'un bon œil que son fils fréquente une femme d'un autre milieu social que le leur, tellement aisé. Cela n'avait pas empêché Devlin de vouloir épouser Chloé. Mais en un éclair, leur relation avait cessé parce qu'il avait été persuadé qu'elle était coupable de trahison…

Comment avait-il pu croire une chose aussi affreuse à son sujet ?

Chloé en avait été si choquée et meurtrie qu'aujourd'hui elle se sentait incapable d'être de nouveau amoureuse et de faire confiance à un homme. « Ne sois pas si défaitiste ! » lui répétait sa mère qui, à cinquante-quatre ans, avait enfin rencontré l'amour avec Jack. Ce dernier se montrait bienveillant envers Chloé et l'aidait, la soutenait dès qu'il le pouvait, comme si elle était encore une petite fille alors qu'elle avait fêté ses trente-deux ans. Mais pour Chloé, qui avait tant souffert de l'absence d'un père – il avait quitté sa mère avant la naissance de Chloé –, c'était merveilleux de se sentir ainsi choyée.

— Chloé ? Tu es sur la lune ou quoi ?

La voix de Jaz tira brusquement Chloé de ses réflexions.

— Oui, pardon… C'est la fatigue, je crois.

— La fatigue et l'émotion d'avoir dû travailler avec le beau

Dr Walsh que tu as visiblement très bien connu à une époque ! plaisanta Jaz.

Chloé la regarda, partagée entre l'envie de lui raconter toute l'histoire et la nécessité de rester discrète.

Ce fut cette dernière option qui l'emporta.

— Non, pas du tout, même si revoir ce médecin m'a forcément déstabilisée, admit-elle. J'espère qu'il sera aussi compétent qu'à l'époque.

— Il n'y a aucune raison pour qu'il ne le soit pas. Le conseil d'administration a dû faire passer beaucoup d'entretiens pour remplacer Kate. On ne sait pas vraiment quand Lloyd sera de nouveau sur pied, ce qui permettrait à Kate de reprendre le travail.

— Et lorsqu'elle sera de nouveau opérationnelle, elle risque de travailler uniquement à temps partiel, ajouta Chloé, songeuse.

— Peut-être, oui. Donc on a vraiment de la chance d'avoir le Dr Walsh avec nous. Enfin, Devlin. Il veut qu'on l'appelle par son prénom.

— Je m'en doute.

Chloé réprima un frisson, gagnée par le sentiment étrange que le passé revenait en force la hanter. Peut-être même pour la faire trébucher alors qu'elle avait dû fournir tant d'efforts pour se relever et continuer d'avancer. Elle avait tellement aimé Devlin !

Et si cet amour ne s'était pas totalement envolé ?

Et si, au contact de Devlin, elle se retrouvait chavirée et minée par les souvenirs ?

— On a de la chance, je le sais bien, murmura-t-elle. Il a une excellente réputation en tant qu'urgentiste.

C'était déjà le cas, quand ils étaient étudiants. Devlin dégageait un calme rassurant et un aplomb qui avait toujours convaincu les patients et les autres médecins. De plus, il était dévoué de nature.

— Je l'ai vu agir avec les patients, il fait preuve d'un sang-froid impressionnant, précisa alors Jaz, comme en écho aux pensées de Chloé. Oh ! quand on parle du loup…

Chloé sentit son pouls s'accélérer en voyant Devlin franchir le seuil de la pièce. Jaz sourit au médecin et ajouta :

— On évoquait les points positifs de votre arrivée dans notre service, docteur Walsh… Devlin, se reprit-elle.

— Positifs ? Tant mieux ! Du moment qu'on s'entend tous pour affronter au mieux le difficile quotidien des urgences…

Devlin leur sourit à toutes les deux, puis reporta son attention sur Chloé.

— Alors, depuis combien de temps travailles-tu ici ?

— Presque trois ans. Avant, j'ai été embauchée dans un hôpital chirurgical privé de Wellington, répondit-elle, consciente des martèlements de son cœur dans sa poitrine.

Devlin se prépara une tasse de thé.

— Tu es donc restée à Wellington pendant toutes ces années ?

Depuis que tu m'as rejetée, tu veux dire ?

— Non. J'ai vécu sur la côte Nord pendant presque un an.

Elle avait perdu du temps à espérer que Devlin se rendrait compte de l'énorme erreur qu'il avait commise et qu'il reviendrait alors vers elle. À ce moment-là, elle lui aurait bien accordé une seconde chance…

Par la suite, elle avait appris à penser d'abord à elle, et à veiller à ce dont elle-même avait réellement besoin.

— Ensuite, j'ai pris un congé sabbatique, et je suis partie à l'étranger durant une année complète. Après quoi, j'ai décidé de m'installer ici, à Wellington, expliqua-t-elle.

— Tu es allée à l'étranger… toi ? interrogea Devlin, surpris.

Il devait se souvenir qu'elle n'avait jamais nourri ce genre d'ambition à l'époque.

Chloé acquiesça. En vérité, ce voyage n'avait pas été facile à envisager, et son beau-père, Jack, l'avait beaucoup aidée. Mais une fois sur place, elle avait été si heureuse !

— Oui. En Italie, à Rome.

— Rome ? répéta Devlin, stupéfait. Mais tu ne parles pas l'italien !

— Non, mais je me suis quand même très bien débrouillée, répliqua-t-elle. Bien sûr, je ne pouvais pas travailler comme infirmière ! J'ai commencé par louer une chambre dans une famille très sympathique, près de Milan, et j'ai enseigné l'anglais à leurs enfants pour payer mes frais. Je m'occupais aussi de *nonna* Rossi, leur grand-mère, à temps partiel. On s'entendait bien. J'ai pu faire du tourisme à vélo ou à pied, j'avais un toit, des amis, et j'étais libre comme le vent !

Devlin l'observa d'un air pensif, un léger sourire aux lèvres.

— Je ne t'aurais jamais imaginée menant ce genre d'expérience…

— Parce que tu ne me connaissais pas si bien que ça.

— Sans doute.

Elle le regarda, pensive elle aussi. Tous deux discutaient en oubliant la présence de Jaz, qui les écoutait attentivement.

Si seulement Devlin avait pu savoir qu'elle s'était retrouvée enceinte de lui et qu'elle avait perdu le bébé après leur rupture… Une autre expérience, infiniment douloureuse. Sept ans plus tôt, ce n'était pas seulement à son fiancé qu'elle avait dit adieu.

— Tu as dû beaucoup apprendre, intervint Jaz. J'adorerais voyager, moi aussi. Ça nous donne de la force…

— Et ça nous permet de découvrir la nature humaine autrement, renchérit Chloé. On découvre, ou on redécouvre, les liens, l'amitié, la confiance…

En parlant, elle croisa le regard de Devlin, qui continuait à la contempler.

— Surtout la confiance, répéta-t-elle.

Elle finit son thé et se leva pour mettre sa tasse dans le lave-vaisselle. Jaz fit de même.

Elle avait besoin d'air…

Bon sang, ressentait-elle encore quelque chose pour Devlin après tout ce temps ?

Non, ce serait insensé.

De toute façon, elle avait changé. Maintenant, elle se sentait à l'aise avec les gens, dorénavant elle-même, acceptant les autres et leurs différences, acceptant aussi d'être seule sans pour autant éprouver une solitude angoissante. Son séjour en Italie l'avait renforcée intérieurement. Elle avait alors eu le courage de revenir en Nouvelle-Zélande, de trouver un nouveau poste d'infirmière, d'acheter sa petite maison, d'adopter un chien et de vivre comme elle l'entendait. Sans regret…

Enfin, presque sans regret.

Il ne fallait plus qu'elle se remémore sa fausse couche et ce que cette perte avait représenté.

À ce moment-là, le bip de Devlin retentit.

— On doit y retourner. Une petite Lilly de trois ans vient d'être admise. Épisode asthmatique sévère, annonça-t-il. La mère est paniquée. Clare a commencé les soins…

— Allons vite les aider, dit Chloé.

— On est là pour ça, pas vrai ? rétorqua-t-il en lui souriant.

Chloé soutint son regard et sourit également, avec politesse.

Mais son cœur battait si vite…

— Ce sera toute la journée comme ça, observa Jaz. C'est l'hiver, et il y a beaucoup d'infections respiratoires. On soupçonne même une épidémie de bronchiolites.

— On va assurer, comme d'habitude, affirma Chloé tandis qu'ils quittaient la salle de repos.

Marchant à côté de Devlin, elle sentit de nouveau son sang pulser à ses tempes. Un afflux d'émotions incontrôlables s'emparait d'elle, encore…

Elle inspira profondément. Quoi qu'il advienne, elle devrait rester professionnelle et bien exercer son métier. C'était l'essentiel.

3.

— Comment s'est passée ta journée ?

— Calme… Très calme. J'ai joué au tarot avec Jack et j'ai perdu, répondit sa mère en riant. J'ai aussi beaucoup lu, ce qui est agréable.

Le téléphone contre l'oreille, Chloé l'écoutait tout en regardant Genie, sa chienne, poursuivre une mouette sur la plage.

Elle songea de nouveau à Devlin. Durant toute la journée, elle avait ressenti des émotions aussi intenses que contradictoires, qu'elle avait dû dissimuler. De la surprise, de l'appréhension, de la colère…

Pourquoi était-il venu travailler dans le même hôpital qu'elle ?

Un hasard, évidemment. Il ne savait pas qu'elle exerçait dans cet établissement quand il avait été recruté.

Mais là, elle se rendait compte qu'elle lui en voulait encore beaucoup. La preuve ? Elle ne se sentait pas du tout indifférente face à lui… Alors que sept années s'étaient quand même écoulées.

— J'ai hâte de pouvoir de nouveau jouer au golf, poursuivit sa mère.

— Il faudra que tu sois patiente…

Chloé perçut un soupir au bout du fil.

— Je sais, je sais. Jack ne m'a pas confisqué mes clubs, mais il n'hésiterait pas si c'était nécessaire, ajouta sa mère en riant. Et toi, cette reprise ? Pas trop dure ?

— Si. Je crois que mes vacances n'ont pas été assez longues…

— D'autant que tu t'es occupée de moi ! Encore une fois merci, ma chérie.

Chloé jeta un coup d'œil autour d'elle, absorbant le paysage qui l'apaisait tant : le littoral au sable doré et humide, la mer gris-bleu sous un ciel perlé de nuages hivernaux, le centre-ville familier, les quais du port à sa gauche… Au-dessus des vagues, des mouettes voltigeaient en criant joyeusement, à la recherche de poisson… À l'horizon, un avion décollait de l'aéroport situé à la périphérie de Wellington.

La vie continuait… Et tout allait bien, n'est-ce pas ?

— Tu ne devineras jamais qui a rejoint l'équipe pendant mon absence, reprit-elle, la gorge nouée.

— À ton intonation, je comprends que ce n'est pas le Prince charmant.

Chloé lâcha un petit rire ironique.

— Tout son contraire, effectivement. Devlin Walsh.

— Quoi ?

Sa mère savait à quel point il avait blessé Chloé avec ses accusations. Elle avait été indignée qu'il puisse soupçonner sa fille de trahison et d'infidélité.

— Devlin est à Wellington ? Je ne l'aurais jamais cru capable de quitter sa chère famille un jour ! s'exclama-t-elle.

— Moi non plus. Ils forment un clan tellement uni.

En prononçant ces mots, Chloé sentit cette fois une barre d'angoisse lui crisper l'estomac.

— Seulement voilà, on travaille ensemble maintenant, ajouta-t-elle d'un ton découragé. Franchement, le destin m'a joué un tour pendable.

Elle jeta un rapide coup d'œil aux silhouettes masculines qu'elle apercevait dans les parages. Dans la mesure où la plage ne se situait pas très loin de l'hôpital, il était fort possible qu'à tout moment Devlin vienne s'y détendre après le travail… Tôt ou tard, ils se rencontreraient inévitablement.

Et où vit-il ? s'interrogea-t-elle.

Avait-il acheté une villa à Wellington ? Un bel appartement ? Il avait le goût et l'habitude d'un certain luxe, et cette plage dans le quartier d'Oriental Bay attirait les gens aisés.

— Le destin t'oblige à te prouver que tu as tourné la page et que tu es forte, répondit sagement sa mère.

— Ce n'est pas si simple. En fait, je m'aperçois que j'ai

toujours mal, même si sept ans se sont écoulés, confia Chloé à contrecœur.

— Je comprends bien. Mais il faut que tu restes concentrée sur le présent, et que tu te détaches de ce qui s'est produit à l'époque entre vous. Depuis, tu as mûri et tu as découvert ce que tu vaux. Au fond, vous pourriez même être amis, toi et lui.

— Amis ? Après ce qu'il m'a fait ? Comment peux-tu imaginer une chose pareille ? s'indigna Chloé.

— Pourtant, il est très important que tu ne te laisses pas atteindre. Repousse les regrets ou l'amertume. Tu n'en serais que plus minée.

Chloé garda le silence, le cœur serré. Sa mère avait raison.

— Dis-moi, comment s'est déroulée cette journée de travail avec lui ?

— Bien. C'est un excellent urgentiste, à l'écoute, et qui donne l'impression aux patients d'être entre de bonnes mains.

À ce moment-là, Genie laissa tomber un bâton aux pieds de Chloé et s'assit, la regardant fixement en secouant la queue. Bien sûr, elle voulait jouer. Chloé lui caressa la tête et, machinalement, lança le bout de bois dans l'eau. En ce début de soirée hivernale, elle aurait habituellement adoré ce moment de détente en compagnie de sa chienne.

— Le problème, c'est que je ne peux pas empêcher les souvenirs de jaillir, avoua-t-elle. Il a suffi que je le revoie, et c'est comme si tout s'était déroulé hier…

Il ne s'agissait pas seulement de l'amour qu'elle avait ressenti pour lui, mais aussi de la perte de leur bébé.

La fausse couche s'était produite alors qu'elle parvenait à environ sept semaines de grossesse et était surchargée à tous points de vue. Chloé exerçait alors dans un service de pédiatrie où ils avaient dû faire face à une grave épidémie de grippe. Parallèlement, elle assurait un travail de caissière dans un supermarché local, afin d'augmenter ses revenus : elle voulait solder aussi vite que possible les échéances du prêt qu'elle avait contracté pour poursuivre ses études d'infirmière. Devlin lui avait certes proposé de l'argent pour l'aider à rembourser la banque, mais par fierté elle avait refusé. Elle tenait à réussir seule, de façon indépendante.

Puis la rupture était survenue…

Et ensuite, l'hémorragie fatale pour l'enfant qu'elle portait.

À l'époque, elle avait souhaité prévenir Devlin par SMS, mais le message n'avait pas pu être envoyé : le jeune homme avait bloqué le numéro de Chloé. Alors elle lui avait écrit une lettre, qu'elle avait déposée dans sa boîte. L'avait-il lue ? Jetée sans même l'ouvrir ? Toujours est-il qu'elle n'avait jamais reçu de réponse.

— Naturellement, les souvenirs sont toujours là, admit sa mère. Mais ne vaudrait-il pas mieux tourner la page ?

Tourner la page…

Chloé détestait cette expression. Même si, dans l'absolu, sa mère avait vraiment raison, oui, cela lui semblait… impossible.

Elle aurait mieux fait de s'abstenir de se confier.

— Bon, maman, merci pour tes conseils. Et ne t'inquiète pas, ça va aller… Oh ! je te laisse, Genie est en train de déguerpir !

Museau baissé au niveau du sable, Genie trottinait à présent vers le restaurant italien où des gens étaient déjà attablés derrière la baie vitrée. La chienne avait abandonné le bâton que Chloé lui avait lancé et montrait très clairement qu'autre chose l'intéressait. Sans doute reniflait-elle d'appétissantes odeurs, et comme elle n'avait pas encore mangé…

Sauf qu'une route très fréquentée passait entre la plage et cet établissement où Chloé aimait souvent dîner avec des amies.

— Genie, arrête-toi !

Mais la chienne continua comme si elle n'avait pas entendu sa maîtresse.

La laisse à la main, Chloé se mit à courir.

— Genie !

L'animal s'immobilisa enfin en remuant la queue.

— C'est bien, dit Chloé en la rejoignant. Coquine, hein, tu filais comme ça, sans m'attendre ?

Elle accrocha la laisse au collier, se redressa…

Et son souffle se bloqua.

Devlin se tenait devant elle, en jean, pull blanc et coupe-vent bleu marine. Décontracté et chic.

Terriblement séduisant.

— Ton chien a une bonne tête, lâcha-t-il, l'air amusé. C'est quoi, comme race ?

Chloé sentit sa gorge se nouer. *Je savais que je finirais par tomber sur lui !*

— Un bâtard.

Un peu comme moi.

De fait, elle ignorait tout de son père. Sa mère en savait également très peu sur cet homme qu'elle avait à peine connu et qui avait disparu. Au fil de sa vie, Chloé avait peu à peu réussi à accepter ce vide, cette absence qui, elle le savait, serait définitive.

— J'ai trouvé Genie dans un refuge. C'est une femelle.

— Elle est belle… Vu son gabarit, elle doit posséder des gènes de labrador.

Devlin s'agenouilla devant la chienne et tendit une main ouverte afin que la chienne lui renifle la paume, ce qu'elle fit longuement.

— Très probablement caniche et labrador, dit Chloé en riant malgré elle. Elle bondit comme l'un et se régale de tout comme l'autre ! C'est une montagne d'amour… Je l'ai depuis deux ans, et tous les jours je suis heureuse qu'elle soit là.

Elle n'avait d'ailleurs pas compris pourquoi elle avait attendu si longtemps avant d'oser accueillir un chien. Alors qu'elle revenait tout juste d'Italie, elle avait établi une liste de vœux qu'elle tenait à réaliser, et l'adoption d'un animal en faisait partie.

Devlin se redressa et la regarda en passant une main dans ses cheveux ébouriffés par le vent.

— Je suis content de te revoir, Chloé. Tout à l'heure, j'avais l'intention de te demander ton numéro de téléphone, mais tu étais déjà partie. Quelqu'un m'a indiqué que tu te promenais souvent avec ton chien par ici et, comme j'habite dans le coin, je me suis dit que j'allais essayer de te retrouver.

Ce « quelqu'un » devait être Jaz, songea Chloé en espérant dissimuler son trouble.

— Pourquoi ?

— Pour qu'on se parle.

Le cœur battant, Chloé soutint le regard de Devlin.

— D'accord. À toi la parole.

— Ce n'est pas facile, j'en suis conscient, admit Devlin. Je suis aussi surpris et gêné que toi de travailler dans cet hôpital… C'est un pur hasard, crois-moi.

— Mais je te crois. Le hasard qui s'amuse et joue des tours, peut-être ? De toute façon, ce n'est pas grave. L'essentiel est d'exercer notre métier dans de bonnes conditions, pas vrai ?

En prononçant ces mots, Chloé sentit à quel point elle s'efforçait d'afficher un détachement qu'elle n'éprouvait pas du tout. Si elle s'était écoutée, elle serait partie loin… Très loin ! Des pensées absurdes jaillirent à son esprit. Pourquoi Devlin était-il toujours aussi beau ? Pourquoi n'avait-il pas une bedaine et un début de calvitie ?

Elle se mit à marcher, rebroussant chemin sur la plage pour se diriger vers le centre-ville.

— Tu as l'air heureuse, dit Devlin en lui emboîtant le pas.

— Je le suis. Tout va bien. Il m'a fallu du temps, mais j'ai pu trouver mon équilibre.

— J'imagine… Et tu habites par ici ?

— Pas loin. J'ai acheté une petite maison avec deux chambres derrière le théâtre dans le quartier Te Aro. Il y a des travaux à faire, et je m'en occupe autant que possible. Ça me plaît de bricoler.

Cet achat lui avait coûté cher mais, grâce à son beau-père, Jack, qui avait cautionné sa demande de prêt, elle avait pu emprunter la somme à la banque. Elle la rembourserait jusqu'à sa retraite, mais ce logement lui appartenait ! Et ça, c'était très important pour elle. Dorénavant, elle possédait son refuge… Son nid, en quelque sorte.

— Je suis à quelques minutes de Cuba Street, et je vais souvent au travail à pied. C'est idéal, ajouta-t-elle. Et toi ?

Devlin sourit.

— J'habite un appartement dans une résidence qui donne sur le front de mer, très moderne.

Je m'en doutais...

Elle croisa le regard de Devlin, et son cœur s'emballa de nouveau. Il l'observait avec une telle intensité...

Comme quand ils étaient fiancés...

Comme lorsqu'ils se promenaient en se donnant la main, et qu'ils s'embrassaient à perdre haleine, fous amoureux l'un de l'autre.

Chloé s'obligea à chasser la nostalgie teintée d'amertume qui l'envahissait de nouveau.

— Je vais devoir te laisser, dit-elle en s'efforçant de lui sourire. Il faut que j'aille faire quelques courses pour le dîner.

Il s'arrêta, et elle fit de même.

Une expression étrange se reflétait brièvement sur le visage de Devlin. De la déception ? De la tristesse ?

— OK. Mais... Chloé, je sais que ce n'est pas facile. Ni pour toi ni pour moi.

Elle prit une inspiration.

— Exact.

— Il faudra qu'on parvienne à s'entendre parce que nos métiers exigent qu'on forme une équipe... Le passé, quel qu'il soit, ne doit pas interférer.

Elle le dévisagea un long moment, et sentit une partie de sa tension nerveuse s'évanouir soudain. Devlin la contemplait d'un air sombre, sincèrement préoccupé, cela se voyait.

— C'est sûr, nos histoires personnelles n'ont pas leur place dans notre pratique professionnelle. On va bien s'entendre, oui, parce que c'est indispensable, affirma Chloé.

Mais je ne sais pas comment on va réussir un tel exploit, poursuivit-elle en son for intérieur.

— Viens, Genie...

Chloé reprit sa marche, consciente que Devlin restait à côté d'elle. Sa tête lui tournait un peu.

Quelques minutes plus tard, ils parvinrent à la route et, la gorge serrée, elle ébaucha un sourire.

— Eh bien, à demain, dit-elle.

— Oui… J'espère que la journée ne sera pas trop dure.

— Moi aussi. Mais aux urgences, on doit s'attendre à tout.

— C'est certain. On est toujours prêts… Sur ce, bonne soirée, Chloé.

— Bonne soirée, Devlin.

Une fois qu'elle eut traversé l'avenue, Chloé ne put s'empêcher de lancer un bref coup d'œil par-dessus son épaule.

Devlin n'avait pas bougé, et il la regardait.

Le souffle coupé, elle s'éloigna vite.

Des larmes lui piquèrent les paupières tandis qu'une pensée obsédante tourbillonnait de nouveau dans son esprit.

Je t'aimais tellement ! Comment as-tu pu croire que je t'avais trompé ?

La vue brouillée, elle se dirigea vers le supermarché, sa main s'accrochant à la laisse de Genie comme à une bouée de sauvetage. Au moins, avec sa chienne, aucune déception ne surviendrait…

4.

Une semaine s'écoula.

Jour après jour, du matin au soir, Chloé croisait Devlin dans les couloirs, aux admissions, auprès des patients… Tandis qu'ils accomplissaient leur travail, parfois, bien sûr, leurs regards s'accrochaient. Mais ça ne durait pas. Vite, chacun s'affairait, effectuant ce qui était nécessaire pour sauver des vies.

Étonnamment, et peut-être grâce au rythme tendu de leurs interventions, elle ne se sentait plus aussi chamboulée quand elle le voyait. Juste un peu… Mais rien d'affolant, même si une réaction bien larvée au fond d'elle-même, viscérale, perdurait.

Contre toute attente, se serait-elle déjà habituée à la présence de Devlin ? Serait-elle devenue réellement plus forte, plus philosophe et plus sûre d'elle ? Oh ! elle aurait pu s'en convaincre si elle n'avait pas éprouvé, à chaque fois, cette légère accélération de son rythme cardiaque qui trahissait une émotion qu'elle ne voulait plus ressentir ! Son corps parlait, qu'elle le veuille ou non. Mais au moins, mentalement, elle tenait bon.

Vendredi, en fin de journée, elle partit pour une longue promenade avec Genie au bord de la mer. Elle avait besoin de changer d'air.

Elle joua avec sa chienne, savourant le vent salé de l'hiver, le bruit des vagues… Tout cela l'aidait à retrouver son calme. À ne pas penser, ni à se souvenir.

Chloé venait de parcourir trois ou quatre kilomètres le long du littoral quand elle entendit une voix masculine l'interpeller. Se retournant, elle aperçut Devlin. Il était en train de faire son jogging…

Évidemment.

Même lieu. Même heure.

Genie trottina vers Devlin qui s'arrêta pour la caresser, puis il rejoignit Chloé qui s'était immobilisée, embarrassée.

— On se retrouve une fois de plus, dit-il, à peine essoufflé par l'effort.

Elle se força à sourire, songeant que cette situation se répéterait encore, fort probablement, et que cela l'ennuyait fortement. Ses nerfs seraient mis à rude épreuve.

— Eh oui, c'est un peu inévitable vu qu'on habite par ici, non loin de la plage, répondit-elle. Tu cours tous les jours ? interrogea-t-elle par pure politesse alors qu'elle mourait d'envie de s'éloigner.

Il fit signe que oui, ajustant son bonnet de laine d'où dépassaient quelques mèches sur la nuque.

— Cinq kilomètres en moyenne, pour évacuer le stress, c'est indispensable. Tu devrais essayer…

— Je préfère la marche. Avec Genie, naturellement. C'est moins sportif, mais ça me détend. J'en ai besoin.

Devlin la regarda dans les yeux, un peu trop longtemps, et Chloé sentit son cœur battre plus vite. Irritée par sa propre réaction, elle détourna son attention vers la mer et, faisant brusquement demi-tour, reprit la direction du lotissement où elle vivait. Sa chienne se mit à courir joyeusement, sautant dans les vaguelettes qui venaient lécher le sable.

— Tu veux bien que je t'accompagne ? demanda Devlin.

— Pourquoi pas… Comme si on ne s'était pas suffisamment vus déjà, s'efforça de plaisanter Chloé.

— Là, ce n'est pas pareil. On peut parler d'autre chose que de travail.

Chloé resta silencieuse, très consciente de la présence de Devlin à côté d'elle. Il portait un sweat et un short qui révélait ses longues jambes musclées et encore bronzées.

Très bien. Puisqu'il le fallait, elle tenterait un semblant de conversation.

— Tu t'es installé à Wellington… pour longtemps ?

— Aussi longtemps que nécessaire. Je ne retournerai pas à Auckland. Aucune envie. Ici, j'ai déjà acheté mon appartement.

Franchement surprise, Chloé lui jeta un coup d'œil. À l'époque où ils étaient fiancés, il refusait de quitter Auckland où toute sa famille résidait.

— Les choses ont changé, reprit Devlin, devinant les pensées de Chloé. Mes parents ont déjà dû accepter que mon frère Patrick déménage à Melbourne.

— Lui aussi a quitté Auckland ? s'étonna Chloé.

— Il y a été obligé. Il s'était endetté au jeu, et il a dû prouver qu'il était digne de notre famille en repartant de zéro, à tous points de vue, faute de quoi il aurait été déshérité.

— La menace a dû faire effet…

— C'est sûr, mais il n'y a pas eu que la motivation financière, précisa Devlin. Patrick a suivi une thérapie, trouvé un emploi assez prestigieux dans le milieu de la finance et rencontré la femme de ses rêves. Maintenant, il file le parfait bonheur et a fait construire une maison à Melbourne.

— Et toi ?

— Moi ?

Devlin eut un petit rire moqueur.

— Je suis aussi reparti de zéro après notre rupture, mais je ne suis pas certain d'avoir aussi bien réussi que mon frère ! J'ai acquis une villa à Auckland, que j'ai mise en location puisque je vis à Wellington, et je suis devenu le parrain de deux des fils de mes amis.

— Bel engagement…

— C'est vrai. Quand je les voyais, j'avais l'impression d'être en famille. Mais je n'ai pas refait ma vie, ajouta Devlin.

Tout en marchant, Chloé garda les yeux fixés sur la mer. Toutes ces confidences lui plaisaient et, en même temps, la mettaient mal à l'aise. Pour sa part, elle n'avait aucune envie de raconter quoi que ce soit à son sujet.

Piquée par la curiosité, elle continua néanmoins à questionner Devlin.

— Tu veux dire que tu es célibataire ?

— Oui. Tu veux tout savoir ? Je ne me suis jamais vraiment remis de notre séparation. J'avais cru en nous, ajouta-t-il.

La gorge nouée, Chloé le regarda.

— Moi aussi, je te signale.

Un silence régna, puis Devlin reprit :

— J'ai fréquenté une autre femme à Auckland pendant quelques mois. Mes parents la trouvaient charmante. Elle venait d'un bon milieu, et tu imagines ce que ça signifie pour eux…

— Je m'en souviens parfaitement. La classe sociale est importante, que dis-je, fondamentale pour ta famille.

— Hélas. Mais Patrick est avec une femme qui a grandi dans un quartier populaire. Et il l'aime. Bref, je me suis séparé de cette personne et, ensuite, je me suis senti plus libre que jamais ! Libre de réfléchir… Et les remords sont arrivés. Brutalement…

— Les remords ?

— Par rapport à toi, Chloé. Je me suis enfin rendu compte à quel point je m'étais mal comporté avec toi. J'étais tellement convaincu que tu m'avais fait la même chose que Cath…

— Cath ? Ta première petite amie ?

— Oui. Elle m'avait trompé.

— Tu ne me l'avais jamais dit ! s'exclama Chloé, stupéfaite par cette révélation.

— Non. Parce que j'en avais honte, encore… C'est une de ces blessures narcissiques qu'on ne gomme pas facilement, tu peux le comprendre. Du coup, il y a sept ans, quand je t'ai découverte en compagnie de ton voisin, j'ai été persuadé que tu avais une liaison avec lui. J'ai effacé tes SMS sans les lire, bloqué ton numéro, j'ai jeté le courrier que tu avais laissé dans ma boîte aux lettres, sans le lire… Je suis tellement désolé, Chloé…

Abasourdie, elle s'arrêta pour le regarder. Ces paroles que Devlin venait de prononcer, elle les avait tellement espérées.

— Tu es… désolé ? répéta-t-elle, incrédule.

— Oui. Et même triste. Tu représentais tout ce que j'aimais… Je t'adorais. J'étais fou de toi. Je rêvais de fonder une famille avec toi, et je me moquais bien de ce que pensaient mes parents ! Mais j'ai écouté ma mère, avoua-t-il brutalement. Elle pensait que tu m'avais trompé, et que tu serais toxique pour moi, peut-être, car intéressée…

L'émotion et l'indignation submergèrent soudain Chloé. Elle soutint le regard de Devlin, le cœur battant.

— Je me doutais qu'elle avait cette affreuse opinion de moi. Mais tu aurais dû me l'expliquer franchement, tu vois ?

— Je n'ai pas osé. Là encore, je me sentais honteux. Pardon.

Bouleversée, elle prit une profonde inspiration.

— Eh bien, merci… Merci de me le dire aujourd'hui.

— Mieux vaut tard que jamais, pas vrai ? insista Devlin en s'efforçant de sourire.

— Oh oui…

Mais c'est quand même trop tard.

Chloé réprima un soupir. Une partie d'elle-même était emplie de joie et de soulagement, mais en même temps un nouveau scepticisme l'envahissait aussi vite.

C'était quand même surprenant. Ce mea culpa soudain était-il sincère ? Et même si Devlin disait vrai, elle menait dorénavant sa vie, et il n'était pas question qu'elle redevienne proche de lui. Il l'avait trop fait souffrir.

— Quoi qu'il en soit, on est collègues, maintenant, lâcha-t-elle avec un détachement feint, en se remettant à marcher.

À l'horizon, créant des reflets orangés dans la mer, le soleil commençait à se coucher, et l'air fraîchissait.

— Je peux t'accompagner jusque chez toi ? demanda-t-il alors.

Chloé aurait vraiment préféré qu'il la laisse seule… Mais la politesse l'emporta une fois de plus.

— Si tu veux.

Elle resta silencieuse durant le reste du trajet, et ils parvinrent rapidement devant sa petite maison aux volets bleus, entourée d'un jardin encore verdoyant grâce à son sapin et ses résineux en guise de haie.

— Et voilà, on y est, dit-elle en déverrouillant le portail blanc.

Sa chienne s'engouffra joyeusement à l'intérieur.

— Joli cottage ! observa Devlin. Tu as fait repeindre l'extérieur récemment ?

Chloé sentit la fierté l'envahir.

— Je me suis moi-même chargée des rénovations, peinture et autres. Au début, je n'étais pas sûre de moi, mais peu à peu j'ai appris, et j'adore ça. Le travail manuel et le bricolage me détendent.

Devlin la dévisagea d'un air impressionné.

— Félicitations. Et tu m'as dit, je crois, que tu es propriétaire ?

— Oui, j'ai pu acheter. Ici, c'est mon refuge pour toujours ! affirma Chloé. Ce n'est pas bien grand, mais ça me suffit pour l'instant. Deux chambres… La seconde est étroite et me sert de salle de couture.

— Parce que, en plus, tu fais de la couture ? demanda Devlin, les yeux brillants de curiosité. Des vêtements ? Des rideaux ?

Chloé sourit, devinant son étonnement. Elle ne savait pas utiliser une machine à coudre à l'époque où ils étaient ensemble. Un autre changement qu'elle devait à son voyage en Italie, où elle avait découvert la mode à Milan. Elle-même s'habillait de façon décontractée, mais elle appréciait une certaine élégance.

— Plutôt des robes, des jupes… Je travaille à la commande, tranquillement, pour des amies. C'est un passe-temps très agréable.

— J'imagine…, dit Devlin. Tu as l'air épanouie.

— Je le suis.

— Et tu es toujours aussi ravissante. Tu permets ?

Et avant qu'elle ait pu réagir, il se pencha et l'embrassa rapidement au coin des lèvres.

Interdite, Chloé resta figée, le cœur battant. Au même instant, elle sentit un léger choc contre sa cuisse droite. Baissant les yeux, elle vit que c'était Genie. Peut-être que sa chienne était en train de la rappeler à l'ordre !

Attention ! Ne te laisse pas séduire !

— Je te souhaite une bonne soirée, dit-elle, surprise de parvenir à articuler ces mots presque normalement. Merci de m'avoir raccompagnée.

— De rien. Merci à toi…

— Merci ? De quoi ?

Encore une fois, Devlin la contempla longuement, le visage

sombre. Une brise marine souffla soudain, ébouriffant leurs chevelures.

— Merci de m'avoir écouté, Chloé. À demain, Chloé.

— Oui, à demain.

Chloé se glissa dans son lit et éteignit la lumière.

Le visage de Devlin restait à son esprit, obsédant.

Son sourire…

Sa voix.

— Dev…

Elle murmura son nom et, du bout des doigts, effleura l'endroit où il avait déposé un doux baiser.

Sur le dos, elle poussa un long soupir, puis un second, et fixa le plafond dans le noir.

Rien que ce léger contact de la bouche de Devlin sur sa peau, et tous les souvenirs affluaient, brûlants.

Devlin et elle étaient des personnes différentes maintenant. Pendant sept ans, loin l'un de l'autre, ils avaient avancé dans la vie. Bien sûr, ils avaient changé. Pourtant, elle se sentait si proche de lui…

Alors qu'elle aurait voulu n'éprouver qu'indifférence.

C'était rageant…

Un frisson la parcourut. Jamais ils ne pourraient réécrire leur passé et gommer leurs blessures. Même si Devlin s'était excusé, même s'il lui avait enfin avoué la raison pour laquelle il l'avait rejetée à l'époque, la rupture et la défiance avaient existé entre eux, le doute, les soupçons et l'éloignement définitif.

Tu n'aurais pas pu rester loin pour toujours ? Choisir une autre ville ? Me laisser mener ma vie tranquillement ?

Le cœur serré, Chloé se rendait déjà compte qu'en dépit de ses bonnes résolutions la présence de Devlin – le simple fait qu'ils se revoient et discutent ensemble – la chamboulait déjà beaucoup trop.

C'était inévitable…

Et normal.

Devlin était l'homme à qui elle avait tout donné : son cœur, son corps, ses rêves…

Elle l'avait tellement aimé qu'après leur rupture elle s'était dit que cela ne lui arriverait plus jamais. Forcément ! Devlin l'avait soutenue quand elle s'était organisée pour devenir infirmière, il avait été auprès d'elle quand elle avait obtenu son diplôme, ils avaient parlé du nombre d'enfants qu'ils auraient un jour, de l'endroit où ils vivraient, de qui serait le meilleur cuisinier et le pire jardinier…

Il avait été tout pour elle.

Trop, peut-être ?

Sept ans plus tôt, Chloé manquait tant de confiance en elle qu'elle s'était trop appuyée sur Devlin. Elle craignait souvent, à cette époque, que le pire advienne. Un réflexe acquis dès l'enfance lorsque sa mère déménageait régulièrement, essayant de s'en sortir avec sa petite fille qu'elle élevait seule. Mais quand Devlin l'avait en quelque sorte prise sous son aile, Chloé avait cru que tout irait bien.

Sauf qu'il l'avait rejetée en lui reprochant de l'avoir trahi !

Et il s'en est excusé… Il s'en est excusé, se répéta-t-elle, sentant les larmes couler sur ses joues.

Autant qu'elle soit honnête envers elle-même : son amour pour Devlin ne demandait qu'à s'enflammer de nouveau. Sa passion couvait, telles les braises d'un volcan apparemment éteint.

Jamais elle n'aurait cru que ce serait possible.

Sanglotant de plus belle, Chloé enfouit son visage dans l'oreiller.

C'était une situation inextricable… Jusque-là, elle avait été convaincue qu'elle avait oublié Devlin, mais voilà que son cœur lui dictait tout autre chose. Un élan, un trouble, des regrets, et même de l'espoir…

L'espoir qu'ils se retrouvent vraiment, peut-être ?

Serait-elle capable de réellement gommer ses blessures pour passer à une nouvelle étape avec Devlin ?

Rien n'était moins sûr.

Cependant, comme ils travaillaient désormais ensemble, elle serait bien obligée de trouver un équilibre relationnel avec lui.

Il le faudra.

Envahie de sentiments et d'émotions contradictoires, Chloé poussa sa couette et se leva d'un bond. Dormir, pour l'instant, était plus qu'illusoire. Elle avait besoin de se consoler en buvant un bon chocolat chaud, près de la cheminée et de sa gentille chienne Genie.

Essuyant ses joues inondées de larmes, elle gagna la cuisine, alluma la lumière et l'éteignit aussitôt. Puis elle retourna dans le salon, ouvrit en grand les rideaux de la baie vitrée et s'assit sur le canapé. En fait, elle avait juste envie de contempler les étoiles et de rêver en attendant que son pouls s'apaise.

En jean et pull chaud, Devlin était installé sur sa terrasse, les pieds posés sur le haut de la balustrade en verre, un verre de whisky à la main. Il aurait dû être au lit, en train de dormir du sommeil du juste… Son corps était épuisé, mais son esprit demeurait en éveil, en alerte.

Les semaines qui avaient précédé son arrivée à Wellington puis celles qui avaient suivi, après son emménagement dans cet appartement – avec le déballage des cartons que cela impliquait –, avaient été agitées. Il lui avait fallu rencontrer ses nouveaux collègues, découvrir le fonctionnement de l'hôpital et celui du service des urgences en particulier. Il avait tout mené de front, avec succès, et avait achevé ce premier marathon sur les rotules : fatigué mais heureux. Une nouvelle vie commençait pour lui, et il s'y était lancé avec son enthousiasme habituel. N'avait-il pas souhaité vivre à Wellington ? La capitale de la Nouvelle-Zélande était une ville agréable, moins peuplée qu'Auckland, au bord de l'océan Pacifique, où tout lui semblait possible.

Seulement il n'avait pas prévu qu'il y retrouverait son amour de jeunesse… Chloé… La femme qu'il avait tant aimée et qui lui avait involontairement fait beaucoup de peine.

Et lui aussi l'avait fait souffrir.

Quel choc ! D'abord submergé par un tourbillon d'émotions incontrôlables, Devlin avait failli tourner les talons. Impossible, évidemment. Il était l'urgentiste du service, en binôme avec un médecin qui ne venait que lorsque lui-même finissait son service.

Dès qu'il avait revu Chloé – et une semaine déjà s'était écoulée –, il avait senti que rien ne se déroulerait comme il l'avait naïvement envisagé quand il avait découvert qu'elle exerçait dans cet établissement.

En lui, ce serait comme une bombe à retardement…

Quand il travaillait avec Chloé, il se forçait à paraître détaché et sûr de lui. Il avait du mal à se concentrer sur les patients. Néanmoins, il y parvenait, parfois au prix d'un effort très conscient.

C'était lorsqu'il cessait d'être dans l'action que son esprit se jouait de lui. Les émotions le submergeaient, et il se savait capable d'être impulsif…

Comme tout à l'heure, sur la plage. Les souvenirs l'avaient assailli, aussi vivaces que s'ils dataient de la veille. Des visions de Chloé dans ses bras alors qu'il lui faisait l'amour, Chloé en train de rire lorsqu'ils plaisantaient, Chloé blessée, ou indignée, lors de leurs rares disputes à l'époque…

Jusqu'au conflit inexplicable qui les avait menés à la rupture.

Devlin but une gorgée d'alcool.

Tout à l'heure, il n'aurait pas dû l'embrasser pour lui dire au revoir. Maintenant, il gardait le goût de sa peau sur sa langue…

Et il sentait à quel point Chloé comptait encore pour lui.

En revanche, il avait bien fait de lui présenter des excuses. Pendant toutes ces années, il ne s'était pas totalement attardé sur les raisons qui avaient brisé leur couple. Mais aujourd'hui, face à la jeune femme, la vérité lui éclatait en pleine figure.

Autrefois, il n'avait pas pris le temps d'écouter Chloé, ni de vérifier ses propres accusations. Il ne s'était pas interrogé sur lui-même, sur son passé et l'influence de sa première expérience malheureuse avec Cath. Quant au rôle de sa mère… En critiquant Chloé de manière incisive, Mme Walsh avait probablement pensé agir dans l'intérêt de son fils, mais au final son intervention n'avait engendré qu'un très vilain malentendu dont Chloé et lui avaient pâti.

Devlin avala encore un peu de whisky, se remémorant ce qui, en premier lieu, l'avait incité à quitter Auckland…

Il avait absolument voulu s'éloigner de ses parents qui se mêlaient trop de sa vie, et ne cessaient d'interférer pour qu'il épouse une femme correspondant à leur idéal social.

Inimaginable…

Un rire ironique lui échappa.

Puis il s'abandonna à ses pensées hantées par la silhouette et le joli visage d'une infirmière au grand cœur.

Chloé Rasmussen l'obsédait… Et il ne parvenait pas à la chasser de son esprit. Pas même ici, sur cette terrasse du quinzième étage, dans l'air frais de la nuit où personne ne pouvait le voir. Il se trouvait seul, et pourtant il avait l'impression qu'elle évoluait près de lui…

Toujours.

C'était exactement ce qu'il ressentait quand ils formaient un couple uni pour la vie, croyaient-ils. Chloé était toujours là pour lui, et en lui, même lorsqu'ils n'étaient pas ensemble dans la même pièce, par exemple.

Mais ils s'étaient séparés depuis longtemps… Par sa faute à lui.

Comment avait-il pu commettre une telle erreur de jugement et gâcher ce qui aurait dû être un avenir merveilleux avec la femme de ses rêves ?

Le whisky apaisait la gorge de Devlin, mais pas son esprit. Au bout d'une semaine de collaboration étroite avec Chloé, il ne pouvait nier qu'il éprouvait encore des sentiments pour elle. Oui, des sentiments qui remontaient à longtemps, qu'il n'avait finalement pas réussi à enterrer. Il le sentait aux réactions de son cœur, de son corps, à ses émotions dès qu'elle apparaissait devant lui et qu'il croisait son regard.

Était-il tombé amoureux de Chloé aussi vite et passionnément qu'avant ?

Non, bien sûr que non…

En réalité, il n'avait jamais cessé de l'aimer !

Impossible…

Chloé avait changé. Il avait changé. Jamais ils ne se donneraient une seconde chance ! De toute manière, ça n'aurait aucun sens. Ils n'étaient plus les mêmes, n'est-ce pas ?

Devlin se leva, vida son verre et pénétra dans le salon, refermant la porte vitrée derrière lui. Une sorte de fièvre mentale semblait s'être emparée de lui. Il faudrait impérativement qu'il réussisse à travailler avec Chloé sans être à ce point bouleversé… Sinon, la situation deviendrait intenable.

Heureusement, pendant le week-end, il devrait se rendre à Auckland pour assister au mariage d'un cousin. Il reverrait certains membres de sa famille, et éviterait fermement de mentionner Chloé à quiconque… Surtout à sa mère.

Mais il lui restait encore à traverser la journée du lendemain, à faire face au joli sourire de Chloé quand il la reverrait… Toute la sagesse et tout le détachement qu'il avait appris à cultiver dans le cadre de son métier ne lui semblaient d'aucun secours face au charme irrésistible de son ex-fiancée…

5.

— Bonjour ! lança Chloé à Jaz qui venait d'entrer dans le bureau que toutes deux partageaient. Tu as passé un bon week-end ?

— Oui, excellent, mais trop court !

Au même instant, Devlin s'engouffra dans la pièce, l'air étonnamment détendu pour un lundi matin. Peut-être parce que pour le moment aucune urgence grave n'était encore survenue.

En croisant son regard, Chloé sentit les battements de son cœur s'accélérer. Elle ne l'avait pas revu sur la plage depuis vendredi, mais elle avait rêvé de lui… Au moins deux fois.

Deux fois de trop.

— Pour moi aussi, le week-end a été trop court, dit-il, réagissant spontanément. J'ai dû aller à un mariage, à Auckland. Et vous ?

— J'ai fêté l'anniversaire de la grand-mère des propriétaires d'un restaurant italien avec lesquels j'ai sympathisé, et c'était très sympa, répondit Chloé. Une immersion dans une famille soudée, qui me rappelle mon séjour dans leur pays d'origine !

— Quant à moi, j'ai été invitée par Toby dans un château de Masterton, au milieu de superbes vignobles, renchérit Jaz. C'était mon anniversaire, et je me suis régalée, mets et vins en totale harmonie !

Chloé l'enlaça affectueusement.

— Joyeux anniversaire ! J'espère que Toby t'a gâtée.

Les joues de Jaz rosirent, et elle tendit sa main gauche où étincelait une bague de fiançailles.

— Je pense que oui…

— Waouh !

Chloé admira les diamants étincelants.

— C'est magnifique ! Félicitations !

Et elle l'étreignit de nouveau avec fougue. Jaz sourit, visiblement émue.

— Je me pince encore pour y croire…

— Mais vous êtes faits pour être ensemble, Toby et toi. Vous avez déjà décidé d'une date ? demanda Chloé en s'efforçant d'ignorer la pointe de jalousie qui lui serrait le cœur.

— Février. Si je peux attendre jusque-là ! plaisanta Jaz.

— Le temps va passer très vite, tu sais. Il y a tellement de choses à faire pour organiser un mariage, affirma Chloé.

Non qu'elle ait beaucoup d'expérience en la matière… Le sien aurait été plus ou moins pris en charge par Mme Walsh, car celle-ci craignait que Chloé ne soit pas à la hauteur des exigences mondaines d'une telle cérémonie…

— On veut une fête décontractée qui réunira surtout nos proches, avoua Jaz, les yeux fixés rêveusement sur sa bague. Pas de chichis !

Devlin s'avança vers elles.

— Puis-je me joindre aux félicitations ?

— Bien sûr ! lui répondit Jaz en souriant. Merci !

Chloé se détourna pour contempler l'écran de son ordinateur. Son cœur battait si fort qu'elle avait l'impression que tout le monde l'entendait.

Lorsqu'elle pensait se marier, elle avait eu envie d'une longue robe couleur ivoire, avec un décolleté en forme de cœur et des plis soyeux évasés à la taille. Des jonquilles en guise de bouquet… Les cheveux laissés libres, ornés de quelques fleurs, avec une cascade de boucles sur ses épaules, comme Devlin aimait…

Le stylo qu'elle avait attrapé machinalement glissa de ses doigts figés.

— Tiens.

Devlin le lui ramassa.

— Merci, murmura-t-elle.

— Tout va bien ?

— Pourquoi ça n'irait pas ?

Elle leva les yeux vers lui, et ressentit l'effort de réassurance qu'il déployait vers elle à cet instant. Comme à l'époque... Il se montrait toujours prêt à lui venir en aide...

— On va avoir une journée chargée, mais est-ce étonnant ? ajouta-t-elle, s'efforçant de plaisanter.

Elle espérait même qu'elle serait extrêmement occupée... Cela lui permettrait de ne pas se remémorer ce qui la blessait encore tellement dès qu'elle songeait à Devlin, ou qu'elle se trouvait près de lui.

Au même instant, Cass, l'infirmière de triage, fit irruption dans le bureau. Un ambulancier se tenait derrière elle, poussant un brancard portant une victime.

— On a un cycliste qui a été renversé par un bus ! annonça-t-elle. Score de Glasgow à 8, fractures aux deux jambes, bassin désaxé.

— Emmenez-le en réa tout de suite. Chloé, tu es dans quelle salle ? demanda Devlin.

— La numéro 1.

— Cass, salle 1. Historique du blessé ?

L'ambulancier intervint :

— C'est un homme de trente et un ans qui s'appelle James Schultz. On sait seulement qu'il est banquier. La police n'a rien trouvé de plus précis dans le sac à dos que la victime portait.

— La réceptionniste n'a aucune donnée sur un patient de ce nom, précisa Cass.

— On se débrouillera, affirma Devlin. Espérons juste qu'il ne souffre d'aucune pathologie qui interférerait avec notre prise en charge. Chloé, allons-y...

Elle lui emboîta le pas, et aida à transférer le blessé sur le lit du box qui lui avait été attribué. Elle plaça rapidement les électrodes du moniteur afin de contrôler le cœur et la tension du patient que Devlin commençait à examiner.

— James, je suis le Dr Walsh... Vous m'entendez ?

Un œil s'ouvrit et se referma presque instantanément.

— Bien. Vous avez subi un grave accident. Je vais vous donner ce qu'il faut pour que vous ayez moins mal, et ensuite nous devrons évaluer toutes vos blessures.

Devlin jeta un coup d'œil à Chloé.

— On commence par de la morphine en intraveineuse, indiqua-t-il à voix basse.

— Je m'en occupe. Autre chose ?

Il passa les mains sur le crâne de James, ses doigts cherchant délicatement des lésions qui indiqueraient une blessure à la tête.

— Dis juste à Amy de nous rejoindre, s'il te plaît. Elle sera en observation.

Amy était la jeune interne de leur équipe.

— OK.

— Et une autre infirmière, ajouta Devlin d'un air entendu.

Chloé comprit que le patient requérait d'emblée beaucoup de soins.

Quelques instants plus tard, accompagnée d'Amy qui vérifia la validité du lot qui serait administré, elle fixa une canule sur le dos de la main de James et enclencha l'injection.

— Indentation crânienne côté gauche, diagnostiqua Devlin qui continuait son examen. Pas de dommages apparents au niveau de la colonne vertébrale… Bonnes réactions aux stimuli sur les pieds…

Amy observait chaque geste de Devlin.

— Son rythme cardiaque est très faible. Suspicion d'hémorragie interne ? questionna-t-elle.

— Plus que probable. Mais ce n'est pas cette blessure à la tête, et je ne constate aucune lésion externe vraiment grave. Il a dû recevoir un choc, à cause du guidon, dans la zone intestinale, ce qui a pu endommager la rate ou le foie…, ajouta Devlin.

Il palpa doucement la zone abdominale du patient.

— Il y a un gonflement au-dessus de l'intestin. Sens ça, Amy.

Il s'écarta pour laisser intervenir l'interne.

— Chloé, tu peux appeler le bloc et les prévenir ? Ils doivent prévoir une prise en charge multiple : pour les fractures des membres inférieurs, et pour la pression intracrânienne. Je contacte tout de suite le chirurgien orthopédique de garde et la radiologie. On aura peut-être aussi besoin d'un chirurgien généraliste si le gonflement abdominal révèle un organe endommagé.

— Pas de signaux d'évolution négative à ce niveau. C'est déjà ça, ajouta Chloé en lisant les données qu'affichait l'écran du monitoring.

Puis elle téléphona au bloc opératoire.

— Bonjour, Damien. C'est Chloé, aux urgences. On vous envoie un patient polytraumatisé pour des interventions chirurgicales après le passage à la radio et l'examen de l'orthopédiste.

— Aucun antécédent médical connu, et le blessé est un cycliste expérimenté, rappela Cass.

Après avoir coupé la communication, Chloé contempla l'homme sur le brancard, et son cœur se serra. Être sportif favoriserait son rétablissement, mais cela ne lui épargnerait pas des mois de douleur et de réapprentissage de la marche. Songeuse, elle regarda Devlin, qui essayait d'obtenir une réponse verbale de la part du patient.

— James, je suis le Dr Walsh… Devlin. Serrez ma main si vous pouvez m'entendre. Bien, ajouta-t-il, obtenant enfin une réaction. Il faut qu'on vous fasse passer des radios avant de vous emmener au bloc. On va devoir vous opérer.

Dianna, l'autre infirmière qui venait de se joindre à eux, effectua un prélèvement pour vérifier le groupe sanguin du patient. Puis le chirurgien orthopédique arriva, et la pièce fut emplie de professionnels. Mais personne n'était de trop ; tous avaient une tâche à effectuer et s'y employaient avec calme et efficacité.

Devlin expliqua au chirurgien le peu qu'ils savaient sur les blessures du patient. Ensuite, aussi vite qu'il avait été emmené sur place, James fut transféré en radiologie d'où il serait conduit en salle d'opération une fois l'imagerie réalisée.

— La matinée va être longue pour lui, observa Chloé, compatissante. Heureusement, il ne s'en rendra pas vraiment compte.

— Le pauvre, soupira Dianna.

— Ce sera pire après, renchérit Devlin. Mais je pense que, compte tenu de l'accident dont il a été victime – une collision avec un bus, quand même –, il s'en sort plutôt bien.

— Il est vivant, respire et n'est pas plongé dans le coma.

N'empêche, son réveil sera douloureux, murmura Chloé en croisant le regard de Devlin.

— Je me demande s'il a de la famille ou un partenaire pour l'aider, commenta Dianna.

— Ce serait terrible, pour lui, de faire face à une telle épreuve tout seul, reprit Chloé.

Elle frissonna. Oui, ce serait affreux. Quand on pouvait s'appuyer sur quelqu'un – un ami, un conjoint, un parent… –, les difficultés de la vie étaient traversées un peu plus sereinement. Elle se rappelait à quel point elle s'était sentie seule lorsqu'elle avait perdu son bébé…

Son regard dériva de nouveau vers Devlin.

Il l'observait justement, un léger sourire aux lèvres.

Chloé sentit alors une très ancienne colère resurgir, et elle reporta aussitôt son attention sur leur patient.

Sauf que les interrogations et les doutes tourbillonnaient dans son esprit.

Comment Devlin avait-il pu croire qu'elle l'avait trompé ? Pourquoi ne lui avait-il jamais donné la possibilité de s'expliquer correctement ?

Certes, tout récemment, il s'était excusé et avait admis qu'il avait eu tort, mais cela n'effaçait pas la réalité de son comportement égoïste et impitoyable sept ans plus tôt.

Et comment pouvait-elle supposer qu'elle éprouvait encore des sentiments pour lui alors qu'il avait été capable d'agir ainsi ?

Après tout, peut-être n'avait-il pas changé. Peut-être recommencerait-il. D'abord, il la séduirait, puis il la laisserait tomber en prétextant n'importe quoi…

Soudain, Chloé fut glacée au plus profond d'elle-même.

— Chloé ?

— Oui ?

Devlin venait de lui effleurer la main, comme s'il devinait ce qui la tourmentait autant, tout à coup.

— Prenons un café ensemble dès que nous le pourrons.

Le cœur battant, elle s'efforça de sourire, évitant de regarder Devlin.

— Oui, pourquoi pas…

Mais à ce moment-là, Cass les interpella :

— Admission d'une fillette de deux ans et demi, avec forte rhinite, toux saccadée et 38 °C de fièvre. Probablement un autre cas de VRS, donc de bronchiolite. Je l'ai installée dans le box 10, secteur vert.

Une infection virale des poumons…

Parfait, ça va me permettre de penser à autre chose, se dit Chloé en se détournant de Devlin.

Il lui emboîta le pas, ainsi que Cass.

— Cette épidémie de bronchiolites semble s'intensifier, déclara-t-il en marchant à côté de Chloé. D'autres hôpitaux commencent à signaler un taux supérieur à la normale pour cette période de l'année.

Pour le coup, Chloé ressentit une appréhension clairement professionnelle.

— Les tout-petits semblent toujours être les plus touchés par cette maladie. Mais vendredi soir, on a soigné une femme de cinquante-six ans qui souffrait probablement de VRS. Je n'ai pas eu connaissance du diagnostic final, j'ai fini mon service avant…

— Si c'était la femme de Petone, alors, oui, elle a contracté le virus, annonça Cass en écartant le rideau du box, révélant une petite fille pelotonnée sur les genoux de sa maman. Voici Kiera et sa maman, Megan…

Des yeux inquiets se fixèrent sur Devlin, qui parvint néanmoins à sourire tout en examinant la fillette.

— Docteur, elle n'a jamais été malade comme ça, commenta sa mère. En fait, elle n'est même jamais malade… Mais là, elle m'a réveillée avec sa toux et ses pleurs. J'ai peut-être paniqué… J'ai décidé de l'amener immédiatement ici.

— Vous avez bien fait, assura Devlin.

Il s'agenouilla pour se mettre au même niveau que l'enfant.

— Bonjour, Kiera. Tu ne te sens pas bien ?

Kiera tourna son visage vers la poitrine de sa mère.

— Est-ce qu'elle allait bien quand elle s'est couchée hier soir ? demanda-t-il à Megan.

Tout en parlant, il saisit doucement le bras de sa petite patiente. D'un doigt, il trouva le pouls de Kiera et chronométra les battements.

— Elle était grincheuse, mais j'ai cru que c'était parce qu'elle était restée à la halte-garderie plus longtemps que d'habitude. J'ai dû faire des heures supplémentaires pour remplacer une collègue. Kiera se fatigue beaucoup si elle y est plus de six heures d'affilée. J'ai visiblement mal jugé son état…

— Ne vous mettez pas martel en tête, vous connaissez votre fille mieux que quiconque, affirma Chloé tandis que Devlin prenait de nouveau la mesure du rythme cardiaque de la fillette. Vous savez quand quelque chose ne va pas, et vous avez agi au mieux.

Devlin se redressa.

— Chloé a raison. Je ne suis pas sûr que Kiera ait eu de la fièvre la nuit dernière… Ou alors à peine. Mais ce n'est plus le cas : elle est très fébrile. Nous allons la garder sous surveillance et vérifier régulièrement ses constantes ainsi que sa température… Toutes les heures, Chloé, s'il te plaît, et plus souvent si elle augmente encore.

— Bien sûr, dit Chloé en allant chercher le monitoring.

— Allongeons Kiera sur le lit, dit-elle. Megan, nous devons lui enlever ces vêtements épais pour faire baisser sa fièvre. Pendant que vous vous en chargez, je vais chercher de l'eau. Elle doit boire peu, mais souvent, pour éviter la déshydratation.

Kiera s'agrippa à sa mère en gémissant.

— Maman !

— Ne t'inquiète pas, ma chérie, je suis là, dit sa maman. On va juste te mettre sur un lit, pour que tu sois dans une position plus confortable…

— Je veux rentrer à la maison, protesta la fillette en toussant.

— Lunettes à oxygène, s'il te plaît, Chloé, intervint Devlin.

Il prit les électrodes du moniteur que Chloé lui tendait et les plaça sur la petite poitrine de Kiera que sa mère avait déshabillée. Pendant ce temps, Chloé se dirigea vers le chariot avec la bouteille d'oxygène et les sacs de dispositifs nasaux. L'enfant avait peur, cela se voyait, et peinait à respirer. Peu à peu, son visage devenait tout rouge, comme le reste de son corps.

Chloé prit une carafe d'eau et remplit un gobelet en carton qu'elle tendit à la mère.

— Proposez-lui donc quelques gorgées…

— L'eau n'est pas sa boisson préférée, prévint Megan en souriant d'un air gêné.

— Désolé, mais c'est préférable à une boisson sucrée pour le moment. Le liquide est absorbé plus rapidement, et c'est ce dont elle a besoin tout de suite, expliqua Devlin. Il faut réhydrater votre fille.

C'est alors que Cass appela de nouveau Devlin.

— Encore une autre urgence… Et très grave.

Devlin jeta un rapide coup d'œil à Chloé.

— Tu peux gérer la suite ?

— Aucun problème, assura-t-elle.

Elle affichait une mine déterminée tout en demeurant calme, sûre d'elle. Devlin éprouva alors une bouffée d'admiration pour cette jeune femme toujours prête à tout pour aider et soigner les patients.

— Merci, Chloé. Je reviens vite, promit-il. Enfin, aussi vite que possible…

— Comment va Kiera ? demanda Devlin à Chloé quelque trois quarts d'heure plus tard.

Il l'avait retrouvée dans la salle de repos, en train de boire un café.

— Mieux. Elle récupère, dit Chloé. Jaz la surveille en ce moment, et tout va bien, la fièvre tombe déjà.

— Quelle bonne nouvelle… On peut être optimistes.

Devlin la regarda et ébaucha un sourire. Il sentit les effluves légers du parfum floral que Chloé portait. Une odeur qui lui rappelait tant de souvenirs… Elle aimait déjà cette fragrance autrefois.

Il avait remarqué qu'elle avait changé d'humeur un peu plus tôt, face à lui. Elle avait semblé inquiète… Mal à l'aise.

— Il y a un problème ? demanda-t-il. Tout à l'heure, j'ai cru sentir quelque chose comme de la colère en toi… contre moi.

Une ombre passa sur le visage de la jeune femme, et l'étonnement se refléta dans ses yeux verts.

— Tu es observateur, dis donc. En fait, c'est plus compliqué que ça. Il s'avère que, malgré moi, je suis envahie par des images du passé… Et je ne le supporte pas, ajouta-t-elle avec franchise.

Devlin garda le silence, la gorge nouée.

En réalité, Chloé formulait exactement ce qu'il éprouvait.

— Je ressens la même chose. Exactement la même chose. C'est embêtant.

Chloé le dévisagea quelques instants. Puis elle finit de boire son café, lava la tasse dans l'évier et la posa sur le porte-vaisselle. Après quoi, elle regarda de nouveau Devlin et haussa les épaules d'un air agacé.

— Embêtant, oui, et embarrassant. On travaille ensemble et, si on est tous les deux submergés par des sentiments perturbants, ce sera pénible.

— Très pénible. Il faudrait qu'on fasse quelque chose pour arranger ça.

Chloé arqua un sourcil.

— Et que proposes-tu ?

Soudain, Devlin se sentit comme mis au pied du mur. N'était-il pas responsable du fiasco de leur couple ? Tiraillé intérieurement, attiré par Chloé, coupable, encore plein de désir pour elle… Comment pouvait-il agir ?

Il écouta alors son instinct… Il s'avança vers elle et, avant qu'elle ait pu protester, il la prit dans ses bras.

— Hé ! Mais ça ne va pas, non ? chuchota-t-elle, craignant sans doute qu'on les surprenne.

Mais il ne relâcha pas son étreinte, se noyant volontairement dans le vert des prunelles de Chloé.

— J'en rêve depuis que je t'ai retrouvée, murmura-t-il.

Puis il lui effleura le front d'un doux baiser.

Elle leva le visage et le contempla avec stupeur. Un court instant, il crut qu'ils allaient s'embrasser, enfin…

Mais d'un geste rapide, elle se dégagea et le défia en silence quelques instants.

— Ce serait trop facile, Devlin. Tu reviens, tu es gentil avec moi, on se plaît de nouveau, et tout va bien comme si rien ne s'était produit ? Laissons couler de l'eau sous les ponts, tu veux bien ? Ce serait vraiment trop facile, répéta-t-elle d'une voix assourdie par l'émotion.

Le cœur serré, Devlin s'efforça de ne pas trop trahir sa déception. Il mourait de désir d'étreindre Chloé, de l'embrasser passionnément, de humer son parfum, de lui tenir la main… Et tant pis si on jasait ensuite dans les couloirs !

Sauf qu'elle venait de le repousser.

— Très bien… Tu as raison. Il ne me suffit pas d'être gentil, ajouta-t-il, plus bouleversé qu'il ne l'aurait souhaité. Il faudrait que je te plaise de nouveau…

— Ah, tu crois que j'en ai envie ? répliqua-t-elle.

Chloé se dirigea vers la porte et, juste avant d'en franchir le seuil, elle lui lança un coup d'œil.

— Tu sais, je ne t'ai jamais oublié.

6.

Chloé se sentait fière d'elle.

Elle n'avait pas cédé à Devlin. Il avait d'abord paru tellement sûr de lui… Peut-être s'était-il attendu à ce qu'elle tombe sous son charme, tout de suite, et… dans ses bras ?

Il avait fallu qu'elle fasse appel à toute sa volonté pour ne pas l'enlacer elle aussi, et l'embrasser. Mais si une part d'elle-même restait accrochée, malgré elle, aux souvenirs de leur couple, une autre se rebellait et refusait de se laisser aller à la facilité du présent : l'attirance qu'elle éprouvait toujours pour Devlin, de plus en plus irrésistible et perturbante… Comment cette situation évoluerait-elle entre eux ?

Heureusement, le travail l'occupait beaucoup, et Chloé en venait à espérer que le rythme ne faiblirait pas.

Ce fut le cas. Des journées denses se succédèrent pendant une semaine, des urgences qui s'enchaînaient les unes aux autres et obligeaient l'équipe à être aussi soudée qu'opérationnelle. Devlin fit preuve autant d'un grand savoir-faire que d'une vive sensibilité face à des cas compliqués où la question de la vie et de la mort devenait plus lourde. De temps en temps, il s'attardait un court instant pour sourire à Chloé, mais sans une parole. Après quoi, il repartait relever les défis de son quotidien de médecin.

Vendredi soir, Chloé rentra chez elle particulièrement fatiguée. La nuit était en train de tomber et, pour ne rien arranger, il pleuvait.

Comme toujours, sa chienne l'accueillit avec un enthousiasme débordant.

— Oh ! non, Genie, je n'ai aucune envie de partir en promenade…

Mais la chienne alla chercher sa laisse et, la portant dans sa gueule, revint s'asseoir devant Chloé.

— OK, je comprends, sauf que je suis morte de fatigue… et de faim ! protesta Chloé, s'adressant à l'animal comme s'il pouvait tout comprendre. Tu as été promenée par la voisine, et la journée a été difficile…

De fait, encore une fois, les urgences n'avaient pas cessé. Dès que l'équipe finissait de prendre en charge un patient et le transférait au bloc ou dans un autre service, une nouvelle admission était annoncée. Chloé avait dû rester deux heures supplémentaires pour aider ses collègues débordés.

Genie continuait à la regarder d'un air brave en remuant la queue.

— Oh ! je sais que tu t'en moques complètement de mon emploi du temps d'humaine…

En souriant, Chloé caressa affectueusement la tête de Genie.

— Et comme toujours, qui gagne ? Toi ! Je vais mettre mes baskets, une veste chaude, et on y va !

Genie laissa échapper un jappement joyeux. Elle savait toujours quand elle avait obtenu ce qu'elle voulait.

Chloé se prépara rapidement, songeant déjà à l'itinéraire qu'elle emprunterait. Elle longerait Courtenay Place et irait en ville. Sous la pluie, mieux valait éviter de marcher sur la plage. Le sable collerait sur le pelage de Genie, et au retour la chienne salirait le sol !

Alors qu'elle enfilait son anorak, son portable sonna.

Son pouls s'accéléra en voyant s'afficher « Devlin » sur l'écran.

— Allô ?

— Dis-moi, tu as dîné ? demanda-t-il sans détour.

Il semblait un peu essoufflé. Sans doute était-il en train de faire son jogging.

— Non… Et toi ?

Elle avait posé la question spontanément.

— Non plus. Et si on mangeait ensemble ?

Elle hésita. Ce n'était peut-être pas une bonne idée. En même temps, s'ils se parlaient, ce serait toujours plus facile entre eux par la suite. Le dialogue, voilà ce qui leur avait tant manqué lors de leur si brutale rupture.

— N'accepte pas par politesse ! ajouta alors Devlin.

Chloé ne put s'empêcher de rire.

— J'avoue que je serais heureuse qu'on passe un petit moment ensemble en dehors de notre travail. Là, j'emmène Genie faire un tour, et ensuite je suis libre.

— Où vas-tu te promener ? Pas à la plage, quand même, avec ce temps… Il pleut et il fait froid.

— Oh non, on évitera le sable mouillé ! Je vais juste en ville pour rester sous les arcades des magasins. Tu veux me retrouver quelque part ? Il y a quelques bons restaurants sur Courtenay Place.

— Et Genie ? On ne pourra pas la laisser dehors pendant qu'on mange tranquillement.

— Je la ramènerai avant, bien sûr.

— D'accord. Tu m'appelles lorsque tu es de retour chez toi ? suggéra Devlin.

— Oui… Ou alors on pourrait acheter des plats à emporter, par exemple thaïlandais, et on dîne à la maison, proposa Chloé.

Pour le coup, elle franchissait plusieurs étapes d'un seul bond ! Mais ce ne serait qu'un tête-à-tête qui, l'espérait-elle, serait purement amical. Et de toute façon, être sous son toit lui donnerait davantage confiance en elle.

— Excellente idée, approuva chaleureusement Devlin. Merci ! Dans ce cas, je te retrouve en ville, et on rentre ensemble.

On rentre ensemble…

Ces mots résonnèrent curieusement aux oreilles de Chloé.

— D'accord.

Après avoir coupé la communication, elle jeta un coup d'œil au vieux jean qu'elle portait. Si, finalement, sa soirée se transformait en rendez-vous avec Devlin, pourquoi ne se montrerait-elle pas à son avantage ?

Elle alla vite se changer. Enfilant le jean qu'elle avait acheté en solde la semaine dernière, un chemisier crème et une veste en laine marine, elle fut envahie par une étrange émotion.

Se ressaisissant, elle s'emmitoufla de nouveau dans son anorak, en ferma le col, ajouta une écharpe, et prit Genie par la laisse.

— On y va !

Dehors, Chloé accéléra l'allure. Plus vite elles seraient à l'abri des arcades, mieux ce serait.

Genie, pas du tout gênée d'être mouillée, trottinait à côté d'elle, reniflant l'air chaque fois qu'ils passaient devant un restaurant.

Chloé ne tarda pas à apercevoir Devlin. Il l'attendait, en tenue de sport, coiffé d'un bonnet de laine. Aussitôt, Genie bondit vers lui comme si elle avait retrouvé son meilleur ami, et il la caressa gentiment.

— Salut, toi. Merci d'être là, dit-il à Chloé. Ça va me changer les idées ! Thaï ?

— Thaï.

Tous deux aimaient cette nourriture épicée… Visiblement, Devlin s'en souvenait.

Une fois qu'ils eurent commandé, ils firent quelques pas sous les arcades en attendant que leurs plats soient prêts.

— Comment réussis-tu à tout affronter quand, au travail, c'est aussi chargé qu'aujourd'hui ? questionna Chloé. Il faut soigner tant de cas différents, le stress est considérable, les enjeux sont vitaux…

— C'est la vie aux urgences, oui, admit Devlin. Pas facile, mais je crois que ça me plaît ! On s'habitue à l'adrénaline… Et pour décompresser, tu le sais, je pars courir sur la plage en écoutant de la bonne musique et en respirant le grand air ! Je me reconnecte alors à un univers plus tranquille et, surtout, plus normal.

Chloé remarqua le fil des oreillettes qui pendait de la poche du coupe-vent de Devlin.

— Tu écoutes… Joe Cocker ?

— Gagné. Tu te souviens…

Et il lui sourit d'un air complice.

Chloé sentit ses joues s'empourprer. Faisait-il référence à cette fois où elle avait dansé nue sur un morceau de ce rocker dans l'appartement de Devlin ? Ensuite, ils avaient fait l'amour sur le tapis…

— Je ne t'ai pas acheté une collection de ses albums pour fêter ta chaîne stéréo ultramoderne ? interrogea-t-elle, dissimulant son trouble.

Les disques vinyles avaient alors commencé à être de nouveau à la mode, et Devlin les avait adorés. Chloé avait été heureuse d'avoir pu lui offrir quelque chose qu'il apprécierait vraiment et qui ne représentait pas une importante dépense financière pour elle.

— Si. Je les ai encore tous. J'ai repéré un magasin dans Queen Street qui vend plein de disques. Le bon vieux vinyle est très demandé, maintenant. Mais pas pour les joggings, évidemment, ajouta Devlin en esquissant une moue amusée.

Oh qu'elle aimait ce sourire…

Depuis toujours.

C'était probablement ce sourire qui l'avait immédiatement conquise. Tout le reste avait suivi. À l'époque, il ne leur avait fallu que quelques jours pour devenir intimes et envisager de vivre ensemble. Avec le recul, Chloé se rendait compte qu'ils avaient brûlé les étapes. Ils auraient dû prendre le temps d'apprendre à mieux se connaître d'abord… Devlin lui aurait peut-être davantage fait confiance.

— Mais j'avoue que je suis toujours fan des vinyles, poursuivit-il. Tu crois que je suis vieux jeu ?

Distraite par ses pensées, Chloé lui sourit.

— Au contraire ! C'est cool d'écouter de vrais disques. Un CD, c'est différent.

Ils parlaient de tout et de rien, mais Devlin l'observait si intensément que c'était embarrassant.

Ils continuèrent à marcher sous les arcades. Genie se mit à renifler frénétiquement le bas d'une devanture de magasin, et Chloé tira sur la laisse pour que le chien avance.

— Et ton temps libre ?

— Mon temps libre ?

— Que fais-tu quand tu ne travailles pas ? demanda Devlin.

— Du ménage, des courses, de la couture, de l'entretien… Il y a toujours quelque chose qui a besoin d'être réparé chez moi. Imperméabilisation du tour des fenêtres, humidité sur les murs à nettoyer, volets à poncer, peinture intérieure et extérieure…

— On dirait que ça t'emballe !

— Effectivement, j'aime ça. Transformer peu à peu mon intérieur en lieu serein, joliment décoré, même avec peu de moyens, me plaît beaucoup.

— Je te comprends, dit Devlin. C'est ton domicile, tu peux en être fière… Et je me souviens que tu as toujours rêvé d'un nid bien à toi, parce que quand tu étais petite, avec ta mère, tout te paraissait instable.

Surprise qu'il s'en rappelle, Chloé lui lança un bref coup d'œil.

— Tu n'as pas tort. Bon, faisons demi-tour. Nos plats seront bientôt prêts, ajouta-t-elle d'un ton enjoué, espérant dissimuler son émotion.

C'est alors que la grande main chaude de Devlin s'enroula autour de la sienne et exerça une douce pression. Autrefois, Devlin avait l'habitude d'agir ainsi chaque fois qu'elle était bouleversée.

— Je n'ai pas oublié ce que tu m'as confié à propos de ta mère, Joy, qui ne parvenait pas à trouver de compagnon t'acceptant, toi, petite fille… Ça m'indignait. Tu as dû t'adapter, et te battre pour exister. Je le sais bien. Et tu vois, Chloé, tes épreuves t'ont donné ce je-ne-sais-quoi qui, à l'époque, m'a donné envie de t'épouser…

— Elle a fini par rencontrer Jack et, lui, il est adorable avec moi, répondit Chloé, submergée une fois de plus par un tourbillon de sensations contradictoires.

Heureusement qu'ils marchaient dans une rue animée ! Sinon, elle se serait jetée dans les bras de Devlin.

Et puis tant pis…

Elle s'immobilisa, le regarda et, cédant à l'élan profond qui l'envahissait, se blottit doucement contre lui.

— Je suis heureuse que tu sois venu à Wellington…

Que pouvait-elle dire d'autre quand une tornade intérieure l'agitait ?

Ce que Devlin venait de lui révéler prouvait qu'il l'avait réellement aimée à l'époque. Il avait veillé sur elle, l'avait rassurée quand elle doutait, lui avait répété ses sentiments, l'avait demandée en mariage…

Et pourtant, il avait aussi cru qu'elle lui avait été infidèle.

Qu'avait-elle fait pour l'induire ainsi en erreur ? Serait-elle aussi responsable, elle, de ce terrible malentendu qui les avait séparés ?

Une chose était sûre : lorsque Devlin l'avait rejetée, elle avait voûté les épaules en quelque sorte, et n'avait pas insisté. Même si elle lui avait écrit une lettre – qu'il n'avait pas lue –, elle n'avait peut-être pas suffisamment montré l'amour qu'elle ressentait pour lui…

— Je suis désolée, murmura-t-elle.

Sans relâcher son étreinte, il chercha le regard de Chloé, abasourdi.

— Désolée ? Toi ? Et de quoi ?

Dis-lui.

Le cœur serré, elle le regarda et laissa venir librement les mots.

— J'aurais dû te montrer à quel point je tenais à toi, Dev. Je t'aimais si fort… Mais je n'ai pas eu assez confiance en moi. J'ai baissé les bras trop vite, et je t'ai laissé partir.

En fait, elle avait cédé au désespoir, influencée par ce qu'elle avait si souvent éprouvé petite fille, et même jeune adolescente, quand elle se sentait repoussée par les hommes que fréquentait sa mère. Elle aurait dû savoir que Devlin était différent, et qu'il tenait à elle… Même si, dans un moment de colère, il avait claqué la porte. Si elle avait eu davantage confiance en elle, sans doute aurait-elle trouvé la force d'aller le chercher et de lui parler.

— On était deux, Chloé, souligna Devlin. Oui, tu aurais pu insister, mais je ne suis pas sûr que j'aurais été capable de te croire… J'ai accepté ta culpabilité bien trop facilement, et j'en ai honte. Je vais devoir vivre avec cette réalité de moi-même toute ma vie…

À ce moment-là, une femme en tailleur les heurta. Elle marchait en consultant son smartphone, l'air affairé.

— Oups, désolée ! lâcha-t-elle, confuse.

— Ce n'est pas grave, assura Devlin. On ne vous a pas vue, nous non plus, on bavardait !

Puis il glissa un bras autour des épaules de Chloé, et ils se dirigèrent vers le restaurant thaïlandais.

En avançant au rythme des pas de Devlin, Chloé s'efforça de respirer plus amplement. Les émotions lui nouaient l'estomac.

Donc Devlin s'en voulait…

Et il la comprenait.

Mais dans ce cas, pourquoi n'était-il pas revenu plus tôt vers elle ? Pourquoi avait-il si aisément abandonné le rêve qu'ils avaient commencé à bâtir ensemble ? Lui non plus n'avait pas insisté…

— Et si tu cessais de réfléchir ? lui chuchota alors Devlin à l'oreille. Je te connais, tu cogites !

Chloé se contenta de sourire.

Devlin resserra son étreinte autour des épaules de Chloé.

Comme il tenait à elle… Encore plus qu'il ne l'avait imaginé.

Juste avant de la retrouver, quand il avait découvert qu'elle travaillait dans l'hôpital qui l'embauchait, il s'était persuadé qu'elle serait mariée, ou de toute façon en compagnie d'un homme. C'était ce que sa propre mère lui avait martelé : Chloé, indigne de confiance, le remplacerait vite…

Faux.

Autre défaut majeur aux yeux de Mme Walsh : Chloé semblait originale, créative, et elle n'était certainement pas une « fiancée modèle ».

Devlin réprima une bouffée de colère en se remémorant les innombrables critiques maternelles à l'encontre de Chloé. Comment avait-il pu y prêter un quelconque crédit ?

Il avait vraiment commis l'erreur la plus colossale de sa vie…

Oui, il avait tout gâché alors qu'au plus profond de lui-même il avait toujours été convaincu de l'innocence de Chloé.

— Je regrette tellement, dit-il, la gorge nouée par les remords. Je me suis comporté comme un imbécile.

— Je ne te contredirai pas, répondit-elle.

Ils parvenaient devant le restaurant thaïlandais.

— Reste avec Genie, proposa-t-il. Je vais chercher nos repas.

— D'accord.

Chloé le regarda, l'air hésitant.

— Dev…

— Oui ?

Il sentit son cœur battre plus vite. Une foule de moments merveilleux passés avec elle lui revenaient en mémoire, se heurtant à la réalité du moment et à la distance qu'ils maintenaient entre eux.

— Es-tu enfin certain que je n'ai jamais voulu te tromper ?

Elle le fixait droit dans les yeux.

— Oui. Je te crois et je te fais confiance, répondit-il d'une voix sourde.

C'était vrai. Complètement vrai. Et il acceptait cette vérité en contradiction totale avec son comportement de l'époque.

Soudain, Devlin eut l'impression que sa poitrine s'emplissait d'oxygène… et d'espoir. Puis un désir brûlant l'envahit de la tête aux pieds, coulant dans ses veines, créant en lui un long frisson intérieur.

Cet élan vers Chloé, cette pulsion irrésistible et délicieuse, il ne l'avait pas ressentie depuis tant d'années…

Mais tu vas trop vite ! se dit-il simultanément.

Trop vite ?

Il se sentit de nouveau tiraillé par des pensées contradictoires.

Pouvait-il réellement faire confiance à Chloé ?

Non, là ne résidait pas le véritable problème.

Il s'agissait plutôt de la confiance qu'il éprouvait, lui, vis-à-vis de lui-même. Chloé était fiable… Et elle l'avait toujours été.

— Tu veux que j'aille chercher nos commandes ? demanda-t-elle.

Elle l'observait, attentive, visiblement perplexe.

— Non, je m'en occupe.

Devlin se ressaisit. Il fallait absolument qu'il se détache du passé et qu'il aille de l'avant.

Il ébaucha un sourire qu'il espéra rassurant, caressa rapidement la tête de la chienne puis, d'un pas vif, s'engouffra dans le restaurant.

7.

Ils marchèrent d'un bon pas jusqu'à la petite maison de Chloé.

Quand Devlin la suivit à l'intérieur et referma la porte derrière eux, il fut saisi d'une étrange impression.

C'était comme s'il rentrait chez lui, à la maison… Enfin.

Chloé était locataire d'un studio quand ils étaient ensemble. Ils avaient passé de nombreuses nuits dans son appartement à St. Heliers, qui jouissait d'une vue superbe sur le port d'Auckland. « Chic », avait-elle souvent commenté. « Agréable », répondait-il, modérant l'enthousiasme de la jeune femme. Elle paraissait sincèrement admirative et, en même temps, un peu gênée. Rêveuse, elle adorait contempler la mer et les bateaux à travers la grande baie vitrée… Il s'en souvenait comme si c'était hier.

Chloé lui tapota le bras, attirant son attention.

— Je vais nourrir Genie. Tu peux prendre quelques assiettes dans le placard… Il y a une bouteille de chardonnay au frais. Je n'ai pas de vin rouge, désolée.

— Le chardonnay, c'est parfait.

Il se serait même contenté d'eau salée !

— Tu voudras un verre, toi aussi ?

Elle eut un sourire un peu moqueur.

— À ton avis ?

— J'en déduis que c'est oui. Je m'en occupe.

Devlin gagna la cuisine, bien rangée, et supposa que le placard au-dessus du réfrigérateur contenait des verres.

Exact. Tout était à sa place… Enfin, presque.

Les verres étaient alignés, mais pas aussi impeccablement qu'ils l'auraient été à l'époque. L'étagère en bois brillait, mais il remarqua un soupçon de poussière au fond. Chloé serait-elle plus détendue au quotidien ? À l'époque, elle l'avait quelque peu agacé avec son besoin de garder chaque objet à sa place dans la cuisine, le salon, la salle de bains, la chambre… C'était sans doute sa façon de contrôler sa vie, d'affirmer : « Je suis Chloé Rasmussen ! »

Mais aujourd'hui, elle paraissait équilibrée. Elle avait trouvé sa force intérieure, et mûri. Tant mieux… Elle méritait cette stabilité. D'autant plus que rien n'avait été facile pour elle. Il avait fallu qu'elle déploie de nombreux efforts, qu'elle s'accroche à ses objectifs… Et seule, probablement.

— Tu as trouvé le vin ?

La voix mélodieuse de Chloé le fit presque sursauter. Comme la jeune femme se rapprochait de lui, Devlin fit maladroitement tomber l'un des verres qu'il tenait.

— Oh ! désolé… Tu as une balayette ? demanda-t-il, troublé d'être bouleversé à ce point par la proximité de la jeune femme.

Chloé la lui apporta, puis elle prit les verres, la bouteille, l'ouvrit et les servit.

— Voilà, dit-elle en souriant d'un air amusé.

— Merci. Bon, l'essentiel, maintenant, est de ne pas se couper…

Après avoir ramassé les débris et tout nettoyé, Devlin contempla Chloé et sourit à son tour.

— La vérité, c'est que je suis tellement ému d'être ici, avec toi, que je fais n'importe quoi.

— Moi aussi, je suis émue.

Se détournant, elle sortit des assiettes, des couverts, et ôta les couvercles des boîtes contenant la nourriture.

— Ça sent très bon ! s'exclama-t-elle, disposant le tout sur le comptoir mais pas trop près afin qu'ils ne se touchent pas en mangeant.

Devlin le remarqua tout de suite. Chloé ne voulait pas se rapprocher de lui. Elle gardait une sage distance, prudente et bien raisonnable.

Il prit son verre et le choqua doucement contre celui de la jeune femme.

— Trinquons à nous, à nos retrouvailles imprévues mais bien agréables… Et au temps qui passe et répare nos blessures, ajouta-t-il avec émotion.

Chloé trinqua à son tour.

— Oui, à nous.

Ses lèvres effleurèrent le bord du verre, et elle avala quelques gorgées en évitant le regard de Devlin.

Il continua à la dévisager, se rappelant les plaisirs que la bouche de Chloé lui avait procurés autrefois, leurs baisers passionnés, infinis, tandis qu'ils étaient affamés l'un de l'autre…

Il détourna les yeux et s'efforça de rester concentré sur son assiette. Riz et poulet au curry vert. Appétissant, non ?

Mais la nostalgie l'envahissait. La soirée s'annonçait difficile s'il restait aussi tendu.

Il fallait qu'il fasse quelque chose.

— Je peux mettre de la musique ?

— Bien sûr. Ma chaîne est dans le salon, répondit-elle en allant verser des croquettes dans la gamelle métallique de Genie.

Devlin se rendit dans la pièce adjacente. Elle était petite mais chaleureuse : mobilier en rotin clair, canapé moelleux, épais tapis et cheminée. Avisant l'appareil, il l'alluma et jeta un coup d'œil aux CD. Il en découvrit plusieurs de Joe Cocker. En souriant, il en glissa un dans la fente, et un air de blues emplit la maison.

Il connaissait cet air par cœur…

Et Chloé aussi.

— Tiens, tiens, pourquoi ne suis-je pas surprise que tu aies choisi cet album ? lança-t-elle.

— Pourquoi ne suis-je pas surpris que tu possèdes cet album ?

Hochant la tête, Chloé s'avança vers lui, une lueur amusée au fond des yeux.

— On avait les mêmes goûts.

— On les a peut-être toujours…

— Peut-être.

Comme elle restait au milieu de la pièce, l'air hésitant,

Devlin la contempla, conscient des pulsations de son cœur dans sa poitrine.

— Tu te souviens ? ajouta-t-elle alors d'une voix douce, en commençant à onduler des hanches. J'adorais cet air…

— Je m'en souviens très, très bien. Ce jour-là, tu m'avais offert un strip-tease inoubliable, dit-il, la voix assourdie par l'émotion.

— Oh oui ! Et je ne recommencerai pas.

— Dommage, murmura Devlin en s'approchant d'elle. Viens.

Sans la quitter des yeux, il l'enlaça et se mit à danser tout contre elle.

Chloé se raidit entre ses bras. Son regard s'accrocha à celui de Devlin. Entre eux, le désir était palpable.

— Tu n'as pas faim ?

— Si… De toi, avoua-t-il.

Les mots lui avaient échappé, exprimant exactement ce qu'il éprouvait à cet instant.

Chloé ébaucha un sourire gêné, mais elle se blottit davantage contre lui.

Elle ne s'écarta pas…

Elle ne le repoussa pas.

La suite se déroula comme dans un songe. Leurs bouches se trouvèrent, leurs souffles se mêlèrent, leurs mains se cherchèrent…

Et enlacés passionnément, ils trouvèrent le même rythme pour poursuivre une danse de plus en plus sensuelle…

Tandis qu'il glissait délicatement les doigts sous le pull de Chloé, reconnaissant la douceur veloutée de sa peau, Devlin ressentit un tel plaisir qu'il fut incapable de se maîtriser davantage. Il prit la jeune femme par la taille et la plaqua contre lui. Tout en s'emparant de ses lèvres, il lui caressa le dos, les reins, plus bas encore… Et encore… Jusqu'à ce qu'elle ploie contre lui et s'abandonne.

Alors, il sut. Ici, à cet instant, il était chez lui, avec la femme de sa vie…

Chloé referma la porte d'entrée derrière Devlin et s'appuya contre le battant, consciente du martèlement de son cœur dans sa poitrine.

Elle se sentait comme étourdie.

Dev venait de passer les trois dernières heures chez elle… Trois heures merveilleuses.

Ils avaient fait l'amour sur le tapis en écoutant leur musique préférée. Ils avaient dîné et bu du vin en bavardant avec entrain, puis ils s'étaient réfugiés dans sa chambre et s'étaient aimés à nouveau avec volupté.

Le Devlin dont elle se souvenait ne perdait jamais le contrôle de lui-même… sauf pendant l'amour. Là, il devenait un homme différent. Un homme dont elle adorait les étreintes et avec lequel elle s'autorisait à lâcher prise, à être transportée corps et âme.

Apparemment, rien n'avait changé entre eux…

Du moins à ce niveau-là.

Chloé resserra les bras autour de sa poitrine, essayant vainement de s'apaiser, de se rassurer.

Elle avait tenté de garder ses distances mais, maintenant qu'elle avait cédé au désir qu'elle éprouvait pour Devlin, elle en voulait encore…

Et c'était ça, le pire.

Oui, comme d'un volcan faussement éteint, toute la passion s'enflammait de nouveau en elle. Et les sentiments… Et à cet instant, elle sut qu'elle était en train de tomber follement amoureuse, une fois de plus, malgré elle.

Chloé entendit son téléphone émettre une mélodie rock. Quelqu'un l'appelait, mais elle n'était pas du tout d'humeur à répondre…

À moins que ce soit Devlin ?

Elle gagna la cuisine où l'appareil était posé sur la table, mais l'espoir, surgi d'un coup, s'évanouit aussi vite.

C'était sa mère.

— Bonsoir… Comment vas-tu ? demanda-t-elle en s'asseyant.

— Je m'ennuie ! Jack me surveille tout le temps, de crainte

que je bouge ne serait-ce que le petit doigt ! Je te garantis que, dès que je serai sur pied, je prendrai ma revanche.

— Sois patiente, et tu guériras plus vite, conseilla distraitement Chloé.

— Ah, la patience… Ce n'est pas mon fort.

Chloé émit un petit rire qui, même à ses oreilles, sembla un peu trop aigu.

Naturellement, sa mère s'en aperçut immédiatement.

— Qu'est-ce que tu as, ma fille ?

— Rien. Je couve peut-être un rhume.

— Hum… Un rhume ? Je te sens plutôt tendue… Il s'est passé quelque chose de particulier ?

Chloé réprima un soupir.

— Oui. Devlin a dîné avec moi à la maison.

— C'est vrai ? Alors vous avez trouvé un terrain d'entente ? questionna sa mère, surprise.

— Je crois que oui, même si ça paraît incroyable.

Et comme c'est bon de faire l'amour avec lui…, poursuivit Chloé en son for intérieur.

— Dire que tu pensais que vous vous disputeriez à cause du passé ! Ma foi, quelle bonne nouvelle ! Après tout, vous avez mûri tous les deux, n'est-ce pas ? Et le temps fait son œuvre pour réparer et effacer les vieilles blessures, non ?

Chloé sourit. Sa mère, qui avait toujours adoré Devlin, avait été effarée par les accusations qu'il avait portées à son encontre. Et vaille que vaille, elle s'était efforcée de consoler Chloé.

— Il reste des zones d'ombre dans notre histoire, avoua-t-elle, chassant tant bien que mal les souvenirs torrides de son étreinte toute récente. Malgré tout, il m'a présenté des excuses, et c'est un grand progrès.

— Ah oui ? Très bien ! Peut-être même qu'au bout du compte vous vous retrouverez et ce sera encore mieux qu'avant ?

— Tu es sérieuse ? répliqua Chloé, stupéfaite. Tu penses sincèrement que Devlin et moi pourrions être de nouveau ensemble ? Alors que tu m'as assuré que tu le méprisais à cause de ce qu'il m'a fait ?

— Le comportement de Devlin a été honteux et inacceptable. D'ailleurs, je le lui ai clairement dit.

— Quoi ?

Pour le coup, Chloé tombait des nues.

— Oui, ma fille. Un jour, je suis allée le voir, et je lui ai expliqué ce que je pensais de lui et de ses soupçons absurdes à ton sujet. Que veux-tu, j'étais tellement choquée et déçue !

Chloé garda le silence un court instant. La loyauté de sa mère à son égard avait toujours été sans faille. Tout comme celle de Jack.

Émue, elle ne put s'empêcher de sourire.

— Merci, maman. Et peut-être as-tu raison… Peut-être qu'après cette longue séparation, Devlin et moi, on se retrouvera.

En prononçant ces mots, elle sentit son cœur se serrer. Si seulement c'était possible !

— À l'époque, vous vous êtes sans doute rencontrés trop tôt. Tu te remettais de ton échec avec Stephen, tu poursuivais ta formation d'infirmière, et tu n'étais pas vraiment prête à t'installer pour de bon avec un autre homme. Quant à Devlin, il était débordé par ses études pour devenir médecin, puis un spécialiste des urgences, et il était très stressé. Sans parler de sa famille, extrêmement exigeante… Bref, vous n'aviez pas tous les atouts en main. Mais aujourd'hui, c'est différent. Vous êtes deux professionnels, et deux célibataires, si j'ai bien compris…

— Oui. Devlin ne s'est pas marié. Et de fait, il a l'air très content de me revoir. Mais je ne sais pas où ça nous mènera… Bon, maman, excuse-moi, mais je vais te laisser. Genie a besoin de sortir, et ensuite j'irai me coucher.

— Il est à peine plus de 22 heures, observa sa mère d'un ton surpris.

— Je suis fatiguée. Le service n'a pas désempli de la journée, il a fallu assurer minute après minute… Je ne tiens plus debout !

— Je comprends, ma chérie. Fais attention à toi, et ne prends pas de décision irréfléchie.

Trop tard.

Enfin, peut-être n'avait-elle pas vraiment décidé quoi que ce soit, consciemment et rationnellement ! Mais son corps, lui, avait certainement montré ce qu'elle ressentait toujours pour Devlin.

— Ne t'inquiète pas. On en reparle, promit Chloé.

— Je t'appellerai.

— Bonne soirée…

Après avoir coupé la communication, Chloé songea qu'elle aurait préféré ne rien confier à sa mère. En même temps, le peu qu'elle lui avait révélé lui permettait de se rendre compte de ses propres doutes vis-à-vis de Devlin, et bien présents en dépit de ce qu'ils venaient de partager. Cette étreinte aussi passionnée que voluptueuse…

Songeuse, elle gagna la salle de bains, se déshabilla lentement, régla la douche à la bonne température et se glissa sous l'eau. Les treize dernières heures avaient été mouvementées… Intenses !

Fermant les yeux, elle savoura le jet chaud qui lui massait les épaules et le dos.

Dev s'est excusé… Il sait que je ne l'ai pas trahi…

Elle rouvrit les paupières.

Oui, il avait admis s'être trompé, lui !

C'était un tel soulagement… Après toutes ces années, enfin, son ex-fiancé reconnaissait qu'il avait eu tort de ne pas lui avoir fait confiance. Voilà qui changeait la donne, même si cela n'effaçait pas les blessures de la séparation et, surtout, des raisons qui les avaient menés à la rupture.

Chloé sourit, rêveuse, et se savonna, utilisant un gel douche au parfum apaisant de fleur d'oranger.

Devlin revenait dans sa vie du jour au lendemain, et elle l'aimait toujours, c'était évident. Même si elle ne lui avait pas encore tout dit, elle l'aimait. Dès que ce serait possible, elle lui raconterait ce qui lui était arrivé, la perte du bébé – leur enfant –, et il comprendrait sûrement pourquoi, jusqu'à présent, elle ne lui en avait pas parlé. Ils venaient à peine de se retrouver…

Idéalement, il faudrait qu'elle ne tarde pas trop à lui faire cette révélation. C'était aussi une question de confiance. Il ne devait plus subsister de zones d'ombre entre eux pour qu'ils puissent aller de l'avant librement et s'accorder toutes les chances de reconstruire quelque chose…

Peut-être.

Donc oui, dès que possible, elle lui parlerait du bébé.

— Tu t'occupes du secteur vert aujourd'hui, lui indiqua Devlin quand elle arriva dans le service à 6 h 45, le lendemain matin. Et prépare-toi à assurer, on a déjà admis trois enfants en bas âge et deux sexagénaires atteints de bronchiolite. En plus, on a deux patients en attente de chirurgie après une bagarre dans un pub cette nuit.

— Oh ! là, là… Je savais que j'aurais dû rester au lit ! répondit Chloé sur le ton de la plaisanterie.

Devlin l'observa, l'air attendri, presque… aimant. Une lueur malicieuse brillait dans ses prunelles, à moins que ce ne fût du désir mêlé de complicité… Chloé lui sourit, heureuse qu'ils ne soient que tous les deux dans la salle du personnel à cet instant. En dépit des cas d'urgence qu'il venait de lui dépeindre, la vie lui semblait rose et légère.

— Tu crois que j'ai le temps de boire un petit thé ? demanda-t-elle.

— Bien sûr. Il est déjà prêt, là, sur la table…

Il lui désigna un gobelet sur lequel le prénom de Chloé avait été inscrit.

— Je t'ai vue arriver, précisa-t-il.

— Oh ! merci !

Elle ôta son manteau, le suspendit, enfila sa blouse bleue et but quelques gorgées. Tiens, du thé vert à la menthe ? Surprise qu'il se soit souvenu du parfum qu'elle préférait, elle savoura d'autant plus le breuvage chaud.

— Tu viens à pied alors que le jour n'est pas encore levé et qu'il fait si froid ? s'étonna Devlin.

— Tu sais que je n'habite pas très loin, et le parking est plutôt coûteux, par ici. J'emprunte la voiture uniquement s'il pleut ou si je travaille de nuit.

Elle contempla Devlin, et remarqua alors les cernes sous ses yeux. Il était censé commencer en même temps qu'elle, mais visiblement il était là depuis déjà un moment.

— Tu es arrivé plus tôt ?

— Oui, je ne pouvais pas dormir, avoua-t-il.

Il lui adressa un coup d'œil où brillait toujours cette petite étincelle.

— J'ai pensé que je serais plus utile ici qu'à la maison à essayer de réparer le robinet qui fuit dans ma cuisine. Il faut que j'appelle un plombier !

— C'est un problème qui dure depuis longtemps ?

— Je ne sais pas. C'était comme ça quand j'ai emménagé, et je n'ai encore rien pu faire. De plus, je n'y connais rien. Bizarrement, cette nuit, ça m'a énervé d'entendre le goutte-à-goutte dans l'évier ! Insomnie oblige, j'imagine.

Comme Devlin lui souriait, Chloé sentit son cœur s'emballer. Entre eux, l'attirance devenait puissamment magnétique. Irrésistible.

— Si tu veux, je passerai voir. Je me débrouille bien en plomberie.

Il écarquilla les yeux.

— Vraiment ?

— Eh oui ! Ça m'intéresse ! avoua Chloé en riant. Je répare tout ce que je peux, chez moi. Ça me plaît d'avoir la main sur la tuyauterie et les robinets…

— Elle est aussi douée pour installer des prises électriques, annonça Jaz en les rejoignant alors dans la salle.

— Je suis impressionné ! Mais vous savez que c'est illégal ? fit remarquer Devlin d'un ton amusé. Normalement, on doit faire intervenir un spécialiste !

— Quand c'est possible ! souligna Jaz. Notre Chloé est douée pour toutes sortes de petits travaux de réparation, et j'avoue que c'est bien agréable de pouvoir lui demander un service…

— Jaz, s'il te plaît ! l'interrompit Chloé, un peu gênée pour le coup. Tout l'hôpital voudra me solliciter ! Et je ne répare que les petites pannes, vraiment simples.

Elle se tourna vers Devlin, qui l'écoutait d'un air admiratif.

— Bon, ne t'inquiète pas, je passerai jeter un œil, proposa-t-elle de nouveau.

Et de toute façon, elle était curieuse de découvrir l'appartement de Devlin !

— Avec grand plaisir, répondit-il. On en reparle. Pour l'instant, on se concentre sur nos missions, on a du pain sur la planche…

Chloé s'assit devant un ordinateur et alluma l'écran.

En effet, le service était déjà presque saturé alors que la matinée commençait à peine. C'était tous les jours ainsi. Un accident de vélo, une chute sur un trottoir, une maladie soudaine…

Et encore une bronchiolite, pensa Chloé plusieurs heures plus tard, alors qu'elle essuyait le corps fiévreux du petit Jarvis, âgé de trois ans. Décidément, cet hiver, le virus s'avérait particulièrement contagieux.

— Est-ce que son état a empiré ? s'inquiéta le père de Jarvis tandis qu'elle prenait de nouveau la température de l'enfant. Il est plus rouge qu'il y a une demi-heure.

— Il a beaucoup de fièvre, plus de 40 °C… Je vais voir le médecin. Je reviens dans une minute.

Chloé se dirigea vers Devlin qui sortait tout juste d'un autre box de consultation, et lui expliqua la situation.

— En pédiatrie, ils sont débordés, dit-il, ennuyé.

Elle le savait déjà. C'était la raison pour laquelle le service des urgences se retrouvait plein à craquer. Tout comme la salle d'attente, où plusieurs personnes attendaient d'être examinées.

— Ils refusent les admissions pour l'instant, précisa Devlin. Un collègue pédiatre va venir nous aider. Des aides-soignants installent déjà des lits supplémentaires. En attendant, allons revoir ton jeune patient…

Il écarta le rideau du box où Jarvis était à présent recroquevillé contre son père. Le petit garçon paraissait tellement effrayé que Chloé sentit son cœur se serrer.

— Oh ! dis donc, Jarvis, j'adore ton T-shirt, lança Devlin. Un éléphant qui vole, c'est cool !

Jarvis jeta un coup d'œil à ce qui était imprimé sur le tissu, puis resta silencieux, ses grands yeux graves posés sur Devlin.

— Il va vite aller mieux ? interrogea le père.

Devlin prit la parole d'une voix calme qui inspirait confiance, même si à ce stade, et Chloé le savait pertinemment, on ignorait combien de temps il faudrait pour faire baisser la température de Jarvis. Peut-être même que la fièvre risquait de monter.

— Nous devons continuer à surveiller votre fils. J'espère qu'il sera rapidement transféré en pédiatrie, où les médecins et les infirmières pourront parfaitement adapter les soins. Jarvis sera plus à l'aise là-haut, sans les autres patients qui vont et viennent, ce qui engendre du bruit et du stress. Même si le service sera aussi plein à craquer, ce sera quand même un endroit plus confortable pour lui.

— Vous n'avez pas vraiment répondu à ma question.

Devlin poussa un soupir.

— Vous avez raison, mais je ne peux rien vous dire de plus avec certitude, malheureusement. Pour un rétablissement à la normale, on doit compter, en général, entre un et quelques jours… Mais on gardera Jarvis tant qu'il n'y aura pas d'amélioration complète.

L'inquiétude se refléta sur le visage du père de Jarvis.

— Pourquoi y a-t-il tant de cas de bronchiolite ? C'est la première fois qu'on voit ça…

— C'est vrai. Le virus existe depuis des années, et en principe l'épidémie n'est pas aussi forte, précisa Devlin. D'autant que cette année elle touche aussi bien les jeunes que des adultes de tout âge. Nous pensons qu'il y a une recrudescence des cas, notamment chez les enfants, à cause du Covid et des confinements répétés ces derniers temps. Comme ils n'ont pas été en contact avec leurs camarades, ils n'ont pas pu développer d'immunité naturelle contre les différents microbes et virus.

Le père hocha la tête.

— C'est logique, je suppose. Encore une des conséquences imprévues du Covid.

— Hélas, oui, admit Chloé. Et à mon avis, on n'a pas fini d'en voir. Mais nous ferons face… comme toujours !

Elle versa un peu d'eau dans un gobelet qu'elle porta aux lèvres de Jarvis. Il secoua la tête.

Son père s'empara alors du verre.

— Jarv, pour papa, allez ! l'encouragea-t-il gentiment. Tu en bois un peu, et je fais la même chose, mais dans ma bouteille. D'accord ?

Les grands yeux de son fils se fixèrent sur lui, puis l'enfant ouvrit lentement la bouche, accepta quelques gouttes et laissa sa tête retomber sur le côté.

— Super, fiston. Maintenant, à mon tour.

L'homme attrapa une autre bouteille sur la table de chevet et avala plusieurs gorgées.

— Tu vois ? J'en ai pris beaucoup plus… Tu essaies d'être meilleur que moi ?

Jarvis resta sans réaction.

— Tu serais un vrai champion, affirma Chloé en levant cinq doigts écartés, pour un check amical.

Le petit garçon tourna la tête vers elle, l'air sceptique. Pendant un long moment, elle crut qu'il refuserait. Elle lui adressa un clin d'œil, sourit… Et patienta.

Enfin, d'un geste lent, Jarvis attrapa la bouteille à deux mains et but.

— Bravo !

Chloé tapota doucement sa paume contre celle de l'enfant.

— Tu es le plus fort !

Se tournant vers le père, elle chuchota :

— Incitez-le encore à s'hydrater. C'est très important, car il est brûlant. Je reviens dans quelques minutes, poursuivit-elle en parlant de nouveau normalement. J'ai un autre patient à voir.

Devlin la suivit hors du box.

— Tu as un don pour amadouer les petits…

— Ils sont si gentils ! Et ils m'attendrissent, avoua Chloé. Bon, poursuivons…

Elle pénétra dans un autre box et découvrit une femme d'un certain âge, les yeux clos, reliée à un moniteur cardiaque.

Chloé lut que la patiente s'appelait Daphné Harroway.

— Bonjour, Daphné…

Pas de réponse.

Chloé lui tapota les doigts un par un.

— Daphné, vous m'entendez ? Serrez ma main si vous le pouvez.

Toujours aucune réaction.

Chloé échangea un bref regard avec Devlin, puis prit connaissance du compte rendu.

Mme Harroway avait été victime d'un accident de voiture et admise dans un état inconscient. Devlin avait diagnostiqué un gonflement du cerveau, probablement causé par un choc sévère lors de l'impact. Il n'y avait pas d'autres blessures. Placée sous oxygène, elle était sur le point d'être transférée en neurologie.

— On a pu contacter ses proches ? interrogea Devlin.

— D'après la police, on possède seulement la mention de l'existence d'un enfant – un fils –, mais pas de numéro de téléphone, dit Chloé en parcourant le document de transmission. Ils effectuent des recherches.

À ce moment-là, une infirmière parut sur le seuil.

— Devlin, vous êtes demandé en réanimation. Homme de quarante et un ans, attaque sévère.

— J'arrive. Rejoins-moi quand tu peux, Chloé.

Et il s'éloigna.

Chloé garda son attention sur les oscillations du moniteur, ce qui l'aida curieusement à calmer les émotions qui l'avaient envahie depuis son arrivée dans le service.

Elle se concentra sur les mouvements réguliers de la poitrine de Daphné, qui se soulevait et s'abaissait sur le rythme de l'oxygénothérapie.

Si seulement elle pouvait ne plus penser à Devlin, à leur étreinte de la veille, aux sentiments qui l'assaillaient depuis…

Il lui faudrait tenir ainsi jusqu'à ce qu'elle puisse enfin s'accorder une pause, boire un thé à la menthe ou un café, et manger quelque chose. En attendant, elle ferait face à l'afflux de patients qui transformait le service en champ de bataille.

Chloé réprima un soupir. Oui, elle devrait être forte…

Mais n'avait-elle pas l'habitude ?

— Dire que je pensais que les urgences de Wellington seraient un peu moins sous pression que le dernier hôpital où j'ai travaillé, lança Devlin en rejoignant Chloé. Quelle erreur de ma part !

Elle se trouvait en salle de repos avec d'autres collègues qui, comme elle, avaient accepté d'assurer, encore, quelques heures supplémentaires.

Il apportait une assiette bien garnie et la déposa sur la table commune.

— Pourquoi la situation aurait été différente des autres établissements ? interrogea une aide-soignante.

— Sans doute parce que je croyais que cette ville serait plus tranquille que Melbourne, par exemple… Ah, les idées reçues ! ajouta Devlin en ébauchant un sourire las.

Puis il s'assit et commença à manger.

En l'observant, Chloé continua à croquer dans son bagel poulet-salade. Elle sentait qu'il était fatigué, et peut-être même un peu découragé, comme tout le monde d'ailleurs. Ils assuraient des heures supplémentaires depuis plusieurs jours, sans relâche. Mais au fond, ce n'était pas seulement cette surcharge de travail qui les affectait tous… C'était surtout le stress ambiant. Redouter qu'un patient ne s'en sorte pas, ou se retrouve dans une situation dramatique après sa sortie… Assister à la souffrance des enfants atteints de bronchiolite, qui toussaient de façon désespérée, à en avoir des larmes aux yeux tandis qu'ils s'agrippaient à leurs parents ou au soignant auprès d'eux…

Oui, tout cela épuisait Chloé et tous les professionnels avec lesquels elle travaillait. Aucun moyen d'échapper à l'inquiétude et à la tension permanentes. C'était tellement dur d'assister à la douleur des patients, de leurs proches…

Néanmoins, Chloé, tout autant que ses collègues, affichait un visage souriant, rassurant, et agissait le mieux possible, toujours, avec espoir et constance.

Elle-même aimait tous les aspects de son métier d'infirmière, et pas seulement les moments agréables où elle voyait un patient rentrer chez lui heureux, soulagé et en sécurité. En vérité, lors de son enfance et de son adolescence, elle avait toujours voulu aider les autres, peut-être parce qu'elle espérait recevoir de la reconnaissance en retour… Dorénavant, c'était différent. Elle ne cherchait plus à être acceptée par les autres. Elle savait bien qu'elle ne serait pas aimée de tous…

Chloé posa son assiette vide et sirota son café. Mais son estomac gargouilla… Elle avait encore faim !

— Tu vas tout manger ? demanda-t-elle à Devlin, qui dévorait un volumineux sandwich au jambon, et qui en gardait encore un dans son assiette.

— Eh oui, je suis affamé, répondit-il entre deux bouchées.

— Mais je parie que tu as les yeux plus gros que le ventre. Je t'offre des muffins au chocolat si tu finis tout ! plaisanta-t-elle.

— C'est du chantage, répliqua Devlin en riant. Allez tiens, prends mon deuxième sandwich, je vois bien que tu n'es pas rassasiée, toi.

— Tu es trop gentil… J'accepte !

Chloé se rendit alors compte que leurs collègues les contemplaient avec une évidente curiosité. Forcément… Entre Devlin et elle existait une complicité inhabituelle. Personne ne savait qu'ils avaient été en couple des années plus tôt. Mais en les regardant, on devait se douter que leurs relations n'étaient pas seulement professionnelles.

Réalisant sans doute la même chose que Chloé, Devlin attrapa son portable et le consulta, faisant distraitement défiler les informations sur l'écran.

Chloé termina son repas, puis alla acheter des muffins qu'elle offrit à tout le monde.

— Un peu de sucre, c'est bon pour le moral, affirma Jaz. Exactement ce dont on a besoin aujourd'hui. Merci, Chloé !

Et tous la remercièrent chaleureusement. Croisant le regard de Devlin, Chloé sentit son cœur battre plus vite. Il la contemplait avec une attention et une tendresse qui ne devaient échapper à personne…

Troublée, elle croqua dans son biscuit, en savourant le goût chocolaté. Elle surprit de nouveau les yeux de Devlin posés sur elle.

Alors la bonne résolution qu'elle avait prise lui revint à l'esprit.

Il faudrait qu'elle lui parle… Qu'il sache à propos du bébé qu'elle avait perdu… Plus elle attendrait, moins il comprendrait qu'elle ait caché cet événement.

Oui, dès que possible, je lui raconterai tout…

8.

— Bonne nuit, dit Devlin à Chloé alors qu'elle descendait de voiture. Sauf urgence extrême, on a quarante-huit heures de repos devant nous !

La jeune femme s'appuya contre la portière, visiblement éreintée.

— Personnellement, je crois que je vais dormir une journée non-stop !

Devlin remarqua les cernes qui assombrissaient les yeux de Chloé. Et pour cause. Ils avaient tellement travaillé durant cette semaine.

— Et qui sortira Genie ? s'inquiéta-t-il.

Il apercevait déjà la chienne qui guettait sa maîtresse de l'autre côté de la clôture, debout sur ses pattes arrière, sa laisse dans la gueule.

— La fille de ma voisine l'emmène en promenade après l'école tous les jours. Elle continuera…

Chloé alla donner une caresse à l'animal.

— Et non, pas de balade pour l'instant, soupira-t-elle.

Elle reporta son attention sur Devlin.

— Merci de m'avoir ramenée. Repose-toi bien, toi aussi.

— Merci. Alors à très vite…

— Oui, à très vite, répéta-t-elle.

Elle garda les yeux fixés sur lui un peu plus longtemps que nécessaire, puis se détourna et ouvrit le portail.

En démarrant, Devlin jeta un coup d'œil dans le rétroviseur. Chloé se penchait vers sa chienne et lui frottait affectueusement la tête en lui murmurant sans doute de douces paroles.

Attendri, il sourit et poursuivit lentement son trajet sur la route qui longeait la plage.

Deux semaines à peine s'étaient écoulées depuis qu'il avait retrouvé Chloé… Et voilà qu'il se sentait de nouveau complètement chaviré.

Il la trouvait si sensible, et si jolie ! Sans parler du fait que, professionnellement, elle s'avérait d'une efficacité admirable. Il percevait les émotions qu'elle maîtrisait, parfois difficilement, devant les patients, mais aussi face à lui.

Chloé – son ex-fiancée, quand même ! – le touchait profondément, autant qu'elle lui plaisait physiquement et moralement. Il ne l'en aimait que davantage, jour après jour. D'ailleurs là, s'il s'écoutait, il rebrousserait chemin pour la prendre dans ses bras, encore, l'embrasser, veiller sur elle, la câliner…

Devlin freina brutalement, mit son clignotant et attendit de pouvoir faire demi-tour. Il venait de passer devant un restaurant italien. Et s'il s'y arrêtait pour acheter deux pizzas, ou autre chose ? Après tout, même s'ils étaient fatigués, il fallait bien qu'ils dînent ! Et Chloé serait sûrement contente. Ils pourraient bavarder, et ensuite…

Un sourd désir l'envahit, brûlant, insistant.

Ensuite, peut-être s'aimeraient-ils.

Oui, il avait juste envie d'être avec Chloé… et vite.

Maintenant.

Quelques instants plus tard, il s'engouffrait dans l'établissement dont la terrasse, évidemment fermée à cette heure, donnait sur la plage.

— Bonsoir, je voudrais juste savoir si vous proposez des plats à emporter, demanda-t-il au restaurateur qui l'accueillit, un certain Giuseppe. C'est pour faire une surprise à une amie que vous connaissez sans doute, Chloé, qui vit non loin d'ici, ajouta-t-il spontanément.

L'homme lui adressa aussitôt un grand sourire.

— Chloé ? Chloé Rasmussen ?

— Exactement.

— Bon… Pour Chloé, tout est possible. Même si, ici, c'est un restaurant, monsieur, pas un kiosque à pizzas et…

— Ce serait pour nous dépanner. On n'a pas la force de sortir, je vous l'avoue, et le réfrigérateur est vide. On a travaillé sans relâche à l'hôpital depuis plusieurs jours… Je suis médecin urgentiste, dans le même service que Chloé, expliqua Devlin.

Giuseppe hocha la tête.

— Alors voilà pourquoi on ne l'a pas vue ces derniers temps…

— La faute au travail, oui, confirma Devlin. La semaine a été très dure. Chaque fois qu'il fallait faire des heures supplémentaires, elle se portait volontaire.

— Typique de notre Chloé ! Les autres passent toujours avant elle. Parce que c'est vous, je vais vous préparer quelque chose, poursuivit Giuseppe. Vous avez consulté le menu ? Vous avez une idée précise de ce que vous voudriez ?

— Quel est le plat du jour ?

— *Fettuccine* Alfredo.

— Parfait. Et pour Chloé, je ne sais pas…

Giuseppe le regardait attentivement.

— Elle adore les boulettes de viande parfumées d'une sauce tomate à l'ail. Ah, vous la connaissez moins bien que moi, ajouta-t-il en riant.

Il a raison…

— Vous ne croyez pas si bien dire, admit Devlin. Pourtant, j'ai rencontré Chloé il y a longtemps. Elle était très timide mais déjà très généreuse ! Depuis, elle est partie en Italie. Je crois qu'elle parle très bien votre langue.

Giuseppe hocha la tête.

— *Sì*. Presque couramment. C'est une *signorina* très déterminée. Vous la connaissez depuis longtemps, dites-vous ?

— En fait, on s'est fréquentés il y a quelques années, confia Devlin, surpris par la facilité avec laquelle il s'épanchait soudain. Par le plus grand des hasards, on s'est retrouvés au travail, et voilà… Qui sait, peut-être qu'entre nous tout va recommencer !

Une fois de plus, il s'étonna des confidences qu'il livrait ainsi à un parfait inconnu. Mais Giuseppe portait un regard amical sur Chloé, c'était évident. Il l'aimait bien, lui aussi.

— Alors, je croise les doigts pour vous deux. Personnellement, j'ignore tout du passé de Chloé, ajouta Giuseppe en souriant gentiment. Elle n'en parle jamais.

— Elle est discrète, confirma Devlin. Et puis, ça ne s'est pas bien terminé entre nous.

En prononçant ces paroles, Devlin réalisa qu'il évoquait peut-être ainsi cette triste vérité pour essayer de mieux accepter la réalité de la trahison que lui-même avait infligée à la jeune femme. Il en éprouvait une telle honte.

— Je l'ai blessée… J'espère qu'elle me pardonnera, murmura-t-il, la gorge nouée.

— Je vous le souhaite. Pour votre repas, comptez une trentaine de minutes, précisa Giuseppe. Vous voulez patienter au bar en buvant un verre de vin ?

Devlin secoua la tête.

— Déjà, merci beaucoup d'accepter de nous concocter notre dîner. Mais mon appartement est à côté, et je vais y faire un saut pour me changer. Je vous laisse mon numéro de téléphone au cas où je m'endormirais sous la douche !

— OK, à tout à l'heure, dit Giuseppe en riant.

Une fois chez lui, Devlin se hâta de gagner la salle de bains. L'eau chaude le détendit et, lâchant enfin prise, il se rendit alors compte à quel point il était épuisé. Malgré tout, il mourait d'envie de rejoindre Chloé au plus vite. Auprès d'elle, il se ressourcerait.

Alors qu'il s'habillait, son téléphone sonna. C'était sa mère.

— Tu dois revenir à la maison le week-end prochain, déclara-t-elle d'emblée. Je veux que tu assistes au dîner organisé en remerciement au soutien que ton père a apporté à la création d'une splendide salle de sport au sein de l'école élémentaire.

— Beau programme, mais tu me préviens seulement maintenant ? protesta Devlin.

— J'aurais voulu te contacter avant, mais je n'en ai pas

eu la possibilité. De toute manière, j'imagine que tu n'as rien de prévu ? Tu ne fais que travailler, à Wellington, et bientôt ce sera terminé, n'est-ce pas ?

— Détrompe-toi. En ce qui me concerne, c'est un déménagement permanent. Comme celui de Patrick à Melbourne.

— Voyons, Devlin, je n'en crois pas un mot. Tu es seulement en train de vivre une étape temporaire ! Car tu as besoin de digérer ta déception de ne pas avoir obtenu le poste à l'hôpital général d'Auckland que tu convoitais tant.

— Tu te trompes, répliqua Devlin, irrité. Je te signale que j'ai refusé ce travail, après avoir été recruté, parce que je n'étais pas d'accord avec la direction de l'hôpital sur les possibilités d'admissions. Ils voulaient réduire le nombre de lits et limiter l'accès aux urgences… Bref, ça s'avérait inacceptable pour moi. Quoi qu'il en soit, je ne pourrai pas être avec vous ce week-end, j'en suis désolé. J'ai autre chose à faire.

Un silence s'établit.

— Autre chose à faire ? Je suis surprise. Nous comptions sur toi, protesta froidement sa mère.

— Je comprends, et je suis sincèrement navré, mais j'ai ma vie…

— Tu veux agir comme ton frère, c'est ça ? Patrick a eu tort… La famille est plus importante que tout le reste.

— La famille ? Oui, bien sûr. La nôtre, et aussi celle que je pourrai créer un jour…

— Que veux-tu dire ? As-tu rencontré quelqu'un ? Ou… as-tu revu cette femme ? ajouta sa mère d'un ton soupçonneux. Celle que tu voulais épouser ? J'insiste sur la prudence que tu…

— Merci pour tes bons conseils, répliqua sèchement Devlin. Excuse-moi, je dois y aller. Bonne soirée.

Après avoir coupé la communication, il demeura immobile, la gorge serrée. Comment n'avait-il pas compris plus tôt à quel point sa mère pouvait être possessive et manipulatrice ?

Mais c'était fini. Il ne tomberait plus dans son piège…

Son téléphone sonna à nouveau alors qu'il se dirigeait vers l'ascenseur, et il répondit. Une voix à l'accent italien s'exclama à l'autre bout de la ligne :

— Votre dîner va refroidir !

— Je serai là dans cinq minutes ! Merci, Giuseppe…

Il avait pu entrer par le jardin, le portail n'étant pas fermé, et il avait simplement frappé à la porte de la petite maison.

Quand Chloé lui ouvrit, l'émotion le submergea.

Devlin l'embrassa du regard, captant chaque détail de la fine silhouette qui se tenait sur le seuil. Le peignoir rose noué à la taille, les cheveux encore humides et libres sur les épaules, le visage sans maquillage, plus ravissant que jamais malgré la fatigue, la stupeur dans ses yeux verts…

— Il y a un problème ? s'inquiéta-t-elle.

Non…

Si…

Devlin resta silencieux, soudain pétrifié par le remords et les doutes.

Il se retrouvait face à la femme avec laquelle il aurait dû passer sa vie. Mais lui, oui, lui avait tout brisé – leurs rêves, leurs espoirs et leurs promesses –, parce que son expérience malheureuse avec Cath l'avait incité à penser que Chloé était comme cette dernière…

Et parce que sa propre mère l'avait influencé de manière extrêmement négative.

Il avait tellement, tellement blessé Chloé !

Comme il se détestait.

Il lui tendit le sac contenant leur repas.

— Tiens, c'est pour toi.

Il ne pouvait pas se comporter comme si rien ne s'était produit. Dîner et parler avec elle, évoquer des projets, prétendre que la page était tournée… Impossible. Il en aurait le ventre noué, serait incapable d'avaler quoi que ce soit et se sentirait encore plus triste, frustré et malheureux.

— Bon appétit, lança-t-il.

Puis il pivota sur ses talons, prêt à fuir.

— Devlin, attends !

Chloé l'appelait d'un ton presque autoritaire, très différent de celui qu'elle aurait utilisé autrefois.

Il hésita…

Mais non, il ne pouvait pas s'expliquer davantage.

Comment lui dire qu'il éprouvait un sentiment d'échec fracassant, insurmontable, source de bien d'autres problèmes futurs ? S'il ne s'apaisait pas, il ne serait plus en mesure de continuer à travailler avec Chloé ! Encore moins si elle découvrait ce qu'il ressentait pour elle. Il devrait quitter son poste, essayer d'en trouver un autre ailleurs, loin, oui, plier bagage et déguerpir comme le coupable qu'il était.

Paradoxalement, Devlin savait que ce qu'il éprouvait à cet instant était absurde et insensé. Quoi, après à peine quelques semaines, il abandonnerait le travail qui lui plaisait à l'hôpital de Wellington ? Lui ? Ça ne lui ressemblerait pas du tout !

Il se sentit encore plus oppressé.

— Désolé, Chloé, je m'en vais.

Mais elle plaqua une main sur son bras.

— Pas question. Entre cinq minutes… S'il te plaît, insista-t-elle doucement. Viens.

Devlin la dévisagea et il eut alors l'impression que quelque chose flanchait en lui…

Ce fut tel un plongeon impossible à freiner, un élan qui le poussa vers elle tandis qu'elle l'enlaçait, serrait son corps menu contre le sien et l'incitait à avancer. Un pas… Puis un autre… En marchant, il eut la sensation d'être saisi de vertige, de manquer d'air, et pourtant il ne résista plus. Les doigts de Chloé le maintinrent un peu plus fort et, d'instinct, il glissa un bras autour des épaules fragiles de la jeune femme.

Quand il franchit finalement le seuil, il fut envahi d'une certitude totalement irrationnelle : il rentrait enfin chez lui après un très long voyage solitaire.

Parce qu'elle voulait rester tout contre lui, Chloé referma la porte d'un coup de hanche. Que se passait-il donc ? Devlin semblait si bouleversé…

Lui jetant un coup d'œil, elle perçut encore une fois à quel point il était troublé.

Il semblait différent, tout à coup.

Le cœur battant, elle posa le sac contenant les plats préparés qu'il avait apportés, et se tourna vers lui.

— Alors, dis-moi, qu'est-ce qu'il y a ?

— C'est juste que je voulais te voir… Te revoir encore, au plus vite, avoua-t-il. Pardonne-moi, je te dérange peut-être…

Ce fut son ton qui chamboula le plus Chloé. Il exprimait une surprenante timidité qui lui rappelait le jeune homme du passé qu'elle avait éperdument aimé.

S'approchant de lui, elle se dressa sur la pointe de ses orteils et posa la bouche contre la sienne.

— Oh toi… Tu m'as tellement manqué que je ne peux pas te dire ce que je ressens, poursuivit-elle si bas qu'elle douta qu'il l'ait entendue.

Les mains de Devlin se posèrent en bas du dos de Chloé, larges, fortes et fermes. Des mains familières qui la connaissaient si bien, des mains qu'elle connaissait si bien.

— Mon amour, tu m'as beaucoup manqué, toi aussi.

Elle fut saisie d'un léger étourdissement.

— Vraiment ?

— Oui, vraiment.

Elle se blottit contre lui, tendit ses lèvres, et ils s'embrassèrent comme si leur vie en dépendait. Ce fut un baiser délicieusement profond, long, peut-être le meilleur qu'ils aient jamais partagé jusqu'à présent…

Il l'enserra encore plus fort, et elle céda. Un désir irrépressible, brûlant, s'emparait d'eux. Tout s'enchaîna si vite qu'ils ne se réfugièrent même pas dans sa chambre… Agrippés l'un à l'autre contre le mur du salon, puis sur le canapé, ils s'aimèrent avec une passion dévorante qui les laissa pantelants et émerveillés.

— Chloé, c'est fou…, murmura-t-il à son oreille quelques instants plus tard. On s'entend si bien, tous les deux !

Elle sourit et posa la tête contre le torse de Devlin, écoutant les battements de son cœur se calmer peu à peu.

— C'est sûr. On dirait qu'on a toujours été ensemble.

— Exactement. Je me sens tellement à l'aise avec toi, confia-t-il en la serrant tendrement dans ses bras.

— Moi aussi…

Puis Chloé tendit l'oreille. Quelque part, son téléphone sonnait.

— Je ne répondrai pas !

— Ça pourrait être important, objecta Devlin.

— Ce qui est important, c'est nous.

— Allons, viens, je crois que ton portable est dans la cuisine…

Il lui saisit la main, et elle se leva tout en refermant les pans de son peignoir. Devlin s'enveloppa dans une couverture et lui emboîta le pas.

Attrapant son smartphone, Chloé sourit en découvrant l'identité de son correspondant.

— C'est Giuseppe, du restaurant italien !

— Je parie qu'il appelle pour prendre de nos nouvelles.

— Pourquoi ?

— Je lui ai demandé de préparer ton plat préféré et celui du jour pour moi. Je pense qu'il s'inquiète pour nous, parce qu'il t'aime bien !

En riant, elle prit la communication.

— Bonsoir, Giuseppe, le dîner est délicieux ! On se régale, oui, oui… Et je suis en très bonne compagnie… Oui, je lui transmettrai… On viendra dîner chez vous dès qu'on travaillera moins ! Merci encore, et à très bientôt.

Puis elle posa l'appareil sur le comptoir et regarda Devlin, le cœur battant.

— Il te transmet ses amitiés. J'ai l'impression qu'il t'apprécie, toi aussi. Que lui as-tu raconté ?

— Ne m'en veux pas, mais je lui ai confié qu'on était ensemble il y a quelques années, et que je tenais toujours à toi… Et même que j'espérais qu'on pourrait repartir de zéro.

— Tu lui as dit tout ça ? Bon…

Émue, elle enlaça Devlin et l'embrassa au coin des lèvres.

— Peut-être qu'on est déjà en train de repartir de zéro ? On verra bien… En attendant, je vais chercher de quoi te couvrir, d'accord ? Il ne fait plus très chaud, ici.

Retournant dans le salon, elle jeta un coup d'œil à la cheminée. Seules quelques braises continuaient de se consumer.

— J'ai allumé un feu en arrivant à la maison, mais je n'ai pas eu le temps d'ajouter du bois. On se demande bien pourquoi, plaisanta-t-elle.

Lovée devant, sur son tapis, Genie la regarda d'un air intéressé.

— Oui, j'imagine que, toi aussi, tu as envie d'un peu plus de chaleur… Désolée, on a été un peu occupés !

Elle alla chercher un peignoir pour Devlin, attrapa quelques bûches dans l'entrée et en disposa deux dans l'âtre. Bientôt, de belles flammes s'élevèrent, crépitant doucement. Après quoi, Chloé remplit deux verres de cabernet-merlot et retourna s'asseoir près de Devlin, qui avait posé les barquettes de nourriture sur le comptoir.

Ils trinquèrent, et Devlin admira la robe rouge du vin, puis en huma le bouquet.

— Tu as acheté cet excellent cru… au cas où je viendrais à l'improviste, peut-être ?

— Hé, je suis une femme optimiste ! Et j'ai eu raison, pas vrai ?

En réalité, Chloé avait imaginé passer la soirée seule devant la télévision, en grignotant une pizza décongelée et vite réchauffée au four, après quoi elle aurait dormi comme une marmotte jusqu'au lendemain…

Mais Devlin était venu alors qu'elle ne s'y attendait pas du tout. Et il l'avait séduite, encore. Et il lui avait donné un plaisir merveilleux, encore.

— Tu as totalement eu raison, puisque je suis là, affirma-t-il gaiement.

— Eh oui, dit-elle en soutenant son regard.

Ils approchèrent de nouveau leurs verres pour trinquer.

— Et qu'est-ce qui t'a donné envie de nous offrir un dîner à la maison ? interrogea-t-elle.

Devlin avala quelques gorgées avant de répondre.

— Plein de choses. Comme je te l'ai dit, j'avais envie de te revoir, vite. J'avais faim et je savais que, toi aussi, tu n'avais pas mangé, et que tu serais seule, comme moi. Et aussi fatiguée que moi. Alors j'ai sollicité Giuseppe. Quand il a su que c'était pour toi, il n'a pas hésité. Il t'adore ! Et je risque d'être jaloux, ajouta-t-il en fronçant exagérément les sourcils.

Chloé ne put s'empêcher de rire.

— Ne t'inquiète pas, Giuseppe a quelqu'un dans sa vie. Donc c'est uniquement la faim qui t'a fait venir ? Faim de nourriture, et faim de sexe ? ajouta-t-elle, provocatrice.

Devlin ébaucha un sourire un peu nostalgique.

— Faim de toi, surtout. Faim de la chaleur qu'on pouvait partager… Sauf que je me suis retrouvé dans mon appartement encore trop vide.

— Je connais ce sentiment, avoua-t-elle en glissant une main dans celle de Devlin. Je suis contente que tu sois là.

Oui, entre eux, tout paraissait si différent, tout à coup… La tension nerveuse qu'elle avait éprouvée au travail, en compagnie de Devlin, semblait même avoir complètement disparu.

— Tu es contente ? demanda-t-il en la dévisageant. Sincèrement ?

— Oui, je le suis. Ce soir, on dirait presque qu'on ne s'est jamais quittés… Et que tout va bien, dans le meilleur des mondes !

Attention, Chloé…

À moins qu'elle puisse gommer réellement, et fermement, ce qui s'était produit auparavant, y compris la fausse couche, afin d'aller de l'avant ? Devlin s'était excusé pour ses erreurs. Ne valait-il pas mieux tourner définitivement le dos au passé ?

— On les fait réchauffer ? proposa Devlin, la tirant de ses réflexions.

Il désignait les barquettes de nourriture sur le comptoir.

— Mais c'est encore tiède. Tout compte fait, on a été rapides.

Et il ébaucha un sourire taquin.

Posant une main sur la boîte étiquetée « boulettes de viande », elle acquiesça.

— Ça ira très bien.

Elle alla prendre des assiettes, des couverts et des cuillères pour servir.

— Mangeons. Je suis affamée.

Il régna un silence tranquille pendant qu'ils dînaient. Chloé ressentait un doux bien-être qu'elle n'avait pas éprouvé depuis des années. Sept ans plus tôt, se souvint-elle, ils étaient tous deux occupés par leur carrière, leurs études et les horaires surchargés. Elle se posait également beaucoup de questions sur son avenir… Sans parler des interrogations que lui soumettait, avec insistance, la mère de Devlin : voudrait-elle travailler comme infirmière une fois mariée, ou préférerait-elle devenir une femme de la haute société qui participerait à toutes sortes de manifestations et d'événements pour récolter des fonds pour les moins fortunés ?

Chloé avait effectué son choix de manière radicale : elle tenait à poursuivre la carrière qui lui plaisait. Le métier d'infirmière lui procurait le sentiment d'être utile et la remplissait de joie en lui permettant d'aider autrui. Rester sur le terrain lui paraissait primordial. Rien à voir avec les galas de charité vantés par Mme Walsh… Des événements mondains qui, certes, brassaient beaucoup d'argent, mais s'avéraient parfois très éloignés de la réalité des gens dans le besoin.

— Tu n'as jamais été de la même trempe que les femmes que ma mère fréquente, déclara alors Devlin.

Chloé sourit.

— Comment se fait-il que tu sois si facilement capable de lire mes pensées ?

Par moments, c'était irréel. Et même un peu angoissant. Elle ne pourrait jamais garder de secrets !

— Je crois que ça nous est souvent arrivé, commenta-t-il. On s'en étonnait tout autant, tu te rappelles ?

Chloé hocha la tête. Oh ! elle n'avait rien oublié, rien… La manière dont ils bavardaient, leur façon de se blottir dans le lit après l'amour, leurs rituels matinaux pour se mettre en forme, lui partait courir, elle préférait la marche…

— Tu devrais manger, conseilla-t-elle, émue. Ton plat refroidit… En plus, après, on pourra aller se coucher… Et je t'avoue que, moi, je suis drôlement fatiguée. Pas toi ?

Les paroles de Chloé résonnaient à l'esprit de Devlin.

Il la contempla longuement, se remémorant les nombreuses fois où, dans le passé, ils avaient partagé un intense moment de plaisir, puis un savoureux repas avant de faire de nouveau l'amour. Tiens, ne serait-ce que quelques nuits plus tôt, lorsqu'ils s'étaient retrouvés… Entre eux, l'attirance demeurait magnétique.

Il avala une bouchée tout en continuant à regarder Chloé qui mangeait avec appétit.

Qui eût cru qu'en venant frapper à sa porte ce soir il céderait presque instantanément au désir qui le poussait vers elle ? Qu'elle y répondrait avec la même fougue, la même impulsivité ?

Comme souvent avec Chloé, ça arrivait simplement, de manière spontanée et fluide. Ils ne se posaient alors aucune question et s'abandonnaient l'un à l'autre.

C'était ainsi. Parce qu'ils étaient faits l'un pour l'autre.

Si seulement il n'avait pas éprouvé cette appréhension qui le rongeait secrètement…

Était-ce la crainte de se tromper ?

Était-ce la peur qu'elle décide finalement de le quitter ?

Leur rupture sept ans plus tôt l'avait tellement brisé ! Dans la mesure où il avait agi sous le coup de la fierté, déterminé à ne pas être trahi par celle qu'il aimait, il s'était d'abord obligé à garder la tête haute et à ne pas trop s'interroger. Mais le contrecoup l'avait ensuite frappé de plein fouet. Le chagrin provoqué par leur séparation l'avait laissé comme vide et totalement désorienté. Il avait sincèrement cru, à l'époque, que Chloé serait la femme de sa vie, et qu'ils vivraient ensemble pour toujours…

Et aujourd'hui, ils se revoyaient. Ils étaient follement attirés l'un par l'autre. Le hasard – à moins que ce ne soit le destin ? –

les avait remis sur le même chemin, l'un en face de l'autre, et inexorablement, jour après jour, ils se rapprochaient, devenaient plus intimes. Si jamais d'autres écueils, forcément imprévisibles à cet instant, surgissaient, si jamais cette renaissance de leur relation se soldait par un échec, il ne le supporterait pas…

Et ce serait tout aussi douloureux pour Chloé.

— À quoi penses-tu ? Tu as l'air bien sérieux, remarqua-t-elle, le tirant de ses réflexions.

— Désolé. Je n'en avais pas l'intention.

Ce qui était vrai. Profiter de cette soirée, voilà ce qui était important. Devlin voulait repartir de zéro avec Chloé, et non ressasser le passé, hésiter et redouter l'avenir.

Elle lui effleura doucement la main.

— Ne t'inquiète pas, entre nous, c'est comme ça que ça se passe.

— Comme ça ? C'est-à-dire intense, fantastique et incroyablement perturbant ?

Et Devlin ne put s'empêcher de rire.

— Eh oui, que veux-tu… Alors, on finit de dîner, et ensuite on file se coucher ! proposa-t-elle.

— Bien, d'accord…

Sauf qu'il avait encore envie de lui faire l'amour…

Et il espérait aussi dormir. Subitement, il ressentait toute la fatigue qu'il avait occultée depuis qu'il avait franchi le seuil de la maison de Chloé. Dans les bras de la jeune femme, il ne pensait plus à rien sauf à elle et au bonheur d'être avec elle.

— Vite, au lit !

— Là, je te reconnais, observa-t-elle.

Elle souriait et baillait en même temps.

Elle aussi avait grand besoin de se reposer. Une évidence…

Devlin entrelaça ses doigts à ceux de Chloé. Pour autant, il lui donnerait encore du plaisir. Ce serait sa manière de lui faire savoir ce qu'il éprouvait. Par ses caresses, ses baisers, il se savait capable de fusionner passionnément avec elle. En revanche, mettre des mots sur les sentiments qui l'habitaient, les nommer clairement, cela prendrait un peu plus de temps.

9.

Chloé voulut étirer ses jambes jusqu'au bout du lit, mais quelque chose l'en empêcha.

Un poids lourd, impossible à bouger.

Déconcertée, elle se redressa sur un coude…

Et aperçut sa chienne tranquillement lovée sur la couette.

— Genie ! Qu'est-ce que tu fais ici ?

— Elle est installée là depuis au moins deux heures, marmonna Devlin en prenant tendrement la main de Chloé. J'ai cru que c'était habituel, qu'elle dormait souvent avec toi, donc je ne lui ai rien dit…

— Habituel ? Oh non ! Elle abuse, et je ne la laisse jamais faire ! En général, je me réveille à temps, et je la renvoie illico sur son coussin. Elle a dû croire que puisque, toi, tu es à côté de moi, pourquoi pas elle ? ajouta Chloé en riant.

— Il ne manquerait plus que ça, plaisanta Devlin. Tu peux lui expliquer la différence entre un humain et un chien ?

— Inutile, elle la connaît très bien ! Genie, descends tout de suite ! ordonna Chloé.

Naturellement, Genie ne bougea pas d'un iota.

— Elle est vraiment obéissante, se moqua Devlin.

Amusée, Chloé se blottit contre lui, savourant profondément sa présence.

Après la soirée de la veille, c'était merveilleux qu'il soit auprès d'elle. Elle n'avait pas vécu un tel moment depuis des années…

Depuis qu'il l'avait écartée de sa vie.

Les quelques hommes avec qui elle était sortie, et avec qui elle avait accepté de faire l'amour, ne lui avaient jamais complètement plu. D'ailleurs, elle n'avait jamais passé la nuit entière avec aucun d'entre eux. Seul Devlin l'avait séduite profondément, lui donnant envie de se donner corps et âme…

De toute évidence, entre eux, rien n'avait changé de ce côté-là.

— Genie, descends ! ordonna-t-elle plus fort.

Cette fois, la chienne se leva à contrecœur, et sauta par terre. Puis elle quitta lentement la pièce comme si c'était elle qui commandait, et non Chloé.

S'arrachant à l'étreinte de Devlin, Chloé repoussa la couette et s'assit sur le bord du lit.

— Je vais la faire sortir. Puisque je me lève, tu veux que je te prépare une tasse de thé ?

— Hum… Oui, une boisson chaude serait bienvenue…

Devlin s'allongea, se cala sur l'oreiller et plaça les mains derrière sa nuque. Puis il lui sourit d'un air un peu insolent.

Il savait pertinemment à quel point il lui plaisait… Et là, il en jouait sciemment.

Revêtant son peignoir, Chloé se mit à rire.

— Beaucoup de lait et trois sucres, c'est ça ?

— Tu n'as pas oublié ?

— Eh non…

— Adorable. Sauf que, moi aussi, je veux te gâter, ma chérie. Et figure-toi que je préfère le café au thé, maintenant. Attends…

Il se redressa d'un coup, et resta devant elle, complètement nu.

L'homme de mes rêves…

Bâti exactement comme Chloé aimait. De belles épaules larges, un ventre plat, des hanches étroites et…

Elle sentit son pouls s'accélérer.

— Tu me provoques ?

— Non, pourquoi ? fit-il d'un ton faussement innocent. Je vais explorer ce qu'il y a dans ton garde-manger, histoire de voir ce que je peux cuisiner.

Chloé esquissa une moue.

— Je n'ai pas grand-chose, à part des céréales chocolatées. Il te faudra faire un saut au supermarché du coin si tu as d'autres envies !

Devlin lui lança un coup d'œil moqueur.

— Des céréales chocolatées ? Tu manges toujours ces trucs dégoûtants ?

— J'ai besoin d'une dose de chocolat le matin… Et surtout, certains matins, tu comprends ? répliqua-t-elle en riant.

Il fronça les sourcils.

— Chloé, Chloé… Comment fais-tu pour être si mince en ingurgitant des céréales trop riches en sucre ?

— C'est simple : je travaille aux urgences où je cours pendant au moins huit heures, cinq jours – ou nuits – par semaine.

Et là, heureusement qu'elle était de repos ! Elle ne devrait pas reprendre le travail avant le lendemain soir et elle espérait bien profiter de son temps libre.

Chloé se rappela alors qu'elle devait retrouver des amies pour un déjeuner d'anniversaire. Entre les lessives qui s'étaient accumulées et le ménage, elle irait promener Genie sur la plage. Elle effectuerait aussi quelques courses. Et qui sait, peut-être que dans la soirée elle reverrait Devlin ?

Il la regarda d'un air rieur tandis qu'elle faisait sortir Genie.

— Je prends une douche rapide, prévint-il. Après quoi, je sors pour nous trouver de bonnes choses à manger.

— D'accord. Ah, avant que j'oublie, si tu le souhaites, je pourrai passer jeter un coup d'œil à ta plomberie qui fuit…

Devlin lui adressa un grand sourire, et elle sentit son pouls s'accélérer.

— Avec plaisir ! Mais avant, reprenons des forces. Je veux te préparer un petit déjeuner dont tu te souviendras, ma chérie !

Il s'approcha pour l'embrasser sur le bout du nez et s'éclipsa dans la salle de bains, la laissant un peu étourdie et heureuse comme jamais.

Devlin se frotta l'estomac avec satisfaction.

— Rien de tel pour bien commencer la journée, pas vrai ?

— J'avoue que c'était délicieux, reconnut Chloé en lui souriant.

Œufs au bacon, pancakes et tomates grillées, marmelade de citron et d'orange avec du pain grillé… Un régal.

Elle n'aimait pas trop cuisiner, Devlin le savait. Elle se contentait aisément de plats surgelés, de pâtes et autres préparations faciles.

— Ton séjour en Italie ne t'a pas donné envie d'apprendre quelques recettes ?

Une expression amusée se refléta sur le joli visage de la jeune femme.

— Disons que je connais celle des pizzas de base, ou des macaronis au fromage... Désolée, je n'ai pas changé de ce côté-là !

— Mais tu es douée en plomberie. Bon, à chacun ses goûts et spécialités !

Pour sa part, Devlin appréciait les repas qu'il concoctait lui-même. Cela le détendait après une journée mouvementée. Sauf que, seul, ce n'était pas pareil. Là, il se sentait aux anges parce qu'il se trouvait en compagnie de Chloé.

— Alors, qu'est-ce que tu as prévu de faire, aujourd'hui ?

— En premier, je vais promener Genie, répondit-elle. Je devrai aussi passer au supermarché...

— Pour acheter à manger ?

Chloé lui coula un regard moqueur.

— Bien sûr.

Et elle lança une friandise à sa chienne, qui l'attrapa au vol, gueule ouverte.

— Ton café est délicieux, reprit Devlin en finissant son expresso.

— Merci. En Italie, je n'ai peut-être pas appris à préparer de succulents repas, mais je sais choisir le meilleur arabica !

— Chez Giuseppe ? demanda-t-il en débarrassant la table.

Il glissa les assiettes dans le lave-vaisselle puis regarda Chloé. Elle caressait affectueusement sa chienne.

— Non, dans une épicerie fine, ou ailleurs, ça dépend. Au fait, depuis quand bois-tu du café ?

— C'est relativement récent. Tu as raison, avant, j'étais un adepte du thé. Mais j'ai changé.

Même si cela lui donnait parfois mal à la tête, il ne pouvait plus se passer de caféine.

— Effectivement, c'est un autre changement important te concernant, observa-t-elle. Tu as déménagé et quitté Auckland pour venir t'installer à Wellington, tu bois du café alors que tu n'y touchais presque jamais… Et puis quoi encore ?

Elle ébaucha un sourire malicieux.

— Tu comptes secrètement te laisser pousser les cheveux jusqu'aux épaules ?

Pris au dépourvu, il ne répondit pas tout de suite. Puis il se mit à rire.

— Je pensais plutôt adopter un cochon d'Inde, qu'en penses-tu ?

— Un cochon d'Inde ? Oh ! là, là, pour le coup, c'est à Genie que tu ferais un beau cadeau, s'exclama Chloé, les yeux pétillants. Elle risquerait d'avoir la peau de ce pauvre petit animal en une fraction de seconde !

Genie la contempla, l'air attentif, comme si elle attendait quelque chose.

— Non, non, ma Genie, c'était une plaisanterie. Devlin ne te fournira pas de jouet vivant. Sauf s'il a un chat… Alors il y aurait de l'activité à chaque fois que nous lui rendrions visite, pas vrai ?

Devlin entendit seulement le « à chaque fois que nous lui rendrions visite »…

Avait-elle l'intention de continuer leur relation ? En tant qu'amis ou comme amants ?

Et lui, que préférait-il ?

En vérité, la question ne se posait même pas. Il connaissait déjà la réponse.

Après ce qu'ils partageaient depuis la veille au soir, il n'éprouvait plus aucune envie de s'éloigner de nouveau de Chloé.

Donc soit il n'hésitait plus et fonçait…

Soit il cessait tout, radicalement.

Ce qui était certain, c'est qu'il ne pourrait pas vivre un entre-deux. Pas de demi-mesure. S'il se réfrénait parce qu'il choisissait de se protéger, trop de souffrances s'ensuivraient, et aucun des deux ne mériterait de supporter un tel gâchis.

— Chloé…

Soudain, son petit déjeuner lui semblait bien lourd dans son estomac.

La jeune femme le regarda. Une lueur de doute se reflétait dans ses yeux.

— Oui ?

Devlin sentit une boule d'angoisse se loger dans sa gorge.

Pourquoi ne réussissait-il pas à se contenter de passer un bon moment avec elle, sans s'interroger, sans parler du passé ni de l'avenir ? Juste profiter de l'instant présent ?

En quelques secondes, il se remémora une fois de plus ce qu'il avait éprouvé sept ans plus tôt, sa déception, sa colère, sa méfiance... Pourquoi ne parvenait-il pas à lâcher prise ? Pourquoi ressassait-il tout cela ? Bon sang, qu'est-ce qui l'obsédait à ce point dans ces souvenirs de leur échec ?

Il s'éclaircit la voix et reprit :

— C'est quand même sacrément étonnant, entre nous. Et détonnant ! On se sent si bien, ça semble couler de source...

Chloé acquiesça en silence.

— Mais on n'a pas réfléchi à ce que ça implique, ajouta Devlin. On s'est laissé emporter par la passion... Encore.

Elle fronça les sourcils, l'air perplexe.

— Et tu le regrettes ? Tu aurais préféré qu'on ne fasse pas l'amour, peut-être ?

— Bien sûr que non.

— Ah...

Et elle émit un petit soupir.

— Ce que je voulais te dire, Chloé, c'est qu'à l'époque, quand on s'est rencontrés, tout s'est déroulé très vite, comme si on était faits pour être ensemble. Et on n'a pas hésité une seule seconde...

Devlin s'interrompit, conscient du risque qu'il prenait en s'exprimant à cœur ouvert. Mais il était temps d'aborder les choses franchement.

— Je crois qu'on est en train de recommencer. Sauf que, cette fois, je ne veux pas qu'on se précipite... On a besoin d'apprendre à se connaître, tu ne crois pas ? Ou à se reconnaître puisqu'on a forcément changé !

— Je suis tout à fait d'accord. Complètement, précisa-t-elle d'un ton ferme.

Et elle lui adressa un regard direct, empli de défi.

Il lui sourit, soulagé, et même rassuré.

De toute évidence, Chloé était plus sûre d'elle qu'auparavant, et elle ne tenait pas à être menée en bateau. Ni à se contenter de le satisfaire, lui… C'était une femme indépendante, qui avait réfléchi à ce qu'elle voulait ou refusait.

Une émotion intense l'envahit. Il avait aimé Chloé avant, et il aimait encore plus la Chloé de maintenant.

Il l'aimait…

Mais il ne parvenait pas à le lui dire.

Pas aujourd'hui.

Pas temps qu'il éprouverait des craintes ou de l'appréhension.

— Quand j'ai appris que tu travaillais dans le même service que moi, j'admets m'être senti très déstabilisé, continua-t-il. Et rapidement, j'ai eu l'intuition qu'entre nous ce n'était pas réellement fini. Jamais, au cours des sept dernières années, je ne m'étais fait cette réflexion…

Il croisa les bras sur sa poitrine et contempla Chloé. Elle l'écoutait calmement.

— Dans un premier temps, j'ai redouté les conflits, avoua-t-il. J'ai eu peur qu'on ne soit pas capables de parler sans se provoquer, s'agresser… Enfin, tu imagines. Notre rupture a été si brutale, si vilaine et totale…

Il ébaucha un sourire.

— Mais étrangement, dès que je t'ai vue le jour de ton retour au travail, j'ai su que ça n'avait jamais été complètement terminé entre nous, répéta-t-il.

Il remarqua que Chloé se crispait un peu.

— Pourtant, c'était bien fini, affirma-t-elle d'un ton où affleurait une pointe d'ironie.

— Eh oui. Paradoxalement, et malgré tout, regarde comme on s'entend bien ! Quand on fait l'amour, c'est merveilleux…

Lorsqu'on discute, on se comprend… Et en plus, tu vas réparer mon robinet, plaisanta-t-il.

Mais Chloé l'observa d'un air incrédule, et garda le silence.

Il attendit.

Elle ignorait à quel point il doutait de lui-même…

Il fallait qu'il sache ce qu'elle ressentait.

Allait-elle hausser les épaules et lui montrer la porte du doigt ? Au fond, ce serait mérité !

Contre toute attente, elle s'avança et posa une main amicale sur la poitrine de Devlin.

— Oui, ton robinet… Je m'en occuperai. Mais trêve de plaisanteries, Dev, c'est simple : on est attirés l'un vers l'autre d'une manière incontrôlable. Il faudrait peut-être qu'on essaie vraiment de repartir de zéro.

— En ayant quand même appris de nos erreurs, non ?

— Évidemment.

Chloé le regarda dans les yeux.

— Nous ne sommes plus les mêmes, et en même temps, au fond de nous, nous sommes toujours Devlin et Chloé. Et il y a toujours cet élan qui me pousse vers toi, et toi, vers moi, et on se retrouve à s'embrasser et plus…

Elle hocha la tête, et une lueur songeuse traversa ses prunelles.

— Oui, comme si on était faits l'un pour l'autre.

— Exactement.

Devlin se remémorait clairement leur toute première rencontre. En tenue d'infirmière, Chloé se trouvait de l'autre côté de la pièce où il était en train de discuter avec le médecin qui le formait. En dépit de l'importance de cet échange professionnel, il avait remarqué la jeune femme, et avait aussitôt eu envie de la connaître. Il l'avait trouvée ravissante, et elle dégageait ce je-ne-sais-quoi qui l'avait troublé et fasciné. Il lui avait demandé son nom… Il l'avait invitée à boire un café… Très vite, il l'avait embrassée et invitée chez lui…

Elle avait accepté.

Ensuite, ils ne s'étaient plus quittés, jusqu'à leur rupture fracassante.

— Dev, pas plus que toi, je ne sais où nous allons, murmura-t-elle. Mais je sais que je veux le découvrir… Si tu es d'accord, bien sûr.

Elle semblait émue, mais la détermination se reflétait sur son visage.

En guise de réponse, il l'attira vers lui et l'enlaça tendrement.

— Alors dans l'ordre : on commence par une promenade avec Genie, puis on va boire un café en terrasse ou ailleurs, et ensuite tu viens chez moi pour réparer ce robinet qui fuit…

Et il la serra contre lui. Comme il aimait garder Chloé dans ses bras, respirer son parfum, sentir sa douceur et imaginer qu'elle était avec lui pour toujours, elle, son âme sœur, sa moitié…

Si seulement il pouvait cesser de redouter un nouveau virage brutal, une cassure douloureuse !

Et en même temps, il avait besoin d'être auprès d'elle…

Il avait besoin d'elle, tout simplement.

— Et si on dînait ensemble, ce soir ? proposa-t-il. Trouvons un restaurant qui a vue sur la mer, ou sur le port, qu'en penses-tu ?

Il sentait que son propre cœur battait précipitamment, à l'unisson avec celui de Chloé.

— J'adorerais ça.

— Moi aussi, dit-il, soulagé qu'elle ait accepté.

Il savait que pour lui, et à cet instant, c'était ce qui se rapprochait le plus d'une déclaration d'amour…

Il ne formulait rien d'autre, mais c'était un début.

— Comme toi, je pense qu'on doit y aller doucement, reprit Chloé en s'écartant de lui. On est bien ensemble, c'est une évidence, mais restons prudents.

— Tu crois qu'il y a sept ans on a été imprudents ?

Elle acquiesça d'un rapide signe de tête.

— On a vite plongé dans une histoire très intense. Et on s'est séparés presque aussi vite… On n'a pas pris le temps de réfléchir à ce qu'on faisait, ni à ce qu'on attendait de notre relation. Pour ne rien arranger, on a suivi un chemin très conventionnel, ajouta-t-elle. Les fiançailles et tout ce que ça impliquait…

— Tu as raison. Bon…

Il poussa un soupir et regarda de nouveau Chloé.

— Pour le moment, on ralentit peut-être le rythme de nos rendez-vous, mais on ne cessera pas de s'accorder ces instants de pur délice entre nous, tu es d'accord, ma chérie ?

Elle le regarda longuement dans les yeux et sourit.

— Oui. Je suis d'accord.

Le sourire aux lèvres, Chloé se dirigea vers la salle de bains.

Devlin est l'homme de ma vie…

Comment ne pas y croire ? Ou imaginer, par moments, qu'elle aurait pu cesser de l'aimer et qu'elle avait réussi à l'oublier définitivement ?

Erreur…

Elle venait de traverser sept longues années de solitude, mais aujourd'hui elle le retrouvait, lui, son âme sœur, son amour.

Il représentait tout pour elle.

L'eau chaude ruissela sur son corps endolori. Versant du gel douche dans le creux de sa main, elle se massa les bras, les jambes, le ventre. Partout. Tout en songeant à Devlin à chaque seconde.

Un court instant, ses doigts s'immobilisèrent sur son bas-ventre. Là où, un jour, un bébé pourrait grandir… Un enfant, oui… Leur enfant. Lorsqu'ils seraient sûrs d'eux et qu'ils vivraient ensemble…

S'ils franchissaient cette étape cruciale. S'ils s'engageaient.

Chloé sentit son cœur se serrer.

Impossible d'attendre davantage. Elle devait parler à Devlin de sa fausse couche. Il fallait qu'elle la lui raconte pour que tout soit éclairci avant que leur relation s'approfondisse davantage…

Même si, à cet instant, elle se demandait encore si ça durerait entre eux – après tout, Devlin ne lui avait fait aucune déclaration d'amour ! –, aucun secret ne devait perdurer. Aucune zone d'ombre. En vérité, ses blessures personnelles n'avaient pas totalement cicatrisé, car elle n'avait pas pu tout partager avec Devlin. Si elle avait accepté l'échec de leur couple des années plus tôt, si elle avait accepté d'avoir perdu leur bébé, elle gardait un fond de chagrin et d'amertume.

Elle éprouvait aussi l'espoir qu'un jour elle referait sa vie et serait de nouveau enceinte d'un homme qui l'aimerait et qu'elle aimerait pour toujours…

Et ce serait peut-être Devlin.

Alors pourquoi redoutait-elle autant de lui parler ?

Craignait-elle qu'il lui en veuille d'avoir tant tardé ?

Non, il comprendrait sûrement qu'il s'agissait d'un sujet extrêmement sensible et qu'elle avait eu le besoin d'attendre le bon moment pour se confier. Le moment où, comme quelques instants plus tôt, il l'avait contemplée avec une profonde tendresse… Presque de l'amour.

Ces dernières heures avaient montré qu'ils pouvaient s'entendre, qu'ils s'accordaient à merveille, qu'ils se comprenaient…

Alors pourquoi est-ce que je m'inquiète autant ?

Devlin la prendrait certainement dans ses bras, l'embrasserait et l'aiderait à apaiser ce triste incident du passé !

Maintenant, arrête de réfléchir et agis !

Chloé coupa l'eau, attrapa une serviette et se frictionna rapidement. Dans sa chambre, elle enfila un jean et un épais pull rouge, puis elle noua ses cheveux en queue-de-cheval. Sans se maquiller, elle retourna dans la cuisine.

En train d'essuyer la table, Devlin semblait détendu, vraiment heureux ce matin.

Du coup, Chloé hésita de nouveau. Sa confession ne pourrait-elle pas encore attendre un peu ? Là, ils s'apprêtaient à sortir pour se promener et boire un café. Pourquoi aborder ce si délicat sujet juste maintenant ?

Parce que Chloe Rasmussen n'esquive pas les problèmes…

Et de toute façon, il n'y aurait pas de problème. Ils devraient juste discuter et, ensemble, tourner la page pour en écrire une nouvelle tandis qu'ils apprendraient à mieux se connaître.

— Qu'est-ce qu'il y a ?

Devlin la contemplait d'un air interrogateur.

— Il faut que je te parle de quelque chose d'important.

— Ça a l'air sérieux.

— C'est sérieux.

Il fronça les sourcils.

— Je t'écoute.

Chloé sentit sa gorge se nouer. Devlin se montrait réceptif, et curieusement cela la gênait presque. Sept ans plus tôt, c'était le manque d'attention de Devlin qui l'avait indignée et même écœurée. Il n'avait pas voulu l'entendre. Il avait ignoré ses tentatives pour s'expliquer.

Cette réalité, elle ne devait pas l'oublier.

— Ce n'est pas facile à dire, alors autant aller droit au but. Quatre semaines après notre rupture, j'ai fait une fausse couche.

Voilà, les mots étaient enfin sortis.

— Quoi ?

Il la fixait d'un air stupéfait.

— Tu étais enceinte ?

— Oui. Je l'ai découvert tardivement.

Serre-moi dans tes bras, Dev…

— Donc tu ne le savais pas quand on s'est séparés ?

— Non.

— Et tu étais enceinte de combien de temps ?

En posant cette question, Devlin s'avança et lui effleura tendrement la joue sans la quitter des yeux. Confiante, Chloé sentit aussitôt sa tension nerveuse se dissiper.

— Sept semaines, d'après le médecin.

— Et tu ne t'étais vraiment rendu compte de rien ?

— Eh non… Ma vie était très mouvementée à cette époque, et je n'ai pas fait attention… Jusqu'à ce que j'aie une hémorragie.

Devlin l'observait, le visage sombre, une lueur incrédule au fond du regard.

— J'aurais dû le savoir… J'étais élève infirmière, donc censée connaître la physiologie, les cycles, les enjeux de la contraception… Enfin, je les connaissais, évidemment, rectifia Chloé. Sauf que, malgré tout, je me suis retrouvée enceinte.

— Et pourquoi tu ne m'as rien dit ?

Percevant une pointe de reproche dans la voix de Devlin, Chloé s'obligea à garder son calme.

— Dev, j'ai essayé, tu sais bien que j'ai essayé. Plus d'une fois ! Je t'ai téléphoné, laissé des messages, je suis venue à ton appartement et j'ai laissé une lettre dans ta boîte. J'ai même essayé de te rendre visite au travail une fois. Tu as refusé de me parler. Tu pensais sans doute que je cherchais une réconciliation, une autre chance…

— Oh ! non…

Sourcils froncés, Devlin esquissa quelques pas, s'éloignant d'elle.

Chloé inspira profondément, la gorge nouée.

— J'ai tout perdu, à ce moment-là, murmura-t-elle. Tout. Tu m'avais accusée à tort, tu ne me faisais plus confiance, et notre bébé n'a pas survécu… Même si on n'avait pas prévu de fonder une famille, ça a été très douloureux pour moi. Très. J'aurais tant voulu qu'il vive… D'autant que je t'aimais, Dev. Et je t'aime toujours !

Il continuait à la regarder, l'air bouleversé, les mains tendues et raides de chaque côté du corps. Quand Chloé s'avança vers lui pour les saisir doucement, elle fut stupéfaite par leur froideur.

— Je t'aime, Dev, répéta-t-elle.

Et elle guetta sa réponse.

Dire qu'elle avait cru l'entendre prononcer les mots tant espérés…

Comme le silence pouvait être assourdissant !

Une seule pensée tourbillonnait à présent dans l'esprit de Chloé. *Dis quelque chose ! N'importe quoi… Dis-moi que tu m'aimes quand même encore, ou, au contraire, que tu ne t'en sens pas capable et que tu es désolé de me quitter…*

Tout mais pas cette effrayante absence de réaction.

— Pardon, Chloé, murmura-t-il finalement. J'aurais dû être là pour toi, mais je t'ai laissée tomber, et je m'en veux tellement… Ça ne se reproduira plus.

Cette réponse chuchotée, honteuse, n'était pas du tout celle qu'elle avait appelée de ses vœux.

— Devlin, c'est le passé et je m'en suis sortie ! Maintenant, je vis dans cette jolie maison, la mienne, et j'y suis heureuse et plus forte. Tu es ici, avec moi, et ensemble on va réussir à réparer nos erreurs. C'est tout ce qui compte ! Je ne t'ai pas raconté cet événement pour que tu aies l'impression d'être fautif ou coupable. Je te l'ai confié parce que je ne veux pas de secrets entre nous. Je m'étais promis que, si un jour on se revoyait, si un jour on se retrouvait, je te mettrais au courant. Mais ça n'a pas été si facile…

Elle s'interrompit, la gorge nouée.

Elle parlait dans le vide.

Devlin venait de partir, tête baissée comme si le poids du monde reposait sur ses épaules, fermant la porte sans un bruit derrière lui. Si discrètement que le message était clair : le dîner qu'ils avaient prévu pour cette soirée devait être annulé…

Et entre eux, tout était sûrement fini.

Chloé resta figée un court instant, puis elle redressa les épaules et lança à voix haute :

— Très bien ! Mais je ne vais pas l'accepter, Devlin. Tu m'as déjà laissée une première fois… Et c'est ça qui ne se reproduira pas !

Oh non, l'histoire ne se répéterait pas. Ils s'en voudraient tous les deux. Ils étaient faits l'un pour l'autre, quels que soient les obstacles que la vie créerait sur leur chemin. Chloé le savait au plus profond d'elle-même…

Et elle y croyait dur comme fer.

10.

Le sang martelait ses tempes.

Chloé avait été enceinte de lui…

Et elle avait perdu l'enfant.

Elle avait traversé cette terrible épreuve toute seule !

La gorge nouée par la tristesse et les regrets, Devlin se dirigea vers sa voiture.

Il se força à ne pas se retourner. Une décision douloureuse, car tout son être lui dictait le contraire. Il brûlait d'envie de la prendre dans ses bras, de lui demander encore pardon, de lui exprimer ce qu'il ressentait, et de lui dévoiler son espoir de rester auprès d'elle pour toujours…

Dire qu'il l'avait accusée d'avoir une liaison ! Dire qu'il avait refusé de l'écouter alors qu'elle le suppliait parce qu'elle l'aimait et lui assurait que jamais, au grand jamais, elle n'aurait commis une telle trahison !

Sauf qu'il avait tout rejeté en bloc : les protestations de Chloé à l'époque, ses tentatives pour le joindre coûte que coûte…

Fatalement, il n'avait pas pu être présent pour la soutenir pendant ce moment si difficile tant physiquement que moralement. D'autant qu'elle aurait voulu garder ce bébé…

Et lui aussi.

Il imaginait à quel point elle avait souffert…

Eh oui, maintenant, il comprenait mieux pourquoi elle avait tant insisté pour lui parler après leur séparation !

Et lui, il lui avait tourné le dos. Il l'avait ignorée, persuadé qu'elle était la seconde femme à lui mentir, à le tromper…

Il n'avait pensé qu'à lui.

S'il avait prêté attention à Chloé ne serait-ce qu'une fois, il aurait pu être là pour la consoler et partager avec elle la tristesse provoquée par la perte de leur bébé. Il l'aurait rassurée en lui disant qu'ils essaieraient à nouveau quand ils seraient prêts…

Mais Chloé avait fait face toute seule. Probablement aidée malgré tout par sa propre mère et Jack ? Mais ce n'était pas la même chose que s'il avait été là pour elle ! Il avait été son fiancé, il l'avait aimée… Il aurait dû être auprès d'elle, au lieu de rester préoccupé par lui-même sans réfléchir à ce qu'elle vivait, à ce qu'elle endurait…

Sans l'écouter.

C'était presque ça, le pire. Elle avait tout tenté pour lui parler, et il avait obstinément refusé de l'entendre.

Devlin claqua la portière de sa voiture et mit le contact. Il avait l'impression que le chagrin et les remords lui broyaient le cœur.

Il ne lui restait plus qu'à mettre de la distance entre eux au plus vite et à s'efforcer de digérer ce que Chloé lui avait révélé… Ainsi que la vérité à propos de l'insupportable égoïsme dont il avait fait preuve.

Et pourtant, ne lui avait-elle pas dit qu'elle l'aimait toujours ?

Comment était-ce possible ?

Ne s'apercevait-elle donc pas qu'il ne la méritait pas ? Qu'un autre homme que lui l'aimerait mieux et demeurerait auprès d'elle quoi qu'il arrive ?

Je ne suis pas digne d'elle, se répéta-t-il.

Les mains crispées sur le volant, Devlin démarra et s'éloigna de la petite maison de Chloé, fuyant la tentation de revenir vers elle, de lui promettre qu'il ne la laisserait plus jamais tomber si elle lui accordait une dernière chance parce qu'il l'aimait éperdument…

Et comble de l'ironie, elle l'aimait aussi.

Tant pis…

Le destin les narguait, mais cette fois il serait lucide : il avait eu un comportement indigne de Chloé et, même s'il éprouvait des sentiments pour elle, mieux valait qu'il tire un trait définitif sur leur histoire.

Parvenant dans le parking souterrain de son immeuble,

Devlin se gara brutalement, sortit de sa voiture et claqua la portière, empli de colère et de frustration. Il avait retrouvé Chloé, retrouvé l'amour, mais il ne parvenait pas à empêcher ce gâchis…

Qu'est-ce qui ne tournait pas rond chez lui ?

Son téléphone sonna à ce moment-là. L'écran afficha « Chloé ». Devlin fourra aussitôt l'appareil dans sa poche, et prit la direction de la route qui menait à la plage.

Son smartphone vibra de nouveau.

C'était encore elle.

Il ne répondit pas.

Le cœur serré, Devlin accéléra l'allure pour gagner le front de mer, évitant les enfants, les chiens et les couples qui se promenaient main dans la main.

Lorsqu'un nouvel appel retentit, il faillit jeter le téléphone à la mer…

Peut-être devrait-il simplement avouer la vérité à Chloé ? Lui énoncer clairement qu'il n'était pas digne d'elle ? La dernière fois, il ne s'était justement pas expliqué, d'où le terrible malentendu qui les avait menés à la rupture.

Mais cette fois, c'était sa mère qui cherchait à le joindre.

Parfait. Ce serait l'occasion de lui exposer, enfin, ce qu'il pensait du jugement qu'elle avait porté sur Chloé à l'époque, et des conséquences dramatiques que son intervention avait engendrées. Et d'abord, de quel droit s'était-elle mêlée de leurs affaires ?

Le doigt de Devlin survola l'icône sur l'écran.

Mais au même instant, une autre évidence s'imposa à lui : c'était lui, Devlin, qui s'avérait le seul fautif. C'était lui qui avait cru les médisances de sa propre mère… Lui qui restait l'unique responsable, pour ne pas avoir écouté Chloé. Certes, sa mère s'était autorisé des commentaires très déplaisants mais, s'il avait éprouvé une véritable confiance en Chloé, jamais il n'aurait tourné le dos à la jeune femme… Et jamais il n'aurait prêté attention aux critiques.

Décidément, non, il n'était pas digne de Chloé. Il ne méritait pas de seconde chance.

Devlin mit son téléphone en mode silencieux et le glissa de nouveau dans sa poche. Puis il reprit sa marche d'un pas vif, de plus en plus rapide, comme s'il était poursuivi par un chien enragé.

Chloé secoua la tête, submergée par un mélange de colère et d'indignation.

Malgré tout, sa détermination ne flanchait pas.

Ce n'était pas étonnant qu'il ne lui réponde pas. Sauf que, cette fois, elle n'accepterait pas ce silence. Quoi qu'il arrive, elle irait jusqu'au bout et regarderait Devlin dans les yeux pour savoir ce qu'il pensait et ressentait. Après ce qu'ils venaient de vivre, la nuit qu'ils avaient passée ensemble, les caresses qu'il lui avait prodiguées, la tendresse qu'il lui avait manifestée, elle ne pouvait pas croire qu'il soit indifférent, et encore moins qu'il soit juste… un lâche.

Tu as vraiment le pouvoir de me faire du mal, songea-t-elle en s'asseyant sur son canapé, là où elle s'était blottie contre Devlin.

Peut-être fallait-il seulement qu'elle lui laisse le temps de digérer ce qu'elle lui avait révélé ? Après tout, deux semaines seulement s'étaient écoulées depuis leurs retrouvailles, et en quinze jours tant d'événements bouleversants s'étaient produits entre eux ! Les souvenirs, les doutes, les explications, l'attirance incroyable qu'ils ressentaient l'un pour l'autre… Tout cela, elle ne l'avait pas rêvé.

Son téléphone retentit, et Chloé sentit son cœur s'emballer. Mais ce fut le nom de Jaz qui apparut sur l'écran.

— Coucou… Comment ça va ? demanda-t-elle, s'efforçant de paraître enjouée.

— Très bien ! Je suis en congé, moi aussi ! annonça Jaz. Alors à quelle heure on se retrouve ?

Chloé se rendit compte qu'elle avait failli oublier le déjeuner d'anniversaire de leur amie, Mackenzie. Elle n'avait aucune envie d'y aller…

Mais tu ne vas quand même pas rester ici, à attendre qu'il t'appelle ?

Et puis quoi encore. Il fallait qu'elle réagisse.

— C'est à quelle heure, déjà ?

— La table est réservée pour 13 heures, et Mackenzie aimerait d'abord aller boire un verre au Harbour View, précisa Jaz. On pourrait se donner rendez-vous là-bas à midi ?

— Bonne idée.

— Au fait, j'apporterai le sac à main. Tu verras, il est magnifique, ajouta Jaz.

Le cadeau qu'elles offraient à leur amie.

— Super… Merci de t'en être occupée. À tout à l'heure.

Après avoir coupé la communication, Chloé resta immobile quelques instants, regardant à travers la baie vitrée du salon. Comme si, d'un coup, Devlin allait miraculeusement surgir devant elle.

Tu me manques tellement…

À ce moment-là, Genie lui donna un petit coup de tête contre la cuisse. Chloé soupira.

— C'est l'heure de la balade, je sais…

Autant y aller dès maintenant, d'autant plus que Genie resterait seule durant l'après-midi. Et qui sait ? Peut-être rencontrerait-elle Devlin pendant la promenade ?

Non, impossible. Il ne répondait pas à ses appels, donc il ne se trouverait certainement pas sur la plage…

— Comment vais-je tenir le coup ? murmura Chloé, s'adressant à sa chienne qui la regardait avec bienveillance.

Nouveau petit coup de tête sur le mollet, plus impatient, cette fois.

— OK, on y va ! En fait, il faut que j'accepte les étapes…

Et aussi qu'elle se montre patiente, sans doute.

Pour le coup, Chloé s'en sentait franchement incapable.

Deux heures plus tard, de retour chez lui, Devlin consulta enfin ses messages.

Il ne pouvait pas continuer à fuir sans arrêt… Et si on avait besoin de lui à l'hôpital ?

Toutefois, l'air de la mer n'avait nullement apaisé l'agitation de son esprit. Tout simplement parce qu'il se sentait déchiré intérieurement. Comment aurait-il pu être calme alors qu'il aimait Chloé et qu'il redoutait de la blesser de nouveau malgré lui ?

Il reporta son attention sur les appels qu'il avait reçus. Sa mère lui demandait de le rappeler urgemment. Tout comme Chloé. Mark, un ami d'Auckland, venait d'arriver à Wellington avec sa femme, et lui proposait de les rejoindre pour voir une exposition d'art.

À qui répondre en premier ?

À contrecœur, Devlin commença par sa mère. Avec elle, tout était urgent.

— Ton père vient d'avoir une crise cardiaque et doit être opéré en fin d'après-midi, lui annonça-t-elle sans détour.

Stupéfait, il resta silencieux quelques secondes.

— Quel genre d'opération ?

— Ils vont lui poser des stents. Mais je ne comprends pas pourquoi ils attendent la fin de l'après-midi, ajouta sa mère, soudain plaintive, ce qui était rare. Il pourrait subir une autre attaque d'ici là.

— Non, c'est peu probable. L'équipe médicale va le surveiller étroitement. Et je serai là dès que possible.

— Parfait. Je te laisse, prends le premier vol.

Et elle raccrocha.

À partir de ce moment-là, Devlin ne perdit plus un seul instant. Il prévint son service, réussit à être remplacé au pied levé, prépara ses affaires et fonça à l'aéroport. Régulièrement, il pensait à Chloé, mais il ne la contacta pas, repoussant à plus tard leur inévitable et indispensable discussion. De toute façon, là, il avait autre chose en tête. En tant que médecin, il n'avait jamais rien remarqué d'anormal par rapport à la santé de son père… Aurait-il dû être plus attentif ?

Lorsqu'il s'engouffra dans l'unité de soins intensifs de l'hôpital général d'Auckland, près de trois heures plus tard, il n'avait toujours pas appelé Chloé, et ne lui avait pas laissé de message non plus.

Au fond de lui-même, il savait qu'il n'agissait pas bien en ne lui donnant pas de nouvelles. Mais tenait-il à ce qu'elle le rejoigne à Auckland ? Certainement pas. La prochaine fois qu'il la reverrait, ce serait parce qu'il serait prêt à discuter de leur avenir. Pour de bon.

En découvrant son père, si pâle et frêle dans le lit, Devlin éprouva un choc.

— Papa…

L'étau de l'angoisse lui serra la gorge, et il ne put en dire plus.

En évitant soigneusement de frôler les différentes perfusions, Devlin le prit doucement dans ses bras.

— Tu as voulu nous faire peur, c'est ça ? s'efforça-t-il de plaisanter.

— Je me suis fait peur à moi-même, avoua son père.

— J'imagine. Tu ne sentiras même pas les stents une fois qu'ils seront en place.

Trois, selon le cardiologue à qui Devlin venait de parler.

— Et tu verras que tu pourras bientôt jouer de nouveau au golf. Tranquillement, sans trop d'efforts au début, bien sûr…

Il reçut un faible sourire en guise de réponse.

— Ils t'emmènent au bloc d'ici peu, ajouta-t-il. Je vais rester avec toi jusqu'à ce qu'on vienne te chercher.

— Merci, mon fils.

Devlin allongea ses jambes devant lui, et observa le torse de son père se soulever et s'abaisser lentement. Son père si fort, si influent, se retrouvait à présent terrassé et diminué… Lui qui avait toujours été pressé, stressé, n'écoutant que lui-même…

Mais n'est-ce pas ainsi que je me suis comporté, et que je me comporte encore avec Chloé ?

Non, il voulait la protéger de lui-même, en espérant ne plus lui faire de peine.

En suis-je vraiment certain ?

Non… Pas du tout.

Un aide-soignant parut alors sur le seuil de la chambre.

— Monsieur Walsh, je viens vous chercher…

Devlin saisit la main de son père et la garda dans la sienne quelques instants.

— À tout à l'heure, papa.

Il suivit le brancard des yeux pendant qu'on le poussait, puis alla rejoindre sa mère qui patientait dans une salle réservée aux proches.

Il s'assit à côté d'elle, et chacun demeura silencieux, perdu dans ses pensées. Son téléphone à la main, Devlin songea de nouveau à Chloé. Ne devrait-il décidément pas la contacter ? Elle lui manquait tant…

— Ton père est robuste, il va s'en sortir, affirma sa mère avec sa détermination habituelle.

Devlin la regarda, soudain perplexe.

Était-ce ainsi qu'elle avait toujours abordé la vie ? Patrick et lui ne l'avaient jamais vue flancher. Elle se montrait inévitablement forte, et autoritaire… Trop autoritaire. Elle avait tout mis en œuvre pour que leur famille ressemble à ce qu'elle imaginait, elle, en fonction de son idéal personnel.

Il osa enfin formuler la question qui lui brûlait les lèvres.

— Pourquoi m'as-tu menti à propos de Chloé ?

— Pour me débarrasser d'elle.

Il resta bouche bée. Au moins, la vérité était claire.

Mais quand même, c'était dur à accepter.

— Et tu as pensé à ce que je ressentais pour elle ?

Sa mère réfléchit, puis elle soupira.

— Chloé était occupée à se sortir d'une situation sociale précaire, et elle se concentrait sur sa future carrière d'infirmière. Je m'en souviens comme si c'était hier. Je ne la considérais pas du tout comme une bonne épouse pour toi.

Choqué, Devlin secoua la tête.

— Mais en agissant ainsi, soi-disant pour mon bien, tu m'as fait beaucoup de mal.

— Chloé t'aurait fait encore plus de mal, elle ! Elle n'était pas stable. Elle t'aurait forcément trahi, tôt ou tard.

— Qu'en sais-tu ? s'indigna-t-il. Tu ne la connaissais pas du tout. Tu n'as vu que ce que tu voulais voir, et tu étais surtout convaincue qu'elle ne correspondait pas à tes souhaits de ce que ma future femme devait être. Le comble, c'est qu'elle a essayé d'être digne de tes attentes, qu'elle avait parfaitement comprises…

Oh ! oui, comme elle a essayé…

Devlin se leva et fit les cent pas, fixant celle qui l'avait élevé mais qui avait agi de telle manière qu'il en avait eu le cœur brisé.

— Chloé est la femme la plus désintéressée que j'aie jamais connue… Et j'en suis tombé amoureux. Moi, je l'ai trahie.

— N'importe quoi, lâcha sèchement sa mère. Vous avez rompu depuis longtemps. Oublie-la, et songe à rencontrer une femme digne de toi, avec laquelle tu pourras avoir des enfants et perpétuer le nom de notre famille.

— Pardon ? Tu te rends compte de ce que tu me dis ?

Outré, l'esprit en ébullition, Devlin regarda la rue en contrebas par la fenêtre. Les passants, le ciel bleu au-delà des immeubles… Et la vision du visage de Chloé surgit de nouveau à sa mémoire. Son si joli visage rieur… Mais si triste quand il avait quitté la jeune femme ce matin-là.

Et s'il ressemblait à sa mère ? Déterminé à obtenir ce qu'il voulait des autres, sans rien réellement donner en retour ? Si c'était le cas, alors il avait franchement intérêt à changer. Et il y parviendrait… Si Chloé lui accordait une seconde… Non, une troisième chance.

Il retourna s'asseoir et déclara :

— Chloé a beaucoup de caractère, elle est très franche, et elle possède un grand savoir-faire professionnel. Elle est droite, fière… Et jamais elle ne serait en couple avec moi par intérêt. En ce moment, elle doit s'inquiéter…

— Ah ! Donc tu la fréquentes de nouveau !

Il n'y avait même pas un semblant de joie dans la voix maternelle.

— Je l'ai revue, oui, avoua-t-il. Je reste ici jusqu'à ce que papa soit sorti de la salle de réveil et que j'aie parlé au chirurgien, puis je rentrerai chez moi… À Wellington, ajouta-t-il, au cas où sa mère croirait encore qu'elle détenait le pouvoir de l'influencer.

— Tu ne peux pas me faire ça.

— Mais si, répliqua fermement Devlin. C'est pour le mieux, crois-moi. J'aime ma famille, évidemment, sauf que, comme je te l'ai déjà dit, j'ai ma propre vie à mener…

Il espérait juste qu'il n'était pas trop tard pour que Chloé en fasse partie.

— Soit il n'est pas chez lui, soit il ne veut pas ouvrir, dit Chloé à Genie alors qu'elles se tenaient devant l'immeuble de Devlin le lendemain matin.

Autant rentrer à la maison et prendre un bon petit déjeuner…

Sauf qu'elle n'avait pas faim du tout.

La nuit avait été longue, sans sommeil, après une journée très animée avec ses amies réunies pour célébrer l'anniversaire de Mackenzie. Une fête qui n'en finissait plus. Chloé s'en était voulu de ne pas se montrer aussi joyeuse et enthousiaste que d'habitude. Lorsqu'elle avait finalement réussi à s'éclipser, elle avait pris un taxi en imaginant une fin heureuse à cette journée : Devlin patienterait dans sa voiture devant chez elle, il lui présenterait des excuses pour ne pas lui avoir donné de nouvelles plus tôt, il la serrerait fort dans ses bras en lui assurant que dorénavant il n'agirait plus ainsi ! Et ils s'aimeraient… Ils s'aimeraient fort.

Une fois de plus, elle s'était bercée d'illusions…

Devlin ne l'attendait pas.

— Allez, ma Genie, on s'en va.

Chloé tira doucement sur la laisse et prit le chemin du retour, s'arrêtant au supermarché pour acheter des viennoiseries en espérant qu'elle retrouverait l'appétit une fois chez elle.

Dire qu'elle avait cru être forte…

En vérité, elle se sentait complètement démoralisée. Tellement déçue, tellement amère… Elle avait fait confiance à Devlin ! Il avait juste passé un bon moment avec elle, et tout s'achevait ainsi de façon brutale, sans un mot d'explication ?

Les larmes aux yeux, Chloé s'obligea à respirer à fond, à s'imprégner du parfum des embruns salés, à écouter le bruit de la mer non loin.

Elle s'était promis de tout entreprendre pour parler à Devlin et ne pas le laisser partir ainsi, et elle venait d'aller au bout de ses possibilités. Sans résultat.

C'était désespérant.

Ne valait-il pas mieux, une bonne fois pour toutes, qu'elle comprenne qu'entre eux c'était définitivement perdu ?

Soudain, Genie se mit à aboyer et à tirer en avant.

— Hé ! s'exclama Chloé en la retenant difficilement.

Elle regarda ce qui excitait ainsi sa chienne.

Son cœur explosa dans sa poitrine.

Devlin…

Rêvait-elle ?

Non. Il marchait vers elle, la mine inquiète mais déterminée.

— Chloé… J'ai essayé de revenir hier soir, mais j'ai eu des problèmes, déclara-t-il en l'enlaçant.

Éperdue, elle se blottit contre lui, savourant l'étreinte qu'elle avait tant espérée…

Puis Devlin s'empara de ses lèvres, et il l'embrassa avec une telle passion qu'elle en oublia la tristesse, la colère et les questions qui l'avaient envahie depuis la veille.

— Où étais-tu ?

— À Auckland.

Elle laissa retomber ses bras et s'écarta. Évidemment. La famille de Devlin passait toujours en premier.

— Tu n'aurais pas pu me le dire ? Un petit message, franchement, ça m'aurait fait plaisir, Dev.

— Chloé…

— Arrête.

L'indignation la submergeait.

— Tu recommences comme il y a sept ans, c'est ça ? Tu n'as

donc pas changé. Dès que tu es auprès des tiens, c'est comme si je ne comptais plus… Je ne peux plus.

Devlin secoua la tête.

— Là, c'est différent. Hier, mon père a eu une crise cardiaque et a dû être opéré dans l'après-midi. J'ai pris l'avion, je suis resté jusqu'à ce qu'il sorte du bloc opératoire, puis j'ai filé à l'aéroport. Malheureusement, il n'y avait plus de places disponibles sur aucun vol jusqu'à ce matin, alors j'ai passé la nuit dans un hôtel de l'aéroport.

Perplexe, Chloé l'observa. Il paraissait sincèrement empli de remords, mais pour elle ce n'était plus suffisant.

— Je suis désolée que ton père soit souffrant, Dev. Enfin, même pas un simple SMS ? Je t'ai appelé, je suis allée jusque chez toi, j'ai vérifié si tu n'avais pas été appelé en urgence par notre service… J'avais besoin de te parler, tu comprends ? Besoin de savoir si, toi et moi, c'est fini, ou si…

Il la prit de nouveau dans ses bras et la regarda dans les yeux.

— Chloé, pardon. Encore une fois, pardon. J'ai pensé à toi tout le temps, hier. Je n'ai pas pu te contacter, parce que j'ai été obligé de partir à toute allure à Auckland, et parce que je ne savais plus trop où j'en étais…

— Pourtant, je t'aurais aidé à traverser cette épreuve, fit remarquer Chloé à regret.

Elle marqua une pause.

— Ton père va s'en sortir ?

— Oui, s'il est raisonnable. Ils lui ont posé trois stents… Mais quand je l'ai quitté, il était assis dans son lit, et s'impatientait parce qu'il voulait rentrer chez lui.

Elle le dévisagea, surprise qu'il ne soit pas resté davantage auprès de son père. Était-il revenu… pour elle ?

— Je voulais te retrouver au plus vite, avoua Devlin, comme s'il avait deviné sa question. Tu me manquais tant… Et j'ai profité de mon bref séjour là-bas pour éclaircir la situation avec ma mère. Rien ne se mettra plus jamais entre toi et moi, Chloé… Ni elle ni personne.

Il s'interrompit, parut hésiter.

— Continue, l'encouragea-t-elle.

— J'ai l'impression que je ne suis pas digne de toi, ma chérie, mais sache que je suis fou de toi…

Il la serra tendrement.

— Je t'aime, Chloé. Je t'aime de tout mon cœur et je ne veux plus qu'on se sépare.

Un tourbillon d'émotions envahit Chloé. Oh ! ces mots, elle les avait tellement, tellement rêvés !

— Moi aussi, je t'aime, Dev. Profondément, et depuis des années, en vérité. Pourquoi penses-tu que tu n'es pas digne de moi ? C'est absurde. Bien sûr, on devra se parler, toi et moi, beaucoup… Mais on s'aime !

Et depuis leurs retrouvailles, ils avaient affronté leurs doutes, osé vivre leurs sentiments, et maintenant ils pourraient avancer et aller loin ensemble.

— Oui, on s'aime, dit-il. Pour toujours.

Visiblement bouleversé, Devlin la contempla, sourit, et l'embrassa de nouveau.

— Alors… on se marie ? murmura-t-elle contre ses lèvres.

— Plutôt deux fois qu'une !

— Rapidement ? Et simplement ?

Le cœur battant, Chloé soutint le regard de Devlin jusqu'à ce qu'il ait accepté…

— D'accord. Rapidement et simplement. On publie les bans la semaine prochaine ?

— Très bonne idée, dit-elle en sentant des larmes d'émotion lui piquer les paupières.

Son rêve se réalisait enfin… Et c'était merveilleux.

— On partira en voyage de noces tout de suite après, lui chuchota-t-il à l'oreille. Dans un endroit paradisiaque…

— On ne fera rien d'autre…

— … que l'amour…

Chloé se mit à rire et se serra passionnément contre Devlin.

Épilogue

Giuseppe leva sa coupe de champagne.

— Portons un toast à Devlin et Chloe Walsh !

— À M. et Mme Walsh, enchérit Lorenzo, son associé.

Chloé sourit, profondément émue et heureuse.

— À nous…

— À nous, répéta Devlin, les yeux brillants de joie. Et à vous tous, famille et amis, qui célébrez ce jour spécial avec nous !

Huit semaines après la demande en mariage qu'elle avait osé formuler, Chloé se pinçait encore… C'était miraculeux, presque féerique. Ce qu'elle vivait à présent s'avérait encore plus beau que ce qu'elle avait rêvé !

Dev et elle avaient beaucoup parlé de ce qui s'était passé entre eux, et ils avaient peu à peu tout éclairci. Grâce à leur dialogue, et surtout à leur volonté de rester ensemble, ils étaient maintenant prêts à parcourir le chemin de la vie main dans la main, jusqu'au bout.

Devlin l'enlaça tendrement contre lui.

— Tu es magnifique, ma chérie…

— Oh ! oh. Il est temps que j'apporte à manger ! Sinon, nos deux tourtereaux vont s'abandonner lascivement à leur amour sous nos yeux, plaisanta Lorenzo.

Tout le monde se mit à rire.

— Je vais vous donner un coup de main, proposa la mère de Chloé.

— Moi aussi, lança Ruth Walsh d'une voix déterminée.

La mère de Devlin proposait son aide sans doute par besoin de contrôler les choses…

Tout comme le père de Devlin, elle avait fini par accepter

que le mariage se déroule dans ce petit restaurant familial de Wellington, sans mondanités, seulement avec la famille et quelques amis proches.

— Si vous voulez nous aider, ce serait gentil ! Giuseppe, que peuvent apporter ces dames en premier ? demanda Lorenzo.

— Rien du tout ! Les mamans sont censées s'asseoir et demeurer tranquilles, telles des reines, afin de profiter de l'occasion, répondit Giuseppe le plus sérieusement du monde.

— Et puis quoi encore ? répliqua la mère de Chloé en riant. Rester immobile, à ne rien faire, ce n'est pas mon genre !

— Je partage cette opinion, affirma la mère de Devlin. Nous avons notre rôle à jouer.

Chloé réprima un soupir. Ruth s'était fort probablement résignée à son union avec Devlin. Ce ne serait pas forcément facile entre elles, même si Ruth lui avait présenté des excuses. Toutefois, à partir de maintenant, sa belle-mère les laisserait vivre tranquillement. Chloé n'en souhaitait pas davantage, et elle savait, pour en avoir discuté avec lui, que Devlin était du même avis.

Se blottissant contre son mari, Chloé jeta un coup d'œil à leurs invités réunis dans le restaurant de Giuseppe et de Lorenzo pour partager cette magnifique journée avec eux.

— Je n'ai jamais été aussi heureuse…

— Moi non plus, avoua Devlin.

Il entrechoqua délicatement leurs coupes de champagne.

— À nous, mon amour…

JC HARROWAY

Le baiser du boss

Traduction française de
ADELINE MAGNE

BLANCHE

HARLEQUIN

Titre original :
FORBIDDEN FLING WITH DR RIGHT

1.

Darcy Wright avait toujours eu à cœur de faire bonne impression, surtout le jour où elle commençait un nouveau travail. Donc c'était bien le moment d'égarer son stylo ! Tapotant distraitement la poche de sa blouse chirurgicale, elle en chercha un du regard sur le bureau des infirmières, mais non, rien. Génial, elle n'avait même pas de quoi signer un formulaire de consentement. Le nouveau chef devait arriver d'une minute à l'autre, et elle aurait voulu l'impressionner, montrer de quoi elle était faite. Un patient qu'elle venait d'examiner devait être opéré de toute urgence, et elle s'était mise en devoir d'organiser sa prise en charge. Quelle meilleure manière de prouver ses capacités ? Mais c'était compter sans ce fichu stylo… Exaspérée, elle souffla sur une mèche échappée de sa queue-de-cheval. En désespoir de cause, elle se tourna vers l'infirmière postée derrière le bureau.

— Isha, M. Clarke, en chambre trois, doit partir au bloc dès que possible. Si j'avais de quoi écrire, je signerais cette fiche de consentement…

Isha hocha la tête et sortit de sa poche un stylo qu'elle lui tendit. Darcy la gratifia d'un sourire reconnaissant.

— Merci.

Tandis qu'elle signait le document, Isha ouvrit de grands yeux.

— Vous ajoutez un patient à la liste des opérations ? Vous avez consulté le Dr Austin au préalable ?

— Non. Pourquoi, j'aurais dû ? Je suis son interne, ça fait partie de mon travail.

D'un geste ample, elle termina de remplir le formulaire avant de rendre le stylo. L'inquiétude qui se peignait sur les traits de l'infirmière exacerba la nervosité de Darcy. Une demi-heure plus tôt, elle n'avait jamais entendu parler du Dr Austin. Elle s'était attendue à être sous les ordres d'un autre chef, M. Fletcher, un chirurgien d'un certain âge qui l'avait reçue en entretien pour ce poste au City Hospital de Londres. Or, à son arrivée, elle avait appris que le Dr Fletcher venait de prendre sa retraite et qu'elle avait été affectée à l'équipe du Dr Austin. Devant l'expression dubitative d'Isha, Darcy fut saisie d'un mauvais pressentiment.

— Quoi, qu'est-ce qu'il y a ? Vous pouvez m'en dire plus sur M. Austin ? C'est quel genre de personne ?

En toute logique, le sérieux dont elle faisait preuve dans son travail lui rapporterait de bons points, non ? Rien que ce matin, elle était arrivée en avance et en avait profité pour identifier un cas de rupture d'appendice parmi les patients admis pendant la nuit. Son engagement lui vaudrait forcément les éloges de son chef… Sauf s'il était du genre à la surveiller sans cesse et à passer au crible la moindre de ses décisions. Seigneur, pourvu que non…

— Mmm… Disons que ses patients l'adorent, même les femmes mariées, si vous voyez ce que je veux dire, ajouta Isha avec un clin d'œil malicieux. Sérieusement, vous ne savez rien de lui ?

— Nooon…

Darcy étira le mot tandis que son cerveau tournait à plein régime. Pourquoi cette question ? Que pouvait-il avoir de tellement spécial ? Avait-il pour habitude de manger tout cru ses internes ?

— Jusqu'à ce matin, je pensais que j'allais travailler avec le Dr Fletcher. Pourquoi aurais-je dû entendre parler de lui ?

— Ouille ! Vous allez vous amuser, dites donc. Pour ce qui est du physique, il n'a rien à voir avec le Dr Fletcher, c'est sûr. Par contre, c'est un excellent chirurgien. C'est même une petite célébrité dans son domaine.

Alors que Darcy la dévisageait, en proie à une anxiété grandissante, Isha jeta un bref coup d'œil vers l'entrée du service.

— Le voilà qui arrive, souffla-t-elle.

Il n'en fallut pas plus pour jeter Darcy dans la panique. Elle résista néanmoins à l'envie de regarder la silhouette redoutable qui approchait. À coup sûr, elle allait lui faire une sacrée impression. Elle n'avait pas de stylo, ni la moindre idée de qui il était, aussi célèbre soit-il. Mais quoi qu'il en soit, la seule chose qui comptait, c'était le bien-être des patients, non ? En premier lieu desquels M. Clarke.

— Surtout, ne lui dites pas que je n'ai jamais entendu parler de lui ! murmura-t-elle précipitamment.

Isha lui adressa un clin d'œil entendu. Darcy ne la connaissait que depuis trente petites minutes, mais cela lui avait suffi pour reconnaître en elle un sens de l'humour pince-sans-rire qu'elle ne pouvait s'empêcher d'apprécier. Si cela se trouvait, Isha la taquinait… Seigneur, pourvu qu'il en soit ainsi. Darcy n'avait vraiment pas envie d'être dirigée par une espèce d'ogre qui la rendrait malheureuse au travail, le seul domaine de sa vie qui lui donnait un tant soit peu de gratification. Elle mourait d'envie de rajuster sa queue-de-cheval, mais ne risquait-elle pas de donner l'impression qu'elle faisait sa coquette ? Les nerfs en pelote, elle prit une grande inspiration et se prépara mentalement à rencontrer l'homme avec qui elle devrait collaborer au cours des trois prochains mois… Et, accessoirement, l'homme qui déciderait de son avenir professionnel. Son métier était tout pour elle, et son nouveau chef était le dernier obstacle qui la séparait de son objectif : devenir elle-même chef de service, ou du moins acquérir suffisamment d'importance pour être responsable des patients dont elle avait la charge.

Elle eut la chair de poule lorsqu'il apparut dans son champ de vision périphérique. Il était grand. Très grand, même. Une délicieuse bouffée d'after-shave lui chatouilla les narines.

— Bonjour, docteur Austin.

— Bonjour, Isha. Votre fille est guérie de son rhume ?

Comme elle ne pouvait plus continuer à feindre de ne pas le voir, Darcy se risqua à lever les yeux vers lui. Le beau profil du Dr Austin ne l'aida pas à calmer ses nerfs, bien au contraire. Bonne nouvelle, ce n'était pas un ogre. Ou alors un ogre très élégant, dans un costume trois-pièces bleu marine assorti à une chemise gris perle et à une cravate bordeaux. Grand et ténébreux, les traits comme taillés à la serpe, Joe Austin avait un air d'autorité et d'assurance qui captait l'attention. À vrai dire, il aurait davantage ressemblé à un mannequin ou à un trader de haut vol plutôt qu'à un gastro-entérologue. Peut-être avait-il des contrats auprès de maisons de mode en plus de son boulot de chirurgien, ce qui expliquerait sa célébrité…

Comme s'il s'apercevait enfin de sa présence, Joe abattit son regard sur Darcy. Prise de court, elle esquissa un sourire qui ressemblait davantage à un rictus. Mais avant qu'elle ait pu ouvrir la bouche pour se présenter, il l'ignora sans autre forme de procès et reporta son attention sur Isha. Ouille… Voilà qui n'augurait rien de bon. Tandis qu'Isha et le docteur discutaient sans faire attention à elle, Darcy se sentit saisie d'un malaise. Des doutes et des peurs qui l'avaient taraudée depuis l'enfance resurgirent et s'agitèrent au creux de son ventre, telle une méchante grippe intestinale. Mais elle n'était plus une gamine, justement. Elle était une femme de trente et un ans qui avait travaillé dur pour arriver là où elle était, et elle allait lui montrer de quel bois elle se chauffait, bon sang.

Tandis qu'elle attendait un moment propice pour s'immiscer dans la conversation, Darcy détailla le Dr Austin, un peu à la manière d'un diététicien observant un gâteau au chocolat. En effet, il n'avait rien à voir avec le brave Dr Fletcher, qui lui avait fait penser à un grand-père affable. Il avait de beaux cheveux, sombres et indisciplinés, et avec ses tempes grisonnantes elle lui donnait la quarantaine sexy. Ses lèvres aussi étaient sexy, presque sensuelles…

Sensuelles ? Non mais n'importe quoi. Comme si elle n'avait pas d'autres préoccupations autrement plus pressantes… La rupture d'appendice de M. Clarke, par exemple. Profitant d'une pause dans la conversation, Darcy leva une main pour se faire remarquer.

— Docteur Austin…

Il se tourna vers elle et, cette fois-ci, leurs yeux s'accrochèrent.

Les siens étaient d'un brun noisette, profond et intense. Darcy sentit son pouls s'emballer, et les mots trébuchèrent dans sa bouche. Par bonheur, Isha vint à sa rescousse.

— Docteur, mademoiselle est votre nouvelle interne.

Darcy sourit à s'en faire mal aux joues, mais peine perdue.

— Ah, se contenta-t-il de dire.

Si elle avait espéré faire bonne impression sur lui, c'était raté. La faute à sa queue-de-cheval de traviole, sans doute, ou à ce stylo égaré… Certes, elle ne s'était pas attendue à être accueillie en fanfare, mais un minimum de politesse, ce n'était pas trop demander !

— Ravi de vous rencontrer.

Il n'en avait pas l'air… Le sourire de Darcy trembla avant de disparaître complètement. Comment avait-elle fait pour déjà se le mettre à dos ? Avait-il remarqué la façon dont elle l'avait observé à la dérobée ?

— Darcy Wright. Tout le plaisir est pour moi.

— Bienvenue dans mon équipe.

Il avait dit cela d'un ton qui signifiait plutôt : « Retournez d'où vous venez. » Il lui serra la main avec une poigne de fer tout en la clouant d'un regard qui semblait la scruter comme un virus sous un microscope. Darcy se crispa, désarçonnée par cette évaluation aussi hâtive qu'injustifiée. À tort ou à raison, elle avait l'impression qu'il l'avait toisée des pieds à la tête. Un frémissement involontaire la parcourut, et elle se balança d'un pied sur l'autre, timide comme une écolière.

Du calme… Son chef était sublime, et alors ? La belle affaire… Elle n'était pas censée tomber en pâmoison devant lui. À présent qu'elle avait capté son attention, elle devait absolument lui parler de M. Clarke.

— Je me suis permis d'ajouter un patient à votre planning des opérations…

Le Dr Austin haussa un sourcil sceptique, et un silence pesant s'installa. De sous ses longs cils, il semblait fouiller en elle d'un regard sombre, totalement dénué de chaleur, voire de respect. Déroutée, Darcy sentit fuser une poussée de stress. Dire qu'elle avait espéré faire bonne impression sur lui. Isha avait raison : elle aurait dû commencer par demander son autorisation.

— J'ai fait connaissance avec tous vos patients, ajouta-t-elle bravement. L'un d'eux aurait besoin d'une opération urgente : M. Clarke, en chambre trois. Il a trente-cinq ans et présente un abdomen aigu dû à une rupture d'appendice.

Elle lui tendit la tablette électronique sur laquelle s'affichait le dossier en question. À présent, elle n'espérait plus s'insinuer dans les bonnes grâces de son chef. Elle priait seulement pour parvenir au bout de cette première journée sans perdre les pédales.

Le Dr Austin fit défiler les informations d'un air impassible.

— Dites-moi, vous avez travaillé où avant d'arriver ici ?

Au ton de sa voix, il était clair qu'il s'attendait à ce qu'elle réponde : « Nulle part, je pointais au chômage. » On aurait dit qu'il ne l'estimait pas capable d'être *son* interne. Elle ouvrit les lèvres pour répondre mais, en proie aux doutes, elle demeura bouche bée, tel un poisson. Comme tout un chacun, Darcy avait un talon d'Achille, des peurs bien enracinées : en l'occurrence, un manque de confiance en elle tenace. Comment cet homme s'y prenait-il pour mettre à nu ses failles aussi facilement ? D'un ton pincé, elle se mit en devoir de lui réciter une version abrégée de son parcours professionnel, sans obtenir de lui aucune réaction. Aussi impressionnant soit-il, son CV semblait le laisser de marbre. Bon sang, mais que fallait-il pour l'intéresser ?

— Et donc, avant d'arriver au City, j'ai été interne en chirurgie à l'hôpital Hanes, dans l'équipe de M. Clough, acheva-t-elle en dressant le menton d'un air de défi. Je sais que vous ne m'avez pas choisie, mais M. Fletcher semblait ravi de m'offrir ce poste.

Joe Austin se contenta d'émettre un vague « mmh ». Il continuait d'étudier le dossier de M. Clarke avec une minutie rigoureuse, comme pour débusquer l'erreur qui prouverait que, non, elle n'était pas digne de travailler avec lui. Darcy en était à son dernier stage d'internat. Elle n'avait pas besoin d'avoir pour chef une espèce de tyran arrogant qui lui ôterait toute capacité d'initiative. Son métier, c'était ce qui lui permettait de s'épanouir, d'être fière d'elle.

— Monsieur Austin, ce patient requiert une laparotomie urgente, insista-t-elle d'une voix calme mais ferme. Comme vous pouvez le constater, il présente des signes évidents d'abdomen aigu et…

— Avez-vous exclu les causes non chirurgicales ? l'interrompit-il sans lever les yeux de la tablette.

— Bien sûr que oui !

Pour qui la prenait-il ? La pensait-il incompétente à ce point ? Elle avait de plus en plus de mal à ne pas se sentir visée personnellement par son scepticisme. Peut-être avait-il eu des internes paresseux par le passé… Ou alors il avait perdu un patient récemment, d'où cette méfiance. Quoi qu'il en soit, Joe Austin ne ressemblait à aucun de ses anciens chefs, déjà parce qu'il était beau, ensuite parce qu'il lui tapait magistralement sur les nerfs. Darcy puisa dans ses réserves de patience. Du calme. Ses précédents chefs avaient tous leurs règles et leurs petites marottes, et elle ne s'en était jamais formalisée. Pourquoi en irait-il autrement avec celui-ci ?

Parce que son attitude la rabaissait, voilà pourquoi. Joe Austin avait l'air de la tenir pour quantité négligeable, et son mépris apparent lui rappelait ce qu'elle avait éprouvé avec son père, et plus récemment avec son ex. Comment sa femme pouvait-elle le supporter ? Avisant l'annulaire de sa main gauche, elle s'aperçut qu'il ne portait pas d'alliance. Oups… Voilà qui ne l'aiderait pas à calmer l'effet qu'il exerçait sur sa libido de célibataire esseulée. Elle durcit sa voix et prit le ton qu'elle réservait d'habitude aux patients admis aux urgences en état d'ébriété les samedis soir.

— Quand vous examinerez M. Clarke, vous constaterez une sensibilité au rebond dans la fosse iliaque droite.

Elle se mit à détailler son diagnostic, tellement sur la défensive qu'elle en oubliait de faire bonne impression à son supérieur. Depuis ses débuts dans le métier, elle avait perdu l'habitude de se justifier de la sorte, en long, en large et en travers. C'était bien sa chance : pour son dernier stage, il fallait justement qu'on lui colle un chef difficile. Un minimum de respect, était-ce trop demander ? À bout de patience, elle fourra les mains dans les poches de sa blouse blanche comme pour conclure son exposé.

— C'est un cas classique de péritonite, poursuivit-elle d'un ton glacial. J'ai posé un diagnostic de rupture d'appendice, donc je l'ai mis sous perfusion d'antibiotiques et je l'ai programmé pour le bloc. Je veux bien l'opérer si vous n'êtes pas disponible.

Une lueur qui ressemblait à du respect traversa fugitivement le regard du Dr Austin pour disparaître aussi vite qu'elle était apparue. Il n'en fallut pas plus pour que Darcy se sente traversée d'un frisson électrique aussi puissant qu'un courant de quarante mille volts.

— Mademoiselle Wright…

Cette fois-ci, au lieu de lui taper sur les nerfs, le ton d'autorité qu'il avait employé lui bloqua le souffle. Darcy sentit son cœur s'emballer, comme lorsqu'elle levait son scalpel pour commencer une opération.

— Quand je serai disposé à vous confier mes patients, je vous tiendrai au courant.

— Mais j'ai effectué cette opération plusieurs fois par le passé !

Elle débutait sans doute dans le métier et il lui restait encore beaucoup à prouver, mais elle n'avait pas dégoté son diplôme de médecine dans une pochette-surprise. Elle avait travaillé dur, ces dix dernières années, et n'avait pas lésiné sur les sacrifices personnels. Alors que la plupart de ses amis d'école étaient déjà mariés, parfois avec des enfants, et insérés dans la vie professionnelle, elle poursuivait encore sa formation. Quant à sa vie privée, elle était au point mort.

Indifférent à sa protestation, le Dr Austin se tourna vers Isha.

— OK, commençons la tournée des patients par M. Clarke, si vous le voulez bien.

Sur ces mots, il tourna les talons et disparut dans le couloir. Isha gratifia Darcy d'un sourire compatissant avant de se dépêcher de rattraper le « grand homme ». Enfin, grand… Façon de parler. L'adjectif « insupportable » aurait mieux convenu.

Darcy se hâta à leur suite. Elle avait l'impression d'être un imposteur… Mise à l'écart, décriée… Cela faisait quelque temps qu'on ne l'avait pas traitée de la sorte. Seul le souci que lui donnait M. Clarke lui fit remiser sa colère. Elle se souvint de sa pâleur, de sa souffrance manifeste et des signes cliniques de péritonite qu'il présentait, et sa détermination reprit le dessus. Son diagnostic était correct. Joe Austin n'allait pas tarder à s'en rendre compte par lui-même, et alors il lui devrait des excuses publiques. À genoux, de préférence.

2.

Joe Austin avait toujours redouté les premiers jours d'exercice d'un interne dans son service. Trop souvent, les stagiaires arrivaient avec de mauvaises habitudes acquises auprès de chefs moins exigeants que lui, quand ils n'étaient pas tout bonnement des tire-au-flanc. Il était obligé de commencer par les remettre au pas. En tout cas, il n'en avait jamais rencontré d'aussi tenace ni d'aussi têtu que celle-ci.

— J'ignore quelle est la manière de procéder à St. Mary, dit-il tout en avalant le couloir à longues enjambées. En tout cas, ici, mes patients relèvent de *ma* responsabilité. Entendu ?

Joe jeta un bref coup d'œil à la jeune interne, à temps pour la voir rougir légèrement. Bon sang, il allait devoir y aller doucement avec elle. Il faudrait lui faire comprendre gentiment qu'elle n'allait pas travailler pour ce brave Rod Fletcher, mais pour un chef qui en demandait beaucoup à son équipe. Joe menait son service d'une main de fer, par nécessité mais surtout pour préserver sa santé émotionnelle. L'expérience lui avait appris qu'un manque d'attention, même ponctuel, pouvait avoir des conséquences terribles. Alors, oui, il était dur, mais avec tout le monde, à commencer par lui-même. En tout cas, Darcy ne devait pas se sentir visée par son attitude inflexible. Mieux valait sans doute arrondir les angles pour lui faire comprendre qu'il n'avait rien contre elle, personnellement.

— Bien sûr, dit-elle en allongeant le pas pour ne pas se laisser distancer. Mais vous devez comprendre que c'est mon boulot d'évaluer vos patients. J'étais loin de me douter que j'essuierais une réprimande publique et humiliante tout simplement parce que j'essayais de bien faire mon travail.

Il croisa son regard et constata qu'elle était belle. Trop belle. Et si ses premières impressions étaient correctes, elle faisait aussi preuve d'une forte motivation et d'une intelligence aiguisée. Dès l'instant où il l'avait vue, cette fille avait suscité en lui un trouble confus, fait d'enthousiasme, d'intérêt et d'attirance : un cocktail de sentiments d'autant plus étranges qu'il ne les avait pas éprouvés depuis longtemps, et dont l'effet n'était toujours pas retombé. Il avait vécu si longtemps dans le brouillard du deuil que la moindre émotion positive l'ébranlait comme un coup de tonnerre. Comment était-elle parvenue à le déstabiliser aussi facilement ?

— Désolé, mon intention n'était pas de vous blesser. C'est une sale manie chez moi… Vous allez devoir vous y faire.

Mais même à ses propres oreilles, son excuse n'en était pas une. Sans surprise, Darcy pinça les lèvres comme si elle n'avait pas la moindre intention de se montrer indulgente aussi facilement.

— Je ne cherche pas à avoir l'air d'un ogre. Seulement, j'exige le meilleur de tous ceux qui travaillent à mes côtés.

— Ça tombe bien, répliqua-t-elle avec un sourire résolu. Mon métier est une passion pour moi, quelque chose que je prends très au sérieux. Je ne compte pas mes heures et, dans le cas présent, je sais que mon diagnostic est correct.

Joe s'arrêta devant la chambre trois et tira une paire de gants en latex d'une boîte accrochée au mur.

— Vous m'en voyez ravi. Je ne tolère pas le laisser-aller dans mon équipe.

Ainsi qu'il s'y attendait, l'insinuation la fit sursauter avec indignation.

— Monsieur Austin… Il va sans dire que je respecte votre autorité. Je suis ici pour apprendre. Cela dit, mes précédents chefs m'ont toujours accordé une grande autonomie. Ils étaient trop heureux de se décharger sur moi des tâches de routine et de la préparation préopératoire pour se concentrer sur leurs patients.

Joe hocha la tête. Ses propos étaient frappés au coin du bon sens. D'ailleurs, à une certaine époque, il ne procédait pas différemment. Mais cela, c'était avant que ne survienne le drame qui avait brisé sa vie personnelle en mille morceaux.

— Vous avez devant vous une interne expérimentée. Quel est l'intérêt de vous charger d'un travail que vous pouvez déléguer ?

Elle accompagna cette phrase d'un sourire qui la transfigura littéralement. Rectificatif, elle n'était pas simplement belle : elle était carrément splendide. De quoi avait-elle l'air dans ses vêtements à elle, les cheveux dénoués ? Même cette blouse blanche informe ne parvenait pas à dissimuler ses jolies courbes placées aux bons endroits.

— Je suis en partie d'accord avec vous, mademoiselle Wright. Mais je suis responsable de ce service, et c'est à moi de déterminer qui doit figurer sur ma liste d'opérations.

Il retint un soupir : il aurait dû l'inviter à l'appeler par son prénom. Mais cette pensée fit courir un frisson brûlant sur sa peau. D'une certaine manière, cette politesse un peu guindée lui permettait de garder ses distances et de se préserver de ce charme féminin dont elle débordait. Il était son chef, son maître de stage, point final. En tout cas, il ne devait surtout pas songer davantage à ce sourire ouvert et chaleureux entr'aperçu tout à l'heure, lorsqu'elle l'avait salué. Ce sourire, à peine l'avait-il fait fuir avec ses manières d'ours mal léché qu'il avait eu envie de le revoir. Au train où allaient les choses entre eux, c'était mal parti.

Il se tourna vers Isha, qui avait observé leur passe d'armes avec amusement.

— Quel est le tableau clinique ?

— Tachycardie avec fièvre, mais la tension est stable.

— J'ai déjà vu des cas exactement semblables qui se sont détériorés brutalement, intervint Darcy. Je suis sûre que vous serez d'accord avec mon évaluation une fois que vous l'aurez examiné.

Pourquoi avait-elle autant besoin d'avoir raison ? Et lui, pourquoi s'intéressait-il autant à l'amour-propre d'une interne ?

— Peut-être. Mais quoi qu'il en soit, je suis intransigeant et j'aime que les choses soient faites à *ma* façon. Attendez-vous à ce que je passe derrière vous pour tout vérifier.

— J’apprends vite, dit-elle en prenant une paire de gants. Vous en conviendrez vous-même lorsque vous me laisserez opérer M. Clarke.

Joe lui décocha un regard amusé. Décidément, quand elle avait une idée en tête, celle-là…

— Mon CV décrit mon expérience chirurgicale. Mais si vous ne me faites pas confiance, je vous invite à me superviser pendant l’intervention.

— On verra.

Joe ne pouvait s’empêcher de lui concéder un certain respect pour la ténacité dont elle faisait preuve. Allaient-ils passer les prochaines semaines à croiser le fer ? Bizarrement, cette perspective n’était pas pour lui déplaire.

Décidément, les talents diagnostiques de Darcy Wright étaient tout à fait sûrs. Raison de plus pour regretter de lui avoir réservé un aussi mauvais accueil. Joe l’observa tandis qu’elle préparait le champ opératoire, ses beaux cheveux blonds camouflés par une charlotte. Bordés de cils d’une longueur extravagante, ses grands yeux bleus étaient la seule partie visible de son visage, et la lumière agressive des néons de la salle d’opération les rendait encore plus brillants.

— Vous êtes prêt ?

Joe leva la tête et lut dans son expression une défiance qui aggrava sa mauvaise conscience. Une fois encore, il se dit qu’il aurait dû se montrer davantage indulgent avec elle. Si Darcy n’avait pas repéré à temps la gravité de l’état de ce patient, il aurait certainement été victime d’une septicémie et son pronostic vital aurait été engagé. Oui, elle avait fait du bon travail.

Et elle n’était pour rien dans ses problèmes. Ce n’était tout de même pas à cause d’elle qu’il était dans un tel état de nerfs en ce moment. Dans quelques jours aurait lieu la levée de fonds bisannuelle qu’il organisait avec Laura, son ex, en mémoire de leur fille Rosie, et comme toujours ce rendez-vous ravivait des blessures mal cicatrisées. À chaque fois, des amis bien intentionnés lui demandaient comment il allait, comme si la perte d'un enfant et la destruction de son mariage pouvaient se résumer par quelques mots socialement acceptables : « Ça va bien, merci. » S'il souriait pour éluder les questions, la culpabilité le déchirait mais, s'il laissait libre cours à ses émotions en présence de son ex, les yeux de Laura prenaient alors une expression vitreuse et les larmes perlaient à ses paupières.

Dès lors, il n'était guère étonnant que l'arrivée d'une interne aussi belle qu'assurée le jette dans un tel désarroi. Mais les circonstances ne constituaient pas une excuse face à son attitude, bien entendu.

— Je commence, monsieur Austin ?

— Je vous en prie, mademoiselle Wright.

Il réprima un soupir, et Darcy interrompit sa préparation.

— Vous soupirez. J'ai fait quelque chose de mal ? Ou désirez-vous que je m'y prenne d'une autre manière, c'est-à-dire la vôtre ?

Elle tamponna de la Bétadine sur la peau puis, avec des gestes vifs et précis, elle étala des toiles stériles sur le patient pour délimiter le champ opératoire. Joe s'éclaircit la gorge.

— Non, non. J'étais distrait par un… problème personnel. Continuez.

Darcy le dévisagea un instant avec une intensité dérangeante, puis elle reprit son travail. Joe se remit à respirer normalement. Il fallait qu'il se ressaisisse. À force, elle allait finir par le prendre pour un déséquilibré, ou du moins pour quelqu'un d'émotif.

— Puisque vous évoquez ma manière de procéder, pouvez-vous vérifier que les nouveaux externes font bien passer un test sanguin à tous mes patients admis pour maux de ventre ? C'est une règle que je me suis fixée pour dépister les pancréatites.

— Oui, bien sûr. Moi non plus, je ne saute pas sur mon scalpel sans avoir d'abord vérifié les taux d'enzymes pancréatiques et sans avoir éliminé toutes les causes non chirurgicales de douleurs abdominales, dit-elle d'un ton calme mais lourd de reproches. C'est ce que j'ai appris lors de mon premier stage.

Joe grimaça derrière son masque chirurgical. Sans doute

devait-elle le trouver un tantinet condescendant. Elle était loin d'être une débutante, après tout. À vrai dire, qu'avait-il à lui apprendre, si ce n'était à devenir un bourreau de travail paranoïaque ?

— J'ai déjà vu des cas de pancréatite aiguë détectés trop tard, confondus avec d'autres urgences chirurgicales.

OK, c'étaient des rappels pour débutants et elle savait tout cela, mais il n'y avait pas de mal à rabâcher certains messages et à multiplier les précautions, non ?

— Je refuse de soumettre mes patients à une laparotomie inutile, ajouta-t-il comme pour enfoncer le clou.

Pourquoi se souciait-il autant de l'opinion de Darcy ? Elle pouvait bien le prendre pour un tyran imbuvable, pour ce que cela lui faisait. Sauf que… Son regard pénétrant semblait mettre à nu ses pensées les plus intimes. Il n'avait pas envie de lui révéler à quel point son travail était devenu son unique boussole dans la vie, ni à quel point il préférait s'occuper des autres pour se distraire de ses problèmes à lui.

— Nous sommes d'accord, répliqua-t-elle d'un ton bref en réglant une lampe opératoire.

Joe l'observa avec une fascination renouvelée. On aurait dit qu'il la mettait sur la défensive. Ou alors, à peine arrivée, elle était déterminée à faire valoir ses compétences et ses intérêts. Il ne connaissait que trop les exigences de ce métier, et Darcy avait d'ores et déjà prouvé qu'elle possédait plusieurs des qualités requises pour réussir dans ce domaine : de l'assurance, de l'entêtement ainsi qu'un don certain pour défendre son point de vue. Autant de traits de caractère essentiels pour tout chirurgien amené à prendre des décisions dont dépendait la vie de ses patients. Quelle personne se trouvait derrière ce masque chirurgical ? Avait-elle un mari ? Un petit ami ? Des enfants ? Et si oui, les négligeait-elle comme lui avait négligé ceux qui auraient dû compter le plus pour lui ?

Elle s'aperçut soudain qu'il l'observait. Sa main tendue vers un scalpel se figea et son regard se durcit, comme si elle s'attendait à être interrompue ou critiquée.

— Quoi ? Pourquoi me regardez-vous comme ça ?

Joe lutta contre un sourire qui lui chatouillait les lèvres. Elle n'avait pas la langue dans sa poche, cette fille. C'était rafraîchissant, réjouissant même. Stimulant, en tout cas. Ce manque d'égard pour son autorité aurait dû lui hérisser le poil. Au lieu de cela, il se sentait tout léger, comme prêt à rire de ses propres absurdités à la première occasion. Depuis quand avait-il éprouvé une émotion positive aussi spontanée ? Par quel don cette femme suscitait-elle aussi facilement son amusement, entre autres sentiments ? Il cligna des yeux et tenta d'effacer ces pensées folles de son esprit. Il ne pouvait tout simplement pas se permettre de ressentir de l'attirance ou du désir pour une interne. Déjà parce qu'un tel comportement allait à l'encontre de l'éthique professionnelle la plus élémentaire : il était son chef, en position d'autorité vis-à-vis d'elle. Ensuite, depuis sa rupture avec Laura, trois ans plus tôt, sa vie sentimentale était restée au point mort. Après la tragédie qui avait détruit sa famille, il s'estimait indigne d'une seconde chance. Il avait tenté le coup une fois et échoué lamentablement. Il n'y avait à présent de place dans sa vie que pour le travail. Le travail, et se maintenir en bonne santé physique et mentale pour pouvoir travailler encore plus. Ce cycle addictif absorbait tous ses efforts, mais il y trouvait une gratification autant qu'un apaisement.

Il avait quasiment étouffé sa vitalité masculine jusqu'à ce qu'il tombe sur Darcy Wright, avec ses yeux brillants et son sourire capable de rendre sa libido à un moine. Amusé par sa spontanéité, il se surprit à vouloir lui donner le change.

— C'est-à-dire ? Je vous regarde comment ?

Darcy haussa les épaules avec humeur.

— Comme si vous attendiez que je commette une erreur.

Elle baissa à nouveau la tête vers son patient, mais pas avant qu'il ne surprenne dans son regard une lueur de vulnérabilité. Joe sentit son ventre se serrer sous l'effet du regret et d'un autre sentiment… De la honte. D'habitude, il se fichait bien de savoir ce qu'on pouvait penser de son haut niveau d'exigence professionnelle. La plupart de ses collaborateurs le connaissaient depuis suffisamment longtemps pour se souvenir de l'ancien Joe, l'homme qu'il avait été avant que sa vie ne s'effondre. Mais à moins d'avoir déjà été mise au courant des commérages du service, Darcy ne pouvait se douter qu'il y avait une autre facette à sa personnalité. Qu'il pouvait aussi se montrer détendu, ou blaguer avec ses patients. Qu'il avait aimé opérer sur un fond de musique pop, ou présenter aux infirmières les dernières photos de sa fille.

— C'est mon boulot d'observer votre technique, de vous superviser et de vous évaluer avant votre titularisation.

— Je sais, répondit-elle sans conviction. Mais il y a observation et observation.

Elle tendit le scalpel à une infirmière et demanda des forceps. Joe pinça les lèvres sous son masque.

— Je vous mets mal à l'aise ?

— Absolument pas, répondit-elle.

Mais son regard évasif démentait ces paroles.

— C'est bon ? demanda-t-elle à l'anesthésiste comme pour changer de sujet.

Celui-ci hocha la tête. L'opération pouvait débuter. Aussitôt, Joe sentit des picotements parcourir ses mains gantées. Il avait toute confiance dans les compétences du Dr Wright, mais il brûlait de s'emparer des instruments à sa place. L'incision sur le ventre de M. Clarke avait été pratiquée d'un geste sûr, dans les règles de l'art, au point de McBurney, proche de l'appendice dans la majorité des cas. Joe était d'accord avec son diagnostic de péritonite consécutive à une rupture d'appendice. Il s'attendait à ce qu'une interne avec son expérience sache facilement détecter et traiter ce type d'urgence. Alors, pourquoi avait-il été aussi dur avec elle ?

Sans doute parce qu'elle était Darcy. Sa ténacité, sa détermination, son entrain l'avaient obligé à revenir sur la première impression qu'il s'était faite d'elle. Elle l'avait sorti de son détachement émotionnel, elle lui avait insufflé des sentiments, lui qui n'en avait pas éprouvé depuis des années pour une femme. À force de ne se soucier de rien d'autre que de son travail, de ses patients, cette émotion, et même toute émotion positive, lui était devenue étrangère. Elle le déstabilisait, comme si c'était elle qui le dérangeait avec des questions indiscrètes, et non l'inverse. C'était sans doute pour cela qu'il avait critiqué son diagnostic : par réflexe défensif. Il en était encore plus sûr à présent qu'à travers l'incision apparaissait la poche de pus qui rendait malade M. Clarke.

— Vous auriez pu dire : « Je vous l'avais bien dit », remarqua-t-il.

Les yeux de Darcy heurtèrent les siens, chargés d'une surprise vite remplacée par de la résignation.

— Je veux une belle lettre de référence quand je m'en irai. Je me fiche de marquer des points dans des disputes idiotes, répondit-elle d'une voix brève et concentrée. Je suis ici pour apprendre de vous et devenir la meilleure chirurgienne possible... Peut-être même aussi bonne que vous.

Joe demeura silencieux. À une certaine époque, il avait partagé l'ambition de Darcy. D'ailleurs, c'était encore le cas, jusqu'à un certain point. À présent, il avait autant à cœur de changer le monde un patient après l'autre que de se préserver lui-même. Son perfectionnisme était devenu un bouclier parmi d'autres contre le regret.

— Je vais vous apprendre tout ce que je peux, dit-il enfin.

Mais la leçon la plus précieuse de sa vie, il l'avait reçue ailleurs qu'à l'hôpital, et de la manière la plus dure qui soit. Cette expérience-là, il ne la souhaitait à personne.

— Je l'espère bien. Même si, en arrivant ici, je ne m'attendais pas à travailler pour une célébrité.

Joe grimaça. Sans doute faisait-elle référence à ses travaux sur le développement des sutures à résorption rapide, un dispositif qui s'était imposé partout dans le monde et qui réduisait de cinquante pour cent les risques d'hémorragie postopératoire. Oui, Joe était bon dans un domaine : le travail. Mais à côté de cela, il avait été un père absent, un mauvais mari. Il avait tout eu et tout perdu. Bref, il ne méritait pas une telle estime.

— Oui, bon… J'ai conçu un type de suture chirurgicale. Ce n'est pas comme si j'avais trouvé le remède contre le cancer.

Si seulement ça avait été le cas… Sa petite fille serait encore en vie à l'heure actuelle. Une nausée lui tordit l'estomac et raviva des regrets qui le taraudaient nuit et jour. Il avait été tellement occupé à soigner les autres qu'il n'avait pas été présent pour sa fille quand sa santé s'était brusquement détériorée, après une courte maladie qu'il avait confondue avec une banale gastro-entérite. Lorsque son ex avait amené Rosie à l'hôpital, la petite venait de faire une hémorragie cérébrale consécutive à une leucémie aiguë non diagnostiquée. Il n'avait pas eu la possibilité de parler une dernière fois à sa fille chérie, de lui rappeler qu'il l'aimait. Un élan de chagrin malmena les sutures qui rapiéçaient tant bien que mal son cœur, et la souffrance lui coupa le souffle. Il aurait dû se rendre compte que quelque chose ne tournait pas rond. Il était médecin, non ? Sa pratique professionnelle reposait sur des talents d'observation, d'intuition, sur sa rapidité de réaction. Il n'avait pas été à la hauteur, voilà tout, et rien ne pourrait jamais racheter cette erreur.

— Eh bien, comme vous pouvez le constater par vous-même, je suis tout à fait compétente. Vous allez devoir me faire un tantinet confiance si vous avez l'intention de dormir ces prochaines semaines.

Avec habileté, Darcy orienta dans le sens qu'elle désirait le dispositif d'aspiration que tenait l'aide chirurgical.

— Nous sommes de garde cette nuit. Le temps risque de paraître long si vous persistez à surveiller chacun de mes gestes, même pour des actes qu'un débutant pourrait effectuer sans aide.

Elle avait raison, bien sûr, d'autant plus qu'il avait un emploi du temps chargé.

— Désolé, je peux donner l'impression de pécher par excès de prudence, en effet. Et puis, vous semblez avoir les choses en main.

Tandis qu'il l'observait, l'esprit occupé par le souvenir de ses échecs, Darcy avait nettoyé l'abcès et elle avait ligaturé l'artère en vue d'enlever l'appendice perforé.

— Merci, dit-elle sur un ton dans lequel il crut reconnaître du sarcasme.

Elle ajusta l'écarteur pour avoir un meilleur accès au site opératoire.

— À présent, vous voyez bien que je sais rester concentrée sur mon travail, malgré le trac du premier jour ou le manque d'assurance.

Ou malgré mon chef. Elle ne l'avait pas dit expressément, mais le sous-entendu était évident. Au fait, pourquoi parlait-elle de manque d'assurance ? Au contraire, elle donnait l'impression d'avoir de la confiance à revendre. Ne l'avait-elle pas renvoyé dans les cordes ?

Alors que l'instrumentiste leur présentait un clamp, Joe tendit instinctivement la main au même moment que Darcy, et leurs doigts gantés se frôlèrent. L'espace d'une seconde, ils demeurèrent figés, la main de Joe sur celle de Darcy, qui tenait l'instrument chirurgical. Il lâcha la pince comme s'il s'était brûlé. Le tout n'avait duré que le temps d'un éclair, mais ce fut assez pour qu'il ressente une chaleur agitée, la même que lorsque Darcy lui avait souri, pendant les présentations. Darcy fut la première à se ressaisir.

— Je serais ravie de terminer l'opération de M. Clarke toute seule. À moins que vous n'ayez d'autres conseils à me prodiguer ?

La sensation de ses doigts sous les siens persistait, et il dut faire un effort pour se reconcentrer.

— Non. Enfin, si, juste un mantra utile : les erreurs coûtent des vies.

— C'est vrai, dit-elle, le regard doux. Mais inévitablement, il est impossible de sauver chaque patient. C'est l'une des réalités de ce métier, non ?

Bon sang… Il n'avait pas besoin qu'elle lise en lui avec une telle intuition. Avec ses sourires, son audace et sa ténacité, elle avait le chic pour ramener à la surface ses émotions, bonnes et mauvaises. Joe eut un bref hochement de tête guindé.

— Bon, je vous laisse, dans ce cas. Si vous avez besoin de moi, je serai à côté, pour dicter des courriers.

Hors de la salle d'opération, il ôta ses gants, son masque et sa blouse en regrettant de ne pouvoir se débarrasser de ses remords aussi facilement. Ici, dans cet hôpital où il avait vécu le pire jour de sa vie, il avait trouvé un semblant si ce n'est de paix, au moins de routine, et c'était tout ce qu'il méritait. En tout cas, Darcy Wright représentait une fascination à laquelle il ne pouvait pas céder. Ni maintenant ni jamais.

3.

Darcy fit glisser sa brosse à dents dans son sac et s'aspergea le visage d'eau glacée. Elle avait l'habitude des longues nuits de garde sans sommeil, mais jamais elle ne se ferait aux yeux qui piquent et à la sensation de langue sèche et pâteuse. C'était incroyable qu'un simple bain de bouche et un peu d'eau froide puissent être aussi revigorants qu'un sommeil de huit heures. Cela lui avait remis la tête à l'endroit, et Dieu sait qu'elle en avait besoin au terme d'une journée en compagnie de l'homme le plus exaspérant qu'elle ait jamais rencontré : son maniaque de chef. Dire qu'elle allait devoir le supporter trois mois, lui et ses principes despotiques ! Si seulement il avait été détestable, tout aurait été tellement plus simple… Si seulement elle n'avait pas été impressionnée par ses talents de chirurgien et sa manière d'être avec les patients… Mais dès qu'il se trouvait en situation de soin, il se métamorphosait en un autre Joe, dévoué, bon, généreux.

Darcy relâcha lentement son souffle. En vingt-quatre heures avec Joe Austin, elle était passée par tout un spectre d'émotions dont la succession l'avait épuisée. Jamais personne ne lui avait inspiré simultanément autant de frustration et d'admiration. Lors des rares moments de liberté qui avaient émaillé cette longue journée, Joe avait occupé son esprit de pensées positives ou franchement moins agréables. Il avait un don inouï pour la faire réagir au quart de tour et il lui inspirait une attirance tenace, même si elle ne cessait de se répéter que ces sentiments étaient ridicules, superflus et, surtout, interdits. Par bonheur, le travail l'avait trop accaparée pour lui permettre de s'attarder sur le charisme de Joe.

L'esprit ailleurs, elle se brossa les cheveux et rectifia sa queue-de-cheval. Une boule lui vrillait le ventre à l'idée de passer les trois prochains mois avec un mentor aussi fascinant qu'exaspérant. Le mieux était de faire profil bas, de l'éviter et d'ignorer le fait qu'il redéfinissait à lui seul le mot « sexy ». Par contre, sexy ou pas, s'il persistait à la brider et à surveiller tous ses faits et gestes, elle allait finir par perdre les pédales et faire quelque chose de stupide.

Darcy sentit ses joues s'enflammer. Ses sœurs seraient mortes de rire à la voir dans tous ses états à propos d'un homme. Elles lui rappelleraient sans doute qu'avant son ex Joe était exactement le type d'homme avec qui elle avait rêvé de vivre, quand elle était gamine.

« Moi, je me marierai avec un maçon, comme papa », avait dit Lily.

« Et moi, je me marierai avec un super héros », avait répondu Stella.

« Moi, je serai docteur et je me marierai avec un autre docteur, et on vivra dans un grand château en Écosse », avait dit Darcy.

Même dans ses rêveries d'enfant, elle avait éprouvé le besoin d'en faire plus que ses sœurs et de se démarquer. Elle l'avait fait pour se rassurer sur elle-même et compenser le fait que son père biologique ne l'avait pas jugée digne d'intérêt. À cause de lui, elle avait joué un rôle, imaginé qu'il existait entre elle et ses sœurs des distinctions qui n'existaient que dans sa tête. Elle s'était convaincue qu'elle devait forcément être différente des autres si elle n'était pas assez bien même pour son propre père.

L'accueil pour le moins bourru de Joe avait ravivé toutes ces peurs profondément ancrées en elle. Peur de ne pas être assez bien, peur de décevoir… Essayer de faire de l'effet à un tel homme, c'était s'exposer aux mêmes chagrins qu'elle avait éprouvés étant gamine. Tout ce qu'elle espérait, c'était travailler avec ce Dr Austin en relative harmonie.

Quelque peu rafraîchie, elle sortit des toilettes et se figea à la vue de Joe. Étalé sur l'un des fauteuils de la salle de repos, les cheveux décoiffés par la charlotte chirurgicale qu'il avait ôtée, il avait l'air épuisé. Darcy sentit aussitôt son pouls monter en flèche, et un élan de compassion étouffa sa surprise. Dans cet état de fatigue, il semblait plus humain, plus abordable : autant d'impressions positives que Darcy aurait voulu rejeter. Pourquoi n'était-il pas rentré chez lui ou n'était-il pas allé piquer un somme dans la chambre de garde, comme tous ses anciens chefs en pareille situation ?

— Je vous croyais parti.

Il sursauta, et ses yeux s'ouvrirent en papillonnant.

— On peut se dire « tu », non ? Ça t'embête que je t'appelle Darcy ?

Le son de son prénom sur ses lèvres la prit totalement de court et lui coupa le souffle. Tant pis pour ses velléités de conversation cohérente. C'était fou, quand même… Chaque fois qu'elle réussissait à mettre de l'ordre dans les idées qu'elle se faisait sur lui, voilà qu'il se métamorphosait et qu'il lui apparaissait sous un jour différent qui chamboulait son jugement. Ses yeux qui, la veille, n'avaient eu pour elle que de la suspicion et de la méfiance semblaient à présent hantés par un spectre d'émotions autrement plus complexes, expressives et ouvertes. Son corps grand et mince était complètement détendu, incroyablement sexy sous l'uniforme médical qui révélait un triangle de poils sur le torse. Il avait de belles mains, élégantes et séduisantes. Tout en Darcy se crispa en une attente fébrile tandis qu'en elle se livraient bataille des émotions confuses faites d'attirance, d'exaspération, d'excitation et d'épuisement.

Mais si Joe avait du sex-appeal à revendre, il avait également passé sa journée à remettre en question ses décisions et à la dénigrer. Oui, il était attirant. Il était aussi horripilant à l'extrême.

— Oui, euh… Comme tu veux. Tu as besoin de moi ?

Un éclat amusé s'alluma dans le regard de Joe, et Darcy rougit des sous-entendus scabreux qu'impliquait sa question. Le plus préoccupant, c'était cette envie folle qu'elle avait de l'entendre lui répondre « oui », pour toutes les mauvaises raisons. Pour se donner une contenance, elle fit mine de vérifier sur son téléphone qu'elle n'avait pas raté un appel des urgences.

— Non, ça ira.

Il attarda son regard sur elle comme s'il s'apprêtait à lui dire quelque chose de très important. Darcy sentit son pouls battre des records.

— OK… Bon, euh…

Gênée, elle promena un regard autour d'elle pour dissimuler l'intérêt physique que son corps fatigué n'aurait pas pu éprouver cinq minutes plus tôt, elle en était sûre.

Ils venaient de passer six heures au bloc sur un cas de blessures abdominales multiples par arme blanche. Darcy avait eu tout le loisir d'observer son nouveau chef à l'œuvre, et le moins que l'on puisse dire, c'était qu'elle l'avait trouvé fascinant. Tout au long de l'intervention, il avait fait preuve d'une précision entêtée et d'une minutie inégalable. Aucun vaisseau sanguin n'avait été trop fin pour échapper à la cautérisation, aucun recoin de la cavité abdominale trop obscur pour mériter d'être vérifié. Il ne s'était jamais départi d'une énergie et d'une concentration à toute épreuve, à l'inverse d'elle, dont les pieds et le dos avaient protesté après plusieurs heures de station debout.

La carrière qu'ils avaient choisie comportait son lot de challenges. Mais quand Joe lui avait rappelé que les erreurs coûtaient des vies, Darcy avait remarqué dans son regard une vulnérabilité qui avait fouetté sa curiosité. Qu'était-il arrivé pour qu'un chirurgien aussi dévoué et génial s'impose une rigueur quasi obsessionnelle ? Avait-il perdu un patient ? Et pourquoi fallait-il qu'elle soit aussi sensible à son intelligence, à son sens de l'engagement, au regret qu'elle devinait en lui, bref, à son humanité ? Ce serait tellement plus simple de pouvoir le détester en bloc, lui, ses manières autoritaires et son physique avantageux.

— Notre blessé par arme blanche est dans un état stable. Il a été transféré en soins intensifs, dit-il.

Darcy émit un soupir exaspéré.

— Le suivi postopératoire, c'est mon boulot. J'étais juste partie me rafraîchir un peu le visage.

Mais il tapota un dossier sur le siège d'à-côté en haussant les épaules.

— J'étais retourné au bureau chercher mes papiers.

Sa conscience professionnelle semblait braquer ses projecteurs sur tout ce qu'elle avait d'insuffisant. Était-ce parce qu'elle se sentait toute petite à côté d'une telle pointure ? Ou parce qu'il n'avait pas l'air de voir ou de comprendre l'importance que Darcy attachait à sa carrière ? Ce métier l'aidait à combler des lacunes émotionnelles, ni plus ni moins. Adolescente, sa réussite à l'école lui permettait de se raccrocher à l'idée que, même si son père se désintéressait d'elle, elle valait malgré tout quelque chose dans un domaine. De là était venu son goût pour la compétition, aiguisé par le succès, mais elle ne s'était jamais attendue à s'épanouir autant dans la médecine.

— Pourquoi es-tu sans cesse sur la défensive ? demanda-t-il soudain.

Il en avait de bonnes de lui poser des questions pareilles. N'avait-il pas passé la journée à remettre en cause ses compétences professionnelles ? Pour couronner le tout, il la dévisageait avec un regard égal, comme s'il n'était absolument pour rien dans sa réaction. Avec un frisson, elle se rendit compte de la facilité avec laquelle il ébranlait des défenses qu'elle avait passé sa vie à ériger autour d'elle.

Mais son attitude lui rappelait aussi son ex, Dean. Lui aussi n'avait cessé de la critiquer.

« Tu n'es jamais là… »

« Tu travailles trop… »

« Tu ne penses jamais à nous deux… »

Et ainsi de suite. Dean était sculpteur. Il n'avait jamais vraiment compris ce qui la motivait, ni pourquoi elle avait choisi cette carrière. Pour lui, la seule entreprise véritablement noble dans la vie, c'était l'art. Lorsqu'elle s'était rendu compte qu'ils n'aboutiraient à rien qu'à des disputes et des malentendus, Darcy avait préféré rompre et se concentrer sur la seule valeur sûre à ses yeux : le travail.

Elle s'aperçut soudain que Joe l'observait, un peu comme si

ses joues rougissantes étaient la manifestation d'une maladie inédite et fascinante. Pouvait-il lire en elle ? Pouvait-il deviner qu'elle avait échoué à trouver l'équilibre entre son couple et son métier ?

— Et toi, pourquoi insistes-tu autant pour faire *mon* boulot avant que j'aie eu l'occasion d'y toucher ? Tu disais tout à l'heure que tu péchais par excès de prudence. Moi, j'appellerais plutôt ça de la paranoïa. On dirait que tu ne fais confiance à personne.

Elle regretta aussitôt ses propos et pinça les lèvres. Elle n'aurait pas dû dire tout cela. Elle n'aurait même pas dû se disputer avec lui. Mais cette même fatigue qui se peignait sur le visage de Joe l'amenait, elle aussi, à baisser la garde, d'autant plus qu'il lui avait tapé sur les nerfs toute la journée.

— Paranoïaque, moi ? dit-il d'une voix traînante.

Il la dévisageait d'un regard calme et sérieux dont l'intensité avait quelque chose de provocant.

— C'est sans doute parce que j'ai appris une certaine leçon à mes dépens. Mais tu n'as pas répondu à ma question.

Comme il haussait les sourcils avec un air d'attente, Darcy soupira.

— Je ne suis pas sur la défensive. En tant que chirurgienne, je suis amenée à prendre des décisions et à les défendre. Et je déteste qu'on me sous-estime.

Elle s'interrompit pour s'éclaircir la gorge.

— Tu peux quand même comprendre que tu me hérisses le poil à force de remettre en question mes compétences comme si j'étais une novice.

— OK, c'est noté.

Il prit une longue inspiration et se redressa.

— Assieds-toi, s'il te plaît.

Il semblait pourtant tiraillé entre le désir d'être seul et celui de partager sa compagnie. Elle aussi aurait aspiré à un peu de tranquillité, loin de Joe et de sa masculinité dévorante, et de ce don qu'il semblait avoir pour mettre à jour ses failles. Mais il avait déjà pris des nouvelles de leur dernier patient, elle n'avait aucun prétexte pour refuser son ordre. Enfin, son invitation. Mais où s'asseoir ? Trop loin, elle risquait de paraître grossière, mais trop près… Énervée par ses propres atermoiements, elle émit un petit soupir. Elle n'était plus une gamine, que diable ! Prenant sa résolution à deux mains, elle s'installa sur le siège voisin. Grossière erreur ! Aussitôt, les notes subtiles et épicées de sa lotion d'après-rasage caressèrent ses sens tendus comme un arc.

— Tu ne vas pas te reposer un peu ?

Joe fit non de la tête.

— Dans le meilleur des cas, je ne dors pas bien, donc je ne vais même pas essayer ici.

Son regard fut traversé d'un éclat sombre, le même que ce matin, lorsque leurs yeux s'étaient croisés pour la première fois. Mais à ce moment-là, tout à ses efforts pour l'impressionner, elle n'avait pas identifié clairement l'expression qu'elle reconnaissait à présent : torturée.

Joe Austin était un homme torturé. Par la faute qu'il voulait à tout prix éviter, par cette leçon qui lui avait coûté si cher. Tous les médecins avaient la hantise de perdre un patient suite à une erreur humaine. Darcy sentit sa gorge se serrer. Ce regret qu'elle lisait dans ses yeux réveillait en elle cet instinct qui la poussait à porter secours aux autres. Elle aurait tellement voulu l'aider… Mais que savait-elle de Joe en dehors des maigres informations glanées sur Internet au cours d'une courte pause déjeuner ? En plus d'être une célébrité dans son domaine, Joe pouvait également se targuer d'une certaine notoriété publique en tant que mari de l'écrivain à succès Laura Knight. L'opération de M. Clarke l'avait contrainte à interrompre ses recherches, mais elle se força à évoquer le sujet de son statut marital.

— Ta femme ne t'attend pas ?

Cette question suscita en elle un pincement douloureux, comme lorsqu'elle avait trouvé une photo des deux époux Austin, aussi rayonnants et glamour l'un que l'autre. Réaction stupide, bien sûr. Un homme comme Joe, accompli, beau et intelligent ne pouvait être marié qu'à quelqu'un d'exceptionnel.

— Je passe l'essentiel de mes nuits d'astreinte ici, pour rattraper du travail.

Les yeux de Joe se chargèrent d'intensité, comme lorsqu'il maniait son scalpel. Dirigé vers elle, ce regard lui coupa le souffle.

— Et j'ai divorcé il y a trois ans.

Une lueur amusée dansait dans ses yeux, comme s'il s'amusait de l'avoir percée à jour, elle et sa curiosité maladroite. Donc, il avait divorcé… Une inquiétante vague de soulagement la submergea. Il n'avait plus de femme belle et talentueuse. Pauvre Joe…

Mais pour elle aussi, c'était une mauvaise nouvelle. Tant qu'elle le croyait marié, elle n'imaginait même pas tenter quoi que ce soit avec lui, mais à présent… Certes, il était son chef, mais la barrière n'était plus aussi insurmontable. Darcy détourna les yeux de peur qu'il ne devine ses pensées. Ses jugements professionnels, elle pourrait encore y faire face, mais un autre désastre personnel, à ce moment de sa carrière ? Jamais de la vie.

4.

— Du coup, pourquoi as-tu choisi la médecine ? demanda Joe en vidant son mug de café.

Darcy éprouva une onde de chaleur à l'idée de devoir bavarder avec un homme qui n'avait pas l'air de l'apprécier le moins du monde et qui la faisait passer pour une idiote dont la contribution à l'équipe était, au mieux, superflue. Si cela se trouvait, il se doutait de l'effet qu'il lui faisait. Non, elle aurait de beaucoup préféré s'en tenir à des sujets professionnels… Lui demander, par exemple, pourquoi il avait choisi une suture en nylon plutôt qu'en fil de soie pour opérer leur victime par arme blanche. Mais puisqu'il lui avait posé une question…

— Ma petite sœur s'est cassé la jambe en faisant du trampoline quand nous étions gamines. C'était l'été, j'ai donc passé les vacances à lui servir de garde-malade. Je lui apportais des verres de limonade, je lui lisais des histoires, je lui grattais les orteils, je dessinais des chats sur son plâtre…

Darcy sourit et s'efforça de ne pas songer à d'autres souvenirs, moins plaisants ceux-là. Ce même été, elle aurait justement dû partir pour la France avec son père : ses premières vacances avec lui. Elle s'en était fait une telle joie… Mais deux jours avant le départ, il avait décommandé sans aucune explication. Pour la première fois, son adoration aveugle pour son père avait vacillé. Longtemps, Darcy s'était demandé ce qu'elle avait bien pu faire de mal pour mériter une telle désillusion. Pendant des années, elle avait tout fait pour rechercher son attention, pour retrouver la proximité qui les avait liés lorsqu'elle était petite. Elle s'en était même voulu de ressentir de l'affection pour Grant, son beau-père, comme si cela revenait à trahir son *vrai* père.

Comme Joe continuait à l'observer, elle se ressaisit.

— J'ai adoré m'occuper de Lily – c'est le nom de ma sœur. Et par la même occasion, j'ai trouvé ma vocation : aider les autres. Et toi ? Tu as toujours imaginé faire ce métier ?

— Ma mère était infirmière.

Il accompagna cette réponse laconique d'un haussement d'épaules évasif censé tout expliquer. Mais Darcy aurait voulu en savoir plus… Son cerveau la bombardait de questions. *Pourquoi as-tu divorcé ? Comment l'as-tu vécu ? Tu as des enfants ?*

— Au fait, j'ai suivi tes conseils et j'ai lu ton CV tout à l'heure, dit-il à brûle-pourpoint.

— Oh ?

Darcy sourit. Comme quoi, il ne fallait pas désespérer. À présent qu'il connaissait son brillant parcours universitaire et professionnel, il allait peut-être la prendre un peu plus au sérieux. Cette première journée désastreuse ne serait peut-être qu'un incident de parcours qui ne se répéterait pas. Bientôt, auréolée des éloges de Joe, elle pourrait postuler comme titulaire dans l'hôpital de son choix.

— J'ai notamment retenu que tu avais participé à cette émission… Celle qui suivait une cohorte d'étudiants de médecine tout au long de la fac jusqu'à leur premier emploi. J'en ai visionné un extrait ce matin, après la tournée des patients.

Darcy eut l'impression de recevoir un seau d'eau glacée sur la tête. La mâchoire crispée, elle détourna le regard.

— Ah bon ?

Le faisait-il exprès ? Alors qu'elle pensait avoir recueilli quelques miettes de respect, il semblait lui lancer une pique subtile à propos de l'un de ses mauvais choix. Elle avait mentionné ce documentaire sur son CV uniquement parce qu'il avait remporté plusieurs prix dans la catégorie téléréalité, mais elle regrettait d'y avoir participé. En première année de médecine, naïvement, elle s'était inscrite à ce programme en pensant pouvoir ainsi se singulariser tout en offrant un témoignage ludique sur ses débuts dans la vie adulte. Malheureusement, dans certains épisodes, on la voyait faire la bringue avec ses amis. Depuis, bien sûr, elle avait redressé la barre et travaillé dur. La gamine frivole et en manque d'attention qu'on voyait dans ce documentaire, ce n'était pas elle. Mais allez l'expliquer à ce type qui semblait avoir des antennes surdéveloppées pour détecter ses insuffisances… Bien sûr, il ne lui serait pas venu à l'idée de la complimenter pour sa recherche sur les patients cirrhotiques, ni sur le fait qu'elle avait présenté son travail au Forum sur les progrès et innovations en chirurgie, devant un parterre de huit cents experts. Non, il s'était fait d'elle une opinion définitive : à ses yeux, elle n'était pas compétente, il ne voulait pas d'elle dans son équipe. Sinon, pourquoi était-il si dur avec elle ? Il avait sous-entendu qu'elle était négligente, qu'il faudrait surveiller sans cesse son travail… Si elle n'avait pas été sur le pont depuis dix-sept heures, elle se serait sans doute accordé une bonne nuit de sommeil pour prendre du recul, mais elle était à bout de nerfs.

— Si tu avais vraiment lu mon CV, tu saurais que je prends mon travail au sérieux. Autant que toi, en fait.

— Je ne savais pas qu'il s'agissait d'un sujet sensible, dit-il avec une grimace contrite.

Seulement, pour Darcy, c'était trop tard. Elle ne tolérait pas qu'il puisse la rabaisser de la sorte après toutes ces années de travail acharné, tous les sacrifices auxquels elle avait consenti pour arriver là où elle était.

— Oh ! ça va, OK ? J'ai fait de mon mieux pour te montrer que je suis quelqu'un de responsable, de compétent, mais c'était peine perdue, je vois. Maintenant, je comprends pourquoi tu as divorcé, ajouta-t-elle en marmonnant.

Elle plaqua une main sur sa bouche, horrifiée. Qu'est-ce qui lui avait pris ? Elle était folle, bon sang ! Jamais elle ne s'était adressée de la sorte à un collègue, encore moins à un supérieur. Nom de nom, elle venait de saborder son stage et toute chance de recevoir les recommandations de Joe. Elle avait tout raté ! Et elle n'avait même pas passé vingt-quatre heures dans ce service.

— C'est toi qui m'accuses de faire des procès d'intention ?

répliqua-t-il avant qu'elle puisse s'excuser. Mon statut marital ne te regarde pas.

Manifestement, elle aussi avait touché un point sensible. Il se pencha en avant pour croiser ses yeux.

— Et toi, tu es avec quelqu'un ?

Le regard de Joe tomba sur l'annulaire de sa main gauche, où ne brillait plus sa bague de fiançailles. Elle ouvrit la bouche pour répondre, mais il ne lui en laissa pas le temps.

— As-tu réussi à concilier une carrière chronophage et intense avec une vie personnelle épanouie ?

Il la regarda fixement, la bouche réduite à une ligne crispée. L'espace d'une seconde, elle se sentit pousser des ailes à l'idée que, pour poser des questions aussi indiscrètes, ce devait vouloir dire qu'entre eux la fascination était réciproque. Mais elle se rappela alors que sa vie privée était un lamentable échec.

— Non, tu as raison. Je suis célibataire depuis un an.

Elle appuya les mains sur les accoudoirs de son siège et le fit pivoter pour faire face à Joe.

— J'ai fait passer ma carrière avant mon fiancé… Cette même carrière que je ne mérite pas et que je prends à la légère, à t'entendre. Mais nous avons au moins une chose en commun, toi et moi : nous sommes tous les deux mariés à notre métier.

Une lueur de respect traversa le regard ténébreux de Joe.

— Je n'ai jamais dit que tu ne méritais pas ta carrière. En fait…

— Si ! Depuis le début, tu n'as pas cessé de remettre en question mes compétences. Je me fiche pas mal d'être amie avec toi, mais au moins j'espérais que tu reconnaîtrais ma conscience professionnelle, les sacrifices et la hargne qu'il m'a fallu pour arriver où je suis. Tu devrais le savoir, puisque tu as suivi le même parcours.

Elle aurait dû se taire. Elle avait dit ce qu'elle avait à dire, c'était bien l'essentiel, non ? Mais dans un élan de colère, elle ne put en rester là.

— Vous êtes en droit de ne pas m'apprécier, monsieur Austin. Mais au fond, nous ne sommes pas si différents, vous et moi. Nous faisons passer les patients avant tout, nous ne comptons pas nos heures. Sans doute parce qu'il n'y a que le travail dans notre vie.

Ces paroles tombèrent dans un silence tendu, ponctué par le souffle saccadé de Darcy. Joe respirait fort, lui aussi, et ses yeux sombres étaient accrochés aux siens. Venait-elle de jeter sa carrière aux orties ? Elle ne serait pas étonnée s'il la virait.

Une tension électrique planait tout autour d'eux, chargée de chaleur et d'étincelles. L'indignation de Darcy céda devant le désir absurde de l'embrasser sur sa bouche arrogante et ciselée. Elle n'aurait su dire d'où avait surgi cette idée ridicule : sans doute de la fatigue qui obscurcissait son jugement, ou alors de l'injustice de la situation… Sans oublier, peut-être, un appétit masochiste pour l'autosabotage. Après tout, au point où elle en était… Quitte à se faire renvoyer, autant que ce soit avec éclat et terminer cette première journée horrible selon ses termes à elle plutôt que les siens.

Elle était dingue, bon sang.

Sauf qu'il semblait avoir deviné ses pensées scandaleuses. Le regard fixé sur ses lèvres, Joe respira fort. Lorsqu'il leva les yeux, leurs prunelles sombres brillaient d'une lueur intense dans laquelle elle crut lire du défi, comme si lui aussi éprouvait le même désir illicite.

Tout arriva si vite qu'elle n'eut pas le temps d'analyser ce qui se passait. Darcy sentit qu'il se penchait vers elle alors même que, cédant à cette impulsion folle, elle l'embrassait. Son cœur galopait si fort qu'elle en avait le tournis. Pendant une seconde de doute, ses yeux cherchèrent les siens, mais il serrait fermement ses bras sans donner aucun signe de lâcher prise. Il lui rendit son baiser tout en la regardant, comme si lui aussi cherchait un sens à cette folie à laquelle ni l'un ni l'autre ne semblaient en mesure de résister. Joe était complice de l'égarement qui s'était emparé d'elle. C'était un délire contagieux causé par le manque de sommeil. Mais au point où elle en était, Darcy ne réfléchissait même plus aux conséquences de cet acte. Ses lèvres étaient parcourues de picotements, des étincelles de désir électrisaient chacun de ses nerfs et, pour la première fois de la journée, elle se sentait forte, capable, déterminée : bref, en pleine possession de ses moyens. L'espace d'un long moment enivrant, leurs souffles se mêlèrent et toute la chaleur de son corps se concentra entre ses jambes. Darcy avait l'impression qu'elle s'envolait, délestée de tous ses doutes, plus légère qu'une plume, et elle s'abandonna à l'ivresse de ces sensations.

Les lèvres de Joe étaient fermes contre les siennes, et il répondait à son baiser avec une ardeur désespérée, comme s'il avait songé à l'embrasser bien avant ce moment de folie commune. On aurait dit qu'il n'avait pas embrassé une femme depuis longtemps et que le désir s'était accumulé en lui comme de l'oxygène sous pression. À l'évocation de la vie sexuelle de son magnifique chef, Darcy se sentit secouée d'un long frisson.

Mais elle n'avait pas jeté toute prudence aux orties pour se contenter d'un rôle passif. Quittant ses larges épaules, ses mains s'enfoncèrent dans les cheveux de Joe pour guider le baiser. Elle insinua la langue entre ses lèvres, lui arrachant un murmure étranglé auquel elle ne prêta pas attention. Tout ce qu'elle entendait, c'était le sang qui martelait ses oreilles. Tout ce qu'elle éprouvait, c'était l'euphorie des endorphines qui l'étourdissaient. Joe n'avait sans doute que faire de ses compétences professionnelles, mais il semblait aussi impuissant qu'elle à lutter contre cette attirance malavisée.

Dans le brouillard de sa raison, une pensée se fraya un chemin vers sa conscience. Ils étaient au travail… Collègues… Joe était son chef… Un chef antipathique, qui plus est. Il fallait qu'elle mette un terme à cette folie. Maintenant.

À contrecœur, elle reposa les mains sur les épaules de Joe pour le repousser, alors même que ses lèvres restaient accrochées aux siennes. À cet instant, son bip émit une sonnerie retentissante. Darcy s'arracha à sa bouche et se redressa d'un bond, mais les mains de Joe quittèrent ses hanches avec une lenteur réticente. Confuse et désorientée, Darcy éteignit son bip et leva les yeux vers Joe. Il s'abritait à nouveau derrière un masque boudeur. La gorge serrée, elle s'efforça d'étouffer sa libido et sa déception tout en feignant l'indifférence. Ils étaient revenus au point de départ, à la différence qu'à présent elle risquait de se faire virer. Elle avait mis sa carrière sur la sellette pour rien, sur un coup de tête.

— Désolée, j'ai encore un boulot. On me demande aux urgences.

Elle rajusta sa queue-de-cheval en s'efforçant de ne pas attarder son regard sur Joe et ses cheveux ébouriffés, ses lèvres enflées et ses pupilles dilatées. Il passa une main sur son visage couvert d'une ombre de barbe avant de la dévisager d'un regard où la perplexité le disputait à l'irritation. Puis il eut un brusque hochement de tête et il se leva à son tour.

— Tu as besoin de moi ?

Darcy se toucha les lèvres.

— Euh… Merci, je te tiens au courant.

Elle avait surtout besoin de prendre du recul pour comprendre à quoi elle jouait, et pourquoi, à son âge, elle n'arrivait toujours pas à résister au désir de se pousser en avant, de se distinguer, de se dépasser, pour le meilleur et pour le pire. En l'occurrence, pour le pire. À coup sûr, elle allait se faire remercier.

Le cœur lourd, elle arriva aux urgences alors que de pâles rayons orange et roses annonçaient l'aube d'un nouveau jour tout neuf. Dommage qu'il soit désormais trop tard pour se soucier des premières impressions.

5.

Quelques jours plus tard, Joe entrait dans la salle de préparation des équipes chirurgicales lorsqu'il se figea sur place en voyant Darcy. La présence de celle-ci n'était pas une surprise, bien sûr, d'autant plus qu'elle devait l'assister dès l'après-midi dans une opération particulièrement délicate. L'excitation euphorique qu'il avait éprouvée en l'embrassant n'avait pas duré. Tout de suite, le remords était revenu en force, tel un antidote amer à un poison sucré et addictif.

La porte lui cogna le dos en se refermant. Au même instant, Darcy se tourna vivement vers lui avec un air de défi dans lequel se mêlaient la confusion et le désir. Il avait souvent vu ce regard, ces derniers jours. À vrai dire, chaque fois qu'ils avaient été amenés à travailler ensemble. Manifestement, elle lui en voulait encore.

— Darcy, dit-il en manière de salut.

Il ne pouvait la voir ni penser à elle sans se sentir coupable. Non pour ce baiser, loin de là : sa conduite avait manqué au professionnalisme le plus élémentaire, mais il n'éprouvait malgré tout aucun regret. En revanche, il n'aurait pas dû amener ses problèmes personnels au travail, ni la mettre sur la défensive. Par bonheur, elle n'avait pas signalé son comportement aux ressources humaines et s'était contentée de faire son travail avec l'entêtement méticuleux qui semblait lui être coutumier. Mais cette conduite avait suscité en lui davantage de questions que de réponses. Elle avait plaqué son fiancé pour se concentrer sur sa carrière : pourquoi n'avait-elle pas pu concilier les deux ? Elle avait des regrets. Était-ce pour cela qu'elle était si dure avec elle-même ? Quelque chose lui disait qu'on l'avait sûrement sous-estimée par le passé, peut-être même négligée. D'où, sans doute, ce manque de confiance qu'elle avait évoqué. Ne pouvait-elle pas voir à quel point elle était exceptionnelle ?

— Joe…

Elle faisait comme si tout était normal entre eux, mais de près ses yeux brillants trahissaient ces émotions qu'elle tentait de dissimuler depuis plusieurs jours. Ses joues en feu semblaient signifier l'embarras, et ses lèvres délicieuses étaient pincées en une moue de défi. Il la gratifia du sourire guindé qu'il aurait eu pour une étrangère.

— Merci d'avoir accepté de m'aider.

— Je t'en prie. Où veux-tu que je sois, de toute façon ?

Darcy leva les bras pour enfiler une coiffe chirurgicale et, ce faisant, sa poitrine se dressa. Le cœur battant, Joe se contraignit à détourner le regard. L'envie le démangeait de glisser sous la charlotte une mèche blonde qui s'en échappait. À présent qu'il avait éprouvé la douceur de ses cheveux, qu'il avait respiré les notes fleuries de son shampooing, ses doigts brûlaient de les toucher à nouveau.

Sauf qu'il n'avait pas le droit. Elle était son interne. Et il l'avait embrassée avec une voracité gourmande. Mais elle, pourquoi lui avait-elle rendu son baiser ?

— Tu as une expérience des opérations de Whipple ? demanda-t-il en s'efforçant de parler avec naturel.

Occupée à nouer son masque, elle le regarda d'un air méfiant.

— Non, jamais seule, mais j'ai participé à quelques opérations. En tout cas, ça me fait plaisir que tu aies fait appel à moi.

Elle se détourna en clignant rapidement les paupières. Clairement, elle voulait oublier ce baiser ; autrement, elle l'aurait évoqué. Il la connaissait assez pour savoir qu'elle ne reculait pas devant les sujets difficiles. Sans doute préférait-elle retrouver des relations strictement professionnelles. C'était la réaction la plus sage, celle qu'il aurait dû adopter. Seulement, il avait envie de Darcy Wright comme jamais il n'avait désiré une femme. Du moins, pas depuis que sa vie personnelle s'était désintégrée. Il n'arrivait pas à effacer le souvenir de sa bouche sensuelle, de son parfum si féminin, de ses seins écrasés contre son torse. Décidément, il était resté célibataire trop longtemps.

Quoi qu'il en soit, ils allaient devoir travailler ensemble pendant plusieurs semaines et il lui incombait de rétablir entre eux une bonne atmosphère.

— Avant de commencer l'opération, je souhaiterais te demander pardon, dit-il en nouant son masque. J'ai rendu ton premier jour impossible. À ma décharge, j'avais des… problèmes personnels, disons. Même si cela n'excuse en rien mon comportement, bien sûr. Je ne cherchais pas à te blesser lorsque j'ai évoqué cette émission de télé. Au contraire, ton CV est très impressionnant.

L'espace d'une seconde, Darcy le regarda fixement, et il se prépara aux questions ou contradictions qui allaient forcément arriver.

— Merci, dit-elle simplement.

Puis elle se tourna vers un lavabo en inox dont elle ouvrit les robinets.

— Donc, pour avoir examiné les clichés, je comprends pourquoi ce cas est si complexe.

Joe la dévisagea, interloqué. Eh bien, quoi ? Et cette semonce qu'il aurait pourtant méritée ? Pourquoi ne le remettait-elle pas à sa place ? Un sentiment de malaise l'envahit.

— Darcy…

Elle lui jeta un coup d'œil. Aussitôt, leurs regards s'accrochèrent, unis par une connexion instantanée et nourrie par le souvenir de ce bref instant d'intimité. Joe en oublia tout, qui il était, où il se trouvait, et il faillit la toucher à nouveau.

— Il faut qu'on parle de ce qui s'est passé entre nous, l'autre soir.

Lui, du moins : il avait besoin de mettre les choses à plat pour cesser d'y penser. À son tour, il se posta devant un lavabo pour se laver les mains. Il tendit le bras vers le distributeur de brosses à usage unique au moment où Darcy faisait de même. Elle eut un geste de recul comme si elle s'était brûlée.

— Après toi, dit-il.

D'un geste vif, elle saisit un paquet dont elle déchira l'emballage.

— Puisque tu ne m'as pas encore virée, je suppose qu'on ne peut pas différer davantage cette conversation.

— Moi, te virer ? Et pourquoi ?

— À cause de ce que j'ai fait l'autre soir… J'étais stressée, épuisée. Donc, moi aussi, je te dois des excuses. Pour… Enfin, tu sais bien… Ce baiser.

Elle se frotta les avant-bras avec ardeur et concentration, indifférente à son regard perplexe. Elle se sentait responsable de ce baiser ? Avait-elle oublié la façon dont il avait dévoré sa bouche, dont il s'était accroché à elle tel un homme qui se noie ? N'avait-elle pas remarqué comme il l'avait lâchée à contrecœur, lorsque la sonnerie de son bip les avait rappelés bruyamment à l'ordre ? Autrement dit, il ne lui était pas indifférent ? À cette pensée, un sentiment des plus primitifs remua en lui.

— Je suis ton chef, Darcy. J'ai franchi une ligne jaune.

Il lui jeta un coup d'œil et vit qu'elle s'était immobilisée. Derrière son masque chirurgical, elle le dévisageait d'un air étonné.

— Non, c'est moi, répondit-elle.

Joe ne put s'empêcher de sourire. C'était tout Darcy, ça, de lui tenir tête dans une dispute inutile. L'important, ce n'était pas de savoir qui avait fait le premier pas, mais de faire en sorte que cet écart ne se reproduise plus. Pourtant, sa réaction avait piqué la curiosité de Joe.

— Pourquoi ?

Les yeux de Darcy s'élargirent d'une crainte qui disparut aussi vite qu'elle était apparue. Puis elle se frotta les bras avec une énergie redoublée.

— Je ne sais pas…

— Menteuse.

Il s'approcha d'elle et la sonda d'un regard intense sans se soucier des filets d'eau savonneuse qui lui dégoulinaient le long des bras.

— N'oublie pas que j'ai senti ton cœur battre comme un

fou contre le mien… Que j'ai entendu ces petits gémissements de gorge…

Pourquoi s'entêtait-il dans cette voie ? Pourquoi voulait-il lui faire admettre une chose sans importance ? Cherchait-il des bâtons pour se faire battre ?

Mais Darcy fit couler de l'eau sur ses bras en feignant l'indifférence.

— Sans doute que j'étais énervée d'avoir passé mon premier jour à croiser le fer avec toi. J'essayais peut-être de te faire payer tes critiques et le fait d'avoir sapé ma confiance à force de me surveiller sans cesse. Ou alors c'était juste une folie passagère.

Elle se tourna vers lui d'un air furieux et abaissa son masque sur son menton.

— À toi de choisir.

— Non, non, non, dit-il en minaudant, d'une voix qu'il eut du mal à reconnaître. La folie, c'est *mon* excuse.

Sauf qu'il avait su exactement ce qu'il faisait. Avec son énergie et son aplomb, Darcy avait éveillé en lui une faim émotionnelle qu'il ne savait comment apaiser.

— Autre chose que nous avons en commun, alors.

— Peut-être… Mais il n'est pas dans mes habitudes d'embrasser mes internes. Si tu veux tout savoir, ce baiser était le premier depuis mon divorce.

Il s'approcha encore.

— Je n'ai jamais rencontré une femme aussi… provocante.

Ses yeux s'attardèrent à nouveau sur ses lèvres entrouvertes. Il avait envie de l'embrasser. Une envie si forte qu'il en oubliait qu'il venait de passer cinq minutes à se désinfecter les mains. Darcy le dévisageait, comme pétrifiée, la poitrine soulevée par un souffle saccadé.

— Alors, pourquoi m'as-tu embrassée ?

— Je ne sais pas… J'espérais peut-être que le fait de céder à la tentation me ramènerait à la raison.

Seulement, c'était l'inverse qui s'était produit. Ses lèvres avaient été si douces, si désespérées, et ses gémissements, bien qu'à peine audibles, avaient trouvé un tel écho en lui que ses doigts s'étaient crispés sur la blouse de Darcy pour étouffer un cri rauque.

Pendant un long, très long moment, ils demeurèrent figés, les bras trempés, beaucoup trop près pour de simples collègues. L'espace d'une seconde complètement folle, Joe songea à répéter leur extravagance de l'autre jour. Chaque cellule de son corps lui criait de baisser son masque, lui aussi, et de prendre sa bouche jusqu'à ce qu'elle le regarde comme l'autre soir, juste avant ce baiser.

— Et maintenant ? murmura-t-elle.

L'homme qui s'était réveillé en lui aurait voulu retrouver la fièvre qu'il avait vue lorsqu'elle s'était écartée, les lèvres gonflées et les yeux brillants. D'ailleurs, cette fièvre était toujours là, en arrière-plan, mais elle se compliquait d'un autre sentiment, compréhension ou compassion. Et cela, il aurait vraiment pu s'en passer. Joe se tourna vers le lavabo.

— Maintenant, nous devons effectuer une opération de Whipple, et j'ai besoin de ton aide.

Darcy demeura un instant immobile avant de hocher la tête avec résignation.

— Oui, bien sûr.

Alors qu'il reprenait son lavage de mains, Joe fut frappé par une idée. Jusqu'à présent, il avait cru qu'elle gardait ses distances parce qu'elle éprouvait de la gêne ou de la rancune pour la façon dont il l'avait traitée le premier jour. Mais n'y avait-il pas une autre raison à cette attitude ? Avec un coup au cœur, il comprit alors : Darcy avait pitié de lui. Elle était au courant pour Rosie.

— Tu savais, n'est-ce pas ? Pour ma fille. Tu as entendu les potins, n'est-ce pas ?

Furieux et brûlant de honte, il se frotta les avant-bras avec une vigueur douloureuse. Il n'avait jamais eu la naïveté de croire qu'il pourrait lui cacher ce secret indéfiniment, mais il aurait préféré qu'elle l'apprenne de lui. Darcy eut la décence de rougir, mais il ne supportait pas de voir cette compassion dans ses yeux. Il aurait voulu tout oublier, qu'elle le regarde comme lorsqu'il l'avait tenue dans ses bras, les mains dans ses cheveux, leurs souffles mêlés… Elle l'avait embrassé avec la même énergie qu'elle mettait dans tout ce qu'elle entreprenait. Avec une détermination qui l'avait tiré d'un morne sommeil de presque quatre ans.

— Je suis désolée. Je ne cherchais pas à être indiscrète, je te jure.

Joe n'avait pas la force de la regarder. Au lieu de cela, il fixait sans les voir les filets d'eau savonneuse qui coulaient sur ses bras.

— Certains dans l'équipe discutaient de ta garden-party de samedi prochain et…

— Et tu as découvert qu'elle est organisée à la mémoire de Rosie. C'est pour cela que tu m'évites depuis quelques jours ? Pour cela que tu ne contestes plus mes décisions de prise en charge ? Tu as pitié d'un homme qui t'a embrassée pour oublier son chagrin, c'est ça ?

La brosse se planta dans la chair sensible sous ses ongles, et il accueillit la douleur comme un châtiment mérité.

— Ne dis pas de bêtises ! L'empathie, ce n'est pas de la pitié. Ça n'a même rien à voir.

Les mains sur le rebord du lavabo, Darcy inspira profondément pour recouvrer son calme, puis elle le cloua d'un regard déterminé.

— Je suis médecin. Prendre soin des autres, c'est une seconde nature chez moi. Et pour ta gouverne, sache que je ne perds jamais de vue mes priorités personnelles.

— Tu m'étonnes… Ne t'inquiète pas, tes efforts n'ont pas été vains. J'ai bien remarqué ta conscience professionnelle. Tous les jours, tu es arrivée avant moi et partie après moi, ce qui n'est pas peu dire étant donné que je passe l'essentiel de ma vie à l'hôpital. Quel sérieux, vraiment ! Ou quelle flagornerie ?

— Je ne suis pas une lèche-bottes ! Je le fais parce que c'est mon métier, un métier que j'aime et que j'ai à cœur d'exercer le mieux possible.

Elle se détourna d'un air découragé. À nouveau, elle lui

montrait une facette vulnérable. Comme quoi, il n'était pas le seul à cacher des failles.

— J'ai besoin d'être bonne dans mon boulot, ajouta-t-elle en levant les yeux vers lui.

Joe fronça les sourcils. Pourquoi donc ? Et pourquoi avouait-elle une chose pareille, et à lui entre tous ? Pour elle, il était au mieux un chef tyrannique, au pire un pauvre type divorcé et endeuillé.

— Écoute, dit-elle. Je veux bien venir samedi prochain, mais seulement si ma présence ne te pose aucun problème.

Joe soupira en son for intérieur. Il ne pouvait pas laisser les choses en l'état. Une chirurgie compliquée était prévue cet après-midi, donc ils devaient clore cette conversation désastreuse. Seulement, il était aussi un homme de chair et de sang : brisé, oui, mais pas mort. S'il s'intéressait à cette attirance, une attirance qu'il savait réciproque, il oublierait sans doute les remords qu'il éprouvait chaque fois qu'il pensait à Rosie. Certes, céder à la tentation n'était pas sans risques, mais il était capable de séparer ses sentiments de son travail. Et puis, Darcy ne ferait pas carrière au City. Dans quelques semaines, elle s'en irait.

Il esquissa un sourire fragile.

— Tu seras la bienvenue, au contraire. J'avais l'intention de t'inviter, de toute façon. D'après la météo, il fera un temps magnifique, le buffet sera délicieux et, pour toi, ce sera une excellente occasion de nouer des liens avec tes collègues.

Il se rinça les bras et referma les robinets avec les coudes.

— Mais si cette attirance te met mal à l'aise, ne te sens pas obligée de venir.

À ces mots, elle eut une brève inspiration et frissonna de la tête aux pieds.

— Quant à ce baiser…, ajouta-t-il en fixant ses lèvres entrouvertes. Moi aussi, je devrais m'excuser, mais je n'arrive pas à regretter ce qu'on a fait.

Il se dirigea vers les portes battantes qui ouvraient sur la salle d'opération, puis il se retourna pour la gratifier d'un ultime regard acerbe.

— Une dernière chose : si ton bip n'avait pas sonné, je ne me serais sans doute pas arrêté. Penses-y la prochaine fois que tu éprouves de la pitié pour moi.

Le désir qui s'alluma dans les yeux de Darcy relégua au second plan la stupéfaction suscitée par ces paroles, mais ce n'était qu'un piètre réconfort. Il aurait voulu devenir insensible à cette attirance, surtout à présent qu'elle connaissait ses petits secrets. Et, comme pour toute maladie, le seul moyen de s'immuniser et de guérir de cette obsession, c'était de s'exposer à la présence de Darcy.

6.

Sans cesser de malmener sa lèvre inférieure entre ses dents, Darcy promena les yeux sur les jardins impeccables de la maison de famille qui abritait la garden-party. Joe n'était visible nulle part. Peut-être était-il déjà parti ? L'esprit ailleurs, elle avala une gorgée acide de cocktail au Pimm's et à la limonade qui lui picota la langue. Son regard erra à nouveau vers les portes-fenêtres ouvertes, à l'arrière du manoir. Mais il n'était pas là non plus. Elle ne demandait pourtant rien d'extraordinaire : le voir, simplement, même de loin, histoire de s'assurer qu'il allait bien, qu'il faisait face à cette journée difficile et aux souvenirs qu'elle charriait.

Pourquoi Joe était-il sur la défensive dès qu'il était question de la mort de sa fille ? Il n'était pour rien dans cette tragédie. À moins qu'il se sente responsable, d'une manière ou d'une autre.

— Magnifique, n'est-ce pas ? remarqua Isha.

Venue en famille, elle surveillait du coin de l'œil sa fille, une gamine d'une dizaine d'années en pleine négociation avec d'autres enfants pour redéfinir les règles du jeu de croquet. Darcy hocha la tête en tripotant distraitement les froufrous de sa robe d'été : sa plus belle robe. Elle avait passé beaucoup trop de temps à se préparer pour l'événement. Elle avait même sorti le grand jeu, avec un maquillage discret et des produits pour assouplir ses cheveux raides comme des bâtons et leur donner le style élégamment négligé qu'ils auraient au bout d'une journée à la plage. Mais si Joe n'était pas là, il ne serait pas témoin de ses efforts pour se faire belle. Belle pour lui.

— Je n'aurais pas dû venir. J'ai l'impression d'être une

resquilleuse. Joe ne m'apprécie pas particulièrement, mais je suis là, chez son ex, à siroter un Pimm's…

Isha secoua la tête en souriant. C'était elle qui l'avait encouragée à participer à cette garden-party. Avec le gala de Noël, cela semblait être l'événement social le plus prisé du service.

— Mais pas du tout, voyons.

Elle trempa ses lèvres dans son verre et agita le bras pour saluer une jolie brune enceinte qui rappela vaguement quelqu'un à Darcy.

— Tu sais qu'il demande de tes nouvelles tous les jours ?

Stupéfaite, Darcy tourna si vite la tête qu'elle faillit se déboîter le cou.

— Non ?

De délicieux frissons dansèrent le long de son échine. Ces derniers temps, elle n'avait cessé de penser à Joe. Son obsession était-elle réciproque ? Lui aussi, s'était-il attardé à l'hôpital dans l'espoir de la rencontrer ? S'était-il levé en se remémorant les rêves torrides dans lesquels ils n'étaient jamais interrompus par la sonnerie malencontreuse d'un bip ?

Isha hocha lentement la tête avec un sourire entendu.

— Oui. Enfin, ne t'inquiète pas, il fait toujours mine de se renseigner soi-disant pour s'assurer que tu t'adaptes bien. Mais je ne suis pas dupe…

Elle se tapota le nez avec un clin d'œil.

— J'ai bien remarqué la façon dont il te regarde quand il pense que personne ne fait attention.

Darcy leva les yeux au ciel pour dissimuler son bonheur. Elle avait beau se dire que les révélations d'Isha étaient grotesques, elle était saisie d'une joie enivrante qui la rendait plus impatiente encore de revoir Joe.

— Arrête, veux-tu ? On parle de mon chef, je te signale.

En fait, ces paroles s'adressaient surtout à elle. C'était elle qui devait se rappeler que Joe n'était pas un homme pour elle. Darcy enfila ses lunettes de soleil avec brusquerie et se tourna vers un petit groupe composé du mari d'Isha et de collègues du service, occupés à bavarder de football.

— Je ne t'oblige pas à me croire, insista Isha. Mais dans ce cas, explique-moi pourquoi il ne s'est jamais soucié de savoir comment allait l'ancien interne. Pas une seule fois en six mois. Alors qu'il s'enquiert de toi tous les jours.

Oui, de même qu'elle le sollicitait à la moindre occasion. Oh ! elle veillait toujours à donner une apparence rationnelle à son obsession. À chaque fois, elle prétextait rechercher son avis médical, ou le mettre au courant de l'état d'un patient. Mais peut-être qu'elle ne trompait personne. Darcy mordilla pensivement un glaçon. À quoi jouait-elle ? Elle était encore interne, *son* interne. Ils ne pouvaient pas faire n'importe quoi tous les deux. Sauf que c'était déjà fait : il y avait eu ce baiser, ces piteuses excuses qu'ils avaient échangées, sans oublier cet aveu surprenant : « Si ton bip n'avait pas sonné, je ne me serais sans doute pas arrêté. » Darcy s'éventa le visage et se mit à l'ombre d'un chêne monumental.

— Il le fait parce qu'il est complètement maniaque et qu'il ne me fait confiance pour rien, pas même pour prescrire une simple radio.

Elle se reprocha aussitôt son manque de loyauté. Comment pouvait-elle lui tenir rigueur de son excès de prudence à présent qu'elle savait ce qui était arrivé à sa fille ?

Une fois de plus, elle scruta les convives dans l'espoir de l'apercevoir. Elle avait tort de se monter la tête. En dépit des insinuations d'Isha, il ne pouvait y avoir entre eux rien d'autre que cette tension mêlée de méfiance. Il fallait pourtant qu'ils se parlent pour tout mettre à plat. Et de préférence hors de l'hôpital, dans un endroit neutre comme celui-ci, où ils pouvaient être Joe et Darcy, un homme et une femme qui cherchaient à savoir quoi faire de cette attirance indéniable.

Non, ces pensées l'emmenaient trop loin, et dans une direction qu'elle ne souhaitait pas emprunter. Sa priorité, c'était sa carrière. Elle avait renoncé aux petits gains et aux grandes pertes d'une vie sentimentale pour gravir l'ultime sommet avant son Graal personnel : un poste de titulaire à l'hôpital. Si près du but, elle n'allait quand même pas tout risquer pour une passade, aussi engageante soit-elle… Par bonheur, Joe avait une conscience professionnelle trop poussée pour la mettre dans pareille situation. D'ailleurs, même s'il lui avait rendu son baiser, il n'avait montré aucune velléité d'aller plus loin avec elle.

— On dirait que tu aimerais savoir où il se trouve, remarqua encore Isha d'un air fin. Tu n'as pas arrêté de le chercher depuis notre arrivée.

Les yeux baissés, Darcy fit mine d'examiner le talon de sa sandale. Ses sentiments étaient-ils si évidents ? Il fallait vraiment qu'elle fasse davantage attention.

— Je tiens juste à m'assurer qu'il ne voie pas d'inconvénient à ce que je sois là.

Au même instant, hélée par son mari, Isha abandonna Darcy avec un sourire. Celle-ci se dirigea d'un pas flâneur vers un parterre de fleurs semi-sauvages prises d'assaut par une armée d'abeilles bourdonnantes.

— Darcy… C'est toi ?

Elle leva brusquement les yeux vers la voix masculine, mais l'homme qui l'avait reconnue n'était pas celui qu'elle cherchait et elle dissimula sa déception derrière un sourire poli.

— Aaron ! Qu'est-ce que tu fais ici ?

Aaron était médecin à Abbotsford, la ville natale de Darcy. Elle lui serra la main, mais il lui fit la bise et la serra dans une de ces accolades maladroites typiques de personnes qui se connaissent de longue date, mais sans plus.

— Il paraît que tu travailles au City, dit-il. Justement, ce trimestre, je donne des cours à des généralistes mutés là-bas.

Darcy hocha la tête.

— C'est vrai ? La prochaine fois, ouvre l'œil. Stella suit ce programme de formation, donc elle assiste peut-être à tes conférences.

À l'évocation du nom de Stella, le sourire d'Aaron se figea et il éluda son regard.

— Ah bon ? Oui, je ferai attention…

Sa réaction bizarre éveilla la curiosité de Darcy. Il y avait de cela quelques années, Stella avait eu le béguin pour Aaron.

Y avait-il quelque chose entre ces deux-là ? À l'occasion, il faudrait qu'elle pose deux ou trois questions à sa sœur.

— Donc, tu es dans l'équipe de Joe ? demanda-t-il pour changer de sujet.

Darcy opina du chef, le cœur battant à l'idée de discuter de l'homme qui occupait toutes ses pensées.

— Vous vous êtes connus comment ?

— Nous étions ensemble en fac de médecine. On a même été colocs pendant deux ans. C'était le bon temps, dit-il avec un sourire nostalgique. Molly et moi étions amis avec lui et Laura, avant… Tu sais, quoi.

Oui, avant que Molly, sa femme, ne décède en lui laissant la charge d'un nouveau-né, et avant le divorce de Joe et de Laura.

— Elle fait plaisir à voir, poursuivit Aaron.

Darcy suivit son regard et vit la brunette épanouie de tout à l'heure.

— Je suis content pour elle. Si seulement Joe pouvait tourner la page, lui aussi…

— C'est Laura Knight ?

Aaron hocha la tête.

— Tu la connais ?

En proie à un malaise, Darcy secoua la tête. Avant qu'elle ne puisse brider un élan de jalousie, son souffle se bloqua dans sa gorge : Joe venait d'apparaître à l'arrière de la maison. Il avait rejoint son ex et un grand homme grisonnant, dont une main était posée au creux du dos de Laura : le futur papa, manifestement. Mais Darcy n'avait d'yeux que pour Joe. En jean délavé et T-shirt bleu marine, il avait l'air… comment dire… différent. Sexy, mais différemment. D'une certaine manière, ce style décontracté lui donnait un air plus humain, plus complexe : celui d'un être de chair et d'os, en trois dimensions. Ici, dans les jardins de cette maison qui avait été la sienne, Joe était juste un homme… Un homme viril, loyal, honorable, mais aussi pourchassé par des démons, par le chagrin et la culpabilité.

Sa poitrine se contracta violemment. Pourquoi était-elle aussi sensible à tout ce qui le concernait, à tant d'égards ? Pourquoi n'arrivait-elle pas à tenir à bonne distance émotionnelle Joe Austin et ses problèmes personnels ? Était-ce juste une déformation professionnelle ? L'habitude de prendre soin des autres ?

Elle avala une gorgée de son cocktail pour se donner une contenance. Au même instant, Joe jeta un coup d'œil dans sa direction et leurs regards se croisèrent. Un long frisson la parcourut. Autour d'elle, l'air tiède et chargé de senteurs sembla se figer, le bourdonnement des insectes, le brouhaha des conversations s'estompèrent. Dans un instant de panique, Darcy se demanda si les émotions qui l'agitaient pouvaient se lire sur son visage. Depuis l'opération de Whipple, elle n'avait jamais été seule avec Joe. D'ailleurs, ils n'étaient pas davantage seuls à présent, mais c'était tout comme, lorsqu'il la regardait ainsi. On aurait dit qu'un fil invisible les reliait l'un à l'autre. Toutes les raisons qu'elle avait échafaudées pour ne pas être avec lui s'effondrèrent tel un château de cartes. Joe avait envie d'elle, elle avait envie de lui. Il était magnifique et il l'avait fait chavirer avec un seul baiser. À présent qu'il la regardait, elle avait l'impression qu'elle allait se liquéfier. Déjà, son corps réagissait. Le bout de ses seins se dressa, une chaleur brûlante se concentra entre ses jambes.

Joe embrassa son ex sur la joue, serra la main du nouveau compagnon de celle-ci, puis se dirigea tout droit vers elle et Aaron. Chacun de ses pas chaloupés résonnait en Darcy comme une onde de choc. Lorsque son regard quitta ses yeux pour descendre jusqu'à sa bouche, jusqu'à sa poitrine et plus bas encore, elle eut l'impression qu'il la caressait. Vraiment, elle avait des ennuis. De gros ennuis, même.

Joe salua d'abord Aaron, avec qui il échangea des rires et des tapes fraternelles dans le dos. L'idée la traversa de s'enfuir en courant. À présent qu'elle avait vu qu'il allait bien, pourquoi s'attarder davantage ? Mais Joe se tourna alors vers elle.

— Merci d'être venue, Darcy.

Leur dernière conversation avait été chargée de colère et de récriminations. À présent, toutefois, sa voix n'exprimait que de la cordialité, ainsi qu'un sentiment indéfinissable et exaltant qui ressemblait à un code secret connu d'eux seuls. Dieu merci, il gardait ses mains pour lui. S'il l'avait touchée, ne serait-ce que pour l'embrasser poliment sur la joue, elle se serait sans doute jetée à son cou devant tout le monde.

— Tu avais raison au sujet de la météo, dit-elle en se rabattant sur le premier sujet qui lui passait par la tête. Quelle belle journée, n'est-ce pas ?

Dépitée, elle se mordit l'intérieur de la joue. Elle l'avait attendu sur des charbons ardents et, à présent qu'il était là, en face d'elle, elle ne trouvait à raconter que des banalités alors qu'elle avait tant à dire, à demander, à comprendre… Elle étudia son visage pour décrypter ses émotions. Devait-elle lui offrir des paroles de condoléances ? Accepterait-il ses marques de sympathie alors que leurs relations étaient si compliquées, si tendues ? Elle ne voulait surtout pas lui donner l'impression qu'elle avait pitié de lui : c'était tout l'inverse. Étant donné le malheur qui l'avait frappé, il avait du mérite d'être l'homme qu'elle avait appris à connaître : généreux, dévoué, sexy…

— Bon, je vous laisse tous les deux, ajouta-t-elle. Vous devez avoir des choses à vous raconter.

Joe lui prit le bras alors qu'elle esquissait le geste de s'en aller. Elle se figea à ce contact électrisant.

— Tu as une minute ?

Aaron marmonna quelques mots au sujet de son verre vide et s'éloigna d'un pas nonchalant. Enfin seule avec Joe, Darcy se tourna vers lui, embarrassée.

— C'est bien de te voir en dehors du travail.

Darcy hocha la tête, écrasée par l'intensité de son regard. Il s'approcha de manière infinitésimale, mais elle ne bougea pas, comme clouée sur place, les genoux tremblants.

— Darcy, il faut qu'on se parle. J'ai réfléchi…

Cela tombait bien, elle aussi ! Seulement, il se tenait trop près, beaucoup trop… La brise agitait ses cheveux sombres et rappela à ses narines l'odeur familière de son parfum. Elle aurait voulu échapper à son aura magnétique, aux émotions compliquées qui l'agitaient.

— Je sais que ce doit être un jour très difficile pour toi…

Ne le touche pas, ne le touche pas !

— Je suis navrée, Joe.

— Oh ! il n'est pas plus difficile qu'un autre jour, tu sais.

Il salua quelques personnes avec ce sourire réservé qui lui était si familier, et Darcy se souvint alors qu'ils n'étaient pas seuls. Comme à l'hôpital, ils étaient entourés de témoins potentiels. Devrait-elle attendre d'être de garde avec lui pour lui parler ? Non. Au contraire, elle avait besoin de ces barrières : elles l'aidaient à maintenir le cap, elles lui rappelaient pourquoi elle était restée célibataire. Parce qu'à certains instants comme celui-ci elle était tentée d'oublier que Joe était son chef, et elle doutait de ses choix.

— Tu as réfléchi à quoi ?

— Le moment est mal choisi pour cette discussion, dit-il avec une moue ennuyée.

Joe jeta un regard vers son ex, qui lui sourit. Mal à l'aise, Darcy se balança d'un pied sur l'autre. Qu'est-ce que cela pouvait être de perdre un enfant ? Comment Joe réagissait-il au fait que Laura était allée de l'avant dans sa vie ? Étaient-ils encore aussi proches qu'ils en donnaient l'impression ? Bah, qu'est-ce que cela pouvait bien lui faire ? Joe n'était rien pour elle, mis à part son chef.

— On peut se retrouver pour un café, quelque part en dehors du boulot ? Tu es libre demain ?

Darcy sentit son pouls s'emballer.

— OK…

Le voir en dehors de l'hôpital n'était pas anodin. Ils n'étaient pas amis, après tout. S'agirait-il d'un rendez-vous galant ? Allait-il lui proposer une aventure torride pour qu'ils se débarrassent une fois pour toutes de cette tension malvenue ?

À cet instant, un cri transperça leur bulle d'intimité. Immédiatement en alerte, Darcy se tourna brusquement en direction du bruit. Joe poussa une exclamation étouffée et, machinalement, il lui saisit la main et se mit à courir, l'entraînant derrière lui. Dans sa course, Darcy renversa son cocktail et, embarrassée par son verre, elle le confia à un convive interloqué. Ils s'arrêtèrent tous les deux devant un petit attroupement autour d'une fillette étendue sur l'herbe, inanimée et pâle comme un linge. Darcy lui donna huit ans. Des filaments d'herbes aquatiques s'étaient accrochés dans ses cheveux et la faisaient paraître encore plus blême.

Darcy tomba à genoux auprès de l'enfant et tâta rapidement l'un de ses poignets, puis son cou, tandis que Joe approchait la joue de sa bouche. Il se redressa, et leurs regards se croisèrent. Darcy opina du chef, et Joe secoua la tête : oui, elle avait un pouls ; non, elle ne respirait pas.

— Que s'est-il passé ? demanda Joe tout en tournant la victime sur le côté, en position latérale de sécurité.

— Elle courait, expliqua une femme, apparemment la mère de l'enfant. Elle a trébuché et elle est tombée dans l'étang. Elle a dû se cogner la tête parce qu'elle sait nager. Je vous en prie, faites quelque chose.

Joe étendit la fillette sur le dos et commença la ventilation artificielle.

— Tu sens toujours un pouls ?

— Oui, mais il est très faible. Elle a peut-être une commotion cérébrale.

Darcy lui palpa rapidement le cuir chevelu.

— On dirait bien qu'elle s'est fait mal à la tête, sans doute sur les rochers du plan d'eau.

Joe hocha la tête sans cesser les massages cardiaques. Prenant la situation en main, Darcy fit signe à Aaron d'éloigner les badauds.

— Elle a des problèmes de santé ? demanda-t-elle aux parents. Elle suit un traitement ?

Le père et la mère secouèrent la tête d'un air éperdu. Darcy vérifia à nouveau le pouls et adressa un hochement de tête rassurant à Joe. À cet instant, la fillette toussota et rejeta une gorgée d'eau. Joe la tourna aussitôt en position latérale de sécurité, les yeux lumineux de joie et de soulagement. Des yeux qui s'accrochèrent à ceux de Darcy comme s'il avait besoin de sa présence pour respirer.

Darcy s'affaissa sur elle-même, dépassée par ses émotions. L'incident avait été éprouvant pour tout le monde, mais certainement encore plus pour Joe, puisqu'il devait faire écho à d'autres événements tragiques. Sans mot dire, Darcy prit la couverture qu'un convive avait ramenée de la maison et elle en enveloppa l'enfant. Joe posa une main sur la sienne.

— Merci.

Il avait prononcé tout bas ce petit mot, juste pour elle, et son regard brûlait d'un tel feu qu'elle sentit un frisson surgir des tréfonds de son être. Une fois de plus, tout disparut autour d'elle. Darcy mit cette réaction sur le compte du choc. Prendre en charge une urgence à l'hôpital, c'était une chose, mais c'en était une autre de le faire à l'improviste à l'extérieur, sans matériel ni médicaments adéquats.

— C'est toi qui l'as sauvée, dit-elle en vérifiant les réflexes pupillaires de l'enfant. Comment s'appelle-t-elle, au fait ?

— Holly, répondit la mère.

Bouleversés, celle-ci et son mari s'agenouillèrent près de leur fille pour lui parler et la réconforter. Comme Joe était plongé dans un silence pensif, Darcy leur expliqua la suite de la prise en charge.

— Il faut l'emmener aux urgences pour qu'elle fasse un bilan, et peut-être une radio du crâne afin de vérifier qu'elle ne souffre pas d'un traumatisme.

Darcy aurait tellement voulu serrer Joe dans ses bras, mais elle ne devait pas oublier où ils étaient ni qui ils étaient. Certes, ils s'étaient rapprochés l'un de l'autre et, certes, Joe respectait ses compétences professionnelles. Pour autant, que ressentait-il pour elle, mis à part une simple attirance physique ? Et elle non plus ne devait pas avoir des sentiments pour lui. Le risque était trop grand.

L'arrivée de l'ambulance interrompit le cours de ses pensées. Après avoir confié la fillette aux secouristes, elle et Joe se retrouvèrent à nouveau seuls, côte à côte. Darcy se rendait compte qu'il se mettait en retrait. Voilà qui lui apprendrait à fantasmer. Bien sûr qu'il n'éprouvait rien pour elle. Comment le pouvait-il, alors qu'il n'était toujours pas remis du deuil de sa fille ? Par ailleurs, il était l'organisateur de la garden-party. Même si les réjouissances étaient terminées, il gardait malgré tout des devoirs envers ses convives et ses amis.

Oui, il avait eu besoin d'elle pour gérer une urgence médicale, mais c'était tout. La vie lui avait appris à ne jamais mettre son cœur à la merci des autres. Dix minutes plus tôt, elle avait voulu à tout prix éviter Joe et repousser les sentiments qu'il lui inspirait. Elle aurait été bien avisée de se fier à son instinct.

7.

Les gravillons crissaient sous les pneus de la voiture. L'essentiel des convives était déjà parti. Joe s'était attardé pour clore la réception et rassurer les invités mais, dès qu'il avait pu s'éclipser sans paraître impoli, il avait filé en cherchant Darcy parmi les traînards.

À la sortie d'un virage, il l'aperçut près du portail, à l'ombre d'un arbre, les yeux baissés sur son portable. Il sentit son corps tout entier s'affaisser de soulagement. Pourquoi sa vue lui réchauffait-elle le cœur à ce point, surtout un jour comme celui-ci, et après le drame qu'ils avaient failli vivre ? Comment cette femme fougueuse et franche avait-elle fait pour pénétrer, tel un rayon de soleil chaleureux, le brouillard dans lequel il avait vécu pendant quatre ans ? Comment s'y était-elle prise pour ramener à la vie une partie de son être qu'il avait négligée si longtemps, obnubilé par la culpabilité ? Certes, il n'était pas miraculeusement guéri : rien ne pourrait le délivrer de ses regrets. Mais le destin essayait peut-être de lui faire comprendre qu'il valait encore quelque chose en tant qu'homme, et pas seulement en tant que médecin. Que son métier ne suffisait pas à remplir sa vie. Pour autant, méritait-il plus que le travail ?

Sans s'attarder sur cette question, il s'arrêta et bondit hors de la voiture. Darcy redressa la tête, et un sourire hésitant éclaira son visage. À présent qu'il savourait cette lumière, Joe se rendit compte à quel point elle lui avait manqué.

— Je te croyais partie depuis longtemps.

— Isha et sa famille n'ont pas pu rester. Je me suis un peu attardée pour prendre des nouvelles de Holly.

— Je te dépose quelque part ?

— J'allais appeler un taxi.

Elle agita son portable pour appuyer ses propos.

— Je rentre à Londres. Je peux te ramener, si tu veux.

Comme elle fronçait les sourcils, il plongea les mains dans ses poches avec désinvolture.

— J'essaye d'être seul avec toi, Darcy, pour te parler. Avoir cette discussion, comme nous avions l'intention de le faire tout à l'heure, avant l'accident de Holly.

Il fallait qu'ils mettent les choses à plat entre eux. Darcy occupait toutes ses pensées, nuit et jour, et cela ne pouvait pas continuer ainsi. Devait-il lui trouver un autre poste, loin de la tentation ? Douée comme elle l'était, elle serait un atout dans n'importe quelle équipe. Seulement, à l'idée de ne plus la voir tous les jours, il se sentait vide, énervé.

Joignant le geste à la parole, il ouvrit la portière du côté passager et lui décocha un regard qui voulait dire « je suis sérieux ».

— Allez, viens vite. La journée a été longue.

Un sourire nerveux trembla sur les lèvres de Darcy.

— Bon, OK. Merci.

Sans discuter davantage, elle s'installa et boucla sa ceinture de sécurité. Joe en fit autant et démarra. Pendant un long moment, ils firent route dans un silence lourd de non-dits, comme s'ils redoutaient l'un et l'autre de rompre la tension qui remplissait l'habitacle. Même s'il se concentrait sur sa conduite, Joe était incroyablement sensible à sa présence, à la cadence de sa respiration, à son léger parfum de fleurs. Les mains crispées sur le volant, il s'efforça de chasser de sa tête l'idée complètement folle de s'arrêter dans le premier chemin pour l'embrasser.

— J'ai appelé l'hôpital et parlé à la maman de Holly, dit-elle enfin. Apparemment, ils vont la garder une nuit en observation, mais le scanner est rassurant.

— Tant mieux.

— Elle a eu de la chance dans son malheur. Tu étais là.

— Oui, même si j'aurais dû faire assécher cet étang depuis longtemps.

— Mais non. Des accidents arrivent tous les jours. Elle s'est cogné la tête en tombant, voilà tout. Elle aurait pu se faire mal n'importe où, et tu sais aussi bien que moi que l'état d'un enfant peut se détériorer rapidement ou s'améliorer tout aussi vite.

Elle s'arrêta brusquement de parler, comme si elle s'était souvenue trop tard que les sauvetages n'avaient pas tous une issue aussi favorable. Joe lui jeta un coup d'œil. Son visage portait la même expression que tout à l'heure, lorsqu'il avait cherché son regard après avoir ranimé Holly : un air de compréhension, comme si elle devinait ses pensées les plus secrètes, ses conflits intérieurs et qu'elle souhaitait le réconforter.

— Tu vas bien ? murmura-t-elle.

Une émotion douloureuse comprima la poitrine de Joe. Non, il n'allait pas bien. Il aurait voulu tellement de choses en cet instant, à commencer par Darcy. Il était profondément déstabilisé par les sentiments qu'elle lui inspirait. Il avait envie d'elle avec une férocité qui le terrifiait, parce que ses sentiments pour elle lui faisaient perdre pied. Il avait l'impression qu'elle atténuait sa souffrance et qu'il ne savait plus comment exister sans chagrin. Le deuil était le dernier lien qui le reliait à sa fille, et il était prêt à s'y accrocher jusqu'à son dernier souffle.

— Ça dépend de ce que tu entends par aller bien.

Il se concentra sur la route pour se distraire de l'envie de la toucher, de caresser son nez constellé de taches de rousseur, de glisser les doigts dans ses cheveux et d'attirer ses lèvres pleines contre les siennes, pour enfin réduire au silence ce tumulte qui faisait rage en lui. Avec un soupir, Darcy serra les mains sur ses genoux et Joe agrippa à nouveau le volant.

— Cette journée n'a pas été facile pour toi, j'imagine. Avec mes gros sabots, j'essaye de te demander si tu veux en parler.

Il inspira profondément, tenté de mettre son âme à nu devant elle. Ce serait peut-être un bon moyen de la décevoir et de mettre un terme à cette attirance. D'habitude, il rechignait à parler de Rosie. À quoi bon ? Montrer à tout un chacun qu'il avait failli en tant que père, en tant que médecin ? De toute façon, rien ne lui ramènerait jamais Rosie.

— Pour toi non plus, avec l'accident de Holly, esquiva-t-il. Tu vas bien, toi ?

Elle lui sourit, et quelque chose en lui s'ébranla.

— Oui. Même si ça a été un choc, bien sûr.

Ils s'arrêtèrent à un feu rouge, et Joe en profita pour saisir la main de Darcy.

— Je suis content que tu sois venue.

— Moi aussi.

Ils regardèrent leurs mains enlacées, qui reposaient sur les genoux de Darcy. Ils ne parlaient pas, ne bougeaient pas, comme pour préserver la solennité de ce petit geste de réconfort. Mais le feu passa au vert, et Joe retira sa main à contrecœur.

— Cela faisait quelque temps que je n'avais pas effectué un sauvetage en extérieur.

— Tu as été formidable, dit-elle.

Leurs regards se croisèrent. Ils tournaient autour du pot, autour de cette discussion importante.

— Sérieusement, Joe, si tu veux parler, je t'écoute volontiers. Je n'imagine même pas ce que vous avez vécu, toi et Laura.

— Tu as rencontré Laura ?

Darcy hocha la tête d'un air prudent.

— Bien sûr. Elle est venue me trouver un peu plus tard pour me remercier d'avoir participé au sauvetage. Elle a l'air adorable. Et elle est très belle, très talentueuse. J'ai lu quelques-uns de ses livres.

— Elle est tout cela, en effet.

Mais toi aussi, Darcy… Son esprit frôlait la désintégration alors que ses mondes, passés et présents, ses désirs et son désespoir entraient en collision les uns avec les autres. Il fallait qu'il reste solide, comme il l'avait toujours été. Au plus fort du chagrin, il avait tenu bon. Ce n'était pas maintenant qu'il allait se laisser dominer par ses émotions.

— Je n'ai rien à te dire, Darcy. Mais merci de me l'avoir demandé.

Il accéléra, en proie à une honte familière qui lui faisait dresser les poils sur la peau.

— J'ai été un père absent, et ma fille est morte. Mon mariage n'a pas tenu le coup. C'est tout, conclut-il d'une voix étranglée.

— Qu'est-ce que tu racontes ? Bien sûr que non, tu n'étais pas un père absent.

Surpris par la véhémence de son ton, Joe lui jeta un coup d'œil.

— Qu'est-ce que tu en sais ?

— Moi, j'ai eu un père absent. Littéralement, répliqua-t-elle avec un regard douloureux. Et c'est toujours le cas, d'ailleurs.

Sans s'en douter, Joe avait mis le doigt sur le cœur de ses vulnérabilités : son père. Était-ce à cause de lui qu'elle manquait de confiance en elle, qu'elle était si exigeante avec elle-même ? Il brida son envie d'en savoir plus. Quel droit avait-il de lui demander des détails alors que ses peines à lui étaient des secrets jalousement gardés ?

— Je suis désolé pour toi.

— Oh ! ce n'est pas grave, dit-elle, les yeux baissés sur ses mains croisées sur ses genoux. Je suis plus heureuse sans lui, même s'il m'a fallu du temps pour le comprendre.

Elle se tourna vers la vitre et regarda le paysage qui défilait. Joe médita en silence sur ses propres regrets. Pouvait-il se comparer au père de Darcy ? Il avait voulu mettre sa famille au-dessus du besoin, voire lui assurer une certaine aisance, lui qui avait grandi dans un relatif dénuement.

— Il n'a jamais fait partie de ta vie ?

— Mes parents se sont séparés quand j'étais bébé. Par la suite, il m'a rendu visite de manière sporadique les premières années. Il m'emmenait en virée, il m'apportait des cadeaux… Mais à mesure que je grandissais, ses visites devenaient plus rares, une fois par an dans les derniers temps. Il avait toujours une excuse crédible, la bonne explication. Dans mes rêves, je m'imaginais qu'un jour il reviendrait pour de bon, qu'il vivrait près de chez moi et qu'il serait un vrai père, comme Grant, mon beau-père. Je l'ai attendu longtemps. Très longtemps.

Elle se tourna alors vers Joe avec un regard dur.

— Et puis, je suis devenue adulte.

Joe voyait bien que cette blessure d'enfance ne s'était pas

refermée. Il aurait voulu la serrer dans ses bras pour la réconforter. Personne ne méritait de voir ses espoirs sans cesse renouvelés et sans cesse détruits. Darcy était quelqu'un de chaleureux, de formidable. C'était un vrai privilège de la connaître. Qui ne voudrait avoir dans sa vie une femme aussi drôle, aussi attachante et généreuse ?

— On se connaît depuis peu, mais je suis sûre que tu as été un bon père, Joe. Fais-moi confiance. J'ai vu toutes ces photos de famille, chez Laura. Vous vous adoriez, toi et ta fille, c'est évident. Ça se voit à vos yeux, à vos sourires, à toutes ces expériences que vous avez partagées. Tu étais présent, tu t'intéressais à elle et elle savait que tu l'aimais. C'est tout ce qui compte.

Joe sentit sa gorge se serrer tellement qu'il eut du mal à respirer. Oui, il avait été présent pour les grandes occasions : les anniversaires, les fêtes de fin d'année, le premier jour d'école, les grandes vacances. Mais sans plus. Il n'avait jamais été là pour le quotidien, toujours trop accaparé par ses ambitions professionnelles. Certes, il l'avait fait pour assurer la meilleure vie possible à Laura et à Rosie, mais aussi pour satisfaire son ego. À présent, il aurait donné n'importe quoi pour pouvoir remonter le temps et revivre ces moments ordinaires, savourer toutes ces petites choses, la banalité si belle du quotidien.

— J'ai trop donné à mon travail, pour des raisons complètement stupides, superficielles.

Darcy secoua la tête.

— Vouloir exceller dans son métier, je n'appelle pas cela une raison stupide.

— Sauf lorsqu'on est motivé par les mauvaises raisons, des raisons matérielles, dans mon cas. Quand mon père est mort, ma mère a eu du mal à nous élever, ma sœur et moi. Je me suis juré de toujours faire en sorte que ma famille ne manque de rien, et tout cela pour quoi ? J'ai perdu ce qui comptait le plus.

— Pas du tout. Ta femme et ta fille devaient être fières de toi, au contraire. Et à en juger par ces photos, tu as donné à Rosie une belle enfance, remplie de rires et d'expériences enrichissantes.

Joe sentit son cœur se fêler. Rosie avait bien été cette fillette heureuse et débordante de vie. Elle avait toujours quelque chose à faire, à commencer par taquiner son père. Elle l'avait si souvent enrôlé pour des activités manuelles ou pour une partie de cache-cache dans cette grande maison bruissante de bavardages enfantins et de rires.

Impressionné par son intuition et ses talents d'observation, Joe jeta un coup d'œil vers Darcy. Quel genre de petite fille avait-elle été ? Après l'avoir vue en dehors du travail, qui plus est dans cette maison qui avait été la sienne, il avait envie de certaines choses… Des choses auxquelles il avait renoncé depuis longtemps. Darcy lui apportait un sentiment d'équilibre, l'impression de redevenir l'homme qu'il avait été autrefois. Oh ! il ne serait jamais complètement réparé mais, par sa simple présence, par la façon dont elle le regardait, dont elle lui demandait des conseils et avis, Darcy lui donnait un aperçu de l'ancien Joe. C'était un peu comme découvrir une vieille photo poussiéreuse.

Comme il gardait le silence, Darcy poursuivit :

— Tous les parents s'inquiètent de ne pas arriver à trouver le bon équilibre. Cela ne veut pas dire que tu étais un mauvais père, négligent ou fautif. Rosie avait une leucémie, Joe. Tu n'y pouvais rien.

— Non, j'en ai trop fait pour le boulot. Mes journées n'en finissaient plus, j'étais drogué par la gratification que m'apportait ce métier. J'étais obnubilé par les promotions, par les responsabilités, par l'idée qu'on avait besoin de moi, que je changeais la vie des gens. Tu dois me comprendre, je pense, ajouta-t-il en lui décochant un regard prudent.

— Je ne vois pas où est le mal à être bon dans son travail.

— Il n'y en a aucun, du moment qu'on s'implique pour les bonnes raisons et qu'on n'oublie pas ce qui compte vraiment. Ma vie est un exemple à ne pas suivre. J'avais tout, mais je suis aussi la preuve vivante qu'on peut tout perdre en un clin d'œil.

Darcy lui toucha le bras, et il ne put réprimer un frisson de plaisir.

— Ce n'était pas ta faute, Joe.

Il détourna les yeux pour ne pas voir son regard assombri par la compassion. Oui, elle avait raison. Malheureusement, le fait de le savoir ne l'aidait en rien.

8.

Un frisson de danger courut sur l'échine de Darcy tandis que Joe se garait sur le parking de la résidence. La sagesse aurait commandé qu'elle le remercie de l'avoir ramenée et qu'ils en restent là. En cet instant où elle était le jouet de désirs dévastateurs, elle devait plus que jamais se raccrocher à sa raison. La maison était plongée dans le noir : Stella était de garde cette nuit à l'hôpital.

— Tu veux entrer ? s'entendit-elle demander.

C'était plus fort qu'elle. Il lui était impossible de lui dire au revoir maintenant, surtout après qu'il avait baissé la garde devant elle. Ce Joe-là, plus ouvert, plus abordable, l'attirait irrésistiblement. En plus d'éveiller sa compassion naturelle, les regrets qu'il avait exprimés pendant le trajet avaient renforcé ce qu'elle ressentait pour lui. Après cette journée chargée, elle voulait profiter de sa présence, juste encore un peu.

Elle hasarda un regard vers lui pour aussitôt le regretter. Ses cheveux en bataille, ses joues couvertes d'une ombre de barbe sexy… Et ses yeux… Ils semblaient exprimer une multitude d'émotions conflictuelles. On aurait dit que deux hommes se livraient bataille en lui : un homme qui la convoitait, ce même homme qu'elle respectait et admirait à l'hôpital, mais aussi un être torturé, en guerre avec lui-même. Comment lui résister ? Elle le désirait autant que lui, et le médecin en elle aurait voulu l'aider à guérir. Seulement, c'était tout ce qu'il pouvait y avoir entre eux : une relation physique, à la rigueur, mais émotionnelle ? Jamais.

Elle le vit hésiter, à juste titre. Ils risquaient gros tous les deux. Cependant, si elle gardait la tête froide, si elle s'en tenait à une simple aventure sans lendemain, que pouvait-il lui arriver ? Elle avait tout sacrifié à sa carrière depuis sa rupture avec Dean et elle était à deux doigts d'atteindre ses objectifs. Mais justement, son aventure avec Joe n'était pas appelée à durer. Bientôt, elle partirait et ils ne se reverraient sans doute plus. De plus, Joe avait eu raison de lui rappeler qu'elle devait veiller à ne pas se laisser vampiriser par le travail. Cela dit, il s'était trompé sur un point : elle n'avait plus envie de réussir sur tous les tableaux. Son histoire avec Dean l'avait échaudée, même si, avec le recul, force était d'avouer qu'elle n'avait sans doute pas donné toutes ses chances à leur couple. D'une certaine manière, elle s'était lancée dans cette aventure sans y croire, comme si elle s'était attendue à un échec. Ce qui, sans surprise, avait fini par arriver.

De toute façon, elle n'avait pas envie d'une relation, ni avec Joe ni avec personne. Ce qu'elle voulait, en revanche, c'était retrouver ce lien viscéral qu'ils avaient partagé lorsque Joe lui avait saisi la main, avant de courir au secours de Holly. Elle aurait voulu éprouver à nouveau cette fierté qui avait explosé en elle comme un feu d'artifice lorsqu'il avait quêté son avis d'un regard, pendant qu'ils réanimaient la fillette. Il lui avait alors montré qu'il se fiait entièrement à ses compétences médicales.

— La journée a été éprouvante. Je ne sais pas pour toi mais, moi, j'ai besoin d'une bonne tasse de thé.

Elle avait parlé d'un ton volontairement léger dans l'espoir qu'il se confierait davantage. Peut-être pouvait-elle l'aider à dépasser ses regrets. Elle aurait voulu comprendre pourquoi il persistait à se flageller pour un événement certes dramatique, mais dont il n'était certainement pas responsable, et encore moins coupable.

Joe sourit en la couvant d'un regard à la fois vague et pénétrant.

— Pourquoi pas ?

Le mouvement qu'il fit pour ôter sa ceinture de sécurité releva son T-shirt au-dessus du nombril et révéla un ventre plat et musclé. Darcy sentit son cœur bondir. Qu'est-ce qui lui avait pris de l'inviter, bon sang ? Arrivée devant chez elle, elle prit une longue inspiration pour se dominer. Ses mains tremblaient tellement qu'elle faillit laisser échapper ses clés. Ils n'avaient pas fait un pas chez elle qu'elle avait déjà la tête remplie de visions érotiques. Mais entre eux, il y avait forcément plus qu'une simple attirance physique, non ? Après tout, ils avaient travaillé ensemble pour sauver Holly, il avait eu besoin d'elle dans un moment de vulnérabilité. Pouvait-elle aller jusqu'à penser qu'il la considérait comme une égale, professionnellement parlant ?

Darcy laissa tomber son sac dans l'entrée et alluma la lumière, puis elle mit une bouilloire à chauffer. Les nerfs en pelote, elle tendit les mains pour prendre deux tasses. Les poils de sa nuque se hérissaient sous l'effet de la présence de Joe derrière elle, dans sa cuisine. Il envahissait son espace personnel de son aura magnétique. Elle se tourna pour lui faire face en affectant un sourire rayonnant, prête à discuter de tout ou de rien, ou à renouer la conversation qu'ils avaient eue dans la voiture. Au lieu de tout cela, il s'approcha d'elle. Tout près, à un pas l'un de l'autre. Toute velléité de conversation envolée, Darcy sombra dans la profondeur de ses yeux bruns. Son cœur se mit à rythmer le silence tendu par de longues pulsations qui vibraient en elle comme des coups de tonnerre. Lentement, Joe leva un bras pour repousser une mèche qui avait la fâcheuse habitude de lui barrer le visage. Aussitôt, comme mue par un instinct, elle inclina la tête pour laisser reposer sa joue sur sa paume. Un murmure s'échappa de ses lèvres.

— Joe…

Sa voix haletante avait des accents d'imploration. Mais que lui demandait-elle, au juste ? Elle avait envie de lui, bien sûr, mais une aventure les exposerait à trop de complications. Ils étaient séparés par un champ de mines professionnel et émotionnel. Joe n'avait toujours pas fait le deuil de sa fille, et peut-être de son mariage avec Laura. Elle, de son côté, était vouée à sa carrière, une carrière qu'elle mettait en danger en s'engageant dans une relation avec son chef. En admettant qu'ils couchent ensemble, lundi matin, quelle attitude adopterait-elle face à lui ? Elle avait besoin de sa recommandation pour ses futures candidatures. Pouvait-elle risquer son avenir professionnel pour une aventure sans lendemain ?

— J'ai envie de toi, Darcy.

Un désir irrépressible monta en elle et se concentra entre ses jambes.

— J'ai bien essayé de résister, ajouta-t-il avec peine. Mais rien à faire.

Darcy hésita devant son regard vibrant d'une émotion à peine contenue. Clairement, Joe se débattait avec les mêmes émotions conflictuelles qui la déchiraient. Si seulement ils avaient été étrangers l'un à l'autre… Si seulement ils s'étaient rencontrés en boîte de nuit et s'étaient mis d'accord pour une aventure sans lendemain… Les paupières de Darcy se fermèrent en tremblant.

— Moi aussi. Mais ce n'est pas une bonne idée… Vraiment.

Darcy plaqua une main sur sa bouche, consternée par ce qu'elle venait de dire. Son corps affamé de caresses, de baisers, protestait tout entier contre ce sursaut de sa raison. Lorsqu'elle ouvrit les yeux, Joe la fixait d'un regard de feu, la mâchoire résolue. Faisant fi des conséquences, ils se jetèrent l'un vers l'autre et leurs lèvres se heurtèrent dans une collision frénétique. C'était une union désespérée, une catharsis après des semaines de déni et de fausses justifications. Darcy en avait les jambes en coton, mais Joe lui soutint la taille, comme s'il avait deviné ce qu'il lui en coûtait physiquement de céder. Les doigts plantés sur ses larges épaules, elle l'attira à elle.

— Darcy…

Il resserra son étreinte et la souleva contre lui, l'obligeant à se dresser sur la pointe des pieds. Elle entrouvrit les lèvres pour accueillir sa langue dont le glissement sensuel acheva de mettre le feu à sa libido. Leur premier baiser avait résulté d'un coup de colère et de frustration. Celui-ci, en revanche, était une explosion de passion chimiquement pure et incontrôlable qui mettait Darcy à la merci des besoins de son corps. Au travers du brouillard de son esprit, elle eut conscience qu'elle bougeait et elle sentit derrière ses cuisses un objet dur : la table de la cuisine.

Excellente idée !

D'un bond, elle s'assit sur le rebord et ouvrit les jambes. Ils s'emboîtaient l'un dans l'autre avec une telle perfection qu'elle avait envie de pleurer. Pourquoi quelque chose d'aussi bon était-il une si mauvaise idée ? C'était juste un peu de sexe, une alchimie, une décharge sensuelle. Entre eux, cette tension avait bouillonné depuis le premier jour. D'une manière ou d'une autre, elle aurait inévitablement trouvé un exutoire.

Il avait des cheveux soyeux, songea-t-elle en les caressant, et son début de barbe lui picotait agréablement la paume. Elle sentit soudain sa main sur sa cuisse, là où sa robe relevée laissait sa peau dénudée, et ce contact attisa l'incendie qui déferlait dans ses veines. L'autre main de Joe lui effleura la hanche et monta jusqu'à sa poitrine. S'arrachant alors à ses lèvres, Darcy contempla ses prunelles assombries par le plaisir. Elle ne rêvait pas. Ils étaient vraiment en train de franchir la ligne jaune. Le beau visage de Joe était noyé de désir, et leurs souffles saccadés se mêlaient.

— J'ai eu envie de toi dès le premier instant.

Il prit en coupe un sein dont il caressa la pointe durcie avec son pouce. Il n'en fallut pas plus pour la faire sursauter : à croire qu'elle n'avait jamais été avec un homme ! Elle sentit son érection entre ses jambes, et sa conscience refit surface. Elle mobilisa sa volonté pour faire une pause et réfléchir. Oui, c'était juste du sexe, et ils étaient des adultes consentants, capables de faire la part des choses et de rester professionnels au travail, quoi qu'il arrive ce soir.

Mais… Aujourd'hui n'avait pas été un jour comme les autres pour Joe. Il se trouvait dans un état de vulnérabilité émotionnelle dont elle aurait été sotte d'abuser. Ce qui n'aurait été qu'une banale partie de jambes en l'air serait forcément plus que cela. Or Darcy ne pouvait pas se le permettre.

Furieuse contre elle-même, contre ses doutes, elle pressa ses lèvres contre les siennes pour prolonger ce baiser. Enfin, elle s'écarta et chercha dans les yeux de Joe des émotions qui l'éloigneraient de lui. Là où sa volonté et son bon sens avaient lamentablement échoué, cette échappatoire aurait sans doute davantage de chance. Le chagrin était bien là, sous le désir, telle une alarme aveuglante. Non, ils ne pouvaient pas aller plus loin. Elle était trop attachée à Joe pour profiter d'un moment de vulnérabilité. Il ne fallait pas qu'il lui en veuille par la suite.

— Arrête… Il faut arrêter, dit-elle à contrecœur.

Elle le repoussa doucement et glissa à bas de la table. Ce faisant, sa poitrine effleura celle de Joe, dont le parfum délicieux flotta autour d'elle comme un nuage entêtant. À sa grande honte, elle éprouvait aussi un arrière-goût de soulagement. Elle ne pouvait pas prendre en charge le chagrin de Joe. Depuis qu'elle avait rompu avec Dean, sa carrière était devenue sa priorité, sa seule chance de réduire enfin au silence ses démons, de réussir et de se convaincre une fois pour toutes qu'elle était bonne à quelque chose.

Joe se redressa, le visage crispé par une expression de confusion et de résignation. Sa main tiède se retira si brusquement que Darcy fut parcourue d'un frisson.

— Oui… Tu as raison, dit-il en se passant nerveusement les doigts dans les cheveux.

Non ! Dis-moi que j'ai tort… Que c'est juste du sexe.

— C'est que… Je ne veux pas avoir raison, justement, avoua-t-elle d'une voix étranglée. Je ne dis pas que c'est une mauvaise idée, mais mon bon sens n'est pas de cet avis. Pense à lundi prochain, au travail…

Sans parler de Rosie, mais elle ne pouvait décemment pas évoquer sa fille à cet instant. Soudain gênée, Darcy rajusta sa robe.

— J'ai l'impression de… Enfin, de profiter de toi.

Elle se tut, saisie d'une hésitation. Joe ne supporterait pas qu'elle agisse par pitié.

— Ça a été une journée éprouvante, à plusieurs titres. Je ne…

— Non, tu as raison, l'interrompit-il. Éprouvante est bien le mot.

Il soupira en se passant à nouveau les doigts dans les cheveux.

— Je ne sais pas où j'en suis en ce moment.

Il remit de l'ordre dans sa tenue et se frotta le visage. Darcy détourna les yeux pour ne pas s'imposer à lui. Pourquoi persistait-il à se tenir responsable de la mort de sa fille ? Il méritait de retrouver le bonheur, comme Laura. Mais Darcy était triste aussi pour elle-même. Elle était avare de sa confiance, et ce qui l'attirait le plus chez Joe, au-delà du fait qu'il était sexy, c'était justement son intégrité. Elle se fit violence pour ne pas l'attirer à elle, l'embrasser et prendre tout ce qu'elle voulait ici, maintenant, sur cette table de cuisine. Et au diable les conséquences. Mais justement, elle ne pouvait pas s'exposer au déversement d'émotions qui risquait de s'ensuivre. Coucher avec lui, c'était une chose. S'engager émotionnellement, c'en était une autre. Les risques étaient trop grands.

— Il vaudrait mieux que je parte, dit-il en se dirigeant vers la porte.

— Attends…

Elle avait lâché cela sans avoir la moindre idée de quoi dire, quoi faire.

— Joe, je suis à tes côtés, tu sais.

— Oui, pour un plan d'un soir. J'ai bien compris.

— Non… Oui…

Horrifiée, elle chercha désespérément les bons mots.

— C'est tout ce qu'il peut y avoir entre nous, malheureusement. J'ai déjà tenté ma chance par le passé, mais… Bref, je préfère me concentrer sur moi-même, sur ma carrière. Nous aurions tort de prendre une décision aussi lourde de conséquences à un moment comme celui-ci. La journée n'a pas été facile pour toi, tu te sens peut-être seul…

Les traits de Joe devinrent durs comme du granite.

— Désolée, balbutia-t-elle, rougissante. Je n'aurais pas dû dire « seul ». Je… Enfin, je crois qu'on ne devrait pas s'engager dans cette voie sans y réfléchir davantage. Tu n'es pas d'accord ?

Joe la regardait avec une telle fixité qu'elle se sentit comme nue, exposée.

— J'y ai beaucoup réfléchi, justement. Mais tu as raison au sujet du timing. Il était plutôt mal choisi.

Il pinça ses belles lèvres en une moue amère, et Darcy eut l'impression que sa poitrine se lestait de plomb. Elle aurait voulu qu'il l'embrasse à nouveau. Elle aurait voulu revenir en arrière, et cette fois-ci se taire et savourer à fond ses baisers, se perdre dans le plaisir.

— Je suis désolée, Joe, dit-elle d'une voix étranglée. J'ai envie de toi, mais je ne veux pas te faire du mal. Tu te punis suffisamment tout seul.

Joe eut un sourire tranchant comme un couteau.

— Je comprends. D'ailleurs, c'est aussi pour cela que je ne t'avais pas parlé de Rosie au début. Je n'aurais pas dû me confier à toi tout à l'heure. À présent, je ne suis plus un homme désirable, mais tout juste un pauvre type qui n'arrive pas à faire le deuil de sa fille.

Devant son air tourmenté, Darcy faillit céder et le supplier d'oublier les dernières minutes.

— J'aurais voulu être le premier homme qui compte pour toi, ne serait-ce qu'un moment, c'est tout.

Il haussa les épaules et tourna les talons pour partir, emportant avec lui un morceau du cœur de Darcy.

9.

Assoupi par le bourdonnement des conversations autour de la table, Joe laissa son regard s'attarder sur les lumières d'Amsterdam, au-delà de la devanture du restaurant chic italien qui réunissait les participants du congrès médical auquel lui et Darcy avaient été conviés. Il referma les doigts en poing sur sa cuisse, démangé par l'envie de la toucher. Elle était assise à côté de lui, à quelques centimètres seulement. Si seulement ils avaient été seuls…

Une semaine s'était écoulée depuis la garden-party. Depuis ce soir où ils avaient failli franchir la ligne jaune. Darcy avait eu raison de tout arrêter alors qu'il en était encore temps. Raison, aussi, de dire que leur situation était trop compliquée, ou de s'inquiéter des répercussions professionnelles d'une liaison aussi imprudente. Raison, enfin, de lui dire qu'il avait tort de se flageller. Voilà trop longtemps qu'il se vautrait dans la culpabilité. Dès qu'une émotion positive faisait irruption dans sa vie, dès qu'il essayait d'avancer comme Laura l'avait fait, il était saisi d'une panique aussi aveuglante qu'un rayon laser.

Pourquoi s'interdisait-il la moindre joie ? Par peur de trahir le souvenir de Rosie ? Il lui en coûtait de l'admettre, mais il avait été soulagé lorsque Darcy l'avait stoppé. Parce que, en s'autorisant à relâcher sa souffrance et à vivre à fond cette aventure, il s'exposait à changer, à oublier. Non que le sexe soit un médicament, bien sûr. Mais Joe commençait à éprouver des sentiments pour Darcy. En tout cas, leur relation ne pouvait pas se limiter à une simple attirance sexuelle. Aurait-il la force de taire ces émotions ?

— Tu as encore la tête ailleurs, lui murmura-t-elle.

Ses jolies lèvres esquissaient un sourire amusé auquel il répondit par un clin d'œil malicieux. Toute la journée s'était déroulée ainsi. Hors de l'hôpital et loin des cadres hiérarchiques habituels, ils pouvaient se permettre d'être ouverts et francs l'un avec l'autre, et une ambiance de flirt et de légèreté s'installait entre eux. Pour Joe, c'était une révélation. Il ne s'était pas senti aussi joyeux depuis des années.

Alors qu'il se penchait vers elle pour lui répondre, il inspira une bouffée d'un léger parfum fleuri.

— Désolé. J'ai l'impression d'avoir entendu ces discussions mille fois.

Il consulta sa montre, impatient d'être enfin seul avec elle. Quand pourraient-ils se retrouver autour d'un café ?

— Les conférences n'avaient pas l'air de te passionner beaucoup plus.

— Tu as remarqué ? dit-il en haussant les épaules.

En effet, c'était à peine s'il avait retenu un mot des présentations, et pour cause : la présence de Darcy à ses côtés n'avait cessé de le distraire, de lui rappeler ces moments torrides dans sa cuisine. Il n'avait pas le souvenir d'avoir éprouvé un tel sentiment d'inhibition depuis l'adolescence. Lorsqu'il s'était écarté d'elle, il avait été plongé dans un état de stupeur béate dont il avait mis du temps à émerger.

Il détourna les yeux pour échapper à la tentation de son regard aguicheur. Darcy méritait mieux que du désir brut, mieux que tout ce qu'il avait à lui offrir. Seulement, elle ne recherchait pas autre chose que du sexe, et qu'elle veuille de lui, dans l'état où il était, c'était en soi un miracle.

Tandis qu'elle mangeait, Joe observait à la dérobée la façon dont ses lèvres pulpeuses se refermaient sur la fourchette. À nouveau, il aurait voulu la toucher, la caresser, explorer chaque parcelle de son corps.

— Et toi, comment as-tu trouvé ce colloque ?

— C'est mon chef qui me le demande ? Auquel cas, je te répondrais : « très utile et professionnellement enrichissant ».

Elle eut l'un de ces haussements de sourcils moqueurs qui ne manquaient jamais de faire battre son cœur plus vite.

— Et si ce n'est pas ton chef, mais ce type à qui tu as offert une tasse de thé un samedi soir ? demanda-t-il à voix basse.

Il n'aurait pas dû évoquer le sujet, notamment en présence de leurs collègues, mais les éclats argentés qui étincelaient dans les prunelles de Darcy le rendaient audacieux. Il en avait assez de faire semblant, vis-à-vis d'elle et vis-à-vis de lui-même. Le moment était venu de jouer cartes sur table.

Darcy sourit, le rose aux joues.

— Ah… Eh bien, à lui, je dirais que j'ai été quelque peu distraite. Par mon voisin.

Joe sentit un brusque afflux de sang dans son corps tout entier.

— Tu es peut-être fatiguée. La semaine dernière a été chargée au City.

— Oui, sans doute. Il faut dire que mon chef est perfectionniste à l'extrême. Son niveau d'exigence dépasse le mien, qui est pourtant situé ici, dit-elle en levant la main par-dessus sa tête.

— Il a tout l'air d'un pauvre type qui n'a que le travail dans sa vie. N'essaye surtout pas de lui ressembler.

— Oh ! mais c'est un chirurgien talentueux et très dévoué.

Figé sur sa chaise, Joe était fasciné par les émotions qu'il lisait dans son regard : un mélange de compassion, de sensualité, de promesses. Tout disparut autour de lui, à l'exception de Darcy et de mille possibilités. Mais elle se détourna pour parler à son autre voisin de table : le Pr Jensen, une vieille connaissance de travail. Joe poussa distraitement ses pâtes du bout de sa fourchette en s'efforçant, sans y parvenir, de ne pas laisser traîner ses oreilles.

— Oui, j'ai lu votre article sur les complications hépatiques de la chirurgie bariatrique, disait Jensen.

L'instinct possessif de Joe se réveilla aussitôt. Pas étonnant que Jensen ait foncé vers le siège à côté de Darcy lorsqu'ils s'étaient attablés dans le restaurant. Ce type traînait une fâcheuse réputation de coureur de jupons.

— Vos analyses sont intéressantes, mais certains points

pèchent par manque de précision, poursuivit Jensen de sa voix pompeuse.

Darcy se crispa légèrement.

— C'est l'écueil des articles de synthèse, en effet. En tout cas, merci infiniment pour vos précieux commentaires, professeur.

Joe dissimula un sourire amusé derrière son verre. Bien sûr que Darcy saurait remettre ce vieil idiot à sa place. Jamais elle ne s'abaisserait à lui faire des courbettes, et encore moins à flirter avec lui. C'était d'ailleurs l'une des qualités qu'il préférait en elle : elle n'hésitait jamais à faire usage de son franc-parler, même avec des personnes qui s'estimaient supérieures à elle du fait de leur ancienneté dans la profession. Il n'aurait pas dû intervenir, mais c'était plus fort que lui.

— Moi, j'ai trouvé que le travail de Mlle Wright était excellent.

Darcy se tourna vers lui avec un léger mouvement de stupéfaction.

— Elle est un excellent atout pour mon équipe. À ce propos, j'espère la persuader de me seconder sur la rédaction d'un article que j'envisage de proposer au *Lancet*.

Il glissa un regard de côté vers Jensen, à temps pour le voir se désintéresser de la conversation et adresser la parole à un autre collègue. Quant à Darcy, elle dissimulait sa surprise derrière un petit air désapprobateur.

— C'était gentil de voler à mon secours, mais je suis capable de me débrouiller seule.

— Je le sais bien, mais je ne pouvais pas rester sans rien dire, non ?

Un éclat amusé brilla dans les yeux de Darcy.

— Chut ! Il va t'entendre.

Elle le gratifia alors de ce beau sourire détendu qu'il aimait tant. Leur première rencontre ne s'était pas passée sous les meilleurs auspices, mais depuis ils avaient fait du chemin, elle et lui. Elle lui faisait confiance et respectait ses compétences professionnelles. Lui, de son côté, la tenait en haute estime, plus qu'il ne pourrait jamais l'exprimer. Trop, sans doute.

Darcy repoussa son assiette à moitié terminée. Manifestement, elle non plus n'avait pas beaucoup d'appétit. Quand donc pourraient-ils s'éclipser poliment, tous les deux ?

— Tu étais sincère au sujet de l'article ?

— Bien sûr. J'attendais l'occasion de te le dire. On peut en discuter dans l'avion, demain.

Elle hocha la tête, ses grands yeux remplis d'émotions qu'il aurait voulu identifier. Qui voyait-elle en lui ? Un chef qui lui tapait sur les nerfs ? Un père qui ne se remettait pas du chagrin d'avoir perdu sa fille ? À côté d'elle, Joe avait le sentiment qu'il pouvait être tellement plus que tout cela. Pour la première fois depuis des années, il n'avait aucun doute sur ce qu'il voulait. Et l'objet de son désir, c'était elle : Darcy.

— Tu n'étais pas obligé de me raccompagner, tu sais.

Saisie d'un frisson, Darcy resserra autour d'elle les pans de son cardigan.

— Je n'allais tout de même pas te laisser toute seule dans les rues d'Amsterdam à une heure pareille. Tu veux ma veste ?

Elle refusa d'un signe de tête. Ce n'était pas le froid qui la faisait trembler, mais une excitation à fleur de peau. Surtout lorsqu'il la regardait ainsi, comme si elle était un dessert qu'il aurait voulu dévorer.

— Et puis, je cherchais une occasion d'être seul avec toi.

Alors qu'ils se frayaient un chemin parmi les passants, il posa une main au creux de son dos. Darcy ne s'en formalisait pas, bien au contraire. Elle n'avait cessé de regretter cette complicité physique qu'ils avaient partagée un bref instant, la semaine passée. Peu importait qu'ils aient eu raison d'en rester là, son cœur n'en était pas convaincu.

Frémissant à ce contact résolu, elle s'efforça de calmer sa respiration.

— Ah bon ?

Joe lui jeta un coup d'œil pénétrant, comme s'il devinait la faiblesse de ses défenses et de ses arguments.

— Oui… Je tenais à te remercier d'avoir vu dans quel état

de vulnérabilité je me trouvais ce soir-là. Tu as bien fait de me pousser à partir.

Darcy sourit, émue par sa franchise. Plus elle connaissait Joe, plus elle se rendait compte qu'il se montrait toujours tel qu'il était, sans faux-semblant ni arrière-pensée. Tout au long du colloque, il était resté avec elle plutôt qu'avec d'autres confrères. Il lui avait demandé son avis au sujet des différents thèmes abordés, il l'avait présentée à des chirurgiens réputés mondialement, il l'avait même défendue contre le célèbre Pr Jensen. Personne avant lui n'avait eu autant d'égards pour elle. Certes, elle était une grande fille, capable de prendre soin d'elle, mais c'était tout de même agréable de savoir qu'il se souciait autant d'elle.

— De rien. Même si, sur le coup, je t'avoue que je l'ai regretté.

Pour autant, elle refusait de s'engager dans une aventure purement physique, par respect pour lui. Sauf qu'elle n'avait éprouvé un désir aussi puissant pour personne. Entre eux, la donne avait changé. Enfin, elle avait l'impression d'être son égale professionnellement. Toute sa vie, elle avait aspiré à être prise au sérieux, mais l'être par un homme comme Joe, qu'elle admirait sur tous les plans, cela lui procurait une bouffée d'émotion si puissante que sa tête en tournait. À quoi bon nier davantage ses sentiments pour lui ? D'autant plus qu'ils devaient se peindre en gros sur son visage. Mais si elle devait franchir cette ligne jaune qu'ils avaient évitée de justesse l'autre soir, elle ne voulait pas le faire seule.

Ils s'arrêtèrent à un passage piéton, et Joe lui posa une main sur le coude tandis qu'il scrutait la circulation. Darcy réprima un sourire. Il avait des manières de gentleman, désuètes, attendrissantes, et elle était surprise de constater à quel point elle appréciait toutes ces petites preuves de sollicitude.

— Au fait, ça allait, cette semaine ? Je n'ai pas osé te le demander à l'hôpital.

Darcy retint son souffle et lui jeta un coup d'œil prudent, attentive à sa réaction.

— Oui, ça allait. Merci de me demander.

Il la regarda avec l'air de vouloir lui en dire beaucoup plus, ou de l'embrasser sous les réverbères d'Amsterdam. Puis il inspira profondément.

— Tu vas sans doute me traiter de fou, mais je me suis mis à parler à Rosie.

La poitrine de Darcy se comprima douloureusement. Elle aurait tellement aimé le serrer dans ses bras, le réconforter. À défaut, elle lui prit la main et la pressa dans la sienne.

— Pas du tout ! Au contraire, je trouve ça adorable et absolument normal. Moi aussi, quand j'étais petite, je discutais tous les soirs avec mon père dans ma tête. Il me demandait comment s'était passée ma journée à l'école, si j'avais eu de bonnes notes, exactement comme Grant, mon beau-père.

Joe porta sa main à sa bouche pour y imprimer un baiser.

— Ton père ne mérite pas d'avoir une fille aussi merveilleuse que toi.

Elle sourit, les yeux humides.

— Je suis bien d'accord avec toi. Malheureusement, il m'a fallu des années pour m'en rendre compte.

Joe l'attira à lui et pressa ses lèvres contre son front.

— Tu es parfaite, une fille dont n'importe qui pourrait être fier. Je suis sûr que tes parents le sont.

Elle se blottit en riant contre sa poitrine et inspira profondément l'odeur de son corps.

— Nous sommes plutôt ambitieuses, mes sœurs et moi.

— Il y avait une rivalité saine entre vous ?

Darcy s'écarta, soudain sérieuse.

— Plus ou moins, oui. Longtemps, j'ai été convaincue d'être l'intruse de la famille, parce que Grant était leur père alors que, moi, j'étais seulement adoptée. C'est bête, je sais, mais je n'avais pas les idées nettes, à l'époque.

— Ça ne veut pas dire qu'il t'aimait moins que tes sœurs.

— Non, je sais bien. Grant a toujours été un père génial. J'ai de la chance de l'avoir dans ma vie. Parfois, justement, je me sens coupable de ne pas l'avoir aimé autant que je l'aurais dû par loyauté dévoyée envers mon père biologique.

Pendant un court instant, ils cheminèrent en silence, main dans la main.

— Darcy… Au sujet de samedi dernier…, dit-il alors qu'ils arrivaient en vue de l'hôtel. Je ne voulais surtout pas que tu penses que… Comment dire… Que j'ai cherché à profiter de la situation. Ça n'a jamais été mon intention. Simplement, j'avais les nerfs à vif ce jour-là. Mais il faut que tu saches que je suis aussi un homme, et un homme qui a envie de toi plus qu'il ne le devrait.

Darcy sentit son pouls s'emballer, et l'émotion faillit lui couper la parole.

— Je n'ai jamais rien imaginé de tel. Moi aussi, j'ai envie de toi. Simplement, je tiens à ce qu'on agisse en connaissance de cause.

Il lui répugnait de songer à Dean en cet instant, mais elle ne devait pas oublier cette relation orageuse, leurs disputes et leur ressentiment, la façon dont elle s'était si souvent sentie mal comprise, voire traitée comme quantité négligeable. C'était la meilleure manière de tenir la bride à cette connexion explosive qui l'unissait à Joe.

— Je comprends. Entre toi et moi, il est juste question de sexe.

Darcy hocha la tête. Elle ressentait une étrange sensation de vide au creux de l'estomac alors qu'elle aurait dû n'éprouver rien d'autre que du soulagement ou de l'excitation.

— Je dois me concentrer sur mes entretiens professionnels. De toute façon, je quitte ton service dans deux mois.

— Oui… Notre métier nous tient trop à cœur pour qu'on agisse de manière irresponsable. Nous sommes bien sur la même longueur d'onde, toi et moi.

C'était un bon résumé de la situation. Oui, elle voulait coucher avec lui, et oui, c'était une aventure risquée qui pouvait mettre à mal leurs rapports de travail, mais de tout cela, sa libido se fichait éperdument. Même son intellect avait du mal à échafauder des objections cohérentes à présent qu'ils avaient mis en place des règles et des limites. Quant aux autres sentiments qu'elle éprouvait pour Joe, disons qu'il était naturel de s'attacher à quelqu'un qu'elle appréciait et admirait autant, mais elle pouvait sûrement faire abstraction de ces émotions le temps d'une nuit volée, non ?

Dans l'hôtel, elle lui lâcha la main pour appeler l'ascenseur. Ça y était : c'était maintenant ou jamais. Darcy hasarda un coup d'œil vers Joe, et son regard de feu faillit la réduire en cendres.

— Dois-je comprendre que tu dirais oui si je t'invitais ?

Elle s'efforçait de garder un ton naturel alors que ses entrailles n'étaient plus qu'un champ de lave. Elle devait pourtant aborder cette aventure avec le calme qui caractérisait ses choix de carrière et ses décisions cliniques. Elle avait déjà sacrifié une relation à son métier, et sans regret, qui plus est. À l'inverse de Dean, toutefois, Joe avait une bonne idée des sacrifices nécessaires pour réussir dans ce métier. Jamais il ne lui imposerait d'ultimatum, lui. D'ailleurs, comment pouvait-il la décevoir, puisqu'elle n'avait aucune attente au-delà de cette nuit ?

Joe fit un pas vers elle, le souffle court et le regard brûlant.

— Regarde-moi et tu auras ta réponse.

Elle vit sa pomme d'Adam remuer et comprit ce qu'il lui en coûtait de céder à son désir. Ce soir, il n'était plus son chef, il n'était plus un homme rongé par les doutes, le regret. Il était Joe, tout simplement.

Au grand désarroi de Darcy, ils n'étaient pas seuls dans l'ascenseur. Autrement, elle ne doutait pas une seconde qu'elle lui aurait sauté au cou et l'aurait embrassé comme la semaine passée. Attisé par l'attente, le brasier qui la consumait brûla de plus belle. Enfin, les portes de l'ascenseur s'ouvrirent au quatrième étage et ils sortirent avec une hâte qui fit sourire leur compagnon de cabine. Dans sa chambre, elle se détourna pour poser son sac sur le bureau. Elle avait besoin d'un moment pour dompter les tourbillons de désir qui lui donnaient le vertige. Elle sentit alors sa présence juste derrière elle, et ses genoux vacillèrent. Elle se retourna lentement pour lui faire face et lui préciser ses termes, ses conditions.

— Juste ce soir, dit-elle dans un murmure. Nos relations de travail ne doivent pas s'en ressentir.

— Je suis bien d'accord. Mais si tu as changé d'avis…

— Non, pas du tout ! Au contraire.

Elle s'approcha et lui prit la main autant pour le retenir que pour se donner du courage.

— J'en ai vraiment envie.

Joe la comprenait, il l'acceptait telle qu'elle était. Elle, de son côté, était consciente des limites de ce qu'il pouvait lui offrir. Ils ne s'engageaient pas dans une relation. Ce serait juste l'affaire d'une nuit, histoire d'épuiser cette attirance folle, après quoi ils reprendraient leur vie comme si rien ne s'était passé. Darcy s'efforça d'ignorer le frisson glacé qu'elle ressentit à cette idée.

Sans lui laisser le temps d'esquisser un geste, Joe prit son visage en coupe entre ses mains et, de ses pouces, il caressa ses pommettes avec une lenteur qui la mit au supplice. Un bref câlin en douce et sans conséquence aurait été préférable à cette brûlure sensuelle insupportable. Elle aurait voulu lui arracher ses vêtements… Mais elle aurait voulu aussi savourer au maximum cette nuit, la seule qu'ils auraient jamais. Ils ne devaient pas s'emballer. Déjà, elle avait l'impression de se désintégrer alors qu'il l'avait à peine touchée. Elle referma les mains autour des poignets de Joe pour retrouver son équilibre.

— Embrasse-moi, Joe. Embrasse-moi comme tu aurais voulu le faire l'autre soir. Cette fois-ci, je ne t'arrêterai pas, promis.

Comme s'il avait attendu sa permission, il se déchaîna avec l'application méticuleuse qu'il mettait dans ses moindres faits et gestes à l'hôpital. Il plongea les doigts dans ses cheveux pour la rapprocher de lui et nicha une cuisse puissante entre ses jambes tandis que ses lèvres se posaient sur les siennes avec une lenteur sensuelle. Plus qu'un baiser, c'était l'union de deux êtres imparfaits, conscients de leurs limites respectives. C'était si libérateur que Darcy se sentait presque léviter.

Joe inclina les lèvres sur les siennes, et elle entrouvrit la bouche avec un soupir bienheureux pour accueillir l'invasion bienvenue de sa langue. Il la fit reculer contre le bureau, et il lui prit la taille pour la soulever et l'asseoir sur le rebord. Le contact entre eux fut rompu le temps que Darcy noue les jambes autour de ses hanches. D'un geste impatient, elle glissa les doigts dans les passants de son jean et l'attira à elle.

— J'ai tellement envie de toi… C'est plus fort que moi, dit-il d'une voix brisée tout en semant un chapelet de baisers le long de sa mâchoire et de son cou.

— Moi aussi… Et pourtant, Dieu sait que j'ai essayé de me raisonner.

Oh ! oui, elle avait essayé. Depuis ce premier jour où elle avait fait de son mieux pour le détester, l'ignorer, lui résister. Et tout cela pour quoi, en définitive ? Pour finir entre ses bras, dans un baiser torride. Mais au fond, et alors ? À présent qu'ils s'étaient fixé des règles et des limites, que risquaient-ils ? C'était le plan parfait, au contraire : une passion qui ne porterait pas à conséquence.

Darcy lui déboutonna sa chemise à la va-vite, et ses doigts se perdirent sur les contours de son ventre musclé, sur la peau tiède de son torse parsemé d'une toison soyeuse. Elle ferma les yeux, submergée par un flot dévastateur d'émotions, puis elle s'écarta pour admirer chaque détail de son physique. Il était beau, tellement sexy qu'elle aurait voulu le prendre en photo pour la postérité. Son œil exercé de médecin traçait tous les repères anatomiques de sa masculinité parfaite. Remarquant alors une petite cicatrice sur sa poitrine, elle l'effleura d'une légère caresse. Si seulement ses blessures émotionnelles pouvaient guérir aussi facilement… Si seulement il cessait de culpabiliser et de s'accrocher à sa douleur…

Joe lui prit la main pour embrasser le bout de ses doigts, puis l'intérieur de son poignet, là où son pouls battait follement.

— On m'a posé un drain thoracique, expliqua-t-il. Je me suis brisé une côte en jouant au rugby au lycée. Bilan : un pneumothorax.

Il leva les yeux au ciel en souriant et déposa sur sa paume un nouveau baiser qui la fit frissonner. Darcy trembla violemment comme l'autre soir, lorsqu'il lui avait touché un sein. Ses sourires l'avaient toujours fait craquer, surtout lorsqu'ils atteignaient ses yeux, comme à présent. Comment était-ce possible ? Comment s'y prenait-il pour la faire fondre de la sorte, au moindre de ses sourires à la Hugh Grant ? C'était sans doute parce que cet homme si fier et talentueux lui avait dévoilé sa part de vulnérabilité. Il lui avait fait comprendre qu'elle n'était pas seule à lutter contre des démons intérieurs.

Elle prit son visage entre ses mains et savoura le contact de son début de barbe. Elle aurait voulu le couvrir de baisers, de la tête aux pieds, goûter sa peau, trouver ses endroits chatouilleux, faire disparaître les rides qui encadraient ses yeux… Sauf, bien sûr, si elles accompagnaient son sourire irrésistible.

Mais il ne s'agissait que de sexe, elle ne devait pas l'oublier. Darcy glissa à bas du bureau et fit passer sa robe par-dessus sa tête avant de la laisser tomber négligemment, puis elle dégrafa ses sandales et son soutien-gorge. Malgré sa quasi-nudité, elle n'avait pas froid sous le regard ardent de Joe. À chaque seconde qui passait, son visage se chargeait d'une gravité grandissante. Ses narines tremblèrent légèrement tandis qu'il la dévorait des yeux mais, au lieu de la toucher, il ôta son jean et ses chaussures, qui rejoignirent les vêtements de Darcy, par terre.

— Tu es si belle, murmura-t-il d'une voix sourde.

Il s'approcha d'elle, et sa peau fiévreuse toucha la sienne.

— J'ai un préservatif, dit-elle en tendant la main vers son sac.

— Moi aussi.

Il haussa les sourcils et para ses lèvres de son sourire flamboyant.

— Quelle équipe on fait, hein ?

Ils éclatèrent de rire puis, à nouveau sérieux, il l'attira à lui et prit sa bouche pour un baiser ardent qui la laissa sans force.

Quelle équipe on fait… Si seulement il se doutait de ce que ces mots voulaient dire pour elle.

10.

Joe tremblait tandis qu'il allongeait Darcy sur les draps blancs et frais. Il pria pour qu'elle ne s'en aperçoive pas. Chaque muscle de son corps protestait pour qu'il accélère et qu'il lâche enfin la bride à ses instincts les plus primitifs, d'autant plus forts qu'il les tenait comprimés au plus profond de lui-même depuis des années. Mais ce qu'il lui restait de raison l'incitait également à chérir chaque seconde de cette nuit, la seule qu'ils auraient jamais. Demain, ils seraient de retour à Londres et devraient faire comme si rien de tout cela n'était jamais arrivé. Une hésitation pénétra dans la petite partie de son cerveau qui fonctionnait encore. Il ne voulait surtout pas faire de la peine à Darcy ou lui donner des idées fausses. Mais justement, il ne l'avait jamais prise en traître, non ? Et elle aussi savait ce qu'elle voulait : une nuit avec lui, ni plus ni moins.

— Qu'est-ce que j'ai fait pour mériter cette chance ? demanda-t-il en s'étendant sur son corps splendide.

Sa peau était si douce… Il aurait aimé enfouir son visage dans ses cheveux blonds étalés sur l'oreiller et inspirer à fond son parfum si féminin pour le graver dans sa mémoire. Au lieu de cela, il plongea les doigts dans ses mèches soyeuses et sema une pluie de baisers sur son cou. Un gémissement s'échappa des lèvres de Darcy.

— Joe…

Ses yeux noyés, son visage alangui, sa bouche entrouverte n'étaient que désir. Pour lui. Cette femme belle, intelligente, attachante voyait quelque chose de bien en lui, en dépit de toutes ses fêlures. Elle le comprenait, elle savait aussi se moquer gentiment de lui chaque fois qu'il se prenait trop au sérieux. Et malgré ce qu'elle avait vécu dans son enfance, malgré ce père qui l'avait rejetée alors qu'il aurait dû l'aimer sans condition, elle avait trouvé le courage de lui montrer ses vulnérabilités. À présent, il comprenait ce qui la poussait sans cesse à vouloir se dépasser. Restait à savoir si cette ambition la rendait véritablement heureuse et épanouie…

Mais le bonheur de Darcy ne le regardait pas, du moins pas au-delà de cette nuit. Ses hanches se mirent à ondoyer lentement sous lui, le ramenant dans la sphère des sensations. Il aspira l'un de ses mamelons pour le sucer longuement. Bon sang, il adorait ses soupirs extatiques. Adorait la façon dont elle lui enserrait la taille entre ses cuisses. Un incendie dévastateur déferla sur ses sens. Comment avait-il pu se passer si longtemps de sensations comme celles-ci ? Grâce à Darcy, une partie essentielle de sa masculinité était revenue à la vie et il lui serait toujours reconnaissant de ce don. La moindre des choses était de lui faire vivre la nuit de ses rêves, une nuit dont elle se souviendrait plus tard, lorsqu'elle serait passée à autre chose.

Il fit glisser la culotte de Darcy le long de ses jambes.

— Il va falloir y aller en douceur, dit-il. J'ai un peu perdu l'habitude.

Darcy lui prit le visage en coupe en riant doucement.

— Ce n'est pas grave, moi aussi. Nous avons toute la nuit devant nous.

À ces mots, le cœur de Joe se gonfla d'une vigueur renouvelée. Il l'embrassa à nouveau et, lorsque sa main s'insinua entre ses jambes, jusqu'à sa féminité, elle lui saisit le poignet pour le maintenir en place contre elle tandis qu'elle remuait les hanches en cadence avec ses caresses. Il reprit son mamelon dans sa bouche et le pinça délicatement entre ses dents.

— Oui…

Il continua à lui prodiguer du plaisir, comme si c'était pour lui une sorte de mission. Lorsqu'elle fut emportée par les spasmes de la passion, il étouffa ses cris par des baisers avant de chevaucher à son tour une vague légère et voluptueuse, en proie à un sentiment de privilège grandissant. Il avait l'impression d'être un roi.

Lorsqu'ils redescendirent sur terre, Darcy rejeta les bras par-dessus sa tête et le regarda droit dans les yeux avec un grand sourire.

— Oh là là…

Son exclamation se perdit dans un nouveau rire, et Joe eut du mal à dissimuler un sourire.

— C'était si drôle que cela ?

— C'était incroyable. Tu… es… incroyable, déclara-t-elle en entrecoupant sa phrase par des baisers.

Puis elle s'étira telle une chatte satisfaite.

— Et ce n'est qu'un avant-goût, dit-il avec un clin d'œil.

Chaque fois qu'il avait fantasmé cet instant, il ne s'était jamais attendu à rire, à ressentir de la légèreté, mais Darcy avait un talent bien à elle pour insuffler de la gaieté partout. Le prenant à nouveau de court, elle le repoussa en arrière sur le lit et l'enfourcha.

— C'est toi qui prétendais que tu n'avais plus l'habitude ?

— Si tu te mets à croire à toutes les bêtises que je raconte…

Darcy eut un grand éclat de rire qu'elle ponctua de baisers affolants sur sa poitrine. Elle le rendait fou, bon sang. Ses lèvres semblaient trouver toutes ses zones érogènes. Joe enfila un préservatif d'une main tremblante avant de lui prendre les hanches pour la positionner sur lui. Elle s'arqua et projeta sa poitrine vers l'avant, telle la tentation incarnée. Elle s'empala sur lui avec une lenteur qui mit au supplice les nerfs de Joe.

— Darcy…

Indifférente à son ton d'avertissement, elle mordilla sa lèvre inférieure, le regard lourd de plaisir. Les cheveux en désordre et les joues roses, elle était plus qu'adorable : parfaite. Il ferma les yeux pour rester maître de lui-même. Alors que Darcy commençait à onduler sur lui avec sensualité, il se mordit l'intérieur de la joue pour tenter de contenir une montée de plaisir. Il aurait voulu tout voir, tout sentir, tout savourer au maximum. Mais il devait aussi garder une certaine distance mentale par rapport à cette expérience sexuelle fantastique. Il ne pouvait pas s'habituer à la volupté, surtout poussée à un tel degré. Plus dure serait la chute.

Incapable de lutter contre l'attrait de Darcy, il ouvrit à nouveau les yeux pour se repaître de sa vue. Elle avait posé les mains à plat sur sa poitrine, et ses cheveux étaient tombés de part et d'autre de son cou comme deux rideaux dorés qui encadraient son beau visage. Joe serra les poings pour s'empêcher de la toucher partout où il avait envie, d'attraper chaque miette du plaisir qu'elle lui offrait. C'était trop bon, trop intense, trop… trop. Et si cette débauche d'émotions le changeait irrémédiablement ? Et s'il ne retrouvait plus le réconfort de sa douleur, de ce chagrin qui l'avait nourri et soutenu tout au long de ces quatre dernières années ? Comme si elle avait deviné ses tourments, Darcy se pencha vers lui et effleura ses lèvres des siennes.

— Tout va bien, Joe. C'est juste pour ce soir.

Comprenait-elle ses peurs les plus enfouies ? Pour le changer, pour le guérir, il faudrait plus qu'un peu de sexe, bien sûr, même du sexe sensationnel comme avec Darcy. D'ailleurs, avait-il vraiment envie de guérir ? Oh ! pourquoi se torturait-il ainsi les méninges au lieu de se contenter de profiter de sa chance ?

Pendant quelques secondes, il la laissa se bercer sur lui, de plus en plus vite, jusqu'à ce qu'elle l'emporte avec elle vers un infini merveilleux. Alors, libéré de ses entraves, il abandonna le combat et savoura pleinement l'instant. Les mains sur les hanches de Darcy, il la guida dans ses mouvements, puis il la fit basculer sur le dos et se plaça au-dessus d'elle. Alors, il lâcha la bride à ses émotions et il lui donna tout le plaisir dont il était capable.

— Oui, Joe… Je suis avec toi.

Haletante, elle s'arqua soudain, terrassée par un deuxième orgasme, et Joe sentit ses doigts fins s'imprimer sur sa peau. Il ne tarda pas à la suivre et il s'effondra sur elle, le visage dans ses cheveux. Haletant, il inspira longuement son odeur. Puis il éclata de rire.

— Tu as raison… Vraiment incroyable, dit-il.

C'était bizarre… Darcy avait l'impression que l'oxygène de l'air s'était raréfié. Elle avait la tête qui tournait, mais c'était une délicieuse sensation de vertige. Joe était étendu derrière elle, sa poitrine tout contre son dos, et ses bras lui enserraient la taille comme pour ne jamais la laisser partir. Son souffle léger lui caressait l'épaule et semait d'agréables frissons sur sa peau. Elle sentit soudain qu'il s'écartait d'elle le temps de retirer le préservatif, après quoi il reprit exactement la même position, les lèvres près de son oreille, comme s'il ne supportait pas de s'éloigner d'elle.

— Désolé… Maintenant, je te laisse dormir, promis.

Il pressa ses lèvres sur son cou, et Darcy soupira de bien-être. Sa libido venait d'ouvrir un œil, épuisée, mais toujours sur le qui-vive. Ils n'avaient pas arrêté de la nuit. Joe lui avait fait l'amour plusieurs fois de suite, avec une passion sans cesse renouvelée, et leurs étreintes s'étaient succédé jusqu'à ce que les rayons de l'aube filtrent au travers des rideaux. Mais bientôt, trop tôt, tout serait fini. Cette intimité physique fantastique ne serait plus qu'un merveilleux souvenir, et la normalité reprendrait ses droits.

Pour l'instant, toutefois, elle était encore blottie contre lui, dans le silence du petit matin, et elle osait à peine respirer de peur de rompre le charme. Elle mêla ses doigts aux siens et soupira à nouveau. Jamais elle n'avait connu un homme comme Joe. C'était l'amant dont elle avait toujours rêvé : attentif et tendre… Et entreprenant… Drôle, aussi… Un homme différent, auquel elle se serait certainement attachée, si elle n'avait pas déjà fait le choix de sacrifier sa vie amoureuse sur l'autel de sa carrière. Comme Joe ne semblait pas pressé de la relâcher ou de dormir, elle s'attarda entre ses bras quelques minutes encore. Ils avaient bien le temps, non ?

Mais avant qu'ils ne retrouvent leur quotidien, elle aurait souhaité qu'il réponde à certaines questions qu'elle ne pouvait lui poser dans le cadre du travail. Pouvait-elle lui demander comment Rosie était morte et pourquoi il se tenait pour responsable ? Mieux valait sans doute se lancer sur un sujet moins risqué.

— Pourquoi avez-vous divorcé, toi et Laura ?

Elle sentit ses doigts se crisper brièvement, puis un soupir effleura le sommet de son crâne.

— On a essayé de rester ensemble après la mort de Rosie, commença-t-il d'une voix légèrement enrouée.

Il s'éclaircit la gorge comme pour mettre de l'ordre dans ses idées. Darcy retenait son souffle, suspendue à ses paroles.

— Au début, nous étions unis dans le chagrin. Et puis, insensiblement, nos rapports ont changé. Laura avait rejoint un groupe de soutien. J'étais content pour elle. Ça l'a vraiment aidée. Elle comprenait que, malheureusement, nous n'étions pas les seuls à avoir perdu un enfant, et elle y trouvait du réconfort.

— Et toi ?

Question de pure forme : elle devinait déjà sa réponse. Car si Laura avait apparemment avancé dans sa vie, Joe, lui, n'avait pas bougé. Il continuait de se flageller et ne vivait qu'une demi-vie centrée sur le travail. Mais qui était-elle pour lui donner des leçons ? Au fond, elle et lui n'étaient pas si différents. Un jour, regretterait-elle, elle aussi, d'avoir trop donné de son temps et d'elle-même à son travail au lieu de rechercher et de chérir son bonheur personnel ?

— Moi, au travers de mon métier, je savais déjà que nous étions un couple parmi tant d'autres obligés de vivre avec le deuil. Contrairement à Laura, je n'y trouvais aucune consolation. Moi, je voulais l'impossible.

— Retrouver Rosie ? murmura-t-elle dans un souffle.

— Non. Revenir en arrière dans le temps.

Darcy le comprenait parfaitement. Elle-même avait si longtemps attendu et espéré son père biologique… Comme si le simple fait de souhaiter quelque chose suffisait à le faire advenir.

— Bref, nous nous sommes mis à vivre notre deuil séparément. Laura avait besoin de mon soutien mais, moi, je n'avais besoin de rien du tout. D'après mon expérience, rien ne pouvait atténuer la douleur. Les seules fois où j'arrivais à retrouver un semblant de normalité, c'était à l'hôpital. Mais ce réconfort n'en était pas un. Je culpabilisais lorsque je retrouvais un peu de paix, comme si le fait d'aller un peu mieux risquait de me faire oublier Rosie. Je me suis mis à consacrer de plus en plus de temps au travail. Au moins, à l'hôpital, j'avais le sentiment d'être utile. Laura a continué à rechercher de l'aide en dehors de notre couple, et franchement je ne lui en voulais pas. J'en aurais fait autant à sa place. Au fil du temps, nous nous sommes éloignés.

Darcy resserra son étreinte autour de ses doigts.

— J'ai du mal à imaginer tout ce que tu ressens, Joe, mais j'espère sincèrement que tu parviendras à apaiser ton chagrin. Avec le temps, peut-être… Tu trouveras peut-être quelqu'un, comme Laura.

La réaction de Joe ne se fit pas attendre. Aussitôt, il se leva et se passa les mains dans les cheveux.

— Je connais les différentes étapes du deuil, Darcy.

Darcy se redressa brusquement et remonta le drap autour de sa poitrine, soudain frigorifiée.

— Non, non, Joe ! Je n'ai pas dit ça pour te faire de la peine. J'essayais juste de t'aider.

— Tu m'en vois très touché, répliqua-t-il avec une ironie cinglante.

Darcy accusa le coup. Était-elle allée trop loin ? Elle n'avait jamais vécu une expérience aussi difficile, mais elle était avant tout médecin. Pour faire face à son deuil, Joe avait choisi une méthode qui risquait à terme de mettre sa santé en danger. Encore fallait-il qu'il veuille aller de l'avant…

— Pardon, je ne voulais pas être indiscrète. Simplement, tu te prives de tellement de choses… Tu mérites d'être heureux, Joe.

Après la nuit qu'ils venaient de passer ensemble, après l'intimité physique qu'ils avaient partagée, il pouvait quand même se rendre compte qu'elle se faisait du souci pour lui et qu'elle voulait vraiment l'aider, non ? Mais il secoua la tête et se mit à s'habiller avec des gestes brusques qui signifiaient sans aucun doute possible que leur nuit de passion était bel et bien terminée.

— Je sais que nous devons tirer un trait sur cette nuit, mais tu comptes toujours pour moi, Joe. Tu ne veux pas trouver un nouveau sens à ta vie ? Avoir une seconde chance d'être heureux ?

— Je ne suis pas ton patient, Darcy, dit-il en enfilant son T-shirt. Entre nous, il n'était question que de sexe. C'était convenu ainsi, non ?

Darcy soupira, prise au piège. Tout à coup, elle se sentit étrangement vide. Il avait raison, bien sûr. Seulement, les sentiments, ça ne se commandait pas avec un interrupteur.

— Tu n'es pas un patient, mais je ne vais pas garder mon avis pour moi si je pense qu'il peut t'aider à avancer.

Il secoua la tête d'un air incrédule.

— Peut-être que ça n'ira jamais mieux, justement. Je t'ai déjà dit que je n'ai rien à t'offrir. Peut-être que je n'avancerai pas davantage… Que je ne guérirai pas plus.

Darcy étouffa une exclamation horrifiée.

— Tu mérites d'être heureux comme tout un chacun. Autant que Laura.

— Ah bon ? J'ai donné la priorité à ma carrière au lieu de passer du temps avec ma famille, avec ma petite fille. Le jour de sa mort, j'étais à l'hôpital, à m'occuper des maladies des autres. Je n'ai jamais pu lui parler à nouveau.

Devant son regard, son attitude de glace, elle se sentit parcourue d'un frisson. Il avait fallu si peu de temps pour que la situation se détériore…

— Nous sacrifions beaucoup à notre métier, toi et moi, ajouta-t-il. Mais contrairement à toi, je connais le prix de ces choix. Si c'était à refaire, je ne le referais pas.

Darcy se mordit la lèvre inférieure. Venait-il de critiquer sa décision de sacrifier sa vie sentimentale à sa carrière ? Mais non… C'était la douleur qui le faisait parler ainsi. Ses propos étaient sûrement dénués d'arrière-pensée. Autrement, cela voulait dire qu'il ne la comprenait toujours pas, malgré tout ce qu'ils avaient vécu ensemble. Le cœur lourd, elle le vit disparaître dans la salle de bains. Et dire qu'elle avait pensé avoir enfin rencontré quelqu'un qui la voyait telle qu'elle était et qui l'estimait. Elle en était pour ses frais.

Tant que Joe ne serait pas lui-même convaincu de pouvoir aller de l'avant pour vivre sa vie, leurs manières de voir seraient irréconciliables. Et bientôt, il serait trop tard pour eux deux.

11.

— Je comprends que vous soyez énervée, madame O'Connor, mais je vous assure que nous faisons tout notre possible. La pneumonie de votre mari est une complication postopératoire connue, surtout avec des comorbidités comme les siennes, mais nous faisons le maximum pour qu'il s'en tire.

Darcy sentait le sang battre à ses tempes. Elle en avait plus qu'assez de cette journée, plus qu'assez de l'hôpital. Elle aurait voulu rentrer chez elle et recharger ses batteries. Elle avait toujours détesté ce genre de discussions. Depuis quinze minutes, elle s'efforçait en vain de rassurer cette dame et de lui expliquer pourquoi son mari avait été admis en soins intensifs après ce qui n'aurait dû être qu'une opération de routine pour une hernie. Malheureusement, le destin faisait parfois des siennes. Dans ces cas-là, Darcy avait toujours le sentiment de ne pas être à la hauteur, malgré ses efforts les plus acharnés. Mais qu'y pouvait-elle ? Il arrivait que la meilleure volonté du monde ne suffise pas à sauver, à guérir ou tout simplement à aider les autres. Elle en avait fait l'amère expérience avec Joe, après leur nuit à Amsterdam. Il l'avait proprement renvoyée dans les cordes et, depuis, il ne lui avait quasiment plus adressé la parole.

— Personne ne m'a dit qu'il se retrouverait ici, en soins intensifs…

— Parce que cette complication était imprévisible. Votre mari a été transféré ici pour être mieux surveillé et recevoir une ventilation artificielle. La situation est alarmante, mais je vous assure qu'il est entre les meilleures mains possible.

Darcy parlait en connaissance de cause : elle avait passé

l'essentiel de la nuit à suivre ce patient et à collaborer avec ses confrères des soins intensifs. Mais ses paroles rassurantes demeuraient sans effet. Darcy n'en voulait pas à cette pauvre femme bouleversée, en colère. Par ailleurs, pour avoir déjà subi ce genre de remontrances, Darcy savait que c'était un risque du métier. Dans ces cas-là, elle s'efforçait toujours de ne pas prendre trop à cœur les reproches.

En entendant quelqu'un approcher, elle tourna la tête. C'était Joe. Une vague de soulagement déferla sur elle, non parce qu'il allait prendre le relais et arrondir les angles avec Mme O'Connor, mais parce que sa présence lui faisait du bien. On aurait dit qu'elle avait besoin de lui au-delà d'un simple désir physique. Elle savait pourtant à quoi s'en tenir avec lui. Il avait été en elle, aussi intime qu'il était possible de l'être pour deux personnes… Mais cela n'avait été qu'une illusion. Autant se faire une raison : Joe n'avait pas besoin d'elle et de son aide. Elle ne devait pas se laisser dominer par les sentiments ni chercher à aller plus loin avec lui. De toute façon, depuis leur retour d'Amsterdam, ils étaient revenus à des rapports tendus, comme aux premiers temps de leur rencontre.

Joe lui lança un bref regard qui suffit à faire tambouriner le cœur de Darcy. Il semblait aussi épuisé qu'elle, à en juger par les rides de fatigue et les cernes qui encadraient ses beaux yeux. Avait-il lui aussi du mal à dormir en ce moment ? Ce serait étonnant. Non, il devait au contraire dormir comme un bébé, à présent qu'il était sûr d'avoir mis ses émotions à l'abri. Bientôt, Darcy serait partie et il pourrait reprendre le cours de son existence, comme avant. Et tant pis pour lui si cette vie ressemblait à une peine de prison auto-infligée.

— Madame O'Connor ? Je suis Joe Austin, le médecin de votre mari.

— Ce n'est pas trop tôt, grommela celle-ci avec acrimonie.

Darcy retint son souffle, suspendue à ce qui allait arriver. Trop souvent, les patients ou leurs proches redoutaient de ne pas recevoir les meilleurs soins à moins d'être pris en charge par le chef du service lui-même. Mais Joe n'était qu'un homme.

Malgré la meilleure volonté du monde, il ne pouvait pas se démultiplier, être à la fois au bloc et au chevet des patients, à distribuer médicaments et piqûres.

— Nous sommes sincèrement désolés que votre mari ait subi une complication après ce qui aurait dû n'être qu'une opération de routine. Votre inquiétude est tout à fait légitime.

Comme par magie, la colère de Mme O'Connor sembla se dégonfler aussitôt.

— Oui, bon… Je suis sûre que vous faites le maximum pour le tirer d'affaire.

Exaspérée, Darcy se mordit la langue. Après tout, tant mieux si cette femme trouvait du réconfort dans les paroles du grand chef. Inutile de se sentir sur la touche pour si peu. Enfin, c'était facile à dire… Par bonheur, Joe eut la délicatesse de se rapprocher d'elle, la ramenant de la sorte dans le champ de vision de Mme O'Connor.

— Mlle Wright et nos confrères des soins intensifs ont réagi très vite, et votre mari reçoit les meilleurs soins possible. Soyez assurée que nous mettons tout en œuvre pour soigner sa pneumonie. Mlle Wright ici présente m'a informé que son opération s'est très bien passée.

Darcy se sentit s'épanouir sous ses compliments telle une fleur au soleil. Le charme de Joe semblait opérer également sur Mme O'Connor.

— Vous allez vérifier comment il va, dites ?

— Oui, demain matin. D'ici là, j'ai pleinement confiance dans l'équipe qui s'occupe de lui. Mlle Wright est un excellent praticien à qui je n'hésite jamais à confier mes patients.

La gorge serrée, Darcy se rendit compte à quel point Joe comptait pour elle. Il suffisait d'un rien pour que ses sentiments éclatent au grand jour, et pour qu'elle se fasse du mal. Non, elle ne pouvait pas tomber amoureuse de lui. Elle s'y refusait fermement.

Mme O'Connor prit congé d'eux et retourna au chevet de son mari, les laissant seuls. En proie à une vague sensation d'anxiété, Darcy n'osait pas regarder Joe, de peur de voir ses pires craintes confirmées : malgré ses meilleures intentions, elle avait perdu pied.

— On continue les visites en chirurgie ? demanda-t-il.

Il la regardait avec l'air d'attendre quelque chose, mais quoi ? En tout cas, il ne semblait pas avoir de problèmes avec les limites qu'ils s'étaient imposées à Amsterdam. Elle aurait aimé pouvoir en dire autant. En cet instant, tout ce qu'elle voulait, c'était lui arracher ses vêtements ou l'obliger à lui faire une place dans son cœur. Ou les deux, de préférence.

Non, non, non !

Bon sang, elle ne savait plus où elle en était. À court de mots, elle se contenta de hocher la tête d'un air absent. Ils retournèrent au service de chirurgie dans un silence embarrassé. Au bout du compte, n'y tenant plus, Darcy prit la parole.

— Merci d'avoir arrangé la situation.

— J'espère qu'elle n'a pas été trop désagréable avec toi. Il est difficile de rester calme et objectif quand il est question de la vie d'une personne aimée.

Elle jeta un coup d'œil à son profil stoïque. À coup sûr, il pensait à Rosie. Elle aurait tellement voulu pouvoir lire en lui, déchiffrer ses pensées aussi facilement qu'un bilan sanguin ou une radio… Mais sans doute valait-il mieux qu'elle ne les connaisse pas. Elle risquait d'y trouver la confirmation qu'il ne désirait qu'une nuit avec elle. Un soupir lui échappa. Elle ne supporterait pas de se voir rejetée une fois de plus, surtout par Joe.

— Ne prends pas tout ça à cœur. Certains patients ne font confiance qu'à un responsable. Tu verras, quand tu seras chef de service. À ce propos, j'ai transmis une lettre de référence à l'hôpital de Manchester, comme tu me l'avais demandé. Ton entretien est prévu pour quand ?

— La semaine prochaine.

Darcy sentit son ventre se serrer. Oui, bientôt, elle serait recrutée dans un autre hôpital, peut-être même à l'autre bout du pays, et ils ne se reverraient plus jamais. Enfin, peut-être, à la faveur d'un congrès médical. Seraient-ils encore célibataires ?

Passeraient-ils une nuit ensemble, en souvenir du bon vieux temps ? Cinq semaines plus tôt, Darcy n'aurait rien trouvé à redire à ce scénario. À présent, toutefois, la perspective d'une banale aventure sexuelle lui semblait déprimante, même avec Joe. Elle aurait voulu tellement plus… Elle aurait voulu la totale, et ne pas avoir à choisir entre son métier et une vie personnelle réussie. Le temps d'une étreinte, ce rêve lui avait paru possible. Depuis, elle avait déchanté. Elle s'imagina des années plus tard, tombant sur Joe au hasard d'une rencontre professionnelle et voyant briller à sa main une nouvelle alliance. Une émotion violente lui noua la gorge.

— Merci… Pour la référence, précisa-t-elle d'une petite voix.

Dire que le premier jour elle n'avait voulu de lui rien d'autre qu'une lettre de recommandation. Depuis, ses désirs avaient pris une dimension beaucoup plus complexe et irréaliste. Et terrifiante, aussi.

— Il n'y a pas de quoi, répondit-il. C'est mon boulot.

Il poussa la porte et s'écarta pour lui laisser le passage.

Oui, c'était tout ce qu'elle était pour lui : une simple collègue, temporaire par-dessus le marché. Il l'avait pourtant prévenue qu'il n'y avait pas de place pour elle dans sa vie. Elle, de son côté, avait pensé pouvoir se contenter d'une seule nuit. Mais maintenant…

Joe s'arrêta à l'entrée du service. Son regard intense semblait fouiller en elle. En dépit du bon sens et de la prudence la plus élémentaire, qui lui commandaient de ne pas surinterpréter ce regard, son pouls se mit à battre à toute allure et le sang siffla à ses oreilles.

— Il faut qu'on se parle, dit-il.

Sans lui laisser le temps de réagir, il jeta un bref coup d'œil vers le bureau des infirmières : il était vide. Il lui saisit alors la main et l'entraîna dans une buanderie juste à côté. Darcy se laissa faire, trop surprise pour parler. Sous son regard de braise, elle se sentait toute chose. Le gentleman avait disparu pour laisser place à un prédateur avide qui semblait la désirer comme jamais.

— Qu'est-ce que tu fais ? demanda-t-elle d'une voix que l'émotion faisait trembler.

— Ça.

Joignant le geste à la parole, il lui enveloppa la taille d'un bras solide et écrasa sa bouche sur la sienne en un baiser frénétique qui exauçait les prières les plus secrètes de Darcy. Elle entrouvrit la bouche pour accueillir sa langue. C'était magique… Elle avait l'impression de flotter sur un nuage. Il lui avait tellement manqué depuis Amsterdam ! Oui, ce qu'ils faisaient était complètement fou et irréfléchi, et dangereux, mais elle ne pouvait pas plus y résister qu'elle ne pouvait faire taire ses sentiments.

Ils s'écartèrent enfin pour respirer, et les lèvres de Joe semèrent une traînée de baisers brûlants le long de sa mâchoire. Le souffle court, Darcy enfonça les doigts dans les cheveux de Joe et saisit les pans de sa blouse pour l'attirer à elle.

— Joe, qu'est-ce qu'on est en train de faire, là ?

— On prend un grand risque, mais je m'en fiche. Je n'arrête pas de penser à toi. Chaque fois que je te vois, j'ai toutes les peines du monde à m'empêcher de te toucher, de prendre ta main, de t'embrasser.

Il la poussa contre un plan de travail et il insinua une cuisse entre les siennes.

— Je tenais à te demander pardon pour ce que j'ai fait à Amsterdam. Mais c'était plus fort que moi… Un peu comme maintenant, en fait.

Il la saisit par les hanches et la hissa sur le meuble. Les yeux fermés, Darcy s'abandonna aux sensations délicieuses de ses lèvres voraces sur son cou. Elle devait mettre le holà à cette folie. Tout de suite. N'importe qui pouvait arriver d'un moment à l'autre. Si quelqu'un les surprenait dans cette situation, ils risquaient de se faire virer, ni plus ni moins. Et pourtant, elle s'en contrefichait, incapable de s'extraire du charme hypnotique dans lequel Joe l'avait emprisonnée.

— On avait dit que c'était fini, murmura-t-elle. Tu m'avais promis…

Mais sa voix avait pris un timbre sensuel et voilé, comme pour le supplier d'ignorer les règles qu'ils s'étaient fixées. Elle passa les doigts dans les passants de son jean pour le retenir contre elle.

— Je n'ai jamais promis de cesser d'avoir envie de toi, répondit-il, les lèvres contre sa peau.

Il abandonna son cou pour lui lécher le lobe de l'oreille.

— Continue, implora-t-elle.

Ils ne pouvaient pas faire l'amour dans la buanderie de l'hôpital, bien sûr, mais que risquait-elle à poursuivre cette relation jusqu'à la fin de son contrat au City ? Elle s'en irait dans quelques petites semaines, après tout.

— Tu es libre ce soir ?

Il prit en coupe l'un de ses seins dont il caressa la pointe durcie au travers du tissu de la blouse médicale. Elle s'arqua sous sa caresse, le corps en feu.

— Mmmh…, fut tout ce qu'elle parvint à répondre.

Libre pour faire quoi ? aurait-elle voulu demander. Pour une garde ? Pour un rendez-vous ? Pour du sexe ? Elle n'aurait pas dit non aux deux dernières possibilités.

— Je suis désolé… à propos de la façon dont on s'est quittés, à Amsterdam. Alors, si tu me permettais de me rattraper…

Tandis qu'il parlait, sa main libre s'insinua sous le T-shirt de Darcy et effleura sa peau nue. Elle sursauta comme si elle avait reçu une décharge de défibrillateur.

— J'aimerais t'inviter à dîner, acheva-t-il.

Non ! Dis-lui non !

— Mmmh…

Avait-elle oublié de parler ? Était-elle réduite à un amas de sensations, incapable d'aligner deux mots, deux pensées cohérentes ?

Il prit sa joue dans sa paume et traça le contour de sa lèvre inférieure avec son pouce. Dans ses beaux yeux, elle lisait de la sincérité et un soupçon de vulnérabilité.

— On peut aller dans un restaurant si tu veux, ou alors chez moi. J'habite à deux arrêts de métro.

Il se pressa contre elle, et elle sentit son corps se liquéfier, toute velléité de résistance envolée.

Ressaisis-toi, bon sang. Tu ne peux pas céder comme ça. Tu ne dois pas.

— OK, dit-elle dans un soupir.

Désinhibée, elle introduisit une main sous sa veste et, du bout des doigts, détailla le dessin de ses muscles au travers de sa chemise. Elle plaqua son autre main sur l'entrejambe de Joe, et ils gémirent à l'unisson. Darcy ferma à nouveau les yeux pour tenter de contenir le tourbillon de sensations qu'il déchaînait en elle sans le moindre effort. Allait-elle pouvoir attendre jusqu'à ce soir ? Alors qu'elle renversait la tête en arrière pour mieux offrir son cou, sa tête heurta une étagère dont le contenu, seringues, cathéters, paquets de pansements, se déversa sur eux dans un vacarme assourdissant. La tension érotique qui les enveloppait se dégonfla aussitôt. Darcy éclata de rire, une main sur la bouche. Joe posa son front sur le sien.

— Voilà qui tombe bien, sans vouloir faire de jeux de mots.

C'était le cas de le dire. Sans cette interruption, elle aurait continué sur sa lancée, en dépit de la décence la plus élémentaire. S'était-elle entichée de lui au point d'en oublier où elle se trouvait, et que leur histoire n'avait de toute façon pas d'avenir ?

Joe l'aida à remettre pied à terre avant de rectifier sa tenue, puis ils ramassèrent les fournitures éparpillées sur le sol avant de les ranger en échangeant des sourires complices.

— Donc, tu me retrouves à 18 heures dans mon bureau ?

— C'est un rendez-vous ? demanda-t-elle en se reprochant d'éprouver de l'espoir.

Il haussa les épaules d'un air évasif, comme si lui non plus ne savait pas dans quoi il s'aventurait.

— Si tu veux. J'aimerais passer un moment avec toi avant ton départ.

Autrement dit, comme elle, il voulait plus qu'une simple nuit. Cette perspective la remplissait de joie et de peur à la fois. Elle aurait dû être rassurée qu'il ait, lui aussi, fixé une date butoir à cette aventure. Mais elle voulait plus que du sexe, à présent. Elle aurait tout donné pour retrouver cette intimité émotionnelle qui les avait unis. Jamais elle n'avait éprouvé une telle alchimie avec un homme. Pouvait-elle coucher à nouveau avec lui sans avoir accès à ses émotions ? Comment se préserverait-elle s'il venait à se refermer à nouveau sur lui-même ? Une chose était sûre : elle ne pouvait pas tomber amoureuse d'un homme incapable de lui apporter ce dont elle avait besoin. Elle ne voulait pas être un vulgaire lot de consolation, celle dont les désirs passaient systématiquement à la trappe. Le jour où elle s'engagerait avec un homme, il faudrait qu'elle soit tout pour lui.

— OK pour un rendez-vous, alors.

Elle hocha la tête, le cœur battant. Aussi aiguisés soient-ils, ses talents diagnostiques ne lui permettaient pas de déterminer de quoi ces palpitations étaient le signe : euphorie ou peur d'une énième rebuffade ? Les deux, peut-être. Seul le temps le dirait.

12.

Joe posa une assiette de pâtes fumante devant Darcy et lui resservit du vin avant de s'attabler en face d'elle. Un sentiment de légèreté lui gonflait la poitrine. C'était un vrai plaisir de profiter de sa présence chez lui, en toute intimité. Ici, pas de démons, pas de pression, pas d'attentes. Il pouvait assouvir son désir d'être avec elle, de lui parler, de la toucher.

Darcy huma le plat avec un appétit réjouissant.

— Ça sent bon, dis donc !

— Oh ! ce sont juste des spaghettis…

Mais elle haussa les épaules en trempant ses lèvres dans son verre.

— Quand même. C'est la première fois qu'on me prépare un repas.

— Ah bon ? Ton ex ne faisait jamais la cuisine ?

Darcy détourna les yeux et avala une bouchée en silence.

— Non…

Elle se mordit la lèvre inférieure avec l'air de chercher ses mots.

— Dean était un artiste. Les détails pratiques de la vie quotidienne, comme faire les courses, la cuisine, payer les factures… Tout cela lui passait au-dessus de la tête.

À présent, Joe comprenait mieux pourquoi leur couple n'avait pas tenu le coup. Son sang se mit à bouillir tandis qu'il imaginait Darcy rentrant chez elle exténuée par sa journée à l'hôpital, accueillie par un conjoint aussi peu coopératif. Le ménage, c'était aussi du boulot.

— Vous viviez ensemble ? Je n'arrive pas à croire que tu aies pu concilier des semaines de soixante heures et le travail à la maison.

Sa remarque parut la mettre mal à l'aise. Puis elle émit un léger soupir et baissa la garde.

— Oui, nous vivions ensemble. Le partage des tâches ménagères était devenu un sujet de dispute continuel. Parmi d'autres…

Joe haussa les sourcils avec curiosité, mais il s'abstint de tout commentaire.

— Il n'a jamais vraiment compris mon métier, poursuivit-elle en agitant pensivement son verre. Pour lui, un boulot aussi utilitaire devait s'en tenir à des horaires réguliers.

Elle posa les coudes sur la table et chercha le regard de Joe.

— Nous avions des hauts et des bas, comme tous les couples. Il se plaignait lorsque j'arrivais en retard à ses expositions ou si une garde m'empêchait de passer du temps avec lui et ses amis. Avec le recul, je me dis qu'il ne m'a jamais vraiment comprise lui non plus, ni ce qui me motive.

— Et donc, tu as décidé d'arrêter les frais ?

— Oui, répondit-elle en croisant son regard. Cela dit, je ne suis pas exempte de tout reproche. Il m'est sans doute arrivé d'estimer que mon métier était plus important que le sien. J'ai toujours été ambitieuse, sans doute pour prendre ma revanche sur toutes les désillusions que j'ai connues. Ça vient sans doute d'un besoin de me prouver que rien ne m'est impossible. Quoi qu'il en soit, quand Dean m'a proposé le mariage, ma première réponse a été oui. Je me suis aussitôt rendu compte que j'avais pris la mauvaise décision.

— Pourquoi ? Tu ne comptes pas te marier un jour ?

Elle marqua un silence et baissa les yeux.

— Je ne sais pas… J'ai l'impression qu'il ne m'a jamais pleinement acceptée telle que je suis. Mes motivations, mes valeurs, il s'en fichait, au fond. Et moi… J'avais déjà sacrifié tellement de choses pour être la fille que mon père aurait aimé avoir… Longtemps, je me suis considérée comme une étrangère au sein de ma propre famille. Comme je ne savais jamais quand il reviendrait, je me tenais toujours prête à le voir débarquer pour m'emmener avec lui. J'étais une gamine à l'époque, que veux-tu… À présent, je me rends compte que je me tenais à l'écart de ceux qui m'aimaient vraiment : Grant, mes sœurs, et même ma mère. C'est seulement à l'approche de la vingtaine que j'ai enfin pris du recul avec ces idées que je m'étais fourrées dans la tête.

Joe hocha la tête en silence.

— Avec Dean, je savais que je serais tôt ou tard amenée à sacrifier soit notre relation, soit mon travail. Le choix était vite fait. J'ai donc décidé de tout arrêter avant qu'on y laisse des plumes, lui ou moi.

Joe devinait qu'elle ne lui disait pas tout. La plupart des gens arrivaient à combiner une carrière et une vie personnelle, alors pourquoi pas elle ? On aurait dit qu'elle avait peur et qu'elle cherchait à se préserver.

— Tu n'as même pas essayé de lui donner une chance ?

Tout de suite sur la défensive, elle le regarda d'un air dur, puis résigné.

— Non… Je ne l'aimais sans doute pas assez pour prendre ce risque.

Un sentiment de malaise courut sur l'échine de Joe. Pourquoi insistait-il autant sur le sujet ? Après tout, quelle importance si Darcy manquait de confiance dans ses relations sentimentales ? Ce qu'il voulait, c'était passer une soirée avec elle. Il n'avait cure d'analyser ses choix de vie pour tenter de déterminer s'ils étaient compatibles. Puisqu'il n'avait rien à lui offrir, pourquoi tenait-il autant à comprendre pourquoi elle avait reculé devant le mariage ?

— Qu'en sais-tu ? L'avenir est imprévisible, dit-il en jouant les avocats du diable. Personne ne sait ce qui l'attend au coin de la rue. Si c'était le cas, on ne ferait sans doute plus rien. On s'interdirait de vivre, de connaître des choses merveilleuses.

Les yeux de Darcy s'adoucirent. À coup sûr, elle devait penser à Rosie. Oui, il avait été aux premières loges pour apprendre à quel point la vie prenait d'une main ce qu'elle donnait de l'autre.

— J'ai eu peur, sans doute, dit-elle d'une voix qui se brisa.

Joe réprima une envie soudaine de la prendre dans ses bras.

Il fallait qu'il complète le puzzle qu'elle représentait pour lui. Darcy se confiait avec une sincérité dont il profitait de manière éhontée, trop heureux d'assouvir sa curiosité. Et puis, c'était aussi pour le bien de Darcy, non ? Le fait de s'épancher sur son passé pouvait sans doute l'aider à aller mieux, de la même manière que parler de Rosie lui avait fait du bien, à lui.

— C'est vrai, je ne me suis pas vraiment investie dans cette relation. Je me suis dit que nos différences finiraient par nous éloigner l'un de l'autre.

Elle ponctua cet aveu d'échec par un haussement d'épaules et un petit sourire.

— Donc tu as pris les devants pour te préserver. C'est compréhensible, étant donné ce que tu as vécu avec ton père.

Darcy haussa à nouveau les épaules. À ses joues rouges, il devina qu'il avait tapé dans le mille, mais il n'en tira aucune fierté. Il ne lui appartenait pas d'essayer de la réparer. Il ne lui avait rien promis, mis à part quelques nuits mémorables.

— Et toi ? Tu penses que tu ne retrouveras jamais le bonheur ?

Pourquoi lui posait-elle cette question ? Pensait-elle qu'il pourrait y avoir entre eux autre chose que du sexe ? À cette idée, Joe éprouva un pincement au creux du ventre.

— Ah… Disons que j'ai connu l'amour et son revers. Au début, c'est génial, on se sent invincible. Mais après…

Il s'interrompit avec un soupir.

— Je ne veux plus jamais souffrir comme ça, voilà tout.

Il détourna les yeux pour échapper à son regard scrutateur.

— Je sais que mes choix ne conviendraient pas à tout le monde, mais je suis satisfait de cette existence solitaire. Au moins, comme ça, je ne risque rien.

Une foule d'émotions traversa le regard de Darcy : tristesse, empathie, déception, peut-être… On aurait dit qu'elle lui en voulait de ne pas être comme elle, de ne pas chercher à s'améliorer, à se dépasser. Il aurait tellement aimé être différent, capable d'explorer les sentiments qui l'unissaient à elle. Il aurait adoré être le genre d'homme qu'elle méritait, ce genre qui l'aimerait inconditionnellement et qui l'aiderait à regagner confiance en elle. Mais il avait déjà tenté sa chance en amour, et il avait échoué.

Il devait prendre garde à ne pas se laisser emporter. Déjà, son obsession pour Darcy avait commencé à déteindre sur ses émotions. Chaque fois qu'elle souriait, cela le rendait léger, heureux. Lorsqu'elle lui tenait tête sur un sujet, il se sentait stimulé, joyeux, animé. Et lorsqu'elle lui rendait ses baisers, il se laissait parfois convaincre que tout était possible entre eux. Mais c'était faux, bien sûr. Il ne pouvait pas se permettre de dépendre autant de quelqu'un.

— Oui, c'est un point commun entre nous, dit-elle. La peur des retombées émotionnelles.

À ces mots, Joe fut gagné par un sentiment d'abattement inhabituel. Au fond, ils se ressemblaient sans doute trop, elle et lui. Qu'est-ce qui empêcherait Darcy de repousser le prochain homme qui s'aventurerait trop près de son cœur ?

— Dean n'était pas l'homme qu'il me fallait, ajouta-t-elle avec une assurance déterminée. Heureusement, j'ai eu le courage de me concentrer sur moi-même au lieu de gaspiller mon temps et mon énergie sur une mauvaise priorité.

Elle redressa le menton et, derrière son air bravache, Joe aperçut dans ses yeux une lueur de peur. Il lui prit la main en s'efforçant de se rappeler qu'ils ne pourraient avoir que cela : une simple connexion physique.

— Tant mieux pour toi.

Les craintes de Darcy, son allergie aux relations amoureuses étaient un rappel salutaire. Vivre avec elle une passion qui le sortait d'une torpeur de plus de trois ans, c'était une chose. Mais hasarder davantage, alors que Darcy et même la vie en général ne lui offraient strictement aucune garantie… non. C'était inconcevable.

Darcy accepta un autre verre de vin et elle lui fit de la place sur le canapé. Elle avait du mal à faire le tri entre toutes les émotions qui se livraient bataille en elle. Les petites attentions de Joe lui étaient allées droit au cœur, et elle avait apprécié de pouvoir passer un moment avec lui. Enfin, ils avaient pu discuter, apprendre à mieux se connaître. Elle lui faisait confiance. Malgré tout, un vague sentiment de malaise ne cessait de la titiller désagréablement. Joe comprenait ses réticences à s'engager émotionnellement parce que, pour d'autres raisons, il partageait ses craintes. Et pourtant, pour la première fois de sa vie, elle entrevoyait la possibilité de concilier travail et vie sentimentale. Avec Joe. Encore fallait-il qu'il la retrouve à mi-chemin sur cette voie… Le problème, c'était que leur aventure achoppait toujours sur le même obstacle : le chagrin de Joe. Darcy en voyait des traces chaque fois qu'elle se perdait dans ses beaux yeux bruns. Il n'arrivait pas à s'en échapper, de peur de perdre les souvenirs qui le rattachaient à sa petite fille. Darcy ne lui en voulait pas : à sa place, elle en aurait fait autant.

Elle lui prit la main et la serra dans la sienne.

— Parle-moi de Rosie, murmura-t-elle. J'aurais aimé la connaître.

Cela faisait longtemps qu'elle voulait en savoir plus sur sa fille, mais l'hôpital n'était pas le lieu pour une conversation aussi sensible. Par ailleurs, jusqu'à peu, les barrières émotionnelles de Joe lui avaient semblé trop fragiles pour qu'elle ose s'aventurer sur le sujet. Même ce soir, après un dîner tranquille chez lui, elle n'était pas certaine de sa réaction. À Amsterdam, il s'était mis sur la défensive. Allait-elle revivre une déconvenue similaire aujourd'hui ?

Joe soupira longuement. Perdu dans ses pensées, il contempla la flamme tremblotante d'un photophore sur une table basse.

— C'était la plus adorable des petites filles. J'étais fou d'elle.

Il la regarda avec une telle émotion qu'elle en fut bouleversée. Darcy dissimula derrière un sourire une furieuse envie de le serrer dans ses bras et de ne jamais le lâcher.

— Tu aimais faire quoi avec elle ?

Joe sourit d'un air pensif.

— Tous les week-ends, on préparait le petit déjeuner ensemble. Son préféré, c'était des pancakes à la banane et au sirop d'érable.

Emporté par les souvenirs, il s'exprimait avec ses mains.

— À chaque fois, nous mettions la cuisine sens dessus dessous, mais hors de question de tout ranger sans lire d'abord une histoire. Ma fille adorait les livres.

Elle prit son visage en coupe entre ses mains et fit courir son pouce sur ses joues ombrées de barbe.

— C'est un beau souvenir, Joe, dit-elle d'une voix étranglée par l'émotion. Vous aviez de la chance de pouvoir compter l'un sur l'autre.

Joe hocha lentement la tête.

— C'est vrai. Elle était mon petit soleil. Bon sang, elle me manque tellement…

L'amour de Joe pour sa fille, ces petits moments de joie faisaient cruellement prendre conscience à Darcy qu'elle n'avait jamais connu le bonheur de construire une vie, une famille. Elle passa les bras autour de son cou et le serra contre elle, autant pour son réconfort à elle que pour celui de Joe.

— Elle aurait eu dix ans la semaine prochaine. J'essaye d'imaginer comment elle aurait changé en quatre ans, à qui elle ressemblerait le plus : à Laura ou à moi.

Darcy promena un regard sur le salon, mais ne vit que deux portraits de famille, sur le manteau de la cheminée. Comment s'étonner qu'il se sente seul ? La maison qu'il avait laissée à son ex était encore imprégnée de la présence de Rosie. Par contraste, l'appartement de Joe avait l'air d'une garçonnière.

— Vas-tu célébrer son anniversaire ?

Il fronça les sourcils comme s'il n'avait jamais envisagé la question.

— L'année dernière, Laura et moi avions décoré sa tombe avec des fleurs et des jouets, mais là…

Il s'interrompit, la gorge nouée.

— Je pense qu'elle préférera s'y rendre seule, avec Phil.

Tentée de lui proposer de l'accompagner, Darcy se ravisa. Il n'accepterait jamais une telle offre de sa part. Après tout, elle n'était rien pour lui, ni conjointe ni même petite amie. En désespoir de cause, elle déposa un baiser sur sa tempe.

— Tu pourrais préparer ces pancakes qu'elle aimait tant et les décorer avec dix bougies…

Comme il fronçait à nouveau les sourcils, Darcy redouta d'être allée trop loin.

— Excuse-moi, Joe, je n'ai pas dit ça pour t'embêter. Seulement, qu'est-ce qui t'empêche de vivre autrement tous ces beaux souvenirs ? Les rapports entre parents et enfants évoluent forcément avec le temps. Tu peux retrouver le sourire sans pour autant aimer moins Rosie.

Joe ferma les yeux et posa son front contre le sien. Il demeura silencieux si longtemps qu'elle craignit d'avoir franchi une ligne jaune et saboté cette soirée. Enfin, il s'écarta.

— Quand as-tu vu ton père biologique pour la dernière fois ?

Elle se crispa aussitôt et éluda son regard. Mais pouvait-elle se dérober à sa question à présent que Joe s'était confié à elle avec une telle sincérité ? Elle devait lui montrer qu'il n'était pas le seul à avoir des regrets.

— Ça remonte à des années… Je commençais mes études de médecine. J'avais recherché ses coordonnées.

Elle étouffa un soupir, submergée par des souvenirs humiliants.

— Je ne l'avais pas vu depuis longtemps et je me racontais qu'il serait content de renouer avec l'adulte que j'étais devenue. Je tenais à lui montrer qu'il pouvait être fier de moi. J'allais être médecin, j'allais même passer à la télé, avec cette émission de téléréalité.

Elle secoua la tête, étonnée de sa propre naïveté. Fallait-il vraiment qu'elle exhume ces vieux débris de son passé ? Surtout devant Joe, l'homme dont elle tombait amoureuse…

— Il m'avait invitée chez lui, en Écosse. Pendant le voyage, j'étais dans un tel état de nerfs que j'en étais presque malade.

Joe prit sa joue dans sa paume et déposa un baiser sur son front, comme s'il s'attendait au « mais » qui suivrait fatalement.

— J'ai découvert qu'il s'était remarié et qu'il avait deux filles, l'une de six ans et l'autre d'un an, autrement dit, l'âge que j'avais quand il est parti. Et il adorait ses enfants.

Elle cligna des paupières pour refouler ses larmes.

— Je me suis sentie trahie… Ce n'était pas qu'il ne voulait pas d'enfants, non : il ne voulait pas de moi, voilà tout. Ces retrouvailles ont été un désastre. Je n'ai pas pu cacher ma colère, ma déception, et je lui ai lâché ses quatre vérités. Depuis, je ne l'ai jamais revu.

Le souffle court, Darcy s'efforça de dominer les émotions libérées par cette catharsis. Elle n'avait raconté cette rencontre à personne, mis à part Stella et Lily.

— Oh ! Darcy, je suis tellement navré…

Joe resserra son étreinte, son cœur à l'unisson du sien, solidaire. Mais elle aurait eu tort de se reposer entièrement sur lui. Aussi merveilleux soit-il, il n'était pas prêt à s'engager dans une relation. Elle se redressa en reniflant.

— Ça va, ça va. D'une certaine manière, il m'a rendu service. Grâce à lui, je me suis focalisée sur mon avenir, sur mes études, sans rien attendre des autres. D'une certaine manière, je lui dois mon ambition et mon éthique de travail. Je ne serais sans doute jamais devenue médecin s'il m'avait accueillie les bras ouverts.

— Bien sûr que si. Tu as ce métier dans le sang. Tu étais programmée pour être la chirurgienne talentueuse à qui je parle. Ton père n'a joué aucun rôle dans ta réussite. Tu ne la dois qu'à toi seule.

Il effleura les lèvres de Darcy d'un baiser léger comme un souffle.

— Parfois, il est plus simple d'aller de l'avant en oubliant ses erreurs. Choisir d'y faire face pour tenter de s'amender, c'est beaucoup plus difficile. Ça réclame du courage, de l'honnêteté et des capacités d'introspection qui ne sont pas à la portée de tout le monde. La plupart des gens sont paresseux et lâches. Ils tiennent à tout prix à éviter de souffrir.

Darcy comprenait qu'il parlait de son père biologique, mais aussi de lui-même. Elle s'empara de ses mains pour réclamer son attention.

— Tu n'as rien fait de mal, Joe. Tu es quelqu'un de formidable. Rosie aurait été fière de toi, je le sais ici, dit-elle en posant la main sur son cœur. Je le sais parce que la petite fille que j'ai été aurait donné n'importe quoi pour avoir un père comme toi.

Darcy vit sa pomme d'Adam remuer, comme s'il cherchait à ravaler son émotion. N'y tenant plus, elle pressa ses lèvres sur les siennes, et il s'empara de son baiser comme un homme qui se noie se serait agrippé à une corde. Très vite, la bouche de Joe se fit exigeante, et la tendresse céda vite le pas à la passion. Darcy oublia son propre chagrin et ses doutes, oublia que Joe n'avait sans doute pas besoin de son réconfort. Avec un empressement désespéré, elle tira sur la chemise de Joe tandis que, d'une main, il dégrafait son soutien-gorge. Il s'arracha à ses lèvres pour se lever et la soulever dans ses bras.

— J'ai tellement envie de toi. Depuis Amsterdam, je vis un véritable enfer.

Il la porta à grands pas à travers la pièce et ouvrit une porte d'un coup de pied. Sans perdre une seconde, ils se dévêtirent avec une impatience furieuse et, lorsqu'ils furent enfin nus, peau contre peau, leurs gémissements résonnèrent à l'unisson dans l'obscurité de la chambre. Jamais Darcy n'avait rien éprouvé d'aussi grand, d'aussi bon. Il fallait qu'elle se méfie. Joe allait finir par la rejeter, comme tant d'autres avant lui.

Mais justement, elle aurait voulu avoir tort. Elle aurait voulu que Joe lui ouvre son bunker émotionnel. Elle aurait voulu pouvoir lui offrir son cœur, affronter l'avenir avec lui. Lorsqu'il la pénétra, elle se mordit la lèvre pour retenir ses larmes, débordée par ses sentiments. Ils étaient tellement en harmonie l'un avec l'autre… Une chose aussi merveilleuse ne pouvait être mauvaise.

Joe s'abattit sur elle, épuisé, puis il roula sur le côté en l'entraînant avec lui comme s'il ne voulait jamais la laisser partir. Nichée dans le cercle de ses bras, Darcy posa la joue sur son cœur qui, peu à peu, retrouvait son calme. Elle osait à peine respirer de peur de rompre le charme. Car, si jamais Joe la laissait tomber, à quoi pourrait-elle se rattraper ?

13.

Darcy venait de rentrer chez elle d'un énième entretien professionnel lorsqu'on sonna à la porte d'entrée. Elle ouvrit brusquement, et son cœur bondit dans sa poitrine. C'était Joe ! Comme par magie, la fatigue et la lassitude de la journée s'évanouirent, dissipées comme neige au soleil par son beau sourire rayonnant. Il était venu. Aujourd'hui était l'anniversaire de Rosie, et c'était avec elle qu'il souhaitait célébrer cette date. C'était donc qu'elle comptait pour lui, non ? Folle de joie, elle jeta les bras autour de son cou et pressa ses lèvres contre sa joue.

— Qu'est-ce que tu fais ici ? J'arrive tout juste de Manchester.

Elle n'avait même pas eu le temps d'enlever son tailleur pour une tenue plus confortable.

— Je voulais te voir.

Il la gratifia d'un long baiser si possessif qu'elle en eut le souffle coupé. Comment pouvait-il lui manquer autant après un seul jour d'absence ? Si elle allait travailler à cinq cents kilomètres, comment tiendrait-elle le coup alors que son corps était en état de manque au bout de vingt-quatre heures ? Enfin, ils s'écartèrent l'un de l'autre, et elle le fit entrer. Il déposa à terre un sac de courses et ôta sa veste.

— Comment s'est passé ton entretien ?

Pour la première fois depuis qu'elle lui avait ouvert la porte, une vague nausée lui rappela son échec. Elle baissa les yeux vers ses pieds nus, encore endoloris par les chaussures à talons hauts.

— Bof… Au début, tout avait l'air de bien se passer. Le jury était sympa, ils semblaient intéressés par mes recherches, mais…

Elle leva la tête vers lui. Si quelqu'un pouvait prendre la mesure de sa déception, c'était bien lui.

— Mais tu n'as pas décroché le poste.

Il eut l'air sincèrement désolé pour elle. Et elle qui s'était demandé pendant le retour si sa lettre de recommandation avait été suffisamment élogieuse… Ces petits doutes mesquins lui paraissaient à présent incroyablement triviaux et déloyaux.

— Non. C'est l'Écossais qui a été retenu. Son portefeuille de recherche est plus étoffé que le mien, vois-tu.

Darcy pendit la veste de Joe sur le portemanteau de l'entrée, puis elle l'invita à la suivre dans le salon, où se trouvait déjà Stella.

— Joe, je te présente ma sœur, Stella. Stella, voici Joe Austin, mon référent.

Cette description la fit grimacer mentalement. Joe était devenu pour elle tellement, tellement plus qu'un simple référent. Mais la dure réalité n'avait que faire de ses sentiments et de ses rêves.

Stella s'extirpa en rougissant du canapé pour échanger une poignée de main avec lui.

— Je sais qui c'est, dit-elle en levant les yeux au ciel. Ravie de vous rencontrer. Je, euh… J'allais justement faire un jogging. Bon, je vous laisse.

Avec la subtilité d'un bébé rhinocéros, Stella monta au pas de course se changer dans sa chambre. Darcy se mordilla la lèvre inférieure et scruta le visage de Joe pour voir s'il était contrarié par les sous-entendus de Stella.

— Désolée. Elle a deviné qu'on couche ensemble. On ne peut rien cacher à une sœur !

D'ailleurs, en toute justice, Darcy elle-même avait tenté de tirer les vers du nez à Stella au sujet de Aaron.

— Si cela peut te rassurer, elle est la discrétion même.

— Je ne suis pas inquiet.

Cette désinvolture affichée n'était pas du tout au goût de Darcy. À l'entendre, on aurait pu croire qu'il ne la regretterait même pas, qu'il n'aurait aucun mal à tourner la page. D'ailleurs, c'était sans doute vrai. Peut-être qu'il chercherait du réconfort avec la prochaine interne.

— Tu as mangé ? demanda-t-il en lui présentant son sac de courses.

— Non. Tu as l'intention de faire la cuisine ?

Darcy se morigéna autant pour son espoir irrationnel que pour sa jalousie. Le mieux, c'était de profiter de tout ce qu'il consentait à lui offrir jusqu'à ce qu'ils se quittent, sans rien attendre de plus. Avec un peu de chance, elle l'oublierait vite, trop accaparée par le travail pour songer davantage à lui.

Il fit oui de la tête et l'attira pour un long baiser qui semblait renfermer toutes les promesses, les confidences et les aveux que Darcy aurait voulu entendre.

Je suis en train de tomber amoureux de toi…

Je ne veux pas que tu t'en ailles…

Je suis prêt à nous donner une chance…

— Le jour J est arrivé, dit-il en glissant une main sous la veste de Darcy pour lui caresser le dos.

Elle hocha la tête et sema sur son visage des baisers, autant pour en chasser les cernes que pour se distraire de l'envie de lui déballer ses sentiments.

— Je sais. Ça me touche vraiment que tu sois venu.

— J'ai apporté des steaks et une salade… Et une préparation pour pancakes.

Son grand sourire se fêla.

— Je me suis dit qu'on pouvait… enfin… marquer le coup. Je ne veux pas en faire toute une histoire, mais je tenais à ce que tu sois avec moi. C'est ton idée, après tout.

Elle hocha la tête avec émotion.

— Bien sûr. Merci… d'avoir pensé à moi pour célébrer cette date. Je vais me changer, ajouta-t-elle en s'arrachant au cercle douillet et sûr de ses bras. Pendant ce temps, sers-toi un verre de vin dans la cuisine.

Darcy courut à sa chambre et revêtit en vitesse un jean confortable et son pull préféré. Une main sur son cœur pour le calmer, elle ferma les yeux et respira profondément. Il l'avait choisie pour l'aider à passer une grande étape émotionnelle. Pouvait-elle aller jusqu'à espérer qu'il était prêt à s'engager plus loin avec elle ?

Lorsqu'elle descendit l'escalier, les pieds nus, elle fut accueillie par des bruits de casseroles et de délicieuses odeurs.

— Ça sent bon, dis donc.

Elle prit le verre de vin rouge que Joe lui tendait d'une main tandis que, de l'autre, il faisait griller les steaks. Délaissant sa tâche, il se tourna vers elle et enroula un bras autour de sa taille pour l'embrasser. À cet instant, elle aurait voulu oublier son estomac qui criait famine et l'entraîner à l'étage, à présent qu'ils avaient la maison pour eux. Mais ce n'était pas le moment. Ce soir, il était question de Rosie et de Joe.

Il déposa les steaks sur des assiettes déjà garnies de salade, puis ils s'installèrent à table. Darcy remarqua qu'il avait même songé à allumer des bougies que Stella aimait faire brûler. C'était tout Joe, cela : tellement romantique et attentionné.

— Ils t'ont dit pour quelles raisons ils n'ont pas retenu ta candidature ? demanda-t-il en découpant son steak.

Darcy eut un haussement d'épaules évasif, partagée entre la crainte et le désir de lui faire confiance.

— Oh ! comme d'habitude… Mon profil ne leur convenait pas, je manquais d'expérience…

Elle enfourna une bouchée de salade pour s'empêcher de raconter des bêtises, mais elles lui échappèrent quand même.

— Je n'ai pas pu m'empêcher de me dire que tu avais rédigé ta lettre de recommandation en t'appuyant sur notre première rencontre désastreuse.

Elle tenta de désamorcer l'accusation par un petit rire nerveux, mais Joe fronça les sourcils. Darcy baissa les yeux vers son assiette. Toutes ses craintes remontaient au grand jour, comme si son âme avait été mise à nu.

— Ou alors qu'ils avaient deviné qu'on couche ensemble… C'est bête, n'est-ce pas ?

Darcy secoua la tête et avala sa salive, la gorge en feu. Elle ne devait surtout pas lui révéler à quel point il comptait pour elle. Du moins, pas tant qu'elle n'était pas sûre à cent pour cent qu'il était prêt à accepter ses sentiments. Elle poussa distraitement sa salade sur son assiette. Elle tenait déjà à lui bien plus que lui ne tenait à elle. Pour preuve, elle avait espéré qu'il serait ravi d'apprendre qu'elle ne partait pas à Manchester. Au lieu de cela, il s'essuya les lèvres avec sa serviette en secouant la tête.

— Non, ce n'est pas bête. J'avoue avoir eu du mal à rester entièrement professionnel en écrivant cette lettre.

Darcy sentit son cœur bondir, pour retomber lourdement la seconde d'après.

— Tant pis pour Manchester. Espérons qu'au Thames Hospital ou à Newcastle ils sauront reconnaître l'atout que tu représentes.

Avec quelle facilité il tournait la page sur tout ce qu'ils avaient vécu ensemble… Comme s'il ne pouvait rien faire d'autre. Le cœur lourd, elle hocha la tête et avala péniblement sa bouchée de salade.

Joe alluma la dernière bougie que Darcy venait de planter dans la pile de pancakes. Le cœur lourd, il s'efforçait de se rappeler le visage lumineux de Rosie. Derrière les bougies, Darcy le contemplait, les yeux brillants de compassion et de compréhension. Joe émit un lourd soupir. Il comprenait enfin ce qui l'avait poussé à venir ici ce soir : Darcy lui manquait. Il avait besoin d'elle, de son empathie. Son beau sourire sincère et encourageant était une vraie planche de salut. En apprenant qu'elle n'irait pas à Manchester, il n'avait pu s'empêcher d'éprouver un soulagement égoïste et malvenu, car qu'avait-il à lui offrir ? Par ailleurs, Darcy n'était pas sa thérapie. Il ne devait compter que sur lui-même pour son bonheur. Déjà, elle lui avait rendu goût à la vie. Avant de la connaître, il se moquait bien d'être heureux. Il se contentait de se vautrer dans son chagrin et sa culpabilité. Mais plus maintenant. Elle avait raison, la tristesse et les remords ne lui ramèneraient jamais Rosie. En revanche, il existait tant d'autres façons d'honorer son souvenir…

— Veux-tu chanter avec moi ?

Avec un hochement de tête, Darcy prit sa main dans la sienne. Ils entonnèrent *Joyeux anniversaire* et, à sa grande surprise, Joe sentit un sourire lui monter aux lèvres. Ses yeux allaient et venaient entre les dix bougies tremblotantes et la femme qui avait donné un nouveau but à sa vie, un sens. De l'espoir. Il la regarda qui le regardait, et mille émotions se bousculèrent en lui. Sans elle, comment ferait-il face à la prochaine levée de fonds pour la Fondation de lutte contre la leucémie ? Sans parler de toutes ces autres dates qu'il redoutait : Noël, l'anniversaire de sa mort, de ses onze ans… Mais il n'avait pas le droit de demander à Darcy de rester pour lui servir de béquille dans ces moments-là.

Il souffla les bougies et ferma les yeux un instant.

— Joyeux anniversaire, ma chérie, murmura-t-il.

Il serra fort la main de Darcy avant de la porter à ses lèvres.

— Merci pour ta présence.

— Je t'en prie, Joe, répondit-elle, le regard brillant d'émotion.

Il détourna le regard. À force de passer du temps avec elle, il avait de plus en plus de mal à garder ses distances. Il devait prendre garde. Que se passerait-il s'il s'aventurait à lui faire des promesses qu'il n'était pas sûr de pouvoir tenir ?

— Il faut que j'y aille, dit-il à regret. Je dois rendre visite à un patient qui va subir une intervention de Hartmann après-demain.

Devant sa déception, il l'attira dans ses bras pour l'embrasser.

— Ça te dirait de m'aider ?

— Oui, bien sûr.

Darcy hocha la tête et ouvrit la bouche comme pour ajouter quelque chose, mais elle la referma sans rien dire. Dans ses yeux, il lut du désir, de l'attente. Si elle éprouvait ne serait-ce que la moitié des sentiments qu'il avait pour elle, elle devait se demander ce que l'avenir leur réservait à tous les deux. Joe ne pouvait rien lui offrir qui soit à la hauteur des dons merveilleux qu'elle lui avait faits, mais il pouvait au moins faire preuve de franchise.

— J'aurais aimé te rencontrer dans une autre vie, dit-il en lui caressant la lèvre inférieure avec le pouce. Une vie où nous aurions été libres de chercher l'amour.

Son cœur se lesta de plomb, mais il poursuivit :

— Tu as tout pour plaire, Darcy. Un jour, tu trouveras

quelqu'un capable de t'aimer comme tu le mérites. Ce quelqu'un t'attend peut-être à Newcastle, qui sait ?

Elle le regarda fixement, puis elle se leva et lui tendit la main pour l'aider à se mettre debout.

— Peut-être… Allez, file. Il ne faudrait pas que tu sois en retard.

Non, en effet… Mais c'était bien le cadet des soucis de Joe en ce moment.

14.

« Il faut que tu lui dises… »

Les paroles de Stella tournaient en boucle dans la tête de Darcy. L'autre soir, une fois Joe parti, elle avait tout raconté à sa sœur, soulagée de pouvoir se confier à quelqu'un. Elle aimait Joe profondément, mais la réciproque était-elle vraie ? Certes, il avait toujours été franc avec elle : d'après lui, il n'était pas celui qui saurait l'aimer ainsi qu'elle le méritait. Sinon, pourquoi aurait-il parlé de cet homme parfait censé l'attendre à Newcastle ? Elle n'avait pas encore passé son entretien qu'il la voyait déjà installée là-bas, avec un amant imaginaire ! Pas étonnant que ses émotions l'aient rattrapée lorsqu'il était parti.

Ses nerfs étaient encore fragiles aujourd'hui, mais un rayon d'espoir s'était frayé un chemin vers son cœur. Stella avait peut-être raison. Peut-être que Joe ne voulait pas risquer d'entraver une carrière qu'elle se donnait tant de mal à lancer. Ses sentiments étaient peut-être aussi forts que les siens, mais il redoutait de les exprimer.

Darcy respira profondément, puis elle fourra sa blouse usagée dans un chariot à linge près de la porte des vestiaires du personnel. Cela fait, elle se dirigea vers le hall de la clinique où elle avait secondé Joe pour l'intervention de Hartmann. Elle l'avait assisté toute la journée sur ce cas, mais ils avaient l'un et l'autre veillé à éviter toute interaction personnelle. Les choses qu'elle avait à lui dire bouillonnaient pourtant en elle, prêtes à jaillir à la moindre occasion. Ils avaient atteint une impasse. Elle allait bientôt partir, mais elle ne voulait pas le quitter sans lui dévoiler ses sentiments.

Près de l'entrée, elle reconnut Joe, penché sur son téléphone, et son cœur s'affola. Allait-elle gâcher leurs dernières semaines en déballant ses états d'âme ? Ses espoirs allaient-ils être récompensés ? Elle le saurait bientôt, songea-t-elle en traversant le hall d'un pas déterminé. De toute façon, elle avait autre chose à lui dire. Ses règles étaient en retard de cinq jours. En soi, cela n'avait rien d'alarmant, d'autant plus qu'ils s'étaient toujours protégés, mais un soupçon de doute s'était quand même logé dans son esprit, et pendant quelques minutes elle s'était bercée de « et si… ». Et s'il l'aimait… Et s'ils avaient un avenir ensemble… Et si elle remisait enfin ses peurs pour donner une chance à cette relation… Pour la première fois, ses rêves lui semblaient tangibles, quasiment à portée de main. Alors qu'ils se dirigeaient ensemble vers le parking, des frissons d'excitation dévalaient le long de ses nerfs.

Une fois dans la voiture de Joe, Darcy fut incapable de retarder davantage cette discussion. Elle inspira profondément.

— Je, euh… J'aurais quelque chose à te dire.

Les yeux fixés sur la circulation, il haussa les sourcils pour l'inviter à parler.

— Mes règles ont quelques jours de retard, dit-elle en époussetant une poussière imaginaire sur sa jambe. Il n'y a pas de quoi s'inquiéter, mais je vais quand même passer un test de grossesse, histoire de me rassurer complètement.

Joe ne dit rien. Comme pétrifié, il regardait droit devant lui. Saisie d'un mauvais pressentiment, Darcy sentit des picotements désagréables lui dévaler le long de l'échine.

— Je me suis dit que tu devais savoir, poursuivit-elle pour meubler le silence inconfortable. Même si ce n'est rien, j'en suis sûre.

Au fond, c'était normal que la nouvelle lui cause un choc. Elle-même s'était d'abord demandé si elle était enceinte. Mais ce n'était pas le cas, bien sûr. D'un moment à l'autre, ils allaient plaisanter de cette idée farfelue. Alors, elle trouverait le courage de lui annoncer qu'elle était amoureuse de lui.

Sans un mot, Joe se gara dans une petite rue ombragée d'arbres aux couleurs de l'automne. Puis, pendant un temps interminable, elle attendit qu'il parle. Comment la situation avait-elle pris une tournure aussi sérieuse, aussi vite ? Rien ne se passait comme prévu ! Finalement, Joe coupa le moteur et lui fit face.

— Tu as combien de retard ?

Il avait posé la question d'une voix sèche, et sa bouche légèrement pincée lui rappela le jour où ils s'étaient rencontrés, les a priori négatifs qu'il avait eus sur elle.

— Je ne sais pas… Cinq, six jours. Mais cela ne veut rien dire, Joe. Je ne suis pas enceinte.

Mais il la dévisageait comme si elle venait de lui flanquer un coup de poing en plein ventre.

— Tes règles sont régulières, d'habitude ?

À présent, on aurait dit un chirurgien exaspéré par un patient qui négligerait son traitement. Darcy avait l'impression d'être une petite fille prise en faute.

— Oui… Mais je mettais ce retard sur le compte du stress lié à la recherche d'emploi. En tout cas, il aurait fallu discuter des conséquences de nos actes avant de commencer à coucher ensemble, tu ne penses pas ? Maintenant, c'est un peu tard.

Joe la dévisageait à présent d'un air presque horrifié. Darcy frissonna, glacée jusqu'aux os. Devait-elle comprendre qu'il ne voulait pas avoir d'enfants du tout ? Ou alors, pas maintenant ? Pas avec elle ? Saisie de nausée, elle se retint de plaquer une main sur ses lèvres.

— On a utilisé des préservatifs. Je sais bien qu'ils ne sont pas sûrs à cent pour cent, mais tu ne peux pas être enceinte, c'est impossible.

Darcy ferma les yeux, gagnée par un malaise physique. Il aurait dû la rassurer, lui promettre que, quoi qu'il arrive, ils feraient face ensemble aux conséquences. Or, manifestement, en dehors de leur travail à l'hôpital, elle n'était rien pour lui. Il n'éprouvait rien pour elle.

— C'est improbable, en effet.

Elle respira profondément pour déloger les peurs irrationnelles qui lui bloquaient la gorge. Tout au fond d'elle-même, elle avait toujours su que la possibilité qu'elle soit enceinte risquait de réveiller en lui un traumatisme. Malgré cela, elle avait espéré que cette discussion allait tourner sur leur avenir et sur leur relation. Mais pour Joe, il n'y avait pas de relation, justement. Elle avait projeté sur lui des sentiments qui n'existaient que dans sa tête. Comment avait-elle pu être aussi stupide, aussi aveugle ? Joe n'avait jamais cessé de garder ses émotions sous clé, et elles n'avaient pas évolué d'un iota depuis le premier jour de leur rencontre, en dépit de tout ce qu'ils avaient vécu ensemble. Non, il n'éprouvait rien pour elle. Autrement, ils auraient été capables d'avoir une discussion normale, de plaisanter, de réfléchir à des projets d'avenir, comme elle avait imaginé le faire.

Mais ça n'avançait à rien de rêver, elle était pourtant bien placée pour le savoir. Le rejet de Joe lui faisait l'effet d'une gifle. Darcy se tourna d'un air vague vers la fenêtre de sa portière. Qu'avait-elle fait, bon sang ? Elle était tombée amoureuse d'un homme dont les émotions se trouvaient à des années-lumière des siennes. Et dire qu'elle avait failli lui avouer qu'elle l'aimait… Comment avait-elle pu se tromper à ce point ? Comment avait-elle pu choisir à nouveau un homme qui n'était pas fait pour elle ? Joe ne pourrait jamais l'aimer, puisque pour lui, ouvrir son cœur, cela revenait à trahir la mémoire de sa fille.

— Autant acheter un test tout de suite, dit-il en remettant le contact. Il y a une pharmacie au bout de la rue.

Il avait dit cela avec une autorité si naturelle et péremptoire qu'elle faillit d'abord être d'accord avec cette idée aussi hors de propos qu'indiscrète.

— Arrête. Je ne suis pas un problème que tu pourrais régler avec ton perfectionnisme habituel.

Elle avait parlé d'une voix contrôlée, malgré la colère qui bouillonnait en elle comme de la lave.

— Oublie cette grossesse non désirée. Ce n'est pas ça, le problème.

Joe la dévisagea d'un air perplexe qui creusait une ride entre ses sourcils.

— Bien sûr que si…

Une boule d'épouvante se coinça dans la gorge de Darcy. De deux choses l'une : soit elle acceptait de se procurer ce test, auquel cas elle feindrait un soulagement jovial devant le résultat négatif et elle omettrait de lui confier ses sentiments ; soit, au contraire, elle mettait Joe au pied du mur et exigeait qu'il avoue ce qu'il ressentait pour elle.

— Quoi d'autre, sinon ? ajouta-t-il en se passant la main sur le visage d'un air déconcerté dans lequel elle crut lire une pointe d'impatience.

À la vue de ses yeux remplis de peur, Darcy eut l'impression que quelque chose en elle se brisait comme l'anse d'une tasse en porcelaine. Dans son intérêt, elle aurait dû en rester là, faire comme si elle n'attendait de lui qu'une fin cordiale à leur relation et une bonne lettre de recommandation, après quoi elle serait passée à autre chose. Mais Stella avait raison : si elle ne tentait pas le tout pour le tout, elle n'aurait jamais de réponse à ses questions. Elle le regarda fixement, les yeux troublés par les larmes.

— Le problème, c'est nous deux, Joe. Pour ce qui est des émotions, nous sommes à l'opposé l'un de l'autre.

Joe fronça les sourcils de plus belle, comme s'il ne voyait pas du tout à quoi elle voulait en venir. Il avait l'air tellement effaré qu'elle ne put s'empêcher d'éprouver de l'empathie pour lui. Mais elle endurcit sa résolution et s'apprêta à enfoncer le dernier clou dans le cercueil de leur relation. S'il n'envisageait aucun avenir avec elle, il ne serait sûrement pas prêt à entendre ce qu'elle allait lui dire.

— Je t'aime. Quand tu as passé l'anniversaire de Rosie avec moi, je me suis dit que tu avançais dans la bonne direction, que tu étais prêt à envisager une relation, mais je me suis trompée. Ton visage me le dit bien : tu es mort de peur, tu ne songes qu'à battre en retraite.

Il baissa les yeux avec une grimace.

— Darcy, je…

— C'est bon, c'est bon… C'est ma faute, je n'aurais pas dû me fier à mon instinct. Ce n'est pas la première fois que je me retrouve seule et flouée à cause de lui.

Seigneur, elle avait envie de fuir. Elle ne supportait plus cet air compatissant avec lequel il la regardait.

— Tu m'en demandes trop, Darcy. Je…

— Ça va, je te dis. Ne t'inquiète pas. Je sais que tu es quelqu'un de bien, tu subviendrais à mes besoins et à ceux de cet enfant inexistant, mais là n'est pas la question.

Elle s'interrompit pour prendre une inspiration.

— J'aurais voulu que tu m'envoies un signe pour me dire que nous étions sur la même longueur d'onde, toi et moi, que cette relation allait quelque part. Maintenant, je l'ai, ce signe, mais ce n'est pas celui auquel je m'attendais. Tu n'es pas prêt à ressentir quoi que ce soit pour moi et, le pire, c'est que je te comprends. Je ne suis même pas en colère. Je me sens juste vide.

Elle se pencha pour récupérer son sac et déverrouilla la portière.

— Attends… Tu ne vas pas partir comme ça ! Il faut qu'on se parle.

Joe secoua la tête comme pour dissiper le brouillard dans son esprit.

— Excuse-moi, je n'arrive pas à trouver les bons mots.

Tant pis pour lui. Darcy, elle, voyait les choses avec clarté. Elle se tourna vers lui pour le regarder une dernière fois à travers le brouillard de ses larmes. Quelle idiote d'avoir cru à ses rêves… Elle aurait dû se douter qu'il allait la rejeter, c'était couru d'avance.

— Ne te donne pas cette peine, va. Pour ce que valent les mots… Des promesses sont brisées tous les jours. Ne t'inquiète pas, je m'en remettrai. Le plus vexant, c'est d'avoir été assez bête pour prendre des vessies pour des lanternes. J'aurais pourtant dû me méfier.

Elle bondit hors de la voiture et s'enfuit jusqu'à l'avenue, puis sauta dans le premier bus venu, sans avoir la moindre idée de là où elle allait. Elle ne savait pas davantage comment elle ferait face à Joe le lendemain, au travail. En revanche, une chose était sûre : son avenir se jouerait désormais sans lui.

15.

Assis à son bureau, Joe contemplait d'un œil vague l'écran de son ordinateur, sur lequel s'affichait le tout dernier mail de Darcy : elle avait été recrutée au Thames Hospital et elle lui remettait sa démission. Compte tenu des quinze jours de congé qu'il lui restait, elle n'avait donc plus que trois semaines à passer au City, après quoi elle disparaîtrait de sa vie à jamais.

Il se passa une main sur le visage, le ventre noué. Il était revenu à la case départ avec Darcy. À l'hôpital, elle l'évitait prudemment, et lui s'absorbait dans le travail pour éviter d'avoir à penser à cette situation qu'il ne savait comment rectifier. Il ne cessait de songer à son avenir, un avenir désespérément vide et triste comparé aux images vives qui avaient traversé son esprit lorsque Darcy lui avait déclaré qu'elle l'aimait. Le cœur lourd, il sortit son portable pour relire encore le dernier texto de Darcy. Il datait du soir où leur histoire s'était écroulée.

Test de grossesse négatif.

Quatre petits mots. Mais des mots énormes, parce qu'ils l'obligeaient à sonder son cœur comme jamais depuis des années, et à envisager un scénario qui lui paraissait de plus en plus inconcevable : vivre sans Darcy. Un accès de panique lui bloqua la poitrine. Il ne pouvait pas la laisser partir comme ça !

Un coup frappé à la porte le tira de ses ruminations. Laura entra, un petit sac à la main, et il se leva pour l'accueillir. Il l'embrassa sur la joue et posa une main sur son ventre rebondi.

— Comment s'est passé ton rendez-vous ? Le bébé pousse bien ?

— Oui, très bien, répondit-elle en se massant la nuque. Je t'ai apporté ce que tu m'avais demandé.

Joe regarda fixement le paquet qu'elle lui tendait, comme s'il renfermait le mystère de l'univers, puis il s'en saisit avec un soupir et jeta un coup d'œil à l'intérieur.

— Merci. Ça compte beaucoup pour moi, tu sais.

Il posa le sac précautionneusement sur son bureau.

— Tu veux t'asseoir ? Je te sers un verre d'eau ?

Laura prit place sur un siège avec soulagement.

— Oui, s'il te plaît.

Il la servit en jetant un coup d'œil nostalgique aux effets personnels de Rosie. Il les examinerait plus tard, chez lui, tout seul, pour s'imprégner des souvenirs que ces objets allaient susciter en lui : des images heureuses, à chérir à jamais. C'était à Darcy qu'il devait cette idée de récupérer certaines des affaires de Rosie. Il était largement temps qu'il cesse de se flageller et qu'il honore sa fille d'une manière dont elle aurait été fière. Si seulement ses problèmes avec Darcy avaient pu se régler aussi facilement…

Pendant quelques minutes, Laura et lui discutèrent de prénoms de bébé et de la date à laquelle elle pensait accoucher. L'ambiance était saturée de nostalgie, mais cette nostalgie lui était moins insupportable qu'auparavant. De cela encore, il pouvait remercier Darcy. Elle l'avait guidé au travers d'une forêt de problèmes jusqu'à une clairière dans laquelle elle lui avait appris à être à l'écoute de ses émotions, qu'elles soient positives ou négatives. Ils avaient fait ce chemin ensemble, main dans la main, et il avait fini par comprendre qu'il n'habitait pas sur une île déserte. Il avait besoin des autres. Plus précisément, il avait besoin de Darcy.

— C'est ton troisième soupir en autant de minutes, remarqua Laura. Allez, dis-moi ce qui te tracasse avant que je rentre à la maison me mettre à l'aise.

Joe soupira à nouveau du fond du cœur, puis il regarda son ex. Une fois de plus, il s'émerveilla de son air resplendissant, de l'espoir qui brillait dans ses yeux.

— Comment y arrives-tu ? Comment as-tu fait pour avancer sans avoir l'impression de l'abandonner derrière toi ?

Laura baissa les yeux vers ses genoux pour dissimuler une lueur de souffrance.

— J'aime Rosie comme au jour de sa naissance, si ce n'est plus, dit-elle en posant la main sur son ventre rebondi. Seulement, je ne comptais pas continuer à vivre seule. Je voulais me remettre à sourire, à rire, bref, retrouver ces petites joies qui font les grands bonheurs. Tu comprends ?

Joe acquiesça d'un hochement de tête. Laura sourit au travers des larmes qui perlaient à ses yeux.

— Tu te souviens de la façon dont elle riait ? Elle avait un rire contagieux, le plus adorable qui soit. C'était une musique dont je ne me lassais jamais. Je sais que Rosie aurait voulu me voir heureuse. J'ai sans cesse l'impression qu'elle me regarde, et que, si je ris, elle rit aussi. Et je veux qu'elle rie, Joe. Tous les jours. J'ai besoin de l'imaginer joyeuse, où qu'elle soit.

Joe opina lentement.

— Oui. Moi aussi.

Laura se leva d'un air décidé.

— Parfait. Maintenant, il ne te reste qu'à trouver ce qui te rend heureux.

Elle lui jeta un regard spéculatif et rempli de sagesse féminine.

— J'ai ma petite idée à ce sujet.

Laura lui pressa le bras affectueusement avant de se diriger vers la porte.

— Oh ! un dernier conseil : ne fais jamais pleurer une femme enceinte, dit-elle en pointant vers lui un index accusateur.

Le visage de Joe s'illumina d'un large sourire.

— Entendu. Je saurai m'en souvenir.

Dans la tranquillité d'un petit bureau à proximité de la salle de garde, Darcy examinait la radio thoracique d'une dame de soixante-dix ans qu'elle venait de faire admettre. Deux croissants noirs sous le diaphragme indiquaient un épanchement d'air. Elle compléta le dossier médical, prescrivit plusieurs tests sanguins, puis contacta l'interne pour préparer la patiente en vue d'une laparotomie. Si l'étudiant était libre, elle lui demanderait de l'assister. Elle savait que Joe était de garde ce soir, mais il était hors de question pour elle de faire appel à lui. De toute façon, elle n'avait aucune idée de l'endroit où il pouvait être. Apparemment, il l'évitait. Mais c'était réciproque.

Une main sur le sternum, Darcy respira profondément pour desserrer l'étau qui lui opprimait la gorge. Elle se sentait mal depuis plusieurs jours. Plus précisément, depuis qu'elle s'était enfuie de la voiture de Joe pour sauter dans ce bus. Quelle façon de terminer ce stage… Certes, professionnellement, sa confiance était gonflée à bloc. Sous la supervision de Joe, elle s'était épanouie et elle avait gagné en autonomie, autant de points importants pour le chef de service qu'elle allait devenir. Sur le plan personnel, en revanche, le compte n'y était pas. Elle persistait à commettre des erreurs de jugement et à choisir des hommes qui n'étaient pas faits pour elle. Elle avait toujours peur de se battre pour ce qu'elle désirait vraiment, et ce qu'elle méritait : l'amour.

La porte s'ouvrit vivement, et Joe entra. Lorsqu'il la vit, ses traits prirent une expression soulagée. Darcy détourna le regard. Il lui en coûtait tellement de le regarder, sachant qu'il ne serait jamais à elle.

— Je viens de faire admettre une patiente de soixante-dix ans qui présentait des douleurs abdominales et un pneumopéritoine, dit-elle de sa voix la plus professionnelle. Les tests sanguins sont en cours. Elle n'a pas d'antécédents, à part une hypertension contrôlée. Je souhaiterais l'ajouter à la liste des opérations de ce soir en vue d'une laparotomie exploratrice.

— Depuis quand as-tu besoin de ma permission ?

— Depuis qu'on est revenus à la case départ, toi et moi. Tu t'es remis à surveiller mon travail et à trouver à redire à tout ce que je fais, ajouta-t-elle en éteignant son ordinateur.

Elle sentit qu'il s'approchait d'elle, et sa main trembla sur la souris.

— Non, Darcy. Au contraire, on avance, toi et moi. Ensemble.

Un reniflement dédaigneux échappa à Darcy.

— Ça m'étonnerait.

Elle se tourna vers lui et se contraignit à le regarder droit dans les yeux.

— Je pars dans quelques jours et je te souhaite le meilleur pour la suite, Joe. Du fond du cœur.

Les yeux baissés, elle se tut de peur que sa voix ne se fêle.

— Si tu veux bien m'excuser…

Elle fit un pas de côté pour contourner sa silhouette massive, mais il lui saisit le bras.

— Oh ! non. N'espère pas t'en tirer aussi facilement.

— C'est bon, Joe. Je suis fatiguée de tout ça.

Joe lui souleva légèrement le menton de manière à ce que leurs regards se croisent, et le pouls de Darcy s'emballa. Être si près de lui, à un pas de tout ce qu'elle désirait, c'était une véritable torture.

— Fatiguée de quoi ? De m'aimer ? Ou de m'entendre te dire que, moi aussi, je t'aime ?

Il l'aimait ? Elle tressaillit, et son cœur eut un raté. Il n'aurait quand même pas la cruauté de jouer avec ses émotions…

— Tu ne m'as pas vraiment laissé le temps de te répondre quand tu m'as annoncé que tu pensais être enceinte.

Ah bon ? Ce n'était pourtant pas le souvenir qu'elle avait gardé. Et puis, n'avait-il pas reçu le SMS avec le résultat du test ?

— Je ne suis pas enceinte, justement, dit-elle en s'écartant. Par conséquent, cette conversation est inutile.

Joe se plaça à nouveau devant elle et il lui prit les épaules pour l'obliger à lui faire face.

— Ce jour-là, si tu m'avais laissé le temps de mettre un peu d'ordre dans mes idées, tu aurais su que j'ai ressenti mille émotions pendant cette conversation, et que la peur était seulement l'une d'entre elles.

Darcy hocha la tête machinalement. Ce qu'elle retenait surtout de cette fameuse discussion, c'était qu'il n'avait pas eu le courage de donner une chance à leur relation.

— C'est vrai, j'avais peur, dit-il. Et encore maintenant. Longtemps, je me suis senti indigne de connaître à nouveau l'amour, le bonheur. Et puis, j'ai compris que j'avais peur parce que j'étais tombé amoureux. De toi.

Darcy le dévisagea, les larmes aux yeux. Elle ne supporterait pas d'en entendre davantage. Son cœur était trop fragile.

— Je ne vais pas te mentir, Darcy. Je suis terrifié à l'idée de devenir à nouveau père.

— Oui, je comprends.

— Et pourtant, tu t'es enfuie. Tu as fait ce que tu as toujours fait depuis que je t'ai rencontrée : tu m'as tenu à distance. À présent que je te connais, je sais pourquoi tu as réagi ainsi et, quand je pense à toutes les situations de rejet que tu as subies avec ton père, avec ton ex, ça me fait mal ici, dit-il en appuyant une main sur son cœur. Mais de même que je dois mieux dominer mon chagrin, toi, tu dois apprendre à maîtriser tes réactions chaque fois que tu te sens rejetée, négligée.

Darcy hocha la tête, les yeux picotés par les larmes. Oui, il avait raison. Elle avait beaucoup réfléchi, ces derniers jours, et elle était arrivée aux mêmes conclusions que lui : c'était vrai, elle avait fui dès qu'elle s'était sentie rejetée par lui. Plutôt que de courir le risque d'une rebuffade, elle avait préféré prendre les devants et le plaquer, elle. Elle n'en avait pas moins souffert.

— Merci pour l'analyse, docteur Freud. J'y penserai la prochaine fois que je me fourvoierai dans une relation sans avenir.

— Cela n'arrivera pas, Darcy.

Il s'approcha d'un pas et fit glisser ses mains le long des bras de la jeune femme.

— Je regrette d'avoir tardé si longtemps à te répondre. Mais nous sommes coincés sur le même bateau, toi et moi, ajouta-t-il avec un grand sourire. On s'aime et nous allons surmonter ce malentendu, comme tous les autres problèmes qui vont survenir tout au long de notre vie de couple.

— Tu veux qu'on forme un couple ?

— Bien sûr. Tu ne m'as pas entendu quand je t'ai dit que je t'aimais ?

Elle hocha la tête avec émotion. Joe porta sa main à ses lèvres pour y déposer lentement un baiser, puis deux, avec une tendresse empreinte de respect.

— Personne n'est parfait, Darcy. On commet tous des erreurs, on dit tous des choses qu'on regrette par la suite. Quelquefois, on s'emporte et nos paroles dépassent nos pensées. Mais j'ai déjà été marié, donc j'ai une certaine expérience en la matière. Un mariage, ça demande des efforts et, quand on aura des enfants, tu verras : notre couple sera mis à l'épreuve de façon qu'on n'imagine même pas.

Darcy l'écoutait, saisie d'un vertige. Il voulait se marier avec elle ? Partager sa vie avec elle, avoir des enfants ? Était-elle à la hauteur du défi ? Était-elle capable d'un tel saut et de tenir la route, malgré les difficultés ? Oui ! Elle était Darcy Wright, que diable, et rien ne lui était impossible si elle s'en donnait les moyens. Pas même aimer Joe sans réserve et lui exposer ses failles et ses vulnérabilités.

Il prit son visage en coupe entre ses mains en gardant son regard captif du sien.

— Je sais que tu as peur, murmura-t-il contre sa bouche. C'est le cas pour moi aussi, crois-moi. Mais plus encore que de risquer mon cœur, je suis terrifié à l'idée de te perdre. Donc, s'il te plaît, fais-moi confiance et engage-toi sur ce chemin avec moi. J'ai besoin de toi. J'ai besoin de ta force, de ta détermination, de ton flair. J'ai besoin qu'on fasse équipe ensemble.

Étranglée par l'émotion, Darcy se contenta de hocher la tête.

— Tu me rends heureux, Darcy, et je voudrais être heureux à tes côtés pour le restant de mes jours. Je suis prêt. Et toi ?

Si elle était prête ? Elle se jeta dans ses bras et écrasa sa bouche contre la sienne. Le « je t'aime » de Joe résonnait encore à ses oreilles. Dans l'étourdissement du choc, elle n'avait pas retenu la moitié de ce qu'il avait dit, mais elle en avait saisi l'essentiel. Son bonheur était à portée de main, pourvu qu'elle se donne la peine de s'en emparer et de ne jamais le lâcher.

Joe passa un bras autour de ses épaules et la souleva de terre avant de fermer la porte avec le pied, puis il coinça Darcy contre celle-ci. Une jambe entre les siennes, il glissa une main dans ses cheveux pour lui rendre son baiser. Darcy aurait voulu que ce moment ne s'arrête jamais. Seulement, la réalité s'imposait.

— Joe… Je dois m'occuper de Mme Hancock…

Il la relâcha à regret avec un hochement de tête, puis il lui prit la main avec un sourire confiant. Tant qu'ils étaient ensemble et qu'ils s'épaulaient, rien ne leur serait impossible.

— D'abord Mme Hancock. Ensuite on se concentrera sur nous.

Joe porta sa main à ses lèvres en la couvant d'un regard qui semblait lui promettre tout ce qu'elle avait jamais désiré.

— Entendu. On fait comme ça.

Épilogue

Trois mois plus tard

Un million de petites lumières scintillantes couvraient le plafond d'un voile de féerie festive. Darcy battit des paupières. Elle avait déjà son lot d'étoiles dans les yeux rien qu'en regardant son homme.

La soirée de levée de fonds battait son plein. Très élégant dans un smoking noir, Joe s'entretenait avec le président de la Fondation de lutte contre la leucémie. Darcy compta rapidement dans sa tête le temps qu'il lui restait à patienter avant de pouvoir se retrouver seule avec lui, enfin. Comme s'il avait perçu son impatience, Joe abrégea sa conversation et, un bras autour de sa taille, il la guida vers une terrasse constellée de guirlandes lumineuses.

— Où m'emmènes-tu ? Il fait froid dehors.

Il ôta sa veste et la posa sur les épaules de Darcy.

— Je veux pouvoir être un peu seul avec toi. Nous n'avons pas eu deux minutes à nous ce soir.

— Normal, tu animes la soirée. Il fallait s'attendre à ce que tu sois sollicité de toutes parts.

Il l'attira dans ses bras et prit sa bouche en un long baiser qui la fit vaciller sur ses jambes. En proie à un tournis délicieux, elle s'agrippa à ses bras.

— Si tu savais comme je t'aime. C'était dur de me réveiller sans toi à mes côtés, ce matin.

Il enfouit le visage dans le cou de Darcy et promena ses

lèvres sur sa peau sensible pour y semer une traînée de frissons voluptueux. Les yeux fermés, elle renversa la tête en arrière.

— Je devais arriver tôt au Thames afin d'accueillir le nouvel interne.

Les bras noués autour de sa taille, il exécuta quelques pas de danse avec elle sous les étoiles.

— Alors ? Ça s'est bien passé ?

— J'ai appliqué tes conseils : je lui ai dit que j'aimais que les choses soient faites à ma manière et qu'il devrait s'y faire.

— Il se débrouille bien ? D'après mon expérience, un interne compétent vaut son pesant d'or.

Darcy leva les yeux au ciel, impatientée. Pourquoi toutes ces questions ? Les mains de Joe s'étaient aventurées sous la veste, sur son dos nu. Lorsqu'il la caressait ainsi, elle avait l'esprit à tout, sauf au travail.

— Je ne sais pas encore. Il commence tout juste.

— D'après mon expérience, les meilleurs internes montrent ce qu'ils ont dans le ventre dès le premier jour.

Saisissant l'allusion, elle éclata de rire et Joe en profita pour s'emparer de son cou et tracer une ligne de baisers jusqu'à la clavicule.

— Eh bien, boucle vite sa formation.

— C'est bien mon intention, répondit-elle lentement, l'esprit embrumé par le désir. Mais qu'est-ce que ça peut te faire ? Plutôt que de rester là à bavarder, on ne pourrait pas rentrer à la maison ?

Une main sur le bas de son dos, Joe la pressa contre lui.

— Je tenais juste à m'assurer qu'il est autonome en ton absence.

Darcy le dévisagea avec étonnement.

— Pourquoi ? Je ne suis pas censée partir quelque part.

— Si : en lune de miel.

Avec un sourire, Joe plongea une main dans la poche de son pantalon. Puis il recula, posa un genou à terre et ouvrit le petit écrin.

— Darcy, ma chérie… À toi qui m'as tant donné, je n'ai

que ma personne à t'offrir. Es-tu d'accord pour rejoindre mon équipe pour toujours ? Veux-tu m'épouser ?

Darcy demeura bouche bée. Aveugle à la beauté du diamant, elle n'avait d'yeux que pour l'amour qui illuminait le regard de Joe.

— Oui…

En souriant, elle écrasa une larme sur sa joue et aida Joe à se relever.

— Et toi, es-tu prêt à faire partie de mon équipe ?

— Toujours. Pour le meilleur et pour le pire.

Et ils scellèrent cette promesse par un baiser.

JACQUELINE DIAMOND

Double surprise pour un chirurgien

BLANCHE

HARLEQUIN

Titre original :
THE SURGEON'S SURPRISE TWINS

Ce roman a déjà été publié en 2017.

1.

Le Dr Owen Tartikoff ajusta ses élégantes lunettes de soleil afin de se protéger de la lumière éclatante.

Il se sentait nerveux.

Certes, la luxueuse villa californienne de style méditerranéen où vivait son demi-frère était impressionnante, mais surtout il allait rencontrer la personne la plus importante de sa vie, et c'était d'autant plus curieux que cette personne n'était pas encore née. Jamais il n'aurait imaginé que cela lui ferait un tel effet.

Arrivé devant la double porte sculptée, il appuya sur la sonnette puis jeta un coup d'œil à la vue splendide sur la baie qui avait donné son nom à la ville de Safe Harbor.

Ce vendredi après-midi, peu de voiliers avaient pris la mer. Des rangées de yachts mouillaient dans le port de plaisance, sur le plan d'eau miroitant de lumière.

Située comme elle l'était, cette propriété devait valoir une fortune ! Il était heureux de voir que Boone et sa femme Phyllis réussissaient si bien avec leur société d'investissement.

Des pas légers se firent entendre, annonçant l'arrivée d'une femme.

Que pouvait-on dire dans une situation pareille ? Adresser ses félicitations ? Remercier ? Faire comme si l'on ne remarquait rien ?

La porte s'ouvrit, laissant apparaître une femme blonde comme les blés qui parut surprise en le voyant.

La surprise était partagée ! La dernière fois qu'il avait rencontré sa belle-sœur — cela remontait à deux ans —, elle était brune.

— Owen ! s'exclama Phyllis, lorsqu'elle eut enfin recouvré sa voix.

Il lui sourit, soulagé.

— Boone a dû te dire que je passerais prendre la clé, n'est-ce pas ? Excuse-moi de ne pas être venu plus tôt, mais je viens de passer une semaine de folie.

— Je comprends.

Elle s'effaça pour le laisser entrer dans le vestibule.

Un sol en marbre, des murs couleur pêche, un tapis persan, un miroir au cadre doré. Tout ici respirait le luxe.

Mais il se souciait peu du décor. La seule chose qui comptait, c'était que Phyllis était toujours aussi mince : de toute évidence, elle n'était pas enceinte. Elle ne portait pas son enfant. Ni celui de personne.

Ce constat le perturba plus qu'il ne l'aurait cru.

— Boone m'avait dit…

Il s'interrompit.

Étant l'un des meilleurs spécialistes des problèmes de fertilité du pays, il savait combien subir une fausse couche pouvait être douloureux pour une femme, et il ne tenait pas à raviver cette souffrance.

Mais, visiblement, sa belle-sœur attendait des éclaircissements.

— Lorsque j'ai téléphoné, il y a deux mois de cela, il m'a dit que la naissance était attendue pour janvier.

— Il ne t'a pas dit que nous avions fait appel à une mère porteuse ?

Bon sang, non ! Ce cachottier avait omis de mentionner ce détail.

En fait, Boone ne savait pas alors qu'il allait quitter Boston pour venir diriger le programme de fertilité du Safe Harbor Medical Center. Sans doute son aîné avait-il pensé qu'il n'aurait jamais l'occasion d'apprendre que son don de sperme n'allait pas directement à Phyllis mais à une mère porteuse.

Eh bien, il restait à espérer qu'ils avaient choisi la femme avec soin. Après tout, cela ne le concernait pas vraiment, n'est-ce pas ?

Pourtant, il se sentait soudain envie folle d'aller secouer son frère dont il entendait la voix quelque part dans la maison.

Longtemps il avait idolâtré son demi-frère de huit ans de

plus que lui, mais peu à peu il avait pris conscience que Boone avait ses failles. À commencer par cette désagréable habitude d'en dire le moins possible sur n'importe quel sujet.

— J'aurais aimé qu'il me fasse davantage confiance, maugréa-t-il. J'étais prêt à vous aider à avoir un bébé quel que soit le moyen utilisé.

— Tu as été merveilleux, dit Phyllis en le gratifiant d'un sourire éblouissant.

Avant d'épouser Boone, elle avait été mannequin et comédienne. À quarante ans, elle gardait encore tout son éclat.

— Je suis ravie que tu viennes vivre près de nous. La famille, c'est important.

— Oui, c'est important. Cette mère porteuse… Cela s'est-il passé au Safe Harbor Medical Center ?

Le programme de fertilité ne commencerait officiellement qu'en septembre, mais l'hôpital comptait déjà dans son personnel plusieurs gynécologues obstétriciens.

— Nous nous sommes adressés à une clinique de Los Angeles, souviens-toi. Ce n'est qu'à une heure de route de Safe Harbor.

— Ah, oui, bien sûr.

C'était là qu'il avait envoyé ses dons de sperme. Mais il aurait aimé pouvoir surveiller de près cette grossesse, ne serait-ce que pour vérifier que tout se passait bien.

— Eh bien, toutes mes félicitations…

Il entendait son frère élever la voix comme s'il se mettait en colère. Sans doute celui-ci était-il au téléphone, car il ne semblait pas y avoir quelqu'un d'autre avec lui.

— Nous sommes plongés dans des tractations financières délicates, expliqua Phyllis en faisant cliqueter ses bracelets d'argent. Tu sais comment ça se passe.

En réalité, il n'en savait rien du tout. Tout l'argent qu'il avait économisé après avoir remboursé les dettes contractées pour payer ses études était en sûreté à la banque, hormis la somme qui lui avait permis de devenir copropriétaire d'une maison. Ce qui le ramenait à sa préoccupation du moment.

— Et cette clé ? demanda-t-il.

— La clé ? répéta Phyllis.

— Boone avait promis de la laisser à mon hôtel. Apparemment, il a oublié. Mes meubles arrivent demain. J'aimerais voir où je pourrai les mettre.

Récemment, le locataire qui occupait la maison qu'ils possédaient en commun Boone et lui était parti vivre ailleurs. Cela tombait bien, car il avait autre chose à faire en ce moment qu'à se mettre en quête d'un logement.

— C'est-à-dire, heu…

— Je m'en occupe, Phyllis. Conduis-moi simplement à mon frère.

— Par ici.

Le guidant à travers la maison, elle le fit passer devant un salon où il aperçut des canapés recouverts de soie, des tables basses et des niches abritant des sculptures grecques.

— Bel endroit, dit-il.

— Nous nous y plaisons beaucoup, reconnut-elle avec un grand sourire. Voilà, c'est ici.

Ils pénétrèrent dans une pièce spacieuse offrant une vue spectaculaire sur le port.

Ordinateurs, imprimantes, fax, meubles servant au classement des dossiers, tout indiquait que c'était là le quartier général d'où Boone et sa femme géraient leurs affaires. Au mur étaient accrochés des plans qui semblaient être ceux d'un projet immobilier.

Assis derrière un large bureau, Boone les vit arriver, et son air soucieux fit place aussitôt à un grand sourire. Visiblement, il avait terminé sa conversation téléphonique, car il se leva et vint vers lui, la main tendue.

— Owen ! Ravi de te voir.

Il lui donna une solide poignée de main et une claque dans le dos.

Si tous deux mesuraient près d'un mètre quatre-vingts, rien ne pouvait faire deviner qu'ils étaient frères, songea Owen.

Âgé de quarante-cinq ans, Boone avait le teint bronzé et des cheveux bruns striés de fils d'argent, comme son père qu'Owen avait rencontré quelquefois, il y avait bien longtemps de cela. Lui-même était roux. Il devait sa chevelure flamboyante à leur Irlandaise de mère à tous deux et sa peau claire des origines russes de son propre père. À trente-sept ans, il n'avait pas un seul cheveu gris.

— Désolé de venir te déranger, dit-il. Tu as bien reçu mon message disant que je viendrais prendre la clé, n'est-ce pas ?

— Pas de problème.

Boone ouvrit un tiroir et lui tendit l'objet.

— Tiens, la voilà.

— Mais c'est que…, commença Phyllis.

— Quoi donc ? demanda son mari.

— Tu sais que je…

Le téléphone sonna.

— Je dois répondre, dit Boone. Heureux que tu sois là, Owen. Je suis fier de mon célèbre petit frère.

— Pas encore aussi célèbre que je le voudrais, rétorqua Owen.

Boone sourit, lui adressa un petit signe et s'absorba dans sa conversation téléphonique.

— As-tu déjeuné ? s'enquit Phyllis tandis qu'ils sortaient du bureau. Je peux te sortir un sandwich du réfrigérateur.

— Non, merci. Je prendrai quelque chose à l'hôpital.

Il devait y retourner rapidement. D'habitude, il ne s'accordait même pas une demi-heure de pause au moment du déjeuner. Entre les tâches administratives et les interventions à pratiquer sur ses patientes, il travaillait près de quatorze heures par jour.

— Je… As-tu déjà rencontré ma jeune sœur ?

Il ignorait qu'elle en avait une.

— Non, je ne crois pas.

En général, les familles faisaient connaissance lors du mariage, mais Phyllis et Boone s'étaient unis à Las Vegas, et il avait appris l'événement par téléphone.

— Bailey travaille comme infirmière à l'hôpital, expliqua Phyllis. Elle a douze ans de moins que moi, aussi lui ai-je un peu servi de seconde mère.

— Avec quel médecin travaille-t-elle ?

— Nora Kendall. Ou plutôt, Nora Franco. Elle vient de se marier.

Ah, Nora Franco. L'une des épines qu'il avait dans le pied.

La gynécologue-obstétricienne ne faisait pas mystère de son désaccord avec la politique qu'il prônait : l'intervention rapide pour les patientes souffrant de problèmes de fertilité. Au lieu de les pousser à opter d'emblée pour des technologies de pointe comme la fécondation in vitro, elle préférait avoir recours aux vieilles méthodes l'une après l'autre, mois après mois. Non seulement cela abaissait les statistiques de réussite de l'hôpital, mais ces échecs répétés décourageaient les femmes. Récemment, deux patientes de Nora avaient arrêté leur traitement et choisi d'adopter des bébés.

Lui-même préférait aider les couples à donner naissance à leurs enfants biologiques si c'était ce qu'ils souhaitaient, et il attendait une vraie coopération de la part de tous les obstétriciens-gynécologues de l'hôpital, y compris de ceux qui, comme Nora, ne s'occupaient pas uniquement des problèmes de fertilité.

— Je connais le Dr Franco. Nous avons quelques affaires à régler ensemble.

— Bailey l'adore.

— C'est normal.

Les médecins comptaient sur la loyauté de leurs infirmières.

— Écoute, reprit-il, j'adorerais rester à bavarder avec toi, mais je ne veux pas te déranger plus longtemps, et j'ai beaucoup de travail qui m'attend. Essayons de nous voir tranquillement tous les trois un de ces jours.

— Oui, bien sûr, mais…

— Je vous téléphonerai.

Il ne voulait pas se montrer désagréable avec sa belle-sœur, mais elle commençait à l'agacer avec son air agité.

Tandis qu'il regagnait sa voiture, il se rendit compte à quel point il était contrarié qu'ils aient fait appel à une mère porteuse sans même lui en parler.

C'était une étrangère qui portait son enfant !

Et alors ? Il avait fait don de son sperme, voilà tout. Beaucoup d'hommes en faisaient autant tous les jours.

Il mit la clé de contact et roula vers l'hôpital.

D'une semaine à l'autre, les vendredis après-midi étaient très différents, songea Bailey Wayne en s'écroulant sur une chaise dans le bureau des infirmières avant d'ôter ses chaussures pour libérer ses pieds gonflés.

Parfois, à l'approche du week-end, les patientes venaient en masse sans même avoir téléphoné. D'autres jours comme aujourd'hui, beaucoup annulaient leur rendez-vous et personne d'autre se présentait.

À 16 h 30, Nora avait dit à tout le monde de rentrer chez soi un peu plus tôt.

— Spécialement vous, Bailey, avait-elle ajouté.

— Je veux juste ranger un peu.

Une demi-heure plus tard, elle était satisfaite d'avoir tout remis en ordre. Mais, si elle était restée, c'était aussi pour prendre sa tension artérielle et contrôler le rythme cardiaque du bébé avec le stéthoscope Doppler. Elle ne pouvait le faire que lorsqu'il n'y avait plus personne dans les parages.

Elle avait menti à Nora quand elle avait prétendu avoir subi son examen médical du troisième mois samedi dernier à Los Angeles. La vérité, c'était que Phyllis et Boone n'avaient pas payé le médecin parce qu'ils avaient un problème de trésorerie. Elle avait elle-même réglé les frais les deux premiers mois, mais son compte en banque avait fondu, et il ne lui restait plus grand-chose.

Si seulement ils n'avaient pas insisté pour s'adresser à cette clinique de Los Angeles qui n'avait pas accepté son assurance ! Mais Phyllis avait tenu à protéger sa vie privée, ce qui aurait été impossible si l'intervention avait eu lieu à Safe Harbor.

Bailey ne voulait que le bonheur de sa sœur. C'était la raison qui l'avait poussée à accepter de porter cet enfant pour elle. Celle-ci lui avait pratiquement servi de mère tandis que la leur, totalement irresponsable, passait d'un homme à un autre. Bailey considérait comme un privilège de porter le bébé de Phyllis et de Boone.

Cependant, elle ne pouvait s'empêcher d'être inquiète. Enceinte de trois mois, elle avait l'air d'en être à cinq mois.

Et s'il y avait *plus* qu'un bébé ?

Ce serait une vraie bénédiction pour Phyllis et Boone, mais cela signifierait aussi des soins médicaux et un accouchement plus compliqués. Qui payerait la note ?

En tout cas, elle ferait bien de profiter de ce moment où elle était seule pour vérifier sa tension et le cœur du bébé.

Alors que, toujours pieds nus, elle se levait de sa chaise, elle entendit la porte de la salle de Nora s'ouvrir.

Sans doute une patiente qui s'était perdue dans les couloirs.

— Puis-je vous aider ? demanda-t-elle en pénétrant à son tour dans la pièce.

L'homme sanglé dans une blouse blanche lui jeta un coup d'œil agacé puis reporta son attention sur les papiers qu'il consultait.

Elle reconnut alors le Dr Owen Tartikoff, le nouveau directeur du programme de fertilité, dont tous les employés de Safe Harbor Medical Center redoutaient les remarques acides.

Que faisait-il dans le bureau de Nora un vendredi à 17 heures ?

— Puis-je faire quelque chose pour vous ? insista-t-elle.

Un regard couleur cannelle la détailla de la tête aux pieds.

— Où sont vos chaussures ?

— Je les ai enlevées.

Il ne voyait donc pas qu'elle était enceinte ?

— Vous êtes l'infirmière ?

— Bailey Wayne, confirma-t-elle.

— Quand le Dr Franco doit-elle revenir ?

— Lundi.

— Quand est-elle d'astreinte ?

Les obstétriciens se relayaient pour assurer les accouchements.

— Demain matin. Pourquoi ?

— Nous devons discuter du cas de certaines de ses patientes, répondit le médecin chef froidement.

Cette remarque la choqua.

— Pourquoi vous occupez-vous des cas qu'elle traite ?

— Avez-vous des objections à formuler ? lança-t-il d'un ton hautain.

— Cela pose la question du droit à la vie privée des patientes.

— Il est de ma responsabilité de contrôler la qualité du traitement mis en place.

À son ton cinglant, elle comprit qu'elle avait dépassé les bornes. Elle ferait mieux de se taire.

— Oui, docteur. Bien sûr.

Il regardait son abdomen avec insistance.

— Vous êtes la sœur de Phyllis, dit-il soudain.

Elle tressaillit.

— Comment la connaissez-vous ?

— Elle ne vous a pas parlé de mes liens avec Boone ?

Il devait être l'un des investisseurs de leur société...

— Elle ne parle jamais de ses affaires avec moi.

À cet instant, on frappa à la porte restée ouverte, et Jennifer Martin, la directrice des relations publiques de l'hôpital, passa la tête dans l'embrasure.

— Ah, vous êtes là, docteur Tartikoff. L'équipe du journal télévisé est arrivée. Vous vous rappelez ? Ils nous ont téléphoné pour demander que vous commentiez la naissance des septuplés de Newport Beach.

— Exact.

Le chirurgien abandonna son air revêche de M. Je-sais-tout pour adopter le visage aimable d'un expert sûr de lui.

— Je serai ravi de répondre à leurs questions.

Jennifer, une jolie femme aux cheveux noirs, semblait très intimidée. Elle recula en lui tenant la porte. Au moment de sortir, il se tourna vers Bailey en fronçant les sourcils.

— Est-ce dans vos habitudes, mademoiselle Wayne, de vous attarder au bureau pieds nus lorsque tout le monde est parti ?

— J'allais m'en aller.

— Nous vous attendons.

Malgré son envie de l'envoyer promener, elle obtempéra.

Elle remit ses chaussures, attrapa son sac et ferma la porte derrière elle.

Lorsqu'ils sortirent du service, Jennifer Martin entraîna l'élégant chirurgien, et Bailey regarda Owen Tartikoff s'éloigner à grands pas, sanglé dans sa blouse blanche qui accentuait sa haute silhouette et ses larges épaules.

Il était sûrement très content de lui. Elle n'était jamais sortie avec un médecin car la plupart se prenaient pour Dieu, et le Dr Tartikoff en était le parfait exemple.

À vrai dire, elle n'avait pas une grande expérience des hommes en général. Même celui qu'elle avait épousé et dont elle avait divorcé très jeune ne lui avait guère permis de mieux les comprendre. Peut-être trouverait-elle un jour le grand amour ? Mais, en attendant, elle avait des choses plus urgentes à faire. Contrôler son état de santé, par exemple.

Elle ne pouvait pas prendre le risque de retourner au centre médical. À cette heure-ci, d'autres bureaux fermaient, et elle risquait d'être vue…

Le manque d'argent devenait intolérable. Elle devait en parler avec Phyllis.

Mais cela pouvait attendre. Ce soir, elle ne voulait qu'une chose : se poser et surélever ses jambes pour soulager ses pieds gonflés.

Quelques minutes plus tard, elle roulait dans sa vieille voiture le long de Safe Harbor Boulevard en direction de Morningstar Circle.

C'était là que, abritée derrière un épais rideau de palmiers et de fougères, s'élevait la maison qui lui servait de refuge.

Pour compenser le fait qu'elle la laissait assumer les frais médicaux de sa grossesse, Phyllis lui avait donné la clé de la maison le mois dernier, lorsque le locataire était parti.

Bailey adorait cet endroit, avec son ambiance tropicale et ses grandes pièces ouvertes sur le jardin. Ici, au milieu d'une végétation luxuriante, elle pourrait se détendre dans le spa et profiter de son week-end dans une délicieuse solitude.

L'équipe de télévision s'était installée dans le bureau d'Owen, au cinquième étage de l'hôpital. Un homme d'une quarantaine d'années vint vers lui la main tendue et se présenta d'un ton qui laissait supposer que tout le monde était censé reconnaître le célèbre Hayden O'Donnell.

Owen ne demandait qu'à jouer le jeu. Coopérer avec les médias était important. La publicité jouait un rôle vital dans l'obtention des fonds qui permettaient de développer la technologie et la recherche.

Affichant un air aimable, il prit soin d'éviter de se montrer trop critique à l'égard des médecins qui avaient pris en charge ces naissances multiples. Des soucis d'ordre éthique conduisaient à limiter le nombre des embryons que l'on implantait.

Des septuplés exposaient la mère et les bébés à une augmentation des risques, expliqua-t-il. Toutefois, tous se portaient bien, et c'était ce qui comptait le plus.

Dès qu'il le put, il parla de son propre programme qui commençait officiellement en septembre et de l'équipement dernier cri qu'ils étaient en train de mettre en place.

— À l'origine, ne deviez-vous pas disposer d'un bâtiment exclusivement réservé à vos recherches ? demanda Hayden O'Donnell.

— En effet, nous voulions nous installer dans une structure voisine de l'hôpital. Mais son propriétaire a fait faillite, et l'affaire est maintenant devant les tribunaux. Craignant que cela ne retarde la réalisation de notre projet, nous avons décidé de nous établir dans les murs de l'hôpital. C'est un vrai défi, mais mon équipe est prête à le relever.

Les journalistes prirent congé, et Jennifer Martin le félicita en battant des cils avant de s'en aller elle-même.

— Magnifique interview, dit-elle. Ils vont en parler toute la soirée !

— Merci pour votre aide.

Malgré sa réputation justifiée de manque de diplomatie, il essayait de réserver ses remarques caustiques à ceux qui les méritaient. Il appréciait le travail de Jennifer.

Se demandant ce qu'il allait faire, il consulta sa montre.

Il était 18 heures. Le bureau du directeur des laboratoires voisin du sien était plongé dans le noir. Son occupant était parti en week-end.

Alec Denny avait quitté Boston plusieurs mois avant lui pour installer dans le sous-sol de l'hôpital les laboratoires qui traiteraient de tous les aspects de la fécondation assistée. Alec avait grandi à Safe Harbor. Divorcé et papa d'une enfant de cinq ans, il n'avait pas tardé à renouer avec de vieilles connaissances et s'était récemment fiancé avec la jeune femme qui avait été son premier amour au lycée.

C'était ainsi que la plupart des hommes fondaient une famille. Ils trouvaient la femme qui leur convenait et l'épousaient.

Mais lui, Owen, il s'intéressait peu aux enfants une fois qu'ils avaient dépassé le stade embryonnaire. Il n'avait pas la fibre paternelle, avait-il répété au fil des années à ses petites amies. Lorsque son frère lui avait demandé un don de sperme, il avait dit oui sans état d'âme. Cependant, dès qu'il avait appris qu'un bébé était en route, il avait commencé à voir les choses autrement, se demandant l'effet que cela ferait de se trouver face à un enfant qui serait de lui.

Découvrir que Boone et Phyllis avaient eu recours à une mère porteuse avait été un choc pour lui. Il avait le sentiment de s'être fait manipuler. Et l'apparition de cette sœur enceinte dont il n'avait jamais entendu parler le troublait. À présent, il regrettait d'être parti si rapidement de chez son frère, cet après-midi. Phyllis avait peut-être quelque chose à lui dire. Que sa sœur portait son enfant, par exemple.

Était-ce *elle*, la mère porteuse ?

Elle ne portait pas d'alliance. Elle avait un ventre bien proéminent pour une femme enceinte de trois mois seulement. Mais chaque grossesse était différente, et Bailey n'était pas grande. Assez mignonne, à vrai dire, pour qui aimait ce style de femme…

Ce qui n'était pas son cas. Il les préférait grandes, élégantes et désinvoltes. Il attendait de ses petites amies qu'elles ne lui compliquent pas la vie. Une seule fois il avait failli tomber amoureux, il y avait bien longtemps de cela. Il s'agissait d'une fille qui était interne comme lui. Comme elle était aussi ambitieuse que lui, ils avaient fini par se séparer d'un commun accord.

Malgré lui, il se remémora l'air méfiant de Bailey, ses taches de rousseur, ses yeux verts.

D'habitude il ne supportait pas l'insubordination, mais il ne pouvait s'empêcher d'admirer la loyauté dont l'infirmière avait fait preuve envers son médecin. La façon dont elle lui avait tenu tête témoignait de son courage, et même d'une certaine témérité. Cette femme était pleine de spontanéité. Si c'était bien elle qui portait le bébé de sa sœur, elle l'avait sûrement dit à tout le monde.

Mais elle ignorait le rôle qu'il y avait joué, lui. À en juger par sa réaction lorsqu'il lui avait parlé de Boone, elle ne se doutait pas qu'ils étaient frères.

L'idée de faire l'objet de ragots au sein de l'hôpital lui était insupportable. Il devait faire tout son possible pour que tout le monde, y compris Bailey, continue d'ignorer qu'il était le père biologique de cet enfant.

Il était grand temps de se remettre au travail.

Assis devant son ordinateur, il étudia les candidatures qu'il avait reçues concernant trois postes à pourvoir. Elles étaient nombreuses et venaient de différents pays. Son souci était de recruter les meilleurs spécialistes en veillant à établir un bon équilibre entre les différents domaines d'expertise.

Un quart d'heure plus tard, il avait examiné une douzaine de dossiers, mais il était incapable de se rappeler un mot de ce qu'il avait lu. Mieux valait ne pas insister, autant aller dîner à la cafétéria.

Il était en train de s'y rendre lorsque son téléphone portable sonna.

— Docteur Tartikoff.

— Ici la société de déménagement Long and Short Movers, dit une voix masculine. Je voudrais vérifier l'adresse que vous nous avez donnée. C'est bien 587 Morningstar Circle à Safe Harbor, Californie ?

— Oui, mais je ne vous attendais pas avant lundi.

— Eh bien, nous sommes là. Le problème, c'est qu'il y a dans la maison une certaine Mlle Wayne qui prétend que nous nous sommes trompés d'adresse.

Un bref instant, il eut le souffle coupé.

Voilà donc ce que Phyllis avait essayé de lui dire. Non pas que Bailey était la mère porteuse, mais qu'elle vivait dans la maison ! Ou peut-être les deux.

— Attendez-moi, j'arrive.

Bailey était d'autant plus furieuse qu'elle mourait de faim. Elle avait sûrement mal entendu. Le déménageur venait de lui dire qu'il avait téléphoné à l'instant à…

— Au Dr *Owen* Tartikoff ? répéta-t-elle.

— Vous le connaissez ?

— Oui. Mais je ne comprends pas pourquoi il essaye de s'installer chez moi !

Phyllis et Boone n'auraient quand même pas osé louer la maison qu'elle occupait ? Quoique, avec eux, tout était possible…

— Belle maison, commenta le déménageur. Et joli jardin.

— Oui, l'endroit est très agréable.

La maison basse, ouverte sur le jardin, évoquait un peu une cabane dans la forêt. Elle adorait cette oasis de paix, même si les camions de livraison qui fournissaient le supermarché voisin troublaient cette tranquillité à une heure très matinale.

Jamais elle n'aurait imaginé qu'Owen Tartikoff pourrait choisir de vivre dans un lieu pareil. Elle le voyait plutôt habiter une maison classique entourée d'un jardin aux haies bien taillées.

Elle téléphona à Phyllis, qui se montra désolée.

— Je regrette vraiment.

— Depuis quand savais-tu que le Dr Tartikoff viendrait loger ici ?

— Boone me l'a appris cet après-midi. Je voulais t'appeler, mais nous avons été accaparés par des clients.

— Bon, qu'allez-vous faire pour régler la situation ?

— Il n'y a pas grand-chose à faire. Owen est copropriétaire de la maison.

— Quoi ? Comment est-ce possible ?

— Boone et lui sont demi-frères.

Elle sentit ses jambes devenir toutes molles et se laissa tomber sur un banc entouré de belles-de-jour.

— J'ignorais que Boone avait un frère.

— J'avais l'intention de vous inviter à dîner tous les deux pour que vous fassiez connaissance.

— Owen Tartikoff savait que j'étais ta sœur. Il m'en a parlé cet après-midi.

— Vous ne travaillez pas ensemble, n'est-ce pas ?

— Non. Il voulait voir Nora. Mais il ne m'a pas du tout parlé de son intention de venir habiter ici.

— J'ai essayé de lui expliquer la situation lorsqu'il est venu prendre la clé, mais il ne m'en a pas laissé le temps…

— Je n'ai pas les moyens de louer un appartement, Phyllis. Je vais devoir m'installer chez vous jusqu'à la naissance du bébé.

Sa sœur eut une sorte de hoquet. Ce n'était pas bon signe.

— Vous louez cette énorme maison qui a plein de pièces inoccupées…

— Boone ne sera pas d'accord. Tu n'as pas idée de la vie stressante que nous menons ! Mais pourquoi n'habiteriez-vous pas sous le même toit, Owen et toi ? La maison compte trois chambres.

— Deux. Et il n'y a qu'une seule salle de bains.

— Nous avons vécu dans des endroits bien plus petits que cela lorsque nous étions plus jeunes.

— Oui, mais nous étions en famille.

— Eh bien, Owen et toi faites partie aussi de la même famille, puisqu'il est mon beau-frère ! dit Phyllis d'un ton excédé. Je dois te laisser, maintenant. Vous arriverez à vous arranger, j'en suis sûre.

Et elle raccrocha.

Bailey se demandait si elle devait rire ou pleurer.

Le célèbre Dr Tartikoff faisait partie de sa famille ?

À cet instant, elle vit arriver une Lexus noire avec Owen Tartikofff au volant. Comme le camion de déménagement bouchait le passage, il se gara un peu plus haut dans la rue, sortit de la voiture et se dirigea à grands pas vers elle.

— Je ne pensais pas vous revoir aujourd'hui, dit-il.

— Moi non plus.

— Vous avez sans doute eu le temps de parler avec votre sœur. Et elle vous a certainement expliqué que j'étais le propriétaire de cette maison.

— De la moitié de cette maison. J'occupe l'autre moitié.

— Je ne me rappelais pas qu'il s'agissait d'un duplex.

— Ce n'en est pas un.

La bataille serait rude. Son adversaire était beaucoup plus grand qu'elle et nettement plus dominateur.

Mais elle avait pour elle d'être enceinte. Avec le bébé, elle comptait pour deux et avait donc l'avantage du nombre !

Le déménageur et son aide les regardaient sans rien dire, mais ils semblaient l'un et l'autre très intéressés par l'issue de la bataille.

— Avez-vous beaucoup de meubles ? demanda Owen Tartikoff.

— Est-ce que, pour vous, des coussins et un futon sont des meubles ?

Il désigna l'énorme camion garé devant la maison.

— Moi, j'ai hérité tout le mobilier de mes parents. Louer un garde-meubles me coûterait une fortune, sans compter le prix d'un autre déménagement.

— Alors, il faudrait régler ce problème en tenant compte de ce que cela coûterait à l'un et à l'autre ? J'ai une meilleure idée. Jouons cela à pierre, ciseaux, papier.

Le chirurgien afficha un air incrédule, puis il se mit à rire.

— C'est ma maison, j'ai la clé, et je vais m'installer. Pouvez-vous me dire où est votre chambre ?

— C'est la plus petite. L'autre me sert de bureau.

— La grande chambre me conviendra parfaitement.

— Mais nous ne pouvons pas vivre ensemble !

Il poussa un long soupir.

— J'ai suffisamment de questions à régler dans les semaines à venir sans avoir en plus à chercher une maison, d'autant plus que celle-ci m'appartient.

Passant devant elle, il fit signe aux déménageurs.

— Allez-y, commencez à décharger.

Elle serra les poings.

Que pouvait-elle faire ?

Appeler son amie Patty, devenue détective privé. S'il existait un moyen juridique d'empêcher Owen de s'installer dans cette maison, Patty le trouverait.

Elle composa aussitôt son numéro.

— Ah, salut ! lança Patty d'un ton joyeux. Comment va la petite future maman ?

Bailey lui exposa la situation.

— Tu m'imagines vivant ici avec le Dr Tartikoff ? conclut-elle. Tout le monde le hait !

— Tout le monde ? Tu veux dire Nora. Alec, lui, l'apprécie.

Elle ravala sa frustration.

En effet, le fiancé de Patty travaillait en étroite collaboration avec Tartikoff.

— Ce n'est pas pareil. Alec est au même niveau que lui.

— Dans ton état, ce pourrait être un avantage d'avoir un gynécologue-obstétricien à demeure.

Sauf qu'elle ne voulait pour rien au monde qu'Owen Tartikoff se mêle de ses affaires.

— Dis-moi, n'y a-t-il pas un motif légal qui me permettrait de le jeter dehors, du genre violation de la vie privée ?

— Désolée, je ne vois pas. Mais souviens-toi du dicton : « Tiens-toi près de tes amis et plus encore de tes ennemis. »

— Je n'aurais jamais cru que cela m'amènerait un jour à devoir partager ma salle de bains avec un étranger !

— Tu vis bien à côté d'un supermarché, n'est-ce pas ? Alors, ton intrus ne restera pas longtemps chez toi.

— Tu ne connais pas les médecins, gémit-elle. Ils dorment dans n'importe quelles conditions. Sinon, ils ne pourraient pas survivre à leur internat. Mais merci quand même.

— Tiens-moi au courant, dit Patty.

Bailey venait à peine de raccrocher qu'elle dut battre en retraite pour laisser passer les déménageurs, portant un canapé qui aurait été parfait dans un salon funéraire.

Owen tenait grande ouverte la porte de la chambre principale afin de faciliter le passage aux déménageurs. Lorsque son regard croisa le sien, il afficha un sourire narquois.

Le sourire de triomphe d'un homme qui aimait gagner.

Eh bien, que l'arrogant personnage se dépêche de savourer sa victoire. À l'hôpital, il était peut-être le grand Dr Tartikoff, mais il venait d'emménager chez une femme qui n'hésiterait pas à mettre à mal son ego !

Elle était même impatiente de commencer.

2.

Lorsque les déménageurs s'en allèrent, il était plus de 20 heures, et toute la maison était remplie de cartons.

Owen avait approuvé le choix de Boone lorsque celui-ci lui avait proposé d'acheter la maison avec lui. Il avait considéré que c'était là un bon investissement, mais jamais il n'avait pensé l'habiter un jour.

Les meubles anciens de ses parents ne semblaient pas à leur place dans ce décor exotique. La chambre principale s'ouvrait sur un patio et un spa. Sa porte vitrée était le seul passage permettant de sortir derrière la maison. Il n'y avait qu'une salle de bains située entre les deux chambres.

D'un pas hésitant, il se dirigea vers la cuisine faiblement éclairée.

En voyant l'expression renfrognée de Bailey qui, assise à la table, était en train de manger un yaourt, il sentit naître en lui un sentiment de culpabilité qui ne lui était pas habituel.

La jeune femme avait rapatrié dans sa chambre les quelques meubles qu'elle avait disposés jusque-là dans les pièces principales. Il s'agissait essentiellement de coussins et d'une table de jeu. Il s'en voulait un peu de l'avoir envahie avec ses gros meubles massifs sans même la consulter sur l'endroit où les mettre.

Trop affamé pour se confondre en excuses, il inspecta le contenu du réfrigérateur.

— Il ne vous resterait pas un yaourt, par hasard ?

— Vous les aimez ?

— J'en mange lorsque je meurs de faim.

— C'était le dernier. Je n'ai pas non plus de viande rouge à vous offrir.

Comment savait-elle qu'il aurait préféré un bon steak ?

— Cela fera l'affaire, dit-il en sortant un morceau de fromage du réfrigérateur.

Il trouva aussi du pain qu'il fit griller dans le toaster, et il se confectionna un sandwich.

— Écoutez, je n'ai pas l'intention d'occuper beaucoup la maison. Je n'y serai que pour dormir et prendre mon petit déjeuner.

— Bonne nouvelle !

Comme il s'asseyait en face de Bailey pour dévorer son sandwich, elle replia aussitôt ses jambes sous sa chaise, comme si elle voulait éviter tout contact avec lui.

— Nous devrions instaurer quelques règles de base, dit-il.

— Je prends ma douche à 7 h 30. Il faudra vous arranger avec cela.

Il ne supportait pas de recevoir des ordres.

— Ce n'est pas à vous de me dire ce que je dois faire !

— Que les choses soient bien claires, riposta-t-elle en posant ses coudes sur la table. Au travail, vous êtes peut-être le Dr Tartikoff qui occupe un poste important dans l'organigramme. Ici, vous êtes le type qui s'est installé chez moi et qui mange mon fromage.

— J'ai l'intention de vous en racheter. Et aussi du pain.

— Par ailleurs, vous avez peut-être remarqué que la seule sortie à l'arrière de la maison se trouve dans votre chambre. Lorsque je voudrai utiliser le spa, je frapperai une fois à votre porte, j'attendrai cinq secondes, et après j'entrerai. Je fermerai un peu les yeux, bien sûr.

— Un peu ?

— Vous avez entassé tellement d'affaires dans cette maison que, si je ne fais pas attention où je mets les pieds, je vais être couverte de bleus.

— Vous ne devriez pas utiliser le spa. L'eau très chaude n'est pas recommandée pour les femmes enceintes.

— J'ai baissé la température, précisa-t-elle. Vous oubliez que je suis infirmière, spécialisée en obstétrique.

— Puisque vous parlez métier, j'espère que vous vous rendez

compte combien il serait gênant que les gens apprennent que nous vivons sous le même toit. Cela pourrait donner lieu à des ragots, à l'hôpital.

— Ah ?

— J'imagine que vous aurez du mal à le cacher au Dr Franco ?

— Je n'ai aucun secret pour Nora.

Il s'en doutait.

— Très bien. Mais j'aimerais que vous n'en parliez à personne d'autre.

— C'est que..., commença-t-elle en se mordillant la lèvre.

— À qui d'autre l'avez-vous déjà dit ?

— Seulement à mon amie Patty.

— Travaille-t-elle à l'hôpital ?

— Non. Et je suis sûre que son fiancé n'en parlera à personne.

— Il travaille à l'hôpital, lui ? Qui est-ce ?

— Il s'appelle Alec.

— Alec *Denny* ?

L'air gêné de Bailey lui fournit la réponse.

— Génial, grommela-t-il.

Son plus proche collaborateur était lié à la meilleure amie de cette femme. S'il avait espéré garder secrète cette histoire de cohabitation, c'était raté.

Il brûlait d'en savoir plus sur la grossesse de Bailey, mais comment l'interroger sans qu'elle se doute qu'il était le père de ce bébé ?

Après cela, toute la ville serait au courant. Il imaginait déjà les commentaires de la presse et les plaisanteries qui circuleraient sur son compte : « Avez-vous entendu parler de ce spécialiste de la fertilité qui prend son job tellement à cœur qu'il fait lui-même des bébés à ses patientes ? » Cela pourrait nuire à l'ensemble de son programme.

— Et si vous déménagiez ? suggéra Bailey d'un ton doucereux.

Il serra les dents.

S'il avait disposé d'une baguette magique, il aurait déjà emporté ailleurs toutes ses affaires, mais il n'avait pas le temps de s'occuper de cela.

— Je dois procéder à des interventions chirurgicales demain matin, dit-il. Et il faut que je trouve des draps et des serviettes de toilette pour ce soir.

— Amusez-vous bien, lança Bailey en jetant dans la poubelle son pot de yaourt vide.

— Comme c'est le week-end, j'imagine que vous allez faire la grasse matinée. Mon réveil sonnera à 6 heures. J'essayerai de ne pas faire de bruit dans la salle de bains.

— Oh ! vous serez réveillé bien avant 6 heures ! déclara Bailey avec un sourire radieux.

Et, sans autre commentaire, elle sortit de la cuisine pour aller s'enfermer dans sa chambre.

Il commença alors à ouvrir ses cartons en quête d'une paire de draps.

Il faisait encore nuit lorsque les camions de livraison venus ravitailler le supermarché voisin entamèrent leur ronde infernale.

Réveillé par le bruit des freins hydrauliques et la lumière des phares qui traversait ses persiennes, Owen comprit alors ce qu'avait voulu dire Bailey, la veille au soir.

Elle s'était certainement réjouie de sa petite plaisanterie. À cette heure matinale, elle devait dormir à poings fermés, les oreilles bouchées par des boules Quies, rêvant au départ précipité de son indésirable colocataire.

Il sourit malgré lui.

Eh bien, elle allait apprendre qu'Owen Tartikoff n'était pas homme à se laisser décourager aussi facilement. Lui aussi s'équiperait dès aujourd'hui de boules Quies.

La tête sous l'oreiller, il tenta d'oublier le raffut causé par le va-et-vient des camions et finit par se rendormir.

— Vous vivez derrière un supermarché ? s'exclama en riant l'infirmière Erica Benford, qui secondait Owen tandis qu'il procédait à une hystéroscopie chez une femme de trente-sept ans placée sous anesthésie.

Cette patiente essayait depuis des années d'avoir un second enfant. La méthode peu invasive qu'il utilisait consistait à introduire un hystéroscope, un mince appareil équipé d'une caméra permettant d'ôter les éventuels fibromes et adhérences faisant obstacle à une nouvelle grossesse.

— Je devrais peut-être déménager, dit-il, mais je prends cette situation comme un défi.

Il appréciait depuis longtemps la compétence et la vivacité de réaction d'Erica. Petite, blonde et toute dévouée à son travail, Erica n'avait pas prévu initialement de le suivre en Californie. Et puis, un jour, elle avait annoncé son intention de divorcer et de prendre un nouveau départ, ce dont il s'était réjoui en tant que patron.

Il avait mis la jeune femme au courant de son arrangement avec Bailey, car elle connaissait déjà son intention d'habiter une maison dont il était copropriétaire. Par ailleurs, il préférait raconter les choses simplement avant que Bailey ne leur donne une tournure trop folklorique.

— Alors, l'infirmière du Dr Franco est la sœur de votre belle-sœur, résuma Erica. Voilà qui est intéressant. Je ne l'ai pas encore rencontrée, mais cela ne saurait tarder.

Il hocha la tête, concentré sur son travail.

Disposer d'un bloc opératoire ultramoderne offrait d'énormes avantages. Le chirurgien disposait d'un matériel de pointe, et par ailleurs toutes les opérations étaient filmées afin qu'il puisse les revoir et les analyser après coup. À côté du bloc, un laboratoire permettait d'analyser immédiatement les tissus. Les résultats des tests apparaissant sur des écrans d'ordinateur, il pouvait en prendre connaissance sans avoir à sortir du milieu stérile dans lequel il opérait. Enfin, il avait autour de lui une équipe compétente et fiable.

— Vous *savez* que Bailey porte l'enfant de sa sœur, n'est-ce pas ? intervint l'anesthésiste Rod Vintner, qui contrôlait le rythme cardiaque de la patiente, sa tension artérielle et les autres constantes vitales.

C'était la première fois que Rod se joignait à la conversation, mais de toute évidence il n'en avait pas perdu un mot.

Si Owen était content d'avoir la confirmation que Bailey était bien la mère porteuse, il regrettait de l'apprendre de la bouche de cet homme qu'il connaissait à peine.

— Ce sera intéressant d'assister jour après jour au développement de mon neveu ou de ma nièce, dit-il.

— Avez-vous des enfants ? demanda Rod.

Ce fut Erica qui répondit.

— Aucun de nous n'en a. C'est assez curieux, si l'on pense au métier que nous exerçons. Personnellement, je préfère avoir une vie tranquille et bien réglée.

— Avez-vous des enfants, Rod ? s'enquit Owen.

— Je croyais en avoir, répondit l'anesthésiste avec un soupir. Lorsque mon ex-femme a voulu se remarier, elle a fait état de tests ADN prouvant que je n'étais pas le père de nos filles, pour essayer de m'empêcher de voir nos enfants. Mais le juge a déclaré que j'en étais toujours légalement leur père. Il a été génial, non ? Durant toutes ces années, je n'avais jamais soupçonné qu'elle me trompait. Je considère toujours ces enfants comme mes filles.

Quelle douloureuse histoire !

Tandis qu'Erica exprimait sa sympathie à Rod, Owen gardait les yeux fixés sur sa patiente. Satisfait du travail effectué, il remercia son équipe et sortit du bloc pour retrouver le mari de la jeune femme qu'il venait d'opérer.

L'homme marchait de long en large dans la salle d'attente.

— Tout s'est bien passé, le rassura-t-il. Elle va bien.

— Quand pourrai-je la voir ?

— Dans une heure.

Il lui expliqua que la patiente allait rester un moment en salle de réveil avant d'être transférée dans le service de chirurgie ambulatoire.

— Merci, docteur. Du moment qu'elle va bien, c'est tout ce

qui compte. Je serais prêt à adopter un enfant, mais elle désire avoir un second bébé. Je ne veux que son bonheur.

— Bien sûr.

Pouvoir améliorer la vie des patientes était l'un des aspects les plus gratifiants du métier. Mais, en s'obstinant à essayer d'avoir un enfant, certaines femmes s'exposaient à des risques, comme ceux présentés par la prise d'hormones ou l'anesthésie. Même pour une jeune femme en bonne santé, porter un enfant pouvait s'avérer hasardeux. Bailey, par exemple : pourquoi avait-elle pris tant d'embonpoint ?

Cette question ne concernait que son médecin et elle, se tança-t-il. Et Phyllis et Boone, bien sûr.

Il n'avait plus qu'à se préparer à effectuer l'opération suivante, une myomectomie destinée à supprimer de gros fibromes dans l'utérus.

Il était dans un coin de la salle en train de réexaminer le cas de sa patiente sur un écran de contrôle, lorsqu'il entendit deux membres de son équipe échanger quelques mots. D'habitude, il ne prêtait pas attention aux conversations autour de lui, mais cette fois il ne put s'empêcher d'écouter.

— Ils vivent sous le même toit ? dit l'homme.

— J'ai hâte de savoir ce qu'en pense Bailey, lança la femme.

Puis elle se mit à toussoter en s'apercevant de la présence d'Owen.

Génial. La nouvelle de sa cohabitation avec Bailey Wayne faisait déjà l'objet de commérages à l'hôpital !

Allons, tant que personne ne saurait qu'il était le père du bébé, il n'y avait aucune raison pour que les médias s'intéressent à cette histoire, il en était presque certain. Mais qui pouvait dire ce qui était susceptible d'intéresser la presse locale ? Et, comme Bailey n'était pas une patiente du Safe Harbor Medical Center, ses collègues de travail n'étaient pas tenus au secret professionnel.

— Tu plaisantes ! Il serait l'oncle ? s'exclama une voix masculine.

Tandis que des « chut » se faisaient entendre, Owen sentit son visage s'empourprer.

Avec le temps, il avait appris à maîtriser sa tendance à rougir en traitant par le mépris les ragots ou les remarques mesquines dont il pouvait être l'objet.

— La prochaine patiente est-elle prête ? demanda-t-il sèchement à l'infirmier le plus proche de lui.

Il s'agissait du grand type blond qui venait de dire qu'il était l'oncle du bébé.

— Je… heu… Je pense qu'on l'a préparée, balbutia le garçon, dont le badge indiquait qu'il s'appelait Ned Norwalk.

— Je me moque de ce que vous « pensez ». Je veux savoir si elle est prête. Allez le vérifier.

— Oui, monsieur, répondit l'infirmier en se précipitant vers la porte sous l'œil satisfait d'Owen.

Il n'avait pas l'intention de devenir la risée de l'hôpital. Une discussion sérieuse avec Bailey s'imposait. La réputation de l'hôpital et du nouveau programme de fertilité était en jeu — sans parler de sa propre vie privée. Il avait une lourde journée de travail devant lui, mais ce soir il mettrait les choses au point avec elle.

Et, cette fois, il n'avait pas l'intention de la laisser prendre l'avantage sur lui.

Bailey avait renoncé depuis longtemps à comprendre les hommes. Ceux-ci disparaissaient dès qu'on avait besoin d'eux comme l'avait fait son père, ou bien ils n'assumaient pas affectivement, comme le jeune mari qu'elle avait épousé à dix-neuf ans et dont elle avait divorcé à vingt et un ans lorsqu'elle avait compris qu'il s'intéressait plus aux jeux vidéo qu'à elle. Mais le plus énigmatique de tous était certainement le Dr Owen Tartikoff.

Elle entendait parler depuis des mois de son mauvais caractère, et elle-même avait pu constater combien il était arrogant. Pourtant, ce matin, il lui avait souri lorsqu'ils s'étaient croisés dans la cuisine. Il ne s'était pas plaint du bruit fait par les camions de livraison du supermarché. Il n'avait même pas protesté contre l'initiative qu'elle avait prise de ranger au fond d'un tiroir d'un meuble de la salle de bains son rasoir et son eau de Cologne.

Elle ne l'avait fait que pour l'ennuyer.

Heureusement, il avait quitté la maison de bonne heure.

Elle passa la matinée à flâner tranquillement d'une pièce à l'autre, consulta les e-mails qu'elle avait reçus et s'offrit même un petit somme. Après déjeuner, elle se rendit à l'Edward Serra Memorial Clinic où elle tenait une permanence de conseillère bénévole.

Installée dans une annexe du centre social de la ville, cette structure d'accueil avait été créée par la pédiatre Samantha Forrest, une ardente militante qui souhaitait offrir au public une alternative aux centres traditionnels. Ici, les adolescentes enceintes, les femmes battues et toute personne ayant besoin d'être écoutée et conseillée pouvaient se présenter sans prendre rendez-vous ni faire aucune démarche administrative.

Parmi les autres bénévoles se trouvaient Nora et son mari Leo, un inspecteur de police qui conseillait parfois des adolescents en mal de figure paternelle. Quant à Bailey, elle ne se considérait pas comme experte en quoi que ce soit en dehors de son métier d'infirmière, mais elle était contente de tenir le rôle d'une amie attentionnée.

Aujourd'hui, il n'y avait en dehors d'elle que Nora, qui recevait cet après-midi un jeune couple afin de discuter de planning familial. Comme celle-ci occupait la pièce réservée aux consultations, elle s'installa dehors, à une table de pique-nique, en compagnie d'une femme qui avait été envoyée par le centre social de la ville.

Renée Green avait un visage rectangulaire aux traits massifs, des cheveux grisonnants et des cernes sous les yeux. Malgré la chaleur qui régnait en ce mois de juillet, elle restait recroquevillée sur elle-même, comme si elle avait froid. Son chemisier marron et son pantalon en polyester n'avaient rien d'une tenue estivale.

— J'ai soixante-deux ans, dit-elle. J'ai décroché un job de réceptionniste qui me permet de payer mes factures, mais je n'ai aucun but dans la vie. Depuis la mort de mon mari, il y a de cela deux ans, j'ai le sentiment que plus personne n'a besoin de moi.

— C'est rude, commenta Bailey.

— Vous allez sans doute me dire que la vie vaut la peine d'être vécue et que je dois me trouver quelque chose à faire ?

— Vous pourriez vous teindre les cheveux. Cela vous remonterait peut-être le moral.

La femme partit d'un rire sans joie.

— C'est ridicule !

— C'est juste un début. On commence par les petits détails, et les choses importantes suivront.

— Teindre mes cheveux ne me fera pas apparaître plus importante aux yeux des gens.

— Selon vous, qu'est-ce qui fait qu'une personne est importante pour quelqu'un d'autre ?

Les épaules de Renée s'affaissèrent.

— Ce serait différent si j'avais un enfant. J'ai abandonné mon fils quand il était bébé pour le faire adopter. J'avais dix-sept ans, je n'avais pas encore rencontré mon mari.

— Peut-être que votre fils aimerait vous rencontrer ?

— J'ai donné mon nom dans un service administratif pour qu'il puisse me retrouver, mais il n'a jamais entrepris aucune démarche, dit-elle, les yeux emplis de larmes. Etes-vous choquée d'apprendre que je l'ai abandonné ?

Elle montra d'un geste le ventre rond de Bailey.

— Votre mari et vous, vous devez être fous de joie.

— En fait, je suis divorcée. Je porte ce bébé pour ma sœur. Je vais sans doute finir comme vous. Oh ! attendez… Ce que je viens de dire est plutôt moche, non ?

Renée eut un petit rire douloureux.

— C'est horrible, mais rafraîchissant. Au moins, vous êtes franche. Je ne supporte pas les gens qui cherchent à me ménager. C'est pourquoi je ne parle à presque personne.

Elle n'avait donc pas d'amis ?

Bailey préféra ne pas poser la question.

— Il existe des sites internet où vous pouvez télécharger

votre photo et essayer différents styles de coiffure et de coloration des cheveux.

— Cela doit être amusant. À votre avis, quelle couleur m'irait bien ?

— Pourquoi pas un blond doré ?

— J'ai été brune toute ma vie.

— C'est l'occasion de vous permettre toutes les fantaisies. Vous pouvez même vous faire des mèches rouges si ça vous chante.

— Les gens vont se moquer de moi dans mon dos !

— Tant que c'est dans votre dos, quelle importance ? Vous savez, la moitié de l'hôpital trouve que je suis folle d'avoir accepté d'être mère porteuse, et ils ne savent même pas que… Bon, inutile de parler de cela.

Si elle révélait que sa sœur n'assumait pas les frais médicaux de sa grossesse, elle serait peut-être amenée à parler de sa cohabitation avec Owen Tartikoff. Or, elle avait promis à celui-ci d'être discrète.

— On dirait que vous auriez besoin d'être conseillée, vous aussi, observa Renée.

— Je suis un cas désespéré.

À cet instant, elle vit Nora qui sortait de l'annexe. Une marinière rose tendre dissimulait son ventre arrondi par une grossesse de six mois.

— Il est déjà 14 heures ? s'étonna-t-elle.

Renée consulta sa montre.

— Mais oui. J'aurais dû arriver plus tôt. Etes-vous là tous les samedis ?

— Cela dépend.

Bailey fouilla dans son sac et en sortit une carte.

— Voici mon numéro de téléphone portable, Renée. Appelez-moi, et nous nous fixerons un rendez-vous.

— Vous êtes quelqu'un de bien, déclara celle-ci en se levant. J'ai beaucoup apprécié notre conversation.

— Moi aussi.

Tandis que Renée s'en allait, Bailey salua Nora et rentra

dans l'annexe pour signer la feuille de présence. Lorsqu'elle ressortit, Nora était toujours là, debout en plein soleil.

— Je vous croyais partie, dit Bailey. Leo doit venir vous chercher ?

— Oui. Il a un peu de retard.

Nora s'éclaircit la voix.

— J'étais à l'hôpital ce matin, et j'ai entendu dire des choses surprenantes.

— Ah ?

— Partagez-vous vraiment une maison avec Owen Tartikoff ?

— De qui tenez-vous cela ? demanda Bailey, mal à l'aise.

— De Rod Vintner, qui a assisté Owen durant une opération. Apparemment, le grand Dr Tartikoff n'en fait pas mystère.

— Il en a parlé ? Quel hypocrite ! Il a failli me tuer lorsqu'il a découvert que j'en avais discuté avec Patty.

— Il veut tout contrôler. Lorsqu'il a compris que cela finirait par se savoir, il a sans doute décidé de prendre les devants pour présenter les choses à sa façon.

Elles firent quelques pas en direction du parking.

— Qu'avez-vous entendu dire exactement ? s'enquit-elle.

— Que le Dr Tartikoff logeait dans la maison que votre sœur vous a prêtée. Et aussi qu'il était le frère de Boone.

— Le demi-frère.

— Le saviez-vous ? Avant-hier, je veux dire ?

— Je l'ignorais totalement.

— Alors, Owen est l'oncle de votre bébé, remarqua Nora d'une voix rêveuse.

— Oui. Qu'y puis-je ?

— Écoutez, vous n'êtes pas obligée de supporter la présence de cet homme chez vous. Demandez à Phyllis de vous offrir un autre logement.

— Elle n'en a pas les moyens.

Bailey se mordit aussitôt la langue.

Oh ! pourquoi parlait-elle ainsi sans réfléchir ?

Nora l'observait, l'air inquiet.

— Vous m'aviez dit que votre sœur et votre beau-frère s'en tiraient très bien financièrement.

— C'est exact. Ils ont un projet d'investissement immobilier très intéressant en Nouvelle-Zélande, et ils mettent tout leur argent dans cette opération.

— Vous donnez l'impression de répéter quelque chose qu'on vous a dit.

Bailey hésita un instant.

Inutile de mentir, Nora la connaissait trop bien. Elles travaillaient ensemble depuis cinq ans.

— C'est ce que m'a dit Phyllis, en effet. Où est le problème ?

— Dites-moi, Bailey, quelle somme avez-vous investie dans leur société ?

— Environ vingt mille dollars.

Pour elle, c'était énorme.

— Cela représente-t-il la totalité de votre épargne ?

— Presque.

— Je n'ose imaginer que vous puissiez perdre tout cet argent !

— Cela n'arrivera pas. Ils me rendent des comptes chaque mois. La plupart de leurs clients sont des personnes âgées, des gens d'expérience qui savent sûrement comment investir leur argent. J'ai confiance.

Nora afficha un air sombre.

— Comment votre sœur et son mari ont-ils trouvé ces investisseurs ? En organisant des séminaires ?

— Oui, et aussi par le bouche-à-oreille. Les seniors disposent de fonds qu'ils veulent investir. Il est naturel que Phyllis et Boone aillent chercher l'argent là où il se trouve.

— Tout cela me met mal à l'aise. J'ai bien envie d'en parler à Leo pour qu'il demande à quelqu'un de vérifier tout cela, marmonna Nora comme une voiture de sport rouge vif traversait le parking dans leur direction.

Alerter la police sur les activités de sa sœur ?

— Vous ne pouvez pas faire une chose pareille ! protesta

Bailey. Jeter le doute sur leur réputation ? Cela pourrait provoquer leur ruine, même s'ils sont innocents.

— Mais vous n'êtes pas sûre qu'ils le soient, n'est-ce pas ?

Elle ne répondit pas et regarda Nora monter dans la voiture que conduisait le beau Leo, rayonnant de bonheur.

Avait-elle vraiment fait trop confiance à sa sœur ?

Mais non, Phyllis n'essayerait pas de profiter d'elle. S'il y avait un piège quelque part, ce devait être la faute de Boone... Qui était lui-même le frère du Dr Tartikoff. Comment pourrait-il se livrer à des manœuvres douteuses ?

Mais quel crédit accorder à un homme qui lui avait recommandé de tenir sa langue et qui s'était empressé ensuite de raconter à toute l'équipe du bloc opératoire qu'ils vivaient sous le même toit ? S'il s'était tu, Nora n'aurait pas eu l'idée de mettre son nez dans ses affaires et d'alerter la police sur les activités de Phyllis et de Boone. Si elle devait s'en prendre à quelqu'un, ce n'était pas à Nora ni à sa sœur, mais à cet homme qui n'avait pas su rester discret.

Il ne perdait rien pour attendre. Dès ce soir, elle lui dirait sa façon de penser.

Owen passa son samedi après-midi à Los Angeles, où il participa à une table ronde en compagnie d'un spécialiste de l'éthique médicale, d'un représentant de l'État et d'une avocate défendant les droits des patients. Comme toujours, il prit plaisir à débattre, choisissant ses mots avec soin.

La discussion portait sur le rôle du médecin face aux souhaits exprimés par une patiente concernant l'implantation de plusieurs embryons.

Si tout le monde s'accordait à penser que le plus important était de veiller à la santé et à la sécurité de la mère et de l'enfant, les points de vue divergeaient quant à la nécessité de légiférer sur la question. Le représentant de l'État était favorable à la promulgation d'une loi, l'avocate y était hostile.

— Nous n'avons pas besoin que des bureaucrates interviennent dans des décisions qui concernent la vie intime, déclara-t-elle. Dans bien des pays, l'État se mêle de ce qui ne le regarde pas, par exemple en interdisant les mères porteuses, comme si les femmes n'étaient pas capables de prendre leurs décisions elles-mêmes. Heureusement que la Californie n'a pas suivi ce chemin !

Owen songea à Bailey.

En l'occurrence, elle et lui avaient été trompés. Ne serait-il pas préférable d'établir des règles déterminant les informations à donner à la mère porteuse et au donneur ?

— Docteur Tartikoff ? interrogea l'animateur de la table ronde. Qu'en pensez-vous ?

Il avait perdu le fil de la discussion, mais cela ne le déstabilisa pas pour autant.

— Les recherches sur la fertilité progressent rapidement. Il me paraît inenvisageable de leur imposer des règles rigides ou la pesanteur d'une intervention bureaucratique. Ce qui semble déraisonnable ou dangereux à un moment donné peut très bien devenir une pratique courante un an après.

— Le Dr Tartikoff a raison, approuva le spécialiste de l'éthique médicale. Il n'y a pas de règle standard dans des cas aussi personnels.

Satisfait de s'en être bien sorti, Owen était cependant ennuyé d'avoir perdu en partie son objectivité.

Jusqu'à ce jour, il ne s'était jamais senti concerné personnellement par les questions de fertilité. À présent, c'était différent. Et il se trouvait confronté à un problème éthique. Maintenant qu'il avait découvert la vérité, n'était-il pas moralement tenu de la révéler à Bailey ?

Le débat une fois terminé, il dîna avec un de ses collègues de l'UCLA. Sur le chemin du retour, il se demanda comment Bailey occupait sa soirée.

Retrouverait-il la maison envahie par les amis de la jeune femme, ou bien celle-ci serait-elle installée sur le canapé, en train de regarder la télévision ?

Il imaginait déjà le regard noir qu'elle lui jetterait en le voyant entrer dans la pièce. Il pourrait s'amuser à l'énerver encore plus en s'asseyant à côté d'elle sous prétexte de regarder lui aussi l'émission. Après tout, l'écran géant qui trônait dans la salle de séjour lui appartenait, non ?

Lorsqu'il arriva, il vit la Honda de Bailey garée devant la maison et à côté une autre voiture qu'il ne connaissait pas.

Bailey avait-elle une visite ?

En approchant il entendit une voix féminine chanter un air tiré d'une célèbre comédie musicale. La voix douce et mélodieuse était soutenue par un simple accompagnement au clavier.

Puis cela s'interrompit brusquement.

— Tu ne peux pas abandonner maintenant ! protesta une voix masculine.

— Je n'abandonne rien du tout, rétorqua Bailey. Tu étais censé chanter avec moi.

— Ce n'était pas dans ma tonalité.

— Tu te cherches simplement des excuses.

— C'est vrai. Je préfère t'écouter. Avec une voix comme la tienne, tu aurais pu devenir…

— Infirmière, termina Bailey.

Éclats de rire mêlés.

Elle avait donc un petit ami ? se demanda Owen, vaguement déçu. Elle ne lui en avait pas parlé.

Serrant les dents, il mit la clé dans la serrure et entra.

Bailey était assise devant un clavier posé sur la table de la salle de séjour. À côté d'elle, un grand type blond tout bronzé affichait un air rayonnant. il reconnut l'infirmier qu'il avait remis à sa place aujourd'hui, à l'hôpital. Ned Norwalk.

— Bonsoir, dit-il.

Ned répondit d'un bref signe de tête.

— Si la musique vous dérange, lança Bailey, vous n'avez qu'à fermer votre porte.

— C'est ce que je ferai.

Ce n'était pas tellement la musique qui le dérangeait,

mais le fait que c'était cet idiot de Ned, et non pas lui, qui chantait avec Bailey.

Au lycée, il avait brillé dans plusieurs spectacles présentés par les élèves. Il avait un joli brin de voix, et il chantait certainement beaucoup mieux que ce Ned.

3.

Il était à peine 22 heures lorsque Bailey commença à bâiller sans pouvoir se retenir.

— J'ai du mal à garder les yeux ouverts, avoua-t-elle à Ned qui préparait deux coupes de glace dans la cuisine. Il n'est pourtant pas tard !

— Tu es enceinte. Tu as besoin de dormir. Et aussi d'avoir ta dose de calcium et de potassium, ajouta-t-il en posant l'une des coupes devant elle.

Banane, glace à la vanille, caramel et éclats de cacahuètes. Cela semblait délicieux.

— Je te trouve déjà bien ronde, reprit Ned. Qu'en dit ton médecin de Los Angeles ?

— Tout va bien.

— Tu devrais vivre avec quelqu'un qui prendrait soin de toi.

— Serais-tu candidat ? plaisanta-t-elle.

— Si tu n'avais pas ton nouveau colocataire, je t'aurais proposé de venir m'installer ici. Tu sais que tu peux compter sur moi si tu as besoin de quoi que ce soit.

— Bien sûr.

Ils étaient très bons amis, et il n'y avait jamais rien eu d'ambigu dans leur relation, qui restait parfaitement platonique.

Leurs glaces terminées, Ned rinça les coupes, chargea le lave-vaisselle et le mit en marche.

Quel type attentionné ! se dit-elle lorsqu'il eut pris congé. Ned avait tout ce qu'Owen n'avait pas : la gentillesse, la modestie, la fiabilité.

À peine capable de mettre un pied devant l'autre, elle alla se coucher et s'endormit immédiatement.

Le lendemain matin au réveil, elle eut envie de profiter du spa. N'ayant pas voulu investir dans l'achat d'un maillot de bain pour femme enceinte, elle enfila un short, un T-shirt et, chaussée de claquettes, se rendit dans la cuisine où elle avala sa dernière banane avec un bol de céréales. Après quoi, elle prit dans le placard une serviette de bain et se dirigea vers la chambre d'Owen, qu'elle devait traverser pour se rendre dans le patio.

Elle frappa doucement à la porte et, n'obtenant pas de réponse, entra.

La pièce était encombrée de meubles de bois sombre, les stores étaient baissés. Couché dans un lit haut sur pieds de style vieillot, Owen semblait dormir profondément. Il avait dû mettre des boules Quies.

Se frayant un chemin dans la semi-obscurité, elle traversa la chambre d'un pas prudent et, écartant sans bruit les lamelles des stores, elle ouvrit la porte-fenêtre et sortit dans le patio.

Un courant d'air frais réveilla Owen qui sentit ensuite une vibration, comme si quelqu'un avait fermé une porte ou une fenêtre. Il battit des paupières dans la pénombre et mit un moment à se rappeler où il se trouvait et pourquoi il n'entendait rien.

Lorsqu'il ôta ses boules Quies, il perçut un bruit d'eau à l'extérieur.

Les jets du spa.

Bailey avait dû traverser sa chambre pour s'y rendre. Avait-elle osé amener avec elle son petit ami ?

Il n'entendait aucun bruit de voix, mais peut-être était-ce à cause du bouillonnement de l'eau dans le Jacuzzi.

Si elle voulait le provoquer, elle trouverait à qui parler, même si ce serait gênant s'il surprenait le couple en flagrant délit.

Il se leva, prit sa douche, se rasa et mit le caleçon de bain qu'il avait acheté avant de venir en Californie.

Il releva les stores et ouvrit la porte-fenêtre.

Plongée dans le spa, Bailey tourna vers lui son visage parsemé de taches de rousseur. Elle était seule.

— Où est passé le beau blond ? demanda-t-il.

— Vous voulez parler de Ned ? Il ne mérite pas que vous le traitiez ainsi. Il a une vie très difficile.

— Ah oui ?

— Vous devriez l'admirer pour son parcours professionnel. Attendez, il y a trop de bruit, ici.

Elle tendit les bras pour arrêter les jets du spa, sans paraître se rendre compte que son T-shirt mouillé qui lui collait à la peau la rendait outrageusement sexy.

— Il a passé son enfance à aller d'un foyer à l'autre, poursuivit-elle. Tout le monde n'a pas comme vous la chance de venir d'un milieu favorisé.

S'efforçant de ne pas fixer les yeux sur le T-shirt devenu presque transparent, Owen se glissa dans l'eau.

Elle était chaude, mais pas trop, pour ne pas nuire au bébé.

— Un milieu favorisé ? Ma mère faisait des ménages.

— Vous plaisantez !

— Non.

— Boone ne l'a jamais dit, observa Bailey.

Lui-même avait rarement fait cette confidence.

— Vous a-t-il beaucoup parlé de notre famille ?

— Seulement que ses parents étaient morts. J'ignorais même qu'il avait un demi-frère. Vous avez des pères différents, n'est-ce pas ?

— Oui.

Très différents.

— À quoi ressemblait le sien ?

— Je crois qu'il a eu quelques ennuis avec la justice. C'était un… Un homme d'affaires.

— Et votre père, que faisait-il ?

— Il éditait un journal destiné aux opposants russes réfugiés aux États-Unis. Comme vous pouvez l'imaginer, cela ne lui rapportait pas beaucoup d'argent. Il avait connu les prisons soviétiques où il avait perdu la santé, et il ne pouvait pas faire grand-chose pour gagner sa vie.

— Cela a dû être dur pour vous.

— Je n'en ai pas trop souffert, étant enfant. Bien sûr, j'aurais aimé qu'on ait plus d'argent, mais cela allait.

Ses parents l'avaient beaucoup aimé et encouragé. En ce sens, oui, il faisait partie des enfants privilégiés.

— Comment avez-vous pu faire vos études de médecine ? demanda Bailey.

— J'ai obtenu des bourses, fait des emprunts et travaillé l'été.

— Alors, ni Boone ni vous n'avez connu une enfance dorée ?

— Non, pas vraiment ! Mais nous n'étions pas très proches, lui et moi. Il avait sept ans lorsque mes parents se sont mariés, et huit ans quand je suis né. Il avait déjà quitté la maison lorsque je suis devenu adolescent. Il a suivi des cours de commerce à l'université de New York.

— Et vous, vous êtes allé à Harvard.

— D'abord à Yale, puis à Harvard grâce à une bourse d'études.

Il s'allongea dans l'eau, se demandant s'il n'en disait pas trop.

D'habitude, il aimait se présenter à son avantage. Révéler ses faiblesses amenait les gens à se montrer condescendants. Mais curieusement, avec Bailey, il ne cherchait pas à cacher ses faiblesses. Il avait même l'impression que cela lui permettait de faire avancer les choses.

Faire avancer les choses ? Il n'avait aucune vue sur elle. En fait, il ne voulait pas avoir la moindre affaire avec une infirmière de l'hôpital, et surtout pas avec celle qui vivait sous le même toit que lui.

Celle qui portait son bébé.

Instinctivement, son regard se porta sur le ventre rond de Bailey. Il y avait dans ces courbes quelque chose de délicieusement sensuel.

— Pourquoi avez-vous accepté de jouer les mères porteuses pour votre sœur ?

Bailey haussa les sourcils, l'air étonné.

— Qu'est-ce qui vous fait penser à cela, alors que nous parlions de vos études ?

— Répondez-moi.

— Parce qu'elle avait besoin que je l'aide. À mon tour de vous interroger : pourquoi avez-vous décidé de vous spécialiser dans les problèmes de fertilité ?

— Mon principal souci, c'est de me servir de mes compétences de chirurgien pour améliorer la vie des gens. J'ai envisagé d'autres spécialités.

— Lesquelles ?

— La chirurgie cardiaque, pour commencer. Mon père est mort d'une crise cardiaque. Mais la privation de nourriture l'avait affaibli, et la chirurgie ne pouvait pas réparer cela.

— Je suis désolée. Et vous avez aussi perdu votre mère.

— Elle est morte d'un cancer. Elle ne m'avait jamais parlé de sa maladie, aussi n'ai-je pas pu partager son combat.

Pourquoi se sentait-il si ému en évoquant ce décès qui avait eu lieu dix ans plus tôt ?

— À cette époque, je faisais déjà mon internat en obstétrique.

— Vous ne m'avez toujours pas dit pourquoi vous avez choisi cette spécialité ?

— J'imagine qu'après toutes les souffrances qu'avaient connues mes parents, j'ai choisi un domaine où régnait l'espoir. J'avais fini par l'oublier. Merci de me le rappeler.

— Ouah ! J'ai du mal à croire ce que je découvre sur vous. Vous me donnez l'impression d'être presque humain.

— Ne vous croyez pas obligée de me faire des compliments.

— Je vous promets de ne pas ruiner votre réputation de grincheux.

— C'est très aimable à vous. Dites-moi, pourquoi Phyllis a-t-elle besoin de faire appel à une mère porteuse ?

— Elle a quarante ans.

— De nos jours, ce n'est pas trop vieux pour devenir mère. Il y a sûrement une autre raison. Laquelle ?

Bailey lui jeta un regard en biais, comme si elle se demandait jusqu'à quel point elle pouvait lui faire confiance.

— Bon, vous faites partie de la famille, alors j'imagine que je peux vous confier un secret : Phyllis a fait plusieurs fausses couches, et son médecin a découvert qu'elle souffre d'une anomalie génétique touchant l'organisation des chromosomes. Vous voyez de quoi il s'agit, j'imagine.

— Oui.

Dans deux pour cent des cas de fausses couches à répétition, l'un des parents présentait une anomalie dans la structure de ses chromosomes. Lui-même n'en souffrait pas, car chez lui les chromosomes subissant la translocation s'équilibraient. On n'observait ni surnombre ni absence d'éléments. En revanche, lors de la transmission à l'enfant, des éléments pouvaient s'égarer, entraînant alors de graves imperfections à la naissance ou même une fausse couche. Si ces parents conservaient toutefois une chance d'avoir des enfants en bonne santé, il pouvait comprendre qu'une femme de quarante ans qui avait fait plusieurs fausses couches soit tentée de renoncer à procréer.

— Vous n'avez pas hérité de cette anomalie ? s'enquit-il.

— Par chance, non.

— Alors, vous avez utilisé vos ovules et non les siens ?

Bailey hocha la tête.

Ni Boone ni Phyllis n'avaient transmis leur ADN, songea-t-il. Cela voulait dire que les parents biologiques du bébé, c'étaient Bailey et lui.

— Avez-vous pris des médicaments pour favoriser la fécondation ?

— Pourquoi cette question ?

— Parce que je vous trouve plutôt imposante pour une femme enceinte de trois mois seulement.

— Je donne cette impression parce que je ne suis pas grande.

À qui croyait-elle parler ?

— Je suis un spécialiste, Bailey. Vous êtes plus forte qu'on ne l'est généralement à ce stade de la grossesse. Avez-vous un suivi médical régulier ?

— Eh bien…

— Oui ? Allons, répondez !

— C'est ce que j'allais faire, rétorqua-t-elle sèchement.
— Excusez-moi. Allez-y, je vous écoute.

Bailey ferma les yeux et s'enfonça dans l'eau chaude.

Jusqu'à quel point pouvait-elle se confier à Owen ? Les confidences qu'il venait de lui faire sur ses parents et sa jeunesse difficile montraient qu'il n'avait rien d'un fils de famille gâté par la vie. Il ne devait sa réussite qu'à lui-même. Par ailleurs, il était à la fois l'oncle du bébé qu'elle portait et un obstétricien de renom. Et il lui fallait songer avant tout à la santé et à la sécurité de son enfant.

— Je vous l'ai dit, commença-t-elle, nous n'avons utilisé aucun médicament pour favoriser cette grossesse. Je pense que nous l'aurions fait si je n'étais pas tombée enceinte tout de suite, mais Phyllis ne voulait pas dépenser plus d'argent qu'il n'était nécessaire. Et, pour ma part, j'étais contente d'éviter le risque des effets secondaires.

— Y a-t-il des jumeaux dans votre famille ?

— Pas que je sache. Mais d'autres raisons peuvent expliquer pourquoi je suis si grosse. Je veux dire, la taille est quelque chose de relatif…

Elle se tut, consciente du manque de clarté de ses propos.

Owen s'assit, créant des remous dans l'eau.

— Etes-vous en train de me dire que vous n'avez pas eu d'échographie ?

— J'y venais. Si j'habite ici, c'est parce que Phyllis et Boone connaissent des difficultés financières. C'était moi qui payais les honoraires du médecin, mais je n'ai plus assez d'argent. Lorsque le locataire de cette maison est parti, ma sœur m'a proposé de m'installer ici à titre de compensation.

— Ils sont ruinés ? demanda Owen, visiblement à la fois inquiet et furieux.

— Mais non ! Ils ont simplement des difficultés temporaires de trésorerie, c'est tout.

— À quand remonte votre dernier contrôle médical ?

— À six semaines.

Il frappa l'eau du plat de la main, ce qui les éclaboussa tous les deux.

— Quelle irresponsabilité !

— Je ne vous ai pas raconté tout cela pour que vous me critiquiez ! protesta-t-elle.

— Ce n'est pas vous que je critique, mais Boone et votre sœur. Ils ne devaient pas vous prendre comme mère porteuse s'ils avaient des problèmes d'argent, et encore moins vous envoyer dans une clinique de Los Angeles pour découvrir ensuite qu'ils ne pouvaient pas payer les frais médicaux.

— Ce qui est fait est fait, dit-elle d'une petite voix. Je porte leur enfant et je dois veiller à ce que tout se passe bien. Phyllis et moi, nous avons grandi sans argent. Les pauvres aussi ont le droit d'avoir des enfants.

— Ils n'ont pas le droit de demander à une sœur qui leur fait confiance de porter un enfant pour eux ! Surtout quand...

Owen s'arrêta au milieu de sa phrase.

— Cette discussion ne nous mène à rien. Laissez-moi plutôt vous examiner.

Elle ne s'attendait pas à une telle proposition de sa part.

— Comment ? Vous voulez dire... Maintenant ?

— Mais oui.

Il se redressa, lui offrant un spectacle qui l'impressionna. Tous ces muscles, ce ventre plat et... Pourquoi avait-elle les yeux fixés sur cette partie de son anatomie ?

— Vous voulez un coup de main ? proposa-t-il.

— Je peux me débrouiller toute seule.

S'appuyant sur le rebord du spa, elle se leva et sortit de l'eau.

Elle ne voulait pas commencer à compter sur l'aide des hommes, au propre comme au figuré. Malgré son apparente générosité, Owen Tartikoff ne tarderait pas à se tourner vers quelque chose de plus intéressant. C'était toujours ce que faisaient les hommes.

Tandis qu'il achevait de s'essuyer dans la salle de bains, Owen réfléchissait à la situation.

Enfant, il vouait une admiration sans bornes à son frère aîné. En retour, celui-ci le protégeait, n'hésitant pas à utiliser tous les moyens pour lui venir en aide. Deux ans plus tôt, lorsque Boone avait découvert qu'il n'avait pas suffisamment de spermatozoïdes, Owen n'avait pas hésité un instant à lui donner les siens. S'il en voulait à Boone de ne pas l'avoir informé de sa décision de faire appel à une mère porteuse, il ne s'agissait peut-être pas là d'une tromperie intentionnelle.

Mais cette histoire de problèmes financiers était troublante. Le père de Boone avait été condamné pour avoir abusé de la confiance d'investisseurs naïfs auxquels il avait volé des centaines de milliers de dollars. Boone serait-il en train de marcher sur les traces de son père, ici, à Safe Harbor ?

Et si Boone et Phyllis trompaient leurs investisseurs, dans quelle mesure cela ne rejaillirait-il pas sur Bailey et lui ? Si le couple se faisait arrêter, quelle incidence cela aurait-il sur son programme de recherche sur la fertilité ? Et, surtout, devait-il faire part de ses soupçons à la police ?

Il n'avait aucune preuve, se dit-il en passant un polo. Il ne pouvait pas les dénoncer en se fondant sur de vagues impressions. Mieux valait ne plus penser à cela pour le moment. Le plus urgent, décida-t-il en enfilant un jean et une paire de sandales, c'était de s'assurer que Bailey et son bébé allaient bien.

Pour ne pas perdre la main, il lui arrivait encore de temps en temps de pratiquer des échographies, et il se réjouissait toujours de la réaction des parents. Aujourd'hui, il allait savoir quel effet cela faisait de voir et d'entendre son enfant pour la première fois.

Après tout, c'était aussi son bébé à lui !

En pénétrant dans le Safe Harbor Medical Building, le bâtiment réservé aux cabinets des médecins, Bailey fut frappée par le silence qui régnait dans ces lieux le dimanche. Il n'y avait personne à la réception, et la pharmacie était fermée.

Elle frissonna.

— Vous avez froid ? s'inquiéta Owen.

— Non, mais cela me fait bizarre qu'il n'y ait personne ici.

— Nous, nous sommes là, dit-il avec un sourire en coin tout en appuyant sur le bouton de l'ascenseur.

Lorsqu'il la poussa dans la cabine, elle fut prise d'un doute.

Certes, elle avait besoin qu'un médecin l'examine, mais ne ferait-elle pas mieux d'attendre de voir un autre obstétricien ? Elle ne serait pas alors obligée de se dévêtir devant ce type.

Il était médecin.

Oui, et elle-même était infirmière. Jouer au docteur ou à l'infirmière, n'était-ce pas l'un des jeux favoris de beaucoup de couples ?

— Je ne suis pas sûre que ce soit très indiqué, dit-elle faiblement comme ils arrivaient au troisième étage.

— Indiqué ? Quel terme étrange !

— Je veux dire… Vous n'avez pas mon dossier médical. Et vous êtes en quelque sorte mon beau-frère. Et puis…

— Et puis, dit Owen, nous sommes là. Alors, allons-y.

La prenant par le coude, il la guida vers la porte dont la plaque indiquait son nom et ses spécialités : obstétrique, gynécologie, fertilité.

— Cela restera entre vous, le bébé, et moi, je vous assure. Je n'ai pas l'intention de devenir votre médecin régulier.

La salle d'attente ressemblait à celle de Nora, sauf que les meubles avaient l'air neuf et qu'il régnait encore une odeur de peinture fraîche. Visiblement, les locaux avaient été rénovés en l'honneur du célèbre chirurgien.

— Ça m'est bien égal que cela reste entre nous, protesta-t-elle. Je me sens nerveuse.

— Vous doutez de mes compétences ?

— Non, bien sûr !

— Heureux de vous l'entendre dire, lança Owen en la guidant vers une salle d'examen.

— Je… Je ne me sens pas prête.

— Je vais seulement écouter le cœur du bébé et faire une échographie. Il n'y a là rien d'invasif.

— Il ne s'agit pas de l'examen lui-même.

— Alors, de quoi s'agit-il ?

— Je ne suis pas prête à accepter que ce bébé soit bien réel.

— Que voulez-vous dire ? demanda Owen en se lavant les mains au lavabo.

— Lorsque j'ai accepté de devenir mère porteuse, j'imaginais ma sœur tenant le bébé dans ses bras et lui chantant des berceuses, comme dans un spot publicitaire. Bien sûr, je savais que j'allais grossir, avoir des nausées, souffrir du dos et devoir accoucher de cet enfant, mais tout cela me semblait bien loin.

— Alors, vous aimeriez mieux regarder un spot publicitaire plutôt que de voir l'échographie de votre enfant ?

Elle le fusilla du regard.

— J'aurais dû savoir que vous ne comprendriez pas. Ce n'est pas comme s'il s'agissait de votre bébé à vous !

Sans répondre, Owen sortit d'un placard une blouse bleu pâle qu'il lui tendit.

— Mettez cela. Je reviens dans un instant.

— Vous n'écoutez pas ce que je dis. Vous êtes têtu comme une mule !

Il la prit doucement par les épaules.

— Vous avez peur, Bailey. Cette situation semble échapper à tout contrôle, n'est-ce pas ?

Il se montrait soudain si gentil qu'elle baissa la garde.

— Je ne m'attendais pas à tomber enceinte si vite, avoua-t-elle. Et, après, Phyllis m'a plus ou moins abandonnée — enfin, je veux dire, en ce qui concerne la surveillance médicale de ma grossesse. Maintenant, j'ai peur qu'il n'y ait un problème.

— N'allons pas si vite. Le fait que vous soyez grosse ne signifie pas qu'il y a un problème. C'est justement pour en avoir le cœur net que nous sommes ici.

À sa grande honte, elle sentit ses yeux s'emplir de larmes.

— Que se passera-t-il si je vois le bébé et qu'il n'est pas… Je ne sais pas…

— Une chose à la fois, murmura Owen.

Il était si doux avec elle qu'elle eut presque envie de se blottir contre lui.

Le Dr Owen Tartikoff ! Avait-elle perdu la tête ?

Par fierté, elle s'efforça de se ressaisir.

— D'accord, dit-elle en redressant les épaules. Je vais me changer. Quand je serai prête, j'appuierai sur le bouton.

Ce qui allumerait une lampe verte dans le couloir.

— Très bien, dit Owen, l'air amusé.

Et il quitta la pièce.

Elle fit une grimace dans son dos.

Allait-elle vraiment devoir laisser son indésirable colocataire poser ses mains sur elle ?

Autant en finir au plus vite. Même si elle avait très peur de ce que cette échographie risquait de révéler, elle devait découvrir ce qu'il se passait.

Cela faisait un bon moment qu'Owen avait laissé Bailey seule dans la salle d'examen, et la lampe dans le couloir restait obstinément rouge. Pourquoi lui fallait-il tant de temps pour se préparer ? se demanda-t-il en faisant les cent pas. Et si quelque chose clochait ?

Il secoua la tête pour chasser cette idée.

Même s'il y avait un problème, il existait sûrement un moyen d'y remédier.

Soudain, il prit conscience qu'il avait oublié d'aller chercher l'équipement nécessaire pour procéder à l'échographie.

Il sortit d'un placard le chariot sur lequel se trouvaient l'appareil et tous ses éléments — écran d'ordinateur, clavier — et roula le tout vers la salle d'examen.

Dans le couloir, la lampe était toujours rouge.

Après avoir hésité un instant, il frappa à la porte.

— Est-ce que ça va ?

— Oh ! Excusez-moi.

Il entendit un petit bruit, et la lumière devint verte.

Il ouvrit la porte.

Assise sur la table d'examen, Bailey serrait étroitement autour d'elle les pans de la blouse qu'il lui avait donnée.

— Vous aviez oublié d'appuyer sur le bouton ?

— J'étais distraite.

À sa grande honte, il dut faire effort pour ne pas fixer du regard la poitrine ronde qui se dessinait sous le fin tissu.

Jamais il n'avait franchi la ligne rouge qui séparait son rôle de médecin et ses désirs d'homme. Bailey était sa patiente, il ne pouvait être question d'attirance sexuelle entre eux.

Poussant le chariot près de la table d'examen, il prit le stéthoscope Doppler qui permettrait d'entendre battre le cœur du bébé.

— Vous pouvez le placer vous-même si vous préférez, dit-il en le tendant à Bailey.

Elle prit l'instrument et, le glissant sous sa blouse, elle le fit glisser sur son abdomen.

— Je n'entends rien, dit-elle, inquiète.

Il ne put s'empêcher de rire.

— Déplacez l'appareil jusqu'à ce que vous trouviez le bon emplacement.

Elle rougit.

— Je sais, mais je pensais être à la bonne place.

Elle continua de faire bouger le stéthoscope et, soudain, venant du petit haut-parleur, un bruit emplit la pièce, évoquant la course d'un cheval au galop.

Le rythme était rapide, mais tout à fait normal chez un fœtus à ce stade de son développement.

— Quelle force, murmura Bailey en croisant son regard.

Il pouvait lui-même à peine respirer.

Oui, ce cœur battait fort. Assez fort pour durer des décennies. Peut-être pour vivre cent ans. Ce son appartenait à son enfant. Quelle personne deviendrait-il ? Quel genre de vie mènerait-il ?

Il fit un effort pour se rappeler pourquoi ils étaient là.

— Bougez encore l'appareil, ordonna-t-il.

Bailey obéit, et tous deux entendirent le même bruit. Celui d'un autre cheval lancé au galop.

— Peut-être s'agit-il d'un phénomène d'écho ? suggéra-t-elle faiblement.

— Nous allons vérifier cela tout de suite, répondit-il, la gorge serrée.

Pendant quelques instants, au milieu de tout ce bruit, il avait cru entendre une petite voix murmurer : « Bonjour, papa. »

Ou bien étaient-ce deux petites voix ?

4.

Des jumeaux !

Bailey avait du mal à croire que ce soit possible. Elle savait que cela pouvait arriver même sans prendre de médicaments favorisant la fertilité, mais elle ne s'était pas attendue à ce que cela lui arrive à *elle*.

Elle essaya d'imaginer Phyllis avec deux bébés.

Une fille pour elle, un garçon pour Boone ? Ou bien deux enfants du même sexe ?

Tandis qu'elle s'allongeait sur la table d'examen et laissait Owen lui étendre du gel sur l'abdomen, elle se vit jouant avec les bébés, les aidant à ouvrir leurs cadeaux au pied du sapin de Noël, les filmant pour immortaliser les moments clés de leur enfance.

— Voici le bébé numéro un, dit Owen.

— Pouvez-vous voir quel est son sexe ?

— Non, je ne saurais dire si c'est une fille ou un garçon. Eh, bébé numéro 2, sors de ta cachette, s'il te plaît !

— Ce n'est pas un jeu, protesta-t-elle.

— Alors, pourquoi souriez-vous ?

— Parce que, à l'instant, je me suis imaginé pendant quelques minutes qu'ils étaient vraiment à moi.

Elle s'attendait à une remarque d'Owen, mais il fixait toute son attention sur les images qui se dessinaient en noir et blanc sur l'écran.

— Ah, nous y voilà, dit-il. Bébé numéro 2. Très actif, ce jeune homme… Ou peut-être cette jeune fille. Ils font bien d'en profiter pendant qu'ils ont encore de la place pour bouger.

Dans quelque temps, ils donneront des coups de coude et se cogneront l'un contre l'autre.

— Inutile de me le rappeler, grommela-t-elle.

— Désolé. En général, mes petites plaisanteries réjouissent mes patientes.

— Moi, je ne trouve rien de réjouissant à tout cela.

Ce n'était pas vrai. Jamais elle n'avait rien vu d'aussi beau ni d'aussi étonnant que ces deux précieux petits êtres qu'elle portait en elle.

Cela aurait dû être un moment merveilleux. Phyllis aurait dû être là, rayonnante de bonheur, Boone à ses côtés. Elle aurait dû les inviter aujourd'hui.

Mais, jusqu'à présent, Phyllis n'avait accepté d'assister qu'au premier examen, et Boone à aucun.

Bailey commençait à se demander si elle avait eu raison de faire confiance à sa sœur et à son beau-frère. Comment pourrait-elle laisser deux bébés sans défense à des parents qui manifestaient une telle indifférence ?

Mais elle n'avait pas le choix. Elle avait passé un contrat avec eux. Et, surtout, ces jumeaux étaient les enfants biologiques de Boone. Elle se devait de respecter ses engagements.

Owen continuait de déplacer la sonde sur son ventre.

— Que faites-vous ?

— J'essaye de trouver le bébé numéro 3, s'il y en a un.

Elle s'arrêta presque de respirer.

— Des triplés ?

— En fait, il semblerait que non. La nature a décidé de s'arrêter à deux. Comment allez-vous les appeler ?

— Ce n'est pas à moi de choisir leurs prénoms, vous l'aviez oublié ?

— La force de l'habitude, vous savez…

Owen reposa la sonde, appuya sur un bouton et imprima une photo.

— Tout semble normal en ce qui concerne le cordon ombilical. Il y a deux placentas indépendants.

— Alors, ce sont de faux jumeaux ?

— Pas nécessairement.

Il lui expliqua que si les vrais jumeaux pouvaient partager le même placenta, ce n'était pas toujours le cas. Il continua sur sa lancée, décrivant en détail les différences entre de vrais jumeaux, qui avaient en commun cent pour cent de leur patrimoine génétique, et des jumeaux issus d'un même œuf qui s'était scindé en deux, chaque moitié étant fécondée par un spermatozoïde différent : ces bébés-là étaient des demi-vrais jumeaux, qui avaient en commun soixante-quinze pour cent du même patrimoine génétique. Enfin, les faux jumeaux partageaient cinquante pour cent de leurs gènes, comme de simples frères et sœurs.

— Pourquoi me racontez-vous tout cela ? demanda-t-elle.

Il la regarda, l'air étonné.

— Vous ne trouvez pas cela fascinant ?

— Non ! Attendre des jumeaux exige une surveillance médicale accrue et implique des frais supplémentaires.

— C'est pourquoi vous devriez commencer par faire appel à un médecin travaillant ici. Je peux vous aider à arranger cela, ajouta-t-il en lui essuyant l'abdomen avec une serviette jetable.

— Il faut que je parle à Phyllis. Au sujet des jumeaux... Et du reste.

— Je vous accompagne.

Elle s'assit sur la table d'examen et acheva de s'essuyer.

— Vous voulez dire... Maintenant ?

— Le moment me semble bien choisi.

Elle hésita, se demandant si elle avait vraiment envie de voir cet homme si dogmatique s'immiscer dans une situation particulièrement délicate. D'un autre côté, elle attendait des jumeaux et, en tant qu'infirmière, elle savait qu'elle aurait à subir beaucoup d'examens supplémentaires et certains malaises, sans compter la probabilité accrue d'avoir une césarienne. Quel mal y aurait-il à accepter d'avoir un homme à son côté pour la soutenir ? Bien sûr, Owen n'était pas *son* homme, mais pour l'instant il lui servait de médecin. Et puis, ils avaient des liens familiaux. Elle se rappela aussi que c'était la faute de sa sœur et de son beau-frère si Owen avait fait irruption chez elle et avait été amené à se mêler de cette histoire.

— D'accord, dit-elle. Mais n'oubliez pas que vous ne serez là que pour me soutenir moralement. C'est moi qui parlerai, et vous n'interviendrez que pour donner votre avis en tant que médecin. Compris ?

— Oui, patronne, lança Owen d'un ton moqueur.

Tournant les talons, il sortit de la pièce en poussant le chariot devant lui.

Elle ne pouvait pas voir son visage, mais elle aurait parié qu'il souriait.

Ne s'était-il vraiment passé que deux jours depuis qu'il était venu ici pour la première fois, s'attendant à voir sa belle-sœur enceinte ? songeait Owen tandis qu'il escortait Bailey vers la maison de son frère.

Il ne connaissait même pas alors l'existence de la jeune femme. À présent, ils vivaient sous le même toit et, que cela plaise ou non à Bailey, il se sentait tenu de la protéger.

Au téléphone, Phyllis avait paru contrariée lorsqu'il lui avait annoncé que Bailey et lui avaient besoin de les voir, elle et Boone. Elle avait répondu que son mari était absent pour plusieurs jours. Ne pouvait-on remettre à plus tard ce rendez-vous ? Il avait précisé qu'il s'agissait de quelque chose d'important, et aussitôt elle s'était inquiétée.

— Tu ne lui as pas dit…

Il l'avait rassurée : Bailey ignorait toujours qu'il était le père biologique du bébé.

Il sonna à la porte puis, après avoir attendu quelques instants, recommença.

— La maison est grande, observa Bailey. Cela prend du temps de venir ouvrir.

— Phyllis nous attend. Ce ne devrait pas être si long.

— Ne commencez pas à critiquer ma sœur !

— Très bien, répondit-il, refrénant son impatience.

— Et rappelez-vous que vous devez me laisser parler. Le contrat a été passé entre Phyllis, Boone et moi. Les oncles n'ont aucun droit dans cette affaire. Compris ?

Si seulement elle savait !

Mais, même si Bailey ignorait la vérité, elle avait raison sur un point : cette affaire ne le concernait pas. Il avait fait don de son sperme librement, sans aucune condition. Et, même si ces bébés étaient adorables, il n'avait pas l'intention de se charger de les élever.

Enfin, un bruit de pas se fit entendre dans le hall. La porte s'ouvrit devant Phyllis, qui les regarda d'un air méfiant.

Elle avait noué ses cheveux blonds sur le sommet de sa tête, les fixant négligemment avec une épingle, et son maquillage semblait avoir coulé.

Avait-elle pleuré, ou bien s'était-elle simplement habillée à la hâte ?

— Entrez, dit-elle.

Elle embrassa sa sœur tout en lançant à Owen un regard interrogateur.

— Est-ce que tout va bien ? s'enquit-elle.

— Je vais très bien, répondit Bailey. Où pouvons-nous nous installer pour parler tranquillement ?

Phyllis les guida vers un salon qu'il jugea d'un luxe tapageur.

Décidément, toute la maison respirait à la fois l'argent et le mauvais goût.

— Eh bien, voilà..., commença Bailey en s'éclaircissant la gorge. Je n'ai pas pu avoir mon examen médical du troisième mois parce que je n'avais pas les moyens de payer le médecin.

Phyllis était restée debout près de la cheminée.

— Pourquoi ? dit-elle. Nous t'avons pourtant fourni un logement gratuit.

Discuter d'argent maintenant serait une perte de temps.

— Le problème n'est pas là, intervint-il. J'ai fait une échographie. Elle attend des jumeaux.

Il essaya de comprendre les différentes expressions qui se succédaient sur le visage de Phyllis. De la surprise, de l'inquiétude… Et beaucoup d'autres émotions qu'il n'eut pas le temps de décrypter.

— Ah, voilà une bonne nouvelle, dit-elle. Y a-t-il une fille et un garçon ?

— Il est trop tôt pour le dire, déclara Bailey en s'asseyant au bord du canapé. Mais ils sont incroyables !

Elle sortit de son sac la photo qu'il lui avait donnée après l'échographie.

Phyllis s'approcha et étudia de près le cliché.

— Ah, je vois un bras, là. Et là, la tête. Elle me paraît bien grosse. Est-ce que c'est normal ?

— D'après ce que j'ai vu, coupa-t-il, ces bébés sont parfaitement normaux.

— Le fait d'attendre des jumeaux va entraîner davantage de dépenses médicales, dit Bailey. Je ne vais pas avoir assez d'argent pour y faire face.

— Et puis, ajouta Owen, arrivée au troisième trimestre, elle devra sûrement arrêter de travailler. Et il lui sera difficile d'aller régulièrement à Los Angeles pour voir son médecin. Avez-vous réfléchi à la façon dont vous allez vous occuper d'elle ?

— Chaque chose en son temps, dit Phyllis en s'asseyant sur le canapé à côté de Bailey. Nous avons encore plusieurs mois devant nous. Tu te sens bien pour l'instant, pas vrai ?

— Je me sens très bien.

— Et, maintenant que tu as eu cette échographie, tu n'as plus besoin de faire ton examen du troisième mois, ce qui représente une grosse économie. Le mois prochain, nous aurons les moyens de t'offrir tout ce dont tu pourras avoir besoin. Alors, rien ne presse, n'est-ce pas ?

— Attends, dit Owen. Une échographie informelle ne saurait remplacer une vraie visite chez le médecin. Avec des jumeaux, il est plus nécessaire que jamais de contrôler la tension artérielle et le taux de glucose, entre autres choses. La grossesse peut connaître soudain des complications parfois gravissimes si on ne les détecte pas précocement.

— Tu viens de dire qu'elles surviennent soudainement,

observa Phyllis d'un ton agressif. Dans ce cas, comment peut-on les détecter précocement ?

— Elle vient de marquer un point, lança Bailey avec un sourire ironique.

— Il n'y a pas lieu de plaisanter sur ce sujet, rétorqua-t-il sèchement. Vous avez besoin d'un suivi médical sérieux. Dois-je vraiment vous expliquer pourquoi ?

— Vous aviez promis de me laisser gérer cette affaire ! explosa Bailey. Vous n'êtes là que pour me servir de chauffeur et peut-être aussi pour donner votre avis en tant que médecin, mais nous restons libres de suivre ou non vos conseils.

— Ce ne sont pas tes bébés, renchérit Phyllis.

On aurait dit qu'elle le défiait de dire la vérité à Bailey !

Il faillit mordre à l'hameçon. Mais à quoi bon révéler qu'il était le père de ces jumeaux ? Cela ne changerait rien. Il avait fait don de son sperme à son frère et renoncé en même temps à tous ses droits sur les enfants à naître. Par ailleurs, cette révélation rendrait certainement Bailey furieuse. Elle risquait de vouloir déménager, peut-être pour s'installer chez Ned Norwalk ou chez un autre de ses amis. Or, il ne voulait pas la forcer à vivre dans des conditions précaires.

Pire encore, il n'aurait plus de contact avec elle. Il ne verrait pas les bébés se développer et ne pourrait pas intervenir si l'état de Bailey le nécessitait.

Il ravala sa colère.

— Comme elle n'est enceinte que de trois mois et qu'elle semble en bonne santé, dit-il, la situation n'a rien de dramatique. Mais le mois prochain…

— Le mois prochain, nous pourrons payer les médecins pour toute la surveillance prénatale et l'accouchement, affirma Phyllis en bondissant sur ses pieds. C'était ce que nous avions l'intention de faire dès le début, mais une bonne partie de notre argent est bloquée à l'étranger. Ce sont des choses qui arrivent. Tu me fais confiance, n'est-ce pas, Bailey ?

Bailey se leva et prit sa sœur par la main.

— Bien sûr ! N'est-ce pas fantastique ? Boone va être sûrement très excité !

— Nous allons tellement gâter ces deux petits chéris ! Tu m'aideras à décorer leur chambre. Des ours en peluche, des poupées, des livres, de jolis meubles… Tout ce dont nous rêvions lorsque nous étions enfants. Dès que nous aurons réglé nos affaires en cours, nous roulerons sur l'or.

Vraiment ? se demanda Owen.

Mais, de toute évidence, Bailey ne partageait pas son scepticisme.

— Je suis si heureuse de pouvoir faire cela pour vous ! dit-elle à sa sœur. Je t'aime, Phyllis.

Phyllis la serra dans ses bras. Il était prêt à parier qu'elle avait les larmes aux yeux.

— Moi aussi, je t'aime, ma chérie. Attends ! J'ai un cadeau pour toi.

Elle quitta la pièce et revint avec une corbeille ornée d'un gros ruban rose. À l'intérieur se trouvaient des savonnettes parfumées, des flacons de bain moussant et d'autres produits de toilette, ainsi qu'une petite trousse de premiers secours.

— C'est juste pour t'aider à te sentir plus confortable, dit Phyllis.

— Tout cela sent si bon ! s'exclama Bailey, rayonnante.

Ces deux jeunes femmes étaient beaucoup plus proches l'une de l'autre qu'il ne l'était de Boone, se dit-il. Il avait du mal à croire que Phyllis ait pu délibérément exploiter la naïveté de sa sœur. En revanche, il se méfiait de son frère et de ce qu'il était capable de faire.

Comment Boone réagirait-il s'il connaissait de sérieux ennuis d'argent ? Penserait-il avant tout à protéger sa famille ? Se comporterait-il comme un vrai père avec les jumeaux ? Ou bien ces bébés n'étaient-ils pour lui qu'une acquisition de plus ?

Cette visite n'avait fait que renforcer ses doutes. L'absence de Boone, l'air défait de Phyllis lorsqu'elle leur avait ouvert et sa façon d'affirmer ensuite qu'ils rouleraient bientôt sur l'or, tout cela alimentait ses soupçons. Il se considérait moralement obligé de protéger non seulement Bailey et ses bébés, mais aussi les investisseurs que Boone risquait de conduire à la ruine.

Oui, même si cette perspective ne l'enchantait guère, il rendrait discrètement visite à la police, au service des fraudes, en espérant que les autorités se montreraient aussi prudentes que lui et qu'elles attendraient d'avoir rassemblé toutes les preuves nécessaires avant de déclencher d'éventuelles poursuites.

La semaine suivante, Bailey ne croisa Owen qu'au moment du petit déjeuner ou tard le soir, ou bien parfois au centre médical. Mais elle sentait partout sa présence.

Mercredi, elle l'avait entendu s'emporter contre sa nouvelle infirmière, Keely Randolph, une femme corpulente qui ne se laissait pas facilement impressionner. Ned avait lancé des paris, convaincu que Keely ne resterait pas longtemps au service de l'irascible chirurgien, soit parce qu'elle démissionnerait, soit parce qu'elle se ferait renvoyer.

Bailey s'amusait à écouter les bavardages de ses collègues, mais elle n'avait pas envie qu'ils la questionnent sur la façon dont Owen se comportait à la maison.

Le sujet arriva sur le tapis le jeudi, alors qu'elle déjeunait à la cafétéria avec Devina Gupta et Lori Ross.

Devina était l'infirmière de la pédiatre Samantha Forrest, et Lori, qui était mariée à un néonatalogiste, était l'infirmière du Dr Rayburn.

— Il a droit à une certaine intimité, déclara-t-elle.

Elle vit le petit signe de tête approbateur que lui adressait Erica Benford, assise à une table voisine.

Erica était une nouvelle venue. Elle avait tendance à manger seule ou avec des infirmières qui travaillaient comme elle au bloc opératoire. De toute évidence, elle appréciait la discrétion dont Bailey venait de faire preuve. Elle était connue pour sa loyauté envers Owen, avec qui elle travaillait apparemment depuis des années.

— C'est vraiment bizarre que vous vous retrouviez tous les deux parents par alliance, remarqua Devina.

— Il n'est pas si désagréable que cela, dit Bailey.

Surtout quand il l'avait auscultée. Et puis, il se souciait de son état de santé. Sa façon de veiller sur elle la touchait.

Non, elle n'allait pas commencer à t'intéresser à lui. Ce serait une folie, pour bien des raisons.

— Tu le défends ? Incroyable ! lança Ned en s'asseyant à leur table. Vas-tu manger ce petit pain ? Sinon, je le prends.

Devina fit mine de donner à Ned une petite tape sur la main.

— Ne sois pas si glouton ! Elle mange pour deux.

— Ou peut-être plus, suggéra Lori. Es-tu sûre que ton médecin n'a rien détecté ?

En général, Bailey faisait preuve d'une grande franchise. Mais comment annoncer soudain qu'elle attendait des jumeaux, alors qu'elle avait prétendu jusque-là que, lors de son dernier examen, tout était normal ?

— Je ferais mieux de retourner au travail. Tiens, régale-toi, ajouta-t-elle en tendant le petit pain à Ned.

— Tu prends la fuite parce que tu n'as pas envie de parler de cela ? insista Devina.

— Le Dr Franco part à Hawaii la semaine prochaine et j'ai beaucoup à faire. Nous essayons de voir le maximum de patientes avant son départ.

Nora allait profiter du mois d'août pour s'offrir enfin la lune de miel que son mari et elle avaient dû remettre à plus tard.

— Merci pour le petit pain, dit Ned. Au fait, que dirais-tu que je passe te voir samedi ?

D'habitude, elle aimait chanter et partager une pizza avec lui en regardant un vieux film. Par ailleurs, la présence de Ned semblait agacer Owen, ce qui constituait un plus. Mais ,cette fois, elle n'avait pas envie de passer son samedi soir avec son copain Ned.

— Je dois aller au centre Edward Serra l'après-midi, et ma permanence risque de se terminer assez tard. On se verra une autre fois, conclut-elle.

Renée avait téléphoné en demandant de la rencontrer à 15 heures. Peut-être prendraient-elles ensuite un café ensemble.

— Pas de problème.

Elle se leva et se fraya un chemin entre les tables bondées, consciente de laisser ses amis perplexes.

Ils n'avaient pas l'habitude de la voir se livrer si peu. Mais comment pourrait-elle leur parler des questions qui l'agitaient ? Attendait-elle des garçons ? Des filles ? Les deux ? Quels prénoms choisirait Phyllis ? Celle-ci la laisserait sûrement s'occuper de temps en temps des enfants, mais s'ils déménageaient ?

Elle sentit sa gorge se serrer.

Les jumeaux grandiraient alors loin d'elle, ils deviendraient des étrangers. Et s'ils revenaient la voir plus tard pour lui réclamer des comptes et savoir pourquoi elle les avait abandonnés ?

Impossible de faire part de ses angoisses à ses amis. Elle les entendait déjà : « On te l'avait bien dit ! » Ils lui donneraient toutes sortes de conseils sur ce qu'il fallait faire et ne pas faire, mais pour eux ce ne serait que des propos futiles, alors que pour elle les choses devenaient plus graves de jour en jour. Car ses bébés se développaient chaque jour davantage, et il lui faudrait bientôt les donner à quelqu'un d'autre.

Quant à Owen, il semblait ne plus penser à son rôle d'oncle. Le jeudi soir, il rentra tard à la maison, prit un sandwich et s'installa devant son ordinateur.

Elle se prit à regretter les moments qu'ils avaient passés ensemble dans le spa et pendant l'échographie.

Le vendredi, il lui revint aux oreilles qu'Owen avait violemment reproché à Keely d'avoir oublié de demander à une patiente la liste des médicaments qu'elle prenait. L'infirmière s'était rebellée et avait quitté la pièce en traitant Owen de personnage arrogant et injuste.

Ce soir-là, Owen n'était pas encore rentré lorsqu'elle alla se coucher. Le samedi matin, il avala deux des yaourts du réfrigérateur et laissa de l'argent sur la table de la cuisine.

Pour qui la prenait-il ? Pour sa bonne ? pensa-t-elle, furieuse, en découvrant les billets.

L'après-midi, elle se rendit de bonne heure au centre Edward Serra et passa un bon moment à bavarder avec la directrice bénévole, Eleanor Wycliff.

Comme convenu, Renée arriva à 15 heures. Elle n'avait pas changé de couleur de cheveux, mais son regard était plus brillant, et elle redressait les épaules.

Toutes deux se rendirent dans la salle de consultation.

— Comment s'est passée votre semaine ? demanda Bailey.

— Grâce à vous, j'ai eu une révélation, répondit Renée en affichant un grand sourire.

— Vraiment ?

— J'ai décidé d'aller essayer des perruques pour m'aider à choisir une couleur et un nouveau style de coiffure.

— Bonne idée.

— Je me suis donc rendue dans une boutique spécialisée dans la vente des perruques. Il y avait là deux clientes, et j'ai rapidement compris que toutes deux avaient un cancer.

Renée marqua une pause.

— Alors j'ai pris conscience que je me plaignais de n'avoir aucun but dans la vie alors que ces deux femmes, elles, se battaient pour survivre. Pour elles, choisir une perruque, ce n'était pas une question de mode mais un moyen de se sentir normales pendant qu'elles subissaient une chimiothérapie.

— C'était une vraie révélation, en effet.

— Oui, et cela m'a permis de réfléchir à ce que j'allais faire de ma vie. C'est de cela dont je voulais vous parler aujourd'hui.

— Je ne suis pas sûre d'être la personne la mieux placée pour vous donner des conseils, objecta Bailey. Moi-même, j'ai bien du mal en ce moment à savoir ce que je vais faire de ma vie !

Renée se mit à rire.

— Il ne s'agit pas de cela ! En fait, j'aimerais travailler à l'hôpital en tant que bénévole, et je voulais vous interroger à ce sujet. Ils font bien appel à des volontaires, n'est-ce pas ?

— Absolument.

Soulagée, Bailey lui donna le nom de la personne chargée de la formation et de la gestion des équipes de bénévoles.

— Vous pourriez travailler à la boutique de cadeaux ou à la réception, renseigner les visiteurs, porter les fleurs et les cadeaux aux patientes, faire tout un tas d'actions de ce genre… La tâche des bénévoles est de faciliter la vie pour tout le monde.

— Cela me plairait beaucoup. Je suis prête à commencer dès la semaine prochaine. Vous m'avez permis de retrouver un sens à ma vie !

Elle ne s'attendait pas à une telle déclaration et n'était pas sûre de la mériter. Mais il y avait un autre domaine dans lequel elle pouvait peut-être se montrer d'une certaine utilité.

— Et votre fils ? Où en êtes-vous de vos recherches ? J'ai une amie qui est détective privé. Je pourrais lui demander de mener une enquête.

— Non, merci, répondit Renée sans l'ombre d'une hésitation. Depuis que j'ai eu cette révélation, j'ai décidé de ne plus me montrer aussi égoïste. Si mon fils souhaite me retrouver, j'ai laissé suffisamment d'informations pour lui faciliter la tâche. Et, s'il ne se manifeste pas, je ne veux pas faire intrusion dans sa vie ni m'imposer à lui.

— Pensez-vous que les enfants ont un lien psychologique particulier avec leurs parents biologiques ? Je me pose la question en ce qui concerne ma propre situation.

Renée réfléchit un moment.

— Je crois que nos réactions émotionnelles dépendent de notre personnalité et peut-être de la famille dans laquelle nous avons grandi. Votre bébé sera élevé par des gens de votre famille, aussi se posera-t-il sans doute moins de questions sur ses origines. Mais je pense que chacun réagit différemment.

— Merci. Vous devriez venir travailler ici comme conseillère. Vous êtes naturellement douée pour cela.

— Une chose à la fois ! Mais je retiens l'idée pour plus tard.

Heureuse de voir Renée lancée dans de nouveaux projets, Bailey lui serra la main.

— Je ne vous dis pas adieu. Je suis sûre qu'on se reverra à l'hôpital.

— Nous pourrions déjeuner ensemble de temps en temps ?

— Avec plaisir.

Lorsque Bailey rentra chez elle, elle trouva la maison déserte. Owen n'était pas rentré.

Elle ouvrit la barquette de nourriture grecque achetée sur le chemin du retour — des feuilles de vigne farcies et de la moussaka — et dîna tout en se plongeant dans la lecture d'un roman d'amour.

— Je ne vois pas comment nous allons régler ce problème, dit Alec Denny en examinant d'un air soucieux la rangée d'incubateurs alignés le long du mur fraîchement repeint.

— De quoi s'agit-il ? s'enquit Owen, surpris.

Jusqu'à présent, l'inspection qu'ils faisaient des nouveaux laboratoires installés au sous-sol de l'hôpital lui avait donné entière satisfaction. Alec avait réalisé un excellent travail en supervisant l'aménagement des équipements complexes destinés à traiter et à conserver les ovocytes, les embryons et le sperme.

Son collègue poussa un long soupir.

— Patty veut s'éclipser à moto, ou peut-être sur un skateboard. Or, ma fille rêve d'un grand mariage où elle serait demoiselle d'honneur et lancerait des fleurs. Quant à ma mère, elle pense que nous devrions avoir une cérémonie toute simple, mais dans *son* église.

Heureusement, il ne s'agissait pas d'un problème concernant le laboratoire, se dit Owen, soulagé. Et les questions qu'Alec se posait sur son mariage ne semblaient pas bien graves.

Depuis quatre ans qu'il travaillait avec l'embryologiste, il l'avait vu traverser des moments difficiles. Un divorce douloureux avec une femme fragile psychologiquement, suivi d'une bataille autour de la garde de leur fille. Alec s'était vu confier l'enfant et il avait assumé avec succès son rôle de père célibataire. Durant toutes ces années, jamais il n'avait affiché cet air parfaitement heureux qui était le sien depuis qu'il avait retrouvé son ancien amour de jeunesse, la petite amie qu'il avait connue au lycée.

— Quel genre de cérémonie souhaites-tu avoir toi-même ?

— Tout ce que je veux, c'est épouser Patty. J'accepterais même de monter sur un âne s'il le fallait.

— Comme ce serait romantique !

Alec lui lança un regard étonné.

— Serais-tu en train de te moquer de moi ? Je ne pensais pas que tu accordes de l'importance à ce genre de choses !

— Il me semble que si tu dois passer le reste de ta vie avec une femme, le jour de ton mariage doit être mémorable.

— Et se marier sur un âne ne te paraît pas mémorable ?

Owen éclata de rire.

— Bravo ! Tu as marqué un point.

Lorsqu'ils terminèrent leur inspection, il était près de 19 heures. On était samedi soir, et il s'en voulut un peu d'avoir retenu si longtemps son collaborateur.

— Profite bien de ton week-end.

— D'accord, merci, répondit Alec en se dirigeant vers l'ascenseur.

Owen appréciait beaucoup Alec, conscient que son caractère égal formait un équilibre avec sa propre personnalité beaucoup plus tranchante. Plus d'une fois, à Boston, l'embryologiste avait fait le tampon entre lui et les autres membres de l'équipe. C'était aussi un excellent professionnel qui maîtrisait parfaitement son domaine.

On ne pouvait en dire autant de Keely Randolph. La façon dont elle avait négligé de mettre à jour le dossier d'une patiente aurait pu avoir de graves conséquences. C'était par hasard qu'il avait découvert que la patiente en question prenait un médicament qui, associé au traitement qu'il voulait lui prescrire, aurait pu provoquer des effets secondaires désastreux. Keely n'avait pas supporté d'entendre ses reproches. Elle était sortie du bureau comme une furie, en l'insultant. Betsy Raditch, la directrice du personnel infirmier, avait promis de lui trouver une remplaçante temporaire dès la semaine suivante. Devoir s'habituer encore à travailler avec une nouvelle infirmière n'avait rien d'agréable, mais cela lui donnerait le temps de choisir quelqu'un qui lui conviendrait et qu'il pourrait garder longtemps.

En arrivant près de la maison, il se réjouit en voyant qu'il n'y avait dans l'allée aucun autre véhicule que la voiture de Bailey.

Bien sûr, peut-être que la jeune femme serait de mauvaise humeur parce qu'il avait mangé ses yaourts ce matin, même s'il avait laissé de l'argent pour les payer. Peut-être devrait-il faire un saut au supermarché et acheter un bouquet de fleurs qu'il offrirait à Bailey ? C'était bien ce que les types faisaient lorsqu'ils voulaient se faire pardonner quelque chose ?

Oh ! Et depuis quand accordait-il autant d'importance à des trucs pareils ?

Il sortit de la voiture et marcha vers la maison. Au moment de franchir le seuil, il marqua une pause pour écouter les notes d'une chanson tirée d'une comédie musicale qu'il connaissait bien.

Il l'avait jouée au lycée, y tenant même le rôle principal.

Il attendit, guettant le moment où une autre voix se mêlerait à celle de Bailey.

Mais rien ne vint, Dieu merci !

Alors il pénétra à l'intérieur et, sans plus réfléchir, unit sa voix à celle de la jeune femme.

5.

Depuis le lycée, Bailey avait l'habitude de chanter. Ses camarades lui avaient assuré qu'elle avait une voix superbe, mais elle était trop timide pour se produire sur scène. En revanche, elle aimait s'imaginer en train d'interpréter une comédie musicale, attendant l'arrivée du héros, un beau jeune homme, bien sûr, qui joindrait sa voix à la sienne dans un duo émouvant.

Lorsqu'elle vit le sourire malicieux d'Owen et qu'elle l'entendit reprendre la chanson de sa chaude voix de baryton, elle crut qu'elle rêvait.

Elle allait sûrement se réveiller d'une minute à l'autre. Mais, si elle continuait de chanter, peut-être que cela allait durer encore un peu ?

Il traversa la salle de séjour, se débarrassa de sa veste et de son attaché-case et vint s'asseoir sur une chaise à côté d'elle alors que la chanson touchait à sa fin.

Troublée, elle feuilleta son recueil de partitions à la recherche d'un nouvel air et choisit un morceau de la comédie musicale *Le Roi et moi*.

Ce n'était peut-être pas le choix le plus judicieux, car les paroles évoquaient deux amoureux dansant dans les bras l'un de l'autre, et elle sentait le regard d'Owen braqué sur son visage. Si elle tournait la tête, ils se retrouveraient nez à nez.

Ou bouche à bouche.

Ses doigts glissèrent sur le clavier et commencèrent à jouer la valse qu'elle avait sélectionnée. La voix d'Owen se joignit à la sienne avec un tel naturel qu'elle se demanda pourquoi elle avait hésité.

Ils étaient si proches l'un de l'autre qu'elle sentait sa chaleur, et les vibrations de sa belle voix grave la touchaient au plus profond d'elle-même. Instinctivement, elle se pencha vers lui et, lorsqu'il la prit par la taille, cela lui parut le plus naturel du monde. On aurait dit qu'ils dansaient ensemble.

La chanson terminée, elle resta assise, silencieuse. Elle avait peur de bouger.

— Encore, lui murmura Owen à l'oreille.

Elle essaya de s'éclaircir la gorge.

— Avez-vous une préférence ? commença-t-elle.

Elle commit l'erreur de le regarder dans les yeux. Ses lèvres n'étaient qu'à quelques centimètres des siennes.

Il frôla sa bouche d'un baiser léger.

— Encore, répéta-t-il.

Mais, cette fois, les mots semblaient avoir pris un autre sens.

— Ce n'est pas une bonne idée, dit-elle en reculant.

— Vous avez eu une semaine difficile ?

— Pas aussi difficile que la vôtre.

Il rit.

— Je vois que vous avez entendu parler de la discussion que j'ai eue avec mon infirmière.

— Nous avons fait un pari aujourd'hui à la cafétéria.

— Un pari ?

— Oui, sur qui de vous deux céderait le premier. J'ai parié cinq dollars que vous tiendriez bon.

— Merci pour votre confiance.

— Je ne suis pas sûre que ce soit le terme qui convienne.

— Je n'avais pas l'intention de renvoyer Keely. Même si elle a pu commettre des erreurs, c'est une infirmière compétente. Mais son attitude est inacceptable. Si les gens sont incapables de reconnaître leurs torts et d'en tirer la leçon, ils ont toutes les chances de récidiver.

Elle devait admettre qu'il avait raison. D'un autre côté, tout le monde savait qu'Owen n'avait pas besoin de provocation pour passer sa mauvaise humeur sur son entourage. Heureusement qu'elle n'était pas obligée de travailler avec lui.

— Où avez-vous appris à jouer ? demanda-t-il en tournant les pages du recueil de partitions.

— L'un des petits amis de ma mère était musicien. C'est lui qui m'a servi de professeur.

— Était-il bon musicien ?

— Oui, quand il était dans son état normal.

— Ah, je vois.

Il la tenait toujours par la taille.

Oui, la journée avait été dure, pensa-t-elle, la joue posée sur l'épaule d'Owen. C'était juste à la bonne hauteur.

— Vous feriez un excellent oreiller, murmura-t-elle, avant de se rendre compte de la portée de ses propos. Oh ! ce n'est pas ce que je voulais dire !

Il rit.

— J'aime votre façon de parler sans réfléchir. C'est rafraîchissant.

— C'est gênant.

— Les jumeaux se développent rapidement, dit-il en lui touchant le ventre. Vous parlent-ils parfois de moi ?

— Je les ai entendus se plaindre à l'instant.

Elle prit une petite voix haut perchée censée imiter celle des bébés.

— Où est ce médecin qui nous touchait et nous palpait ? Tu dois nous débarrasser de lui, maman !

— La citation est-elle exacte ?

Il avait posé la paume sur son ventre et, avec son pouce, il effectuait un léger massage circulaire.

Avait-il seulement idée de l'effet que cela produisait sur elle ?

Peut-être, mais pour lui c'était sans importance. Peut-être s'en amusait-il et se moquait-il d'elle.

Elle se raidit, mais la curiosité l'emporta.

— Ils ne se développent pas trop rapidement, n'est-ce pas ?

— Non. Si votre ventre est si gros, c'est parce qu'ils sont deux.

Il s'écarta, la libérant du cocon brûlant qu'ils avaient partagé.

— Avez-vous eu des nouvelles de votre sœur ? s'enquit-il.

Bien sûr, Phyllis n'avait donné aucun signe de vie.

— Arrêtez d'ironiser ! lança-t-elle, irritée.

— C'était juste une question amicale.

— Vous ne lui faites pas confiance.

— C'est en mon frère que je n'ai pas confiance.

— Certaines personnes ont le sens de la solidarité familiale.

— Certaines personnes connaissent leurs proches mieux qu'elles ne le voudraient, riposta Owen en soupirant. Bon, chassons ces sombres pensées. Si nous allions faire une pause dans le spa ?

Il la regardait avec insistance.

L'offre était tentante. Sans doute était-il un merveilleux amant. Si elle restait un moment avec lui, tous deux à demi nus dans l'eau chaude du spa, elle risquait de franchir le point de non-retour.

Mais ce qu'il lui fallait, c'était un vrai compagnon, et non pas une aventure passagère avec un type qui profitait de la situation.

— Je suis fatiguée. Il est temps que j'aille me coucher.

— Il n'est que 20 heures.

— Je dors pour trois.

Elle avait vaguement espéré qu'Owen essayerait de la convaincre, mais il referma simplement le recueil de partitions et recula sa chaise.

— Bon, alors je vais me préparer à dîner.

— J'ai fait des courses, aujourd'hui, Mais ce n'est pas une invitation à vous servir dans le réfrigérateur. Cette maison n'est pas un magasin !

— Ne vous inquiétez pas. Lorsque vous serez trop grosse pour circuler dans les allées du supermarché, vous n'aurez qu'à me faire une liste, et je vous rapporterai tout ce qu'il vous faut.

Et il se rendit dans la cuisine d'un air dégagé, comme s'il avait déjà oublié son offre d'aller avec elle dans le spa.

Il semblait nullement affecté par son refus. Se serait-elle trompée sur ses intentions ?

Cet homme habitué à n'en faire qu'à sa tête était dangereux pour elle. Pour sa propre sécurité, elle ferait bien de maintenir entre eux une certaine distance. Le jour où Owen Tartikoff rencontrerait la femme qui lui convenait, elle en était sûre, il ne penserait plus du tout à elle.

Assis dans la cuisine devant son assiette froide, Owen s'interrogeait.

Comment protéger une femme qui refusait d'entendre la moindre critique contre sa sœur ? Il ne savait pas comment s'y prendre. Bailey ne pourrait pas récupérer immédiatement l'argent qu'elle avait confié à Phyllis et à Boone. Quant aux bébés…

C'était fou ce qu'il avait ressenti tout à l'heure, lorsqu'il avait touché le ventre de Bailey. Jamais il n'avait éprouvé un tel amour pour quelqu'un ou quelque chose. Jamais il n'avait connu un désir aussi violent que celui de chérir ces petits êtres et de veiller sur eux. Cela dépassait l'entendement.

Sa relation avec Bailey avait elle aussi quelque chose de déstabilisant. Il avait l'habitude de sortir avec des femmes qui gardaient pour elles leurs sentiments et attendaient la même chose de lui. Ils partageaient de bons moments, se tenaient compagnie, appréciaient d'avoir les mêmes goûts et les mêmes centres d'intérêt, et ils se séparaient dès que la situation menaçait de se dégrader.

Bizarrement, il aimait bien se disputer avec Bailey. Il la soupçonnait de faire exprès de le provoquer, et cela l'amusait.

Tandis qu'il mettait son assiette et son verre dans le lave-vaisselle, il entendit du bruit dans la chambre de Bailey. Les cloisons étaient minces et il perçut distinctement le bruit d'un tiroir qu'on remuait. S'apprêtait-elle à enfiler l'un de ces ridicules T-shirts qu'elle mettait pour dormir ?

L'idée le fit sourire.

S'installant dans la salle de séjour, il ouvrit son ordinateur pour consulter ses messages.

Celui que lui avait envoyé Jan Rios Garcia, une infirmière administrative avec qui il avait travaillé quelques années auparavant, le réjouit. Elle acceptait le poste de coordinatrice pour le programme de donation d'ovocytes à Safe Harbor. C'était l'un des postes clés qu'Owen craignait d'avoir du mal à attribuer.

Il envoya aussitôt une réponse enthousiaste à sa nouvelle recrue, puis il se lança dans une recherche sur les activités de son frère.

Il trouva seulement un site discret que Boone avait créé pour sa société d'investissement et qui ne laissait apparaître rien de suspect : pas de promesse de rendement financier excessif, pas d'images alléchantes de complexes immobiliers.

Mais son frère était trop intelligent pour se dévoiler sur internet. Il ne devait parler de ses projets ambitieux qu'à de petits groupes restreints d'investisseurs ou en tête à tête avec des personnes susceptibles d'être intéressées.

Le mercredi précédent, il était allé à l'heure du déjeuner au poste de police et avait parlé avec l'inspecteur Hank Driver, du service des fraudes. L'homme avait pris des notes, lui posant des questions d'un ton soupçonneux qui l'avait irrité. Il avait été sur le point de s'en aller, mécontent, lorsque Leo Franco, le mari de Nora, était arrivé et l'avait salué chaleureusement.

Cela avait mis fin à l'interrogatoire, et il était parti avec la désagréable impression que l'inspecteur Driver ne ferait pas grand-chose pour tirer les choses au clair.

Peut-être après tout ses soupçons étaient-ils sans fondement. L'idée de trahir son frère lui était très pénible. Ce serait un vrai soulagement s'il s'avérait que Boone n'avait rien à se reprocher.

Il entendit le son de la télévision dans la chambre de Bailey.

Elle n'était donc pas fatiguée, contrairement à ce qu'elle avait prétendu ! La vérité, c'était qu'elle l'évitait.

Une idée lui vint. Cela l'aiderait à résoudre un problème temporaire tout en contrariant Bailey. Il gagnerait sur les deux tableaux.

Affichant un grand sourire, il envoya un message à la coordinatrice des infirmiers de l'hôpital.

Le lundi matin, Bailey s'occupa du suivi de quelques patientes comme le lui avait demandé Nora. Elle commença par appeler Una Barker, une patiente qui, après avoir essayé sans succès pendant deux ans de tomber enceinte, avait fini par adopter un bébé. Son mari et elle avaient refusé les traitements de pointe favorisant la fertilité car ils les trouvaient trop chers.

— Notre fils est adorable ! s'exclama Una au téléphone. J'ai bien l'intention de l'amener à la consultation comme me l'a demandé le Dr Franco, mais j'ai été très occupée.

— J'imagine. N'oubliez pas votre prochain examen médical qui doit avoir lieu dans deux mois. Voulez-vous qu'on fixe le rendez-vous maintenant ?

— Oui, volontiers.

La conversation terminée, Bailey rédigea une note que Nora lirait lorsqu'elle reviendrait de sa lune de miel. Puis elle appela Lucy Arrigo.

Le couple Arrigo refusait la fécondation in vitro par conviction religieuse. Le recours à d'autres méthodes moins agressives ayant échoué, ils avaient eux aussi fini par adopter un enfant.

— Je suis si heureuse ! dit Lucy, même si je dois avouer que je me sens très fatiguée. Merci beaucoup de prendre de mes nouvelles.

Elles fixèrent une date pour le prochain contrôle médical de la jeune femme.

Nora serait ravie de voir combien Una et Lucy semblaient heureuses.

Owen avait choisi ces deux cas — en respectant l'anonymat des patientes bien sûr — comme exemples de l'échec des méthodes dépassées utilisées par Nora. Mais c'était aux patientes de faire leur choix, et non au médecin, et dans ces deux cas l'adoption s'était révélée être un succès.

Elle venait de raccrocher le téléphone lorsque la porte du bureau s'ouvrit, laissant apparaître Betsy Raditch, la responsable des infirmières de l'hôpital.

Les médecins géraient eux-mêmes leur cabinet de consultations privé, mais la plupart d'entre eux avaient signé un contrat avec l'hôpital pour la gestion du personnel.

— J'ai reçu une demande vous concernant, dit Betsy. Il faudrait que vous assuriez un remplacement chez un autre médecin, cette semaine.

— Chez le Dr Sargent ?

Le nouvel obstétricien avait promis de s'occuper des patientes de Nora en cas d'urgence.

— Non, il ne s'agit pas de lui, mais de… heu… du Dr Tartikoff.

Bailey sursauta malgré elle.

Il n'oserait tout de même pas lui faire cela !

— Je vous demande pardon ?

— Je sais que vous vivez dans la même maison, et j'ai cru comprendre que vous étiez plus ou moins parents par alliance, aussi cela peut être gênant. Mais j'ai toute confiance dans votre professionnalisme.

Elle se mordilla les lèvres.

Elle savait qu'Owen se trouvait en panne d'infirmière, mais elle n'aurait jamais imaginé qu'il aurait l'audace de la réclamer. Cependant, elle pouvait difficilement refuser. Pour quel motif ?

— Est-ce le Dr Tartikoff lui-même qui a formulé cette demande, ou bien l'idée vient-elle de quelqu'un d'autre ?

— C'est lui. Il a pleinement confiance en vos capacités. C'est un honneur. Et compte tenu des gros investissements que l'hôpital a faits pour ouvrir le centre de fertilité, il est important que les choses se passent bien avec le Dr Tartikoff.

Et qui se souciait de savoir si elles se passaient bien pour elle-même ?

Mais ce n'était pas un argument suffisant pour refuser. Et puis, elle devait bien cela à Owen pour l'échographie.

— D'accord, dit-elle avec effort. Quand dois-je commencer ?

— Tout de suite.

Travailler avec un autre médecin exigeait toujours un temps d'adaptation. Il était 10 heures du matin, et deux patientes se trouvaient déjà dans la salle d'attente, guettant l'arrivée du Dr Tartikoff retenu au bloc opératoire. Bailey disposait de peu de temps devant elle pour tout préparer.

La réceptionniste, Caroline Carter, une jolie jeune femme dotée d'un teint café au lait et de cheveux noirs, l'accueillit avec une pointe d'appréhension dans la voix.

— Nous l'attendons d'une minute à l'autre, dit-elle.

— Vous avez les dossiers et le carnet de rendez-vous ?

Caroline s'empressa de les lui fournir.

Bailey s'activa à préparer les salles d'examen, prendre connaissance de ce qui motivait la visite des patientes et mettre en place les gants et le matériel dont Owen pourrait avoir besoin.

Par chance, il arriva tard. Elle avait pu peser les deux premières patientes, préparer leur dossier et leur donner les blouses qu'elles devaient mettre pour la consultation.

En la voyant, Owen ne fit aucun commentaire, mais il s'irrita en constatant que les patientes n'avaient toujours pas appuyé sur le bouton de la lampe qui devait passer au vert pour indiquer qu'elles étaient prêtes.

— Que font-elles dans ces déshabilloirs ? Des essayages ?

Ignorant la remarque, elle lui tendit le premier dossier.

— Mme Stanfield est là pour son premier examen…

Le reste de la matinée se passa à la vitesse de l'éclair. La nouvelle de l'arrivée du Dr Tartikoff dans la région avait attiré beaucoup de patientes. Certaines venaient de très loin pour le consulter.

Il ne les recevait que quelques heures par jour, consacrant le reste de son temps à opérer et à effectuer des tâches administratives. Cependant, Bailey nota qu'il était à l'écoute de ces femmes et qu'il prenait soin de tout leur expliquer en détail, allant jusqu'à leur donner des brochures et des adresses de sites internet où trouver encore plus d'informations.

Vers 14 h 30, lorsque la dernière patiente s'en alla, nageant dans le bonheur d'avoir été reçue par le célèbre médecin, Bailey aurait été capable de faire elle-même l'exposé.

Dans la fécondation in vitro, on utilisait les ovocytes de la femme, on les fertilisait avec du sperme en laboratoire, et on les implantait dans l'utérus une fois fécondés. Les bébés-éprouvette qui semblaient au début appartenir à la science-fiction étaient devenus une routine. Cette technique avait redonné espoir à beaucoup de femmes qui souffraient de différents problèmes, allant d'un blocage des trompes de Fallope à l'endométriose et aux troubles de l'ovulation.

Mais elle découvrait qu'il existait des procédures dont elle n'avait encore jamais entendu parler. Par exemple, l'injection de sperme intracytoplasmique, lorsque l'homme avait un taux de spermatozoïdes très bas. En travaillant sous microscope, on injectait le sperme directement dans la cellule-œuf au cours de la fécondation in vitro. Cela se faisait sans doute dans le service de l'embryologiste Alec Denny, pensa-t-elle. Elle était impressionnée par la richesse des options offertes aux couples ayant des problèmes de fertilité.

— C'est surprenant que je sois tombée enceinte si facilement, fit-elle remarquer tandis qu'Owen se lavait les mains. On peut dire ce qu'on veut sur Boone, en tout cas c'est un homme vigoureux.

Elle aurait juré qu'Owen s'était retenu de rire.

— Oui, sans doute, acquiesça-t-il. On descend déjeuner ?

Elle lui jeta un regard horrifié.

— Vous plaisantez ? Si on nous voit manger ensemble, les commérages iront bon train.

— Il nous arrive de dîner tous les deux, observa-t-il, l'air déçu. On n'en fait pas une affaire.

— Mais personne ne nous voit. Dites-moi, pourquoi avez-vous demandé que je travaille avec vous ?

— Et pourquoi pas ?

— Faites attention, c'est trop de compliments ! Ça pourrait me tourner la tête.

Owen éclata de rire.

— J'ai entendu dire que vous étiez une bonne infirmière.

— Bon, c'est déjà mieux.

De toute façon, cela ne durerait pas plus d'une semaine.

— À plus tard, alors, conclut-il.

Elle sentit qu'il la suivait du regard tandis qu'elle allait chercher son sac dans le bureau des infirmières.

Caroline cessa de grignoter la salade composée qu'elle mangeait sur un coin de table et la regarda en ouvrant de grands yeux.

— Il vous a invitée à déjeuner ?

Elle devait avoir l'ouïe drôlement fine.

— Je suis sûre que cela ne se reproduira plus.

— Oui, mais... Ouah !

Jusqu'à présent, Owen avait dû se montrer très distant.

Elle passa l'après-midi à répondre au téléphone aux patientes de Nora et d'Owen. Il y avait toujours des petits problèmes à résoudre, des informations à donner, des questions auxquelles il fallait répondre. Parfois, elle était en mesure de régler l'affaire toute seule. Pour le reste, elle se tournait vers Owen ou bien, pour les patientes de Nora, vers le Dr Sargent.

Le soir, Owen rentra tard à la maison. Elle l'entendit téléphoner au Dr Rayburn, à qui il adressait de violents reproches. Apparemment, l'offre faite par l'hôpital n'avait pas été assez alléchante pour séduire un urologue de renommée mondiale à qui Owen voulait confier la direction de la partie du programme concernant la fertilité masculine. Ce n'était pas la faute du Dr Rayburn, mais l'affable administrateur constituait une cible plus facile que la société propriétaire de l'hôpital dont le siège se trouvait à des milliers de kilomètres de là, à Louisville dans le Kentucky.

Mardi, elle découvrit que le service chargé de rappeler les patientes pour confirmer leur rendez-vous avait omis de le faire pour certaines. Aussi deux d'entre elles ne se présentèrent-elles pas, et plusieurs arrivèrent en retard. Vers 11 h 30, à son grand mécontentement, la salle d'attente resta vide pendant un quart d'heure, puis quatre femmes arrivèrent en même temps.

Elle prenait le dossier de la première patiente lorsque Owen jeta un coup d'œil dans la pièce. Il semblait irrité.

— Pas encore prête ?

— Je suis désolée, docteur. Nous avons eu quelques problèmes avec les rendez-vous.

Il la fusilla du regard.

— C'est inacceptable.

— Je suis d'accord, mais…

Il sortit à grands pas.

Il avait dû emporter le dossier suivant, parce qu'elle entendit s'ouvrir la porte donnant sur la salle d'attente, puis la voix d'Owen qui appelait une patiente.

Elle sentit ses joues s'empourprer.

— Je ne suis qu'une remplaçante, dit-elle.

La patiente perchée sur la table d'examen lui sourit.

— Les génies sont parfois difficiles à vivre.

Les génies pouvaient être de vrais casse-pieds, oui ! pensa Bailey.

Mais elle se contenta de hocher la tête.

Cela prit du temps de rattraper le retard, car elle refusa de sacrifier son souci de perfection sous prétexte qu'Owen manifestait de l'impatience. Lorsqu'ils se trouvaient ensemble dans la salle d'examen, il évitait de croiser son regard et, quand il s'adressait à elle, il prenait un ton sarcastique devant les patientes.

Ne se rendait-il pas compte qu'il se comportait comme un goujat ?

Vers midi et demi, lorsque la dernière patiente s'en alla, Bailey se demandait comment Keely avait pu tenir bon durant toute une semaine. Heureusement, Owen ne recevait personne dans l'après-midi. C'était une chance, car elle estimait qu'il lui faudrait bien dix-huit heures pour récupérer.

Caroline s'arrêta au bureau des infirmières.

— Est-ce que ça va ?

— Non !

À cet instant, la porte du bureau d'Owen s'ouvrit. Elle le croyait déjà parti, car il n'avait pas l'habitude de s'attarder plus qu'il ne fallait.

Il la foudroya du regard.

— Je m'attendais à autre chose de votre part, infirmière Wayne.

Prise entre les deux, Caroline tourna les talons et prit la fuite. Qui aurait pu le lui reprocher ?

— Moi aussi, je m'attendais à autre chose de votre part, rétorqua Bailey d'un ton sec.

— Je vous demande pardon ?

Visiblement, Owen ne s'attendait pas à la voir se rebeller.

— Figurez-vous que le bureau chargé de confirmer les rendez-vous était à court de personnel hier, parce qu'une personne était malade et que, par conséquent, beaucoup de vos patientes n'ont pas été contactées, s'emporta-t-elle. Ils devaient m'en avertir pour que j'arrange les choses, mais ils ont laissé un message sur le téléphone portable de Keely.

Elle avait eu le fin mot de l'histoire après avoir chargé Caroline de faire une enquête sur l'origine du problème.

Durant quelques instants, Owen ne bougea pas. Il resta là, debout, figé dans sa blouse blanche.

— Personne ne m'avait donné cette information, dit-il.

— Je vous la donne maintenant !

— J'imagine que cela jette un nouvel éclairage sur la situation.

— Vous m'avez mise dans l'embarras devant les patientes. Ne savez-vous pas que les infirmières s'enorgueillissent de leurs compétences professionnelles ? Nous ne sommes pas là pour servir de défouloir à votre mauvais caractère, vous savez !

La respiration d'Owen s'accéléra.

— Vous venez de marquer un point, murmura-t-il.

Elle attendit, les bras croisés.

— Je suis désolé, dit-il enfin.

— J'accepte vos excuses.

Elle décida de ne pas pousser plus loin son avantage.

— À demain, dit-elle. Ou… Peut-être avant.

— Très bien.

Owen lui adressa un petit salut et s'en alla d'un pas rapide.

Elle mit un moment à se ressaisir.

Venait-elle vraiment de tenir tête au tyran du Safe Harbor Medical Center ? Et elle en était sortie indemne ? Incroyable !

Elle se rendit à la réception et surprit Caroline en pleine conversation téléphonique.

— … il s'est excusé ! Tu te rends compte ?

— Raccrochez, ordonna Bailey.

Caroline afficha un air inquiet.

— Je dois te quitter, dit-elle à son interlocuteur.

Et elle raccrocha.

— Vous ne devez rien répéter de ce que vous entendez ici, dit Bailey d'un ton sévère. Les patientes et les médecins ont besoin de savoir qu'ils s'expriment dans un lieu qui leur garantit la sécurité et la confidentialité. Si vous voulez continuer à travailler dans le milieu médical, vous devez apprendre à être discrète. Je ne dirai rien pour cette fois, mais que cela ne se reproduise plus.

— Je vous le promets. Je ne pensais pas… Je veux dire, tout le monde avait l'air si intéressé, balbutia Caroline.

— Et vous avez cru vous donner de l'importance en devenant une source d'informations. Je comprends que cela ait pu vous tenter, mais, si le Dr Tartikoff vous avait entendue, vous risquiez d'être renvoyée.

— Je ne recommencerai jamais, c'est promis.

Bailey aurait aimé effacer l'air coupable et malheureux qui s'affichait sur le visage de la réceptionniste. Mais cet avertissement pouvait sauver la carrière de la jeune femme et contribuer aussi à la sécurité du cabinet médical.

Lorsqu'elle se rendit à la cafétéria, elle fut accueillie par un trio dévoré de curiosité.

— Tu as affronté le lion dans sa tanière, et tu as survécu ! lança Devina.

Oh ! Seigneur !

— Tout le monde est donc au courant ?

— Quelqu'un a eu la langue trop bien pendue, dit Lori.

Étant elle-même femme de médecin, celle-ci comprenait certainement à quel point la situation était délicate.

— Ce n'est pas moi, je vous assure, dit Bailey. Et le problème a été réglé.

Elle n'en dit pas plus, ne voulant pas mettre Caroline en cause.

— Tu as pris des risques en lui reprochant sa goujaterie, observa Ned avec un grand sourire.

Le meilleur moyen de mettre fin à tous ces ragots était de fournir un nouveau sujet d'intérêt à ses amis.

Elle prit une grande inspiration.

— Au fait, vous ai-je dit que j'attendais des jumeaux ?

— Je le savais ! s'exclama Lori.

— De nos jours, déclara Devina, cela coûte cher d'élever des enfants. Mais ta sœur et son mari ont les moyens, non ?

— Oui, sûrement.

Au grand soulagement de Bailey, la conversation s'orienta vers les bébés et les dernières nouvelles concernant l'hôpital. Mais elle écoutait d'une oreille distraite, songeant déjà à la façon dont sa semaine de travail avec Owen allait se terminer.

Elle avait exigé qu'il la respecte. Elle avait bien l'intention de lui montrer qu'elle était une excellente professionnelle.

6.

Owen ne tarda pas à découvrir que le bruit de son altercation avec Bailey avait fait le tour de l'hôpital.

Cela n'aurait pas dû l'étonner, connaissant la tendance qu'avait la jeune femme à parler très librement. Mais, dans ce cas précis, elle aurait mieux fait de se taire. Cette histoire était une affaire strictement privée, qui ne concernait qu'elle et lui.

Toutefois, il n'eut pas le courage de lui reprocher son manque de discrétion. Elle s'avérait être une infirmière idéale, compétente et efficace avec lui comme avec les patientes. Quel dommage qu'il n'ait aucune chance de pouvoir la garder de façon permanente !

Il appréciait aussi Bailey comme colocataire. Il aimait l'entendre chanter sous la douche, et trouver les petits mots amusants qu'elle lui laissait dans le réfrigérateur :

« Si vous touchez à cela, vous êtes mort ! »

Lorsqu'il la surprenait en train de faire une pause dans la journée pour surélever ses jambes, il était plus inquiet que contrarié. Et, lorsqu'il la voyait déjeuner avec Ned, il éprouvait quelque chose qui ressemblait fort à de la jalousie.

Il était de plus en plus tenté de lui révéler qu'il était le père des jumeaux, jugeant qu'elle méritait d'être mise au courant. Il nourrissait aussi le faible espoir que cela la rapprocherait de lui et l'éloignerait de Ned. Mais il se rappela la façon dont elle avait raconté à tout le monde qu'il lui avait présenté ses excuses, aussi ne dit-il rien.

Il ne pouvait pas courir le risque de compromettre sa carrière professionnelle, ce qui avait toutes les chances d'arriver si la presse apprenait le rôle qu'il avait tenu dans cette histoire.

Le jeudi soir, il rentra à la maison plus tôt que d'habitude et passa un bon moment à chanter avec Bailey des extraits de *My Fair Lady.* Le vendredi matin, il passa deux heures dans le bureau du Dr Rayburn avec Jennifer Martin, en vidéoconférence avec Chandra Yashimoto, la vice-présidente de Medical Center Management, qui se trouvait dans son bureau à Louisville. Ils discutèrent du programme fixé pour l'ouverture officielle du centre de fertilité qui aurait lieu le mois prochain.

Une série de conférences de presse était prévue, ainsi que des séminaires et des événements destinés au grand public. En octobre se tiendrait à Los Angeles un congrès de chercheurs où il devait faire une communication importante. L'un des moments forts de ce congrès serait l'intervention de Cole Ratigan, le spécialiste de Minneapolis à qui il souhaitait confier la direction du programme concernant la fertilité masculine.

— Cette conférence vous donnera l'occasion de mieux vous connaître tous les deux, dit Chandra. Cela le fera peut-être changer d'avis. Autrement, nous devrons chercher quelqu'un d'autre.

— Le Medical Center Management pourrait peut-être revoir son offre à la hausse, observa Owen.

— Je lui ai téléphoné. Il semblerait que ce ne soit pas l'argent le problème.

— Quoi donc, alors ? demanda Mark Rayburn.

— Il craint un conflit de personnalités, dit Chandra.

— Avec moi ? s'étonna Owen.

— C'est ce que j'ai cru comprendre.

Jamais il ne s'était querellé avec Cole Ratigan.

— Je n'en reviens pas.

Personne ne dit rien.

— Bon, d'accord, je suis peut-être difficile à vivre, mais seulement…

Seulement pour les gens qui travaillaient sous ses ordres — ce qui serait le cas de Cole.

Avait-il donc si mauvaise réputation ?

— À qui d'autre songeriez-vous ? demanda Chandra.

Il cita deux noms.

La vidéoconférence se termina à 11 h 15, ce qui lui laissait le temps de passer au bureau qu'il avait à l'hôpital avant de se rendre à son cabinet médical situé dans le bâtiment voisin.

À sa grande surprise, il tomba sur Ned qui, visiblement, l'attendait.

Que lui voulait l'infirmier ? Le provoquer en duel à cause de Bailey ?

— L'infirmier Norwalk m'a demandé s'il pouvait vous attendre ici, expliqua la réceptionniste. J'espère avoir bien fait.

Après tout, Ned avait peut-être quelque chose qui n'avait rien de personnel à lui communiquer.

— Bien sûr. Entrez, ajouta-t-il en s'adressant à Ned.

Celui-ci le suivit dans le bureau, l'air nerveux.

Gagné par la curiosité, Owen lui offrit de s'asseoir tandis que lui-même s'installait derrière sa table de travail.

— Alors, qu'y a-t-il ?

— J'aimerais travailler pour vous.

— Je vous demande pardon ? dit Owen qui n'était pas sûr d'avoir bien compris. Vous voulez dire, dans mon cabinet médical ?

Ned hocha la tête.

— Puis-je vous demander pourquoi ?

— J'ai toujours aimé prendre soin des gens. Déjà, quand j'étais lycéen, je travaillais l'été comme secouriste. Je savais que le métier d'infirmier me conviendrait parfaitement.

— Cela ne m'explique pas pourquoi vous voulez quitter le bloc opératoire pour travailler dans mon cabinet. Car vous êtes bien en chirurgie, n'est-ce pas ?

— C'est exact, monsieur. Comme je vous le disais, j'aime les gens. J'aime les écouter, m'assurer qu'ils ont tout ce qu'il leur faut. En chirurgie, c'est à peine si je les vois avant qu'ils ne soient anesthésiés. Et, quand je travaille dans la salle de réveil, ils sont tellement assommés que tout ce que j'ai à faire, c'est contrôler leurs constantes vitales.

— Nous allons avoir beaucoup de nouveaux médecins à

l'hôpital. Pourquoi me choisir, moi ? Tout le monde sait que je suis un vrai casse-pieds.

Ned eut un petit sourire ironique.

— Je dois reconnaître que vous m'avez crié dessus sans aucune raison, et on connaît tous vos problèmes avec Keely. J'espère que vous ne m'en voulez pas de ma franchise.

— Pas du tout.

Owen préférait l'honnêteté à une colère rentrée.

— Erica dit le plus grand bien de vous, déclara Ned. Si j'en crois la rumeur, c'est Keely qui a rendu son tablier, et non pas vous qui l'avez mise à la porte. Je ne peux donc pas retenir cela contre vous. Et il y a un certain prestige à travailler pour un médecin de votre réputation.

— Vous devez savoir que je suis dur dans le travail. J'ai de très grandes exigences et ne ménage pas mon entourage.

— Mais, quand Bailey vous a reproché votre comportement, vous avez jugé bon de lui présenter vos excuses.

— Elle n'aurait pas dû en parler aux autres membres du personnel, observa Owen, crispé.

— Ce n'est pas elle. Je veux dire, elle n'en a pas soufflé mot avant que quelqu'un d'autre ne diffuse l'information. Je ne sais pas de qui il s'agit, en fait.

— Alors, comment pouvez-vous affirmer que ce n'était pas Bailey ?

— Parce qu'elle était très contrariée d'apprendre que nous étions tous au courant, déclara Ned.

Il parut fouiller dans ses souvenirs.

— Il me semble qu'elle a dit avoir fait ce qu'il fallait pour que cela ne se renouvelle pas. Ensuite, elle s'est tue — ce qui ne lui ressemble pas du tout.

Il ne restait donc qu'une seule possibilité, calcula Owen : la jeune réceptionniste. Mais il attendrait d'en parler avec Bailey avant d'agir. Pour l'instant, il lui fallait donner une réponse à Ned.

À vrai dire, il trouvait l'idée excellente. Un infirmier se montrerait peut-être moins susceptible que certaines des femmes avec qui il avait travaillé. Et puis, le côté direct de ce garçon lui plaisait.

— Que diriez-vous d'être à l'essai pendant trois mois ? proposa-t-il. Si vous faites tout votre possible, je promets de ne pas vous en vouloir si cela ne marche pas entre nous. Vous pourrez alors choisir d'aider l'un des nouveaux médecins.

— Merci, monsieur.

Ned et lui se levèrent, et tous deux échangèrent une poignée de main par-dessus le bureau.

— Je ne vous décevrai pas, dit Ned.

— J'apprécie votre franchise. À dose modérée.

Et il appréciait aussi ce que Ned lui avait dit sur Bailey, pensa-t-il tandis que l'infirmier s'en allait d'un pas élastique.

Celle-ci n'avait dit mot de ce qu'il s'était passé entre eux, elle ne s'était pas vantée d'avoir obtenu ses excuses. Et cela, c'était très important pour lui.

Bailey trouvait qu'Owen avait accordé beaucoup d'attention à son ventre rond durant toute la semaine. Il s'était montré aussi très prévenant, lui massant les épaules ou l'incitant à surélever ses jambes entre deux consultations.

Certains hommes trouvaient les femmes enceintes particulièrement attirantes, mais, en écoutant Erica, elle avait cru comprendre qu'Owen sortait plutôt avec des créatures sophistiquées ayant de belles carrières professionnelles et peu d'intérêt pour la maternité. Alors, pourquoi était-il aussi attentionné ?

C'était d'autant plus troublant qu'elle était consciente de l'effet qu'il exerçait sur elle. Elle ressentait des picotements dès qu'il la touchait, rêvait de se retrouver avec lui dans le spa à demi nus…

Il fallait mettre ces réactions sur le compte de ses hormones et du désert de sa vie amoureuse. Un simple phénomène chimique, conclut-elle, ce vendredi-là, tandis qu'elle dévorait un sandwich, assise dans le bureau des infirmières.

Elle avait toujours eu envie de connaître une fois dans sa

vie le grand amour. À une ou deux reprises, elle avait cru rencontrer l'homme idéal, mais elle avait rapidement déchanté. Avec Owen, c'était différent. Elle avait peur des sentiments qu'elle lui portait. S'il se passait quelque chose entre eux, cela ne pourrait que mal finir.

Alors qu'elle achevait son sandwich, elle vit arriver l'objet de ses pensées.

Elle s'empressa d'ôter ses jambes de la chaise sur laquelle elle les avait allongées et nettoya les miettes tombées sur la table.

— Je voudrais vous parler, dit Owen. Où est Caroline ?

C'était la première fois qu'elle l'entendait appeler la réceptionniste par son prénom.

— Elle ne devrait pas tarder à arriver, dit-elle. Elle travaillait avec le Dr Forrest, ce matin.

— C'est elle qui a raconté à tout le monde la petite querelle que nous avons eue mardi dernier, n'est-ce pas ?

Aïe ! Comme il n'y avait jamais fait allusion, elle avait espéré qu'il ignorait tout de ces commérages.

— Oui, et je lui en ai fait le reproche. Elle a paru comprendre qu'elle avait manqué de professionnalisme. Qui vous en a parlé ?

— J'ai procédé par élimination. Je venais vous annoncer que, désormais, c'est Ned Norwalk qui sera mon infirmier.

— Comment ?

Ned devait être furieux. Il allait peut-être même démissionner.

— Qui a eu cette brillante idée ? demanda-t-elle.

— Ned.

Elle en resta bouche bée.

— Et vous avez accepté ?

— Il me paraît très compétent, et je le crois capable de supporter mes sautes d'humeur sans fondre en larmes.

— Si vous êtes trop dur avec lui, nous nous moquerons de vous dans votre dos.

Owen haussa les épaules.

— Je n'en attends pas moins de vous. Écoutez, comme c'est le dernier jour où nous travaillons ensemble, je vous propose de rester ici après le départ de la dernière patiente. Je laisserai Caroline rentrer chez elle plus tôt.

— Et ensuite ?

— Vous en êtes à votre seizième semaine de grossesse. Faisons une nouvelle échographie. Si les bébés se montrent coopératifs, nous pourrons peut-être connaître leur sexe.

L'occasion était trop belle pour la laisser passer.

— Merci, dit-elle.

— Avec plaisir.

Un plaisir partagé, pensa-t-elle, reconnaissante.

Malgré ses bonnes résolutions et son désir de rester prudente, elle ne pouvait s'empêcher de savourer à l'avance la délicieuse sensation qu'elle éprouverait lorsque Owen lui toucherait le ventre et partagerait ce moment d'intimité avec elle et les bébés.

Owen savait qu'il possédait un don particulier pour communiquer avec les enfants à naître. Il lui suffisait d'exercer quelques pressions douces, et les bébés se mettaient dans la position la plus favorable pour l'accouchement. Cela ne marchait pas à tous les coups, mais souvent.

Les jumeaux de Bailey s'étaient bien développés durant les deux dernières semaines. Malheureusement, la position qu'ils avaient adoptée pendant l'examen ne permettait pas de distinguer leur sexe.

— Ils ont besoin d'être encouragés, dit-il. Je vais chanter. Vous n'y voyez pas d'inconvénient ?

— Aucun, répondit Bailey, sauf si vous exigez d'être accompagné.

— Ce ne sera pas nécessaire.

D'habitude, il demandait à ses patientes de chanter avec lui pour que le bébé perçoive les vibrations. Mais, cette fois, il s'approcha tout près de l'abdomen de Bailey et commença à chanter *If I loved you* tout en caressant doucement le ventre rond. Bientôt, sous la pression de ses mains, les bébés adoptèrent une nouvelle position. Manipulant la sonde, il vit l'un des enfants apparaître distinctement sur l'écran.

— C'est un garçon ! s'exclama-t-il. Maintenant, ne bouge plus, mon bonhomme.

Après s'être assuré que l'image était bonne, il fit un cliché.

— Les deux sont des garçons ? demanda Bailey.

— Je ne sais pas encore. Ah, attendez, je la vois… Une petite fille !

— Phyllis va être si heureuse !

— Vous lui avez parlé, récemment ?

— Pas depuis quelques jours.

Bailey s'était raidie, comme prête à faire front, mais il n'insista pas et se mit à ranger l'appareil.

Il se sentait très ému.

Un garçon et une petite fille. Bailey et lui devraient choisir leurs prénoms et faire des projets. C'étaient *leurs* enfants, sûrement doués pour la musique et dotés d'un grand sens de l'humour et…

Il ne pourrait pas les garder. Il n'y fallait même pas songer. Que ferait-il de ces enfants ? L'idée que Bailey et lui puissent former une famille était absurde. Ils n'étaient même pas capables de partager une salle de bains sans se chamailler !

Il l'aida à s'asseoir et à ôter le gel.

— Est-ce que ça va ? s'enquit-il.

— Pourquoi cela n'irait-il pas ?

— Vous avez été très silencieuse.

Il glissa son bras autour de la taille de Bailey et la soutint pendant qu'elle descendait de la table d'examen.

— Vous n'êtes pas pressé ? demanda-t-elle. Vous ne devez pas courir quelque part ?

Il avait des messages à envoyer, des rapports à lire, des décisions à prendre.

— Pas particulièrement, répondit-il. Vous voulez qu'on aille manger quelque chose ?

— Il est un peu tôt, non ?

En effet, la pendule sur le mur indiquait 17 h 10.

— Je ne vous savais pas esclave des conventions, ironisa-t-il.

— Allez ! Il est temps pour vous d'aller faire ce que les médecins de renommée mondiale font le vendredi soir.

— Dîner et chanter des duos.

— Ce pourrait être un quartet, à présent, non ? dit-elle en plaisantant.

— Vous avez raison. J'entends déjà les jumeaux dire en chœur : « Emmène-nous au Waffle Heaven ».

Au cours des trois dernières semaines, il avait eu les narines chatouillées par la délicieuse odeur de gaufres qui s'échappait du bâtiment situé juste derrière la maison. La tentation était trop forte, maintenant.

— Oh oui, des gaufres ! s'écria Bailey. Quelle bonne idée ! Mais je ne peux pas me changer si vous restez là. Attendez-moi dehors.

— Faites vite, je meurs de faim !

Tandis qu'il roulait dans le couloir le chariot portant le matériel d'échographie, il dut s'avouer qu'il avait faim aussi d'autre chose que de gaufres.

Cela paraissait tout de même un bon début.

Après avoir goûté aux diverses spécialités du Waffle Heaven, Bailey se sentait repue. Était-ce elle, ou bien Owen qui avait lancé l'idée de se détendre dans le spa ?

Peut-être les deux.

Cela l'ennuyait d'avoir à passer par la chambre d'Owen, mais elle n'avait pas le choix. Et puis, elle ne risquait rien si elle traversait rapidement la pièce et filait directement vers le patio.

Son plan aurait pu fonctionner s'il n'y avait pas eu le problème de la salle de bains. La salle de bains qu'elle devait partager avec son colocataire et qui comportait deux portes. Des portes qu'ils oubliaient parfois de verrouiller.

Lorsqu'elle y entra pour se changer, elle trouva Owen en train d'enfiler son maillot de bain. Elle-même ne portait qu'un slip et un court peignoir négligemment noué à la taille qui laissait entrevoir ses seins gonflés par la grossesse.

Tandis qu'ils restaient figés sur place, le souffle court, se dévisageant l'un l'autre, elle sentit la ceinture de son peignoir se dénouer toute seule. Les pans du vêtement s'écartèrent.

À l'instant où Owen commença à lui caresser les seins, elle comprit qu'elle était perdue.

À vingt-huit ans, elle aurait dû savoir qu'elle n'avait rien d'autre à attendre de cette histoire qu'un plaisir éphémère. En fait, elle le savait mais, quand Owen lui ôta son peignoir et l'attira contre son corps musclé, elle oublia tout le reste.

— Nous allons le regretter, murmura-t-elle.

— Nous aurons encore plus de regrets si nous en restons là.

— C'est vrai.

Il la hissa sur la commode et explora son corps, levant de temps en temps la tête pour observer ses réactions.

Jamais elle ne s'était sentie aussi bien. On aurait dit qu'Owen devinait à quel endroit exactement il devait la caresser pour faire déferler en elle une vague de plaisir. Lui-même affichait une expression émerveillée.

Elle pourrait aimer cet homme. Peut-être qu'elle l'aimait déjà. Comme c'était étrange de faire cette découverte alors qu'elle était enceinte d'un autre !

Pourtant, alors qu'Owen se fondait en elle, elle eut l'impression qu'ils étaient en train de faire de nouveau les bébés.

Accrochés l'un à l'autre, ils atteignirent une jouissance si violente qu'elle faillit glisser de la commode, tandis qu'Owen poussait un grognement sourd.

Il finit par s'écarter.

— Si nous allions nous baigner en oubliant les maillots de bain ? Qu'en dis-tu ?

— Je dis que c'est une excellente idée.

Ils plongèrent dans l'eau chaude du spa, nus tous les deux, à l'abri du haut mur et de l'épaisse végétation entourant le jardin, puis ils regagnèrent la maison et firent de nouveau l'amour dans le grand lit d'Owen. Après quoi, blottie dans les bras de son amant, elle sombra dans une douce somnolence.

Peut-être que leur histoire ne durerait pas très longtemps, mais elle ne voulait pas y penser pour l'instant.

Le réveil indiquait 2 h 27 du matin lorsque le vacarme provoqué par l'arrivée des camions de livraison tira brutalement Owen du sommeil.

Il avait oublié de mettre ses boules Quies.

Tout ce raffut ne réussit pas à réveiller Bailey. Celle-ci dormait à poings fermés, ses cheveux étalés sur l'oreiller.

Allongé sur le dos, il se demanda pourquoi il n'éprouvait pas l'impression de distance qu'il ressentait lorsqu'il se réveillait auprès d'une jolie femme.

D'habitude, il se sentait obligé de composer, comme lorsqu'il se trouvait devant les caméras. Il surveillait ses propos, se montrait très courtois, évitant soigneusement tout engagement, et s'éclipsait dès qu'il pouvait le faire sans froisser sa partenaire.

Il n'avait aucune idée de ce qui l'attendait avec Bailey. Elle pouvait aussi bien le chasser du lit à coups de pied, même s'ils se trouvaient dans *son* lit à lui, que l'entraîner sous la douche.

En fait, il avait très envie de prendre son temps pour déguster avec elle la gaufre qu'ils avaient rapportée la veille du Waffle Heaven. Il avait envie de passer du temps avec elle. Et avec les bébés. La veille, pendant l'échographie, ceux-ci avaient réagi lorsqu'il avait chanté pour eux. Ils avaient déjà l'amour de la musique, comme leurs parents.

Leurs parents.

Il avait noué un lien très fort avec ces enfants, alors que Boone semblait s'en désintéresser complètement.

Dès que son frère serait de retour, il aurait une sérieuse discussion avec lui. Et, si Boone ne lui paraissait pas prêt à aimer ces bébés, alors il serait temps de dire la vérité à Bailey, quelles qu'en soient les conséquences.

Bailey fut réveillée par les sonneries de deux téléphones. L'un était tout près et l'autre dans la pièce voisine.

Owen, couché dans le lit à côté d'elle, décrocha le sien.

— Oui ? Annulé ? À quelle heure est le rendez-vous suivant ? Parfait. Merci, Erica. À plus tard.

Bailey s'assit.

Son téléphone s'était tu, mais elle avait reconnu la sonnerie. C'était celle qui lui signalait les appels de Phyllis.

Il n'était que 7 h 30. Pourquoi sa sœur l'appelait-elle de si bonne heure un samedi matin ?

— Bonne nouvelle, annonça Owen. Ma première patiente est tombée enceinte et n'a plus besoin de l'opération prévue ce matin à 9 heures. Cela n'explique pas pourquoi elle n'a averti personne plus tôt, mais au moins allons-nous pouvoir manger notre gaufre tranquillement.

— Il faut d'abord que je voie ce que Phyllis me veut.

— Comme tu voudras.

Elle se leva, se rendit dans sa chambre, composa sur son téléphone le numéro de Phyllis et attendit.

Pourquoi sa sœur ne répondait-elle pas ?

Soudain elle entendit la voix de Phyllis, mais celle-ci semblait s'adresser à quelqu'un d'autre.

— Merci. C'est important. J'apprécie vraiment… Bailey ?

— Que se passe-t-il ?

— Il faut que tu m'aides ! s'écria Phyllis d'une voix paniquée. La police se trompe sur toute la ligne.

— La police ? Elle se trompe sur quoi ?

— Ils ont débarqué ici à l'aube et m'ont sortie du lit. Ils ne m'ont rien dit, sauf que j'étais accusée de fraude. Il y aurait eu un transfert d'argent, et à cause de cela ils doivent me garder ici. Il faut que tu me sortes de là ! Et que tu me trouves un avocat.

Tétanisée, Bailey percevait en bruit de fond des sons métalliques sinistres comme ceux que l'on entend dans les films sur la vie en prison.

La police avait arrêté Phyllis !

— Où es-tu ? demanda-t-elle avec effort.

— Au commissariat de Safe Harbor. Ils ont une petite cellule ici, et je ne veux surtout pas qu'on m'enferme à la prison du comté. J'ai besoin que tu m'aides *immédiatement*.

— À combien se monte la caution ?

— Cent mille dollars.

— Quoi ? Je ne vois pas où je pourrais trouver tout cet argent ! Ni même le dixième de cette somme.

— Aide-moi, je t'en prie !

Phyllis semblait en larmes, et aussi en colère. Mais pas contre elle, semblait-il.

Owen était entré dans la chambre, vêtu d'un court peignoir de soie. Il s'appuya contre le chambranle de la porte.

— De quoi s'agit-il, demanda-t-il.

La première réaction de Bailey fut de ne rien dire. Il s'agissait d'une affaire de famille.

Mais Owen faisait partie de la famille.

— Je vais voir ce que je peux faire, dit-elle à sa sœur. N'aie pas peur.

— Je compte sur toi.

— Je sais. À bientôt.

Elle raccrocha.

— Eh bien ? demanda Owen en croisant les bras.

— La police l'a arrêtée.

Elle lui raconta ce qu'elle venait d'apprendre.

— Que puis-je faire ? demanda-t-elle lorsqu'elle eut fini.

— *Nous* allons prendre un avocat et demander une diminution de la caution. J'appelle l'avocat de l'hôpital pour lui demander conseil, ajouta-t-il en sortant son téléphone de la poche de son peignoir.

— Oh ! Oui, c'est une bonne idée.

Elle n'avait pas pensé à Tony Franco, le beau-frère de Nora, qui s'occupait des affaires juridiques de l'hôpital.

— Et Boone ? demanda Owen. A-t-il été arrêté, lui aussi ?

— Je... J'ai oublié de demander. Mais je ne crois pas. Phyllis ne m'a rien dit sur lui.

Sa sœur avait parlé de fraude. Ce qui voulait dire que ses propres économies s'étaient peut-être volatilisées, volées par les gens en qui elle avait mis toute sa confiance. Elle avait été spoliée par l'homme dont elle portait les bébés dans son ventre.

7.

Jamais Owen n'avait vu Bailey dans un tel état. Heureusement qu'il était là, pensa-t-il tandis qu'il appelait Tony chez lui.

Celui-ci lui recommanda un avocat du nom de Joseph Noriega, auquel il téléphona aussitôt.

L'avocat écouta toute l'histoire et promit de le rappeler lorsqu'il aurait vérifié les détails de la situation.

Maintenant, il fallait qu'il s'occupe de Bailey.

— Il faut que j'aille sortir Phyllis de là, répéta celle-ci pour la énième fois, une heure plus tard.

Elle arpentait nerveusement la maison après avoir pris à peine le temps de se doucher, de s'habiller et d'avaler un semblant de petit déjeuner.

— Tu ne peux pas la faire sortir avant que l'avocat n'ait discuté du montant de la caution, expliqua-t-il, lui aussi pour la énième fois.

— Cent mille dollars ! Ils doivent la baisser.

Soudain, elle pâlit.

— Ils n'imaginent tout de même pas qu'elle chercherait à s'enfuir, n'est-ce pas ? murmura-t-elle.

— Si Boone a quitté le pays, ils pensent sans doute qu'elle pourrait vouloir le rejoindre.

— Je ne comprends pas pourquoi la police s'est précipitée chez elle. Je suis sûre que Phyllis et Boone ont toujours voulu gérer au mieux les fonds qu'on leur a confiés.

Owen soupira et s'assit à côté d'elle.

Il était temps qu'il lui révèle au moins l'un de ses secrets.

— Bailey, j'ai peur que ce ne soit en partie ma faute.

— Que veux-tu dire ?

— Le père de Boone était un escroc. J'ai eu l'impression d'assister au montage d'une nouvelle escroquerie. Je me suis senti une responsabilité envers ces malheureux investisseurs.

« Et envers toi. »

— Je suis allé faire part de mes soupçons à un enquêteur spécialisé dans la lutte contre la fraude.

— Quand était-ce ? demanda Bailey.

Ses yeux verts brillaient d'un éclat particulier dans la lumière du matin.

— Il y a une douzaine de jours environ.

Elle poussa un long soupir.

— Me voilà soulagée.

— Pourquoi ? demanda-t-il, surpris.

Elle prit un air coupable.

— Parce que, il y a deux semaines, j'ai parlé avec Nora, et je suis sûre qu'elle a répété à Leo ce que je lui avais confié. Je craignais que ce qui arrive à Phyllis ne soit de *ma* faute. Mais c'est notre faute à tous les deux.

— Les enquêtes financières ne se font pas en un jour. Ils ont probablement commencé leurs investigations depuis un bon moment, dit-il. Bien avant que toi ou moi…

À cet instant, son téléphone sonna.

— Ce doit être Noriega.

C'était lui. En un peu plus d'une heure, l'avocat avait déjà accompli un travail considérable.

— Je ne peux pas faire baisser le montant de la caution, annonça-t-il. Le risque est trop grand qu'elle quitte le pays.

— Pourquoi ?

— Apparemment, c'est le comportement de M. Storey qui a provoqué l'arrestation de sa femme. Ce serait en lien avec une tentative de transfert de comptes bancaires que la police surveillait.

Cela confirmait ce qu'Owen soupçonnait. L'enquête de la police avait commencé bien avant ces dernières semaines.

— Où voulait-il les transférer ?

— À l'étranger, expliqua l'avocat. Sa femme pourrait vouloir le rejoindre. Cependant, la cour serait prête à accepter en guise de caution la part que le couple possède en copropriété sur cette maison dont vous m'avez parlé.

— Si Mme Storey est d'accord, dit Owen, cet arrangement me convient.

— Je vais aller la voir et arranger tout cela.

— On m'attend au bloc opératoire, mais Bailey Wayne, la sœur de Mme Storey, peut vous retrouver à la prison.

Bailey acquiesça d'un hochement de tête.

Tandis qu'Owen la mettait au courant des dernières nouvelles, il la vit pâlir.

— Boone voulait transférer ses comptes à l'étranger ? C'est vraiment un escroc. Tu avais raison.

— Attendons avant de le juger, mais… Oui, je crois que c'en est un. Il vaut mieux regarder la vérité en face.

— Mais Phyllis est innocente ! Jamais elle n'aurait trompé les gens.

— Peut-être pas, mais elle a choisi de croire ce qui servait ses propres intérêts.

— Elle a fait confiance à l'homme qu'elle aime !

— Certainement, admit Owen, qui n'avait plus envie de discuter. Bailey… Après ce qu'il vient de se passer, tu dois prendre des décisions qui ne sont pas faciles.

Elle fronça les sourcils.

— De quoi parles-tu ? J'aide ma sœur. Qu'y a-t-il de difficile à cela ?

Ce n'était pas le moment de lui dire qui était le père des jumeaux. Par ailleurs, elle n'était pas tombée enceinte avec l'intention d'avoir à élever elle-même deux enfants.

— Rien, pour le moment. Je reprendrai contact avec toi plus tard. Si tu as besoin de quelque chose, appelle-moi.

— Merci. Tu as été génial. Cette affaire ne te concerne pas directement, mais je suis heureuse que tu sois là.

— Pour une fois ? dit-il en plaisantant.

Elle le prit par la taille et se blottit contre lui.

— Pour aussi longtemps que tu seras dans les parages.

— Je n'ai l'intention d'aller nulle part, sauf au bloc opératoire.

— Très bien.

Elle recula et lui adressa un petit salut.

— Allez faire en sorte que les rêves d'une femme deviennent réalité, docteur !

Tout le temps du trajet vers l'hôpital, il fut poursuivi par l'image de Bailey, debout dans la salle de séjour, petite silhouette courageuse prête à se battre contre ce qui menaçait sa famille.

Une famille dont il faisait partie. Qu'elle le veuille ou non.

Grâce à l'intervention efficace de l'avocat Noriega, Phyllis fut relâchée vers midi. Bailey la ramena chez elle en voiture.

Assise à la place du passager, Phyllis se mordillait nerveusement la lèvre.

— Je ne comprends pas pourquoi je n'ai aucune nouvelle de Boone, gémit-elle. Je lui ai envoyé des e-mails et des textos, mais tu sais comment cela se passe quand on voyage. Parfois, les communications sont difficiles.

— Les messages envoyés par internet arrivent toujours, observa Bailey. Depuis quand es-tu sans nouvelles de lui ?

— Depuis quelques jours.

— Où est-il ?

— Il m'a dit qu'il se rendait en Nouvelle-Zélande, mais M. Noriega pense qu'il se trouve dans une île des Caraïbes où il aurait, paraît-il, un compte en banque. Je n'en savais rien. Il aurait dû me le dire.

— Il ne s'agit quand même pas d'une de ces îles dont on parle dans les films et où règne le secret bancaire, ce qui permet de blanchir l'argent sale ?

Sa sœur lui jeta un regard noir.

— Là, tu parles de la Suisse. Et jamais Boone ne ferait une chose pareille. Tout cela n'est qu'un malentendu.

— Owen dit que le père de Boone était un escroc. Qu'il avait l'habitude de tromper les gens.

— Owen dénigre son propre frère ? Cela ne m'étonne pas ! Il se croit supérieur à tout le monde.

— Mais non ! Enfin… Oui, un peu.

— Et quand t'a-t-il raconté ces sottises sur le père de Boone ? Vous avez l'air bien intimes, tous les deux.

— *Quelqu'un* s'est débrouillé pour nous faire vivre sous le même toit, souligna Bailey.

— C'était un malentendu.

— Il semble y avoir beaucoup de malentendus dans toute cette histoire. Phyllis, je vous ai confié toutes mes économies.

— Et tu les récupéreras avec un gros bénéfice, si les flics ne nous incarcèrent pas prématurément !

— En es-tu certaine ?

Phyllis resta un moment bouche bée.

— Je n'arrive pas à le croire. Ma propre sœur est contre moi. Quel manque de loyauté !

— Personne n'est plus loyale que moi envers toi. Si je doute de quelqu'un, c'est de ton mari.

— Owen a toujours été jaloux de son frère. Le père de Boone était un homme intelligent qui savait gagner de l'argent, contrairement au père d'Owen. Boone m'a raconté que son père lui offrait des cadeaux luxueux, et Owen le jalousait. Voilà le fin mot de l'histoire.

— Je ne le crois pas. Owen a tout un tas de raisons de se faire du souci.

— Ah oui ? Lesquelles ?

— Le fait, par exemple, que vous n'ayez pas payé les notes du médecin et que je n'ai pas eu mon examen du troisième mois. La grossesse exige une surveillance étroite, surtout lorsqu'il s'agit de jumeaux. Ces bébés sont très importants pour Owen, ajouta-t-elle en voyant l'air sceptique de sa sœur.

— Ah ! Maintenant, je comprends, explosa Phyllis.

— Tu comprends quoi ?

— Il te l'a dit.

Il lui avait dit quoi ?

Normalement, Bailey aurait posé immédiatement la question, mais elle commençait à comprendre que, si elle voulait arracher des informations à Phyllis, elle devait plaider le faux pour savoir le vrai.

— Oui, il me l'a dit.

Phyllis resta un moment silencieuse.

— Et tu n'es pas fâchée ?

Bailey haussa les épaules, le regard fixé sur la voiture qui roulait devant la sienne.

— En fait, reprit sa sœur, quelle différence cela faisait-il ? Ce n'est pas comme si nous avions organisé tout cela dans l'idée de profiter de toi. Nous avons su très vite que le taux de spermatozoïdes de Boone était trop bas pour nous permettre d'avoir des enfants. Owen a accepté tout de suite d'être donneur. Mais j'ai eu ce problème de fausses couches à répétition, comme tu le sais. Et nous avions déjà ce don de sperme. Je t'ai donc demandé de porter ce bébé à ma place.

Bailey pouvait à peine respirer.

Owen était le père de ses enfants !

Elle comprenait à présent pourquoi il surveillait de si près sa grossesse. Ce n'était pas elle, Bailey, qui l'intéressait, mais le fait qu'elle portait ses enfants.

Il avait toujours su ce qu'il en était, et il ne lui avait rien dit !

— Cela ne change rien, l'avertit Phyllis. Boone reste le père de ces bébés.

— Leur père ? s'insurgea Bailey en s'engageant dans l'allée de la luxueuse villa que sa sœur et son beau-frère louaient pour un prix exorbitant. Il n'a jamais montré le moindre intérêt pour ces enfants, et tu le sais ! Il aurait pu payer mes frais médicaux pour assurer leur sécurité. Et il a fui à l'étranger, nous abandonnant, toi, moi et les bébés. Cesse de le défendre, Phyllis. Il n'a rien d'un père !

Phyllis la regarda fixement, comme sous le choc.

— Je suis désolée, murmura-t-elle, les larmes aux yeux. Je ne savais pas que c'était ce que tu pensais.

— Je ne le savais pas non plus.

Phyllis poussa un soupir et redressa les épaules.

— Il reviendra, Bailey. Il m'aime. Il essaye certainement de sauver ce projet.

— Quelle preuve as-tu ? Ce ne sont que des vœux pieux.

Bailey était la première étonnée de se voir réagir avec une telle dureté. Owen avait dû déteindre sur elle.

— Nous sommes mariés depuis trois ans. Il m'a dit qu'il ne s'était jamais senti aussi bien avec une femme. Nous avons connu bien des difficultés, mais nous y avons toujours fait face ensemble.

— Peut-être était-il sincère à sa façon, concéda-t-elle.

Elle avait souvent apprécié la compagnie de Boone, dont elle reconnaissait le charisme. Il était facile de se laisser séduire par le charme de Boone Storey.

— J'aime mon mari, Bailey, et j'aime ces bébés. J'ai quarante ans. C'est la seule chance qu'il me reste d'être mère. Ne me prive pas de ce bonheur.

Bailey se mordilla la lèvre.

Le contrat spécifiait qu'elle avait reçu le sperme de Boone. Il pouvait donc être annulé facilement. Mais où cela la mènerait-il ? Sa sœur aurait le cœur brisé, et les bébés devraient trouver des parents. Même après être devenu son amant, Owen lui avait caché la vérité. Visiblement, il n'avait pas l'intention d'exercer son rôle de père.

Un bref instant, elle se prit à rêver. Elle s'imagina mariée avec Owen. Dormant ensemble toutes les nuits, préparant chaque matin le petit déjeuner de leurs enfants. Déjeunant ensemble à la cafétéria de l'hôpital. Assistant à des soirées.

Le grand chirurgien et sa femme…

« L'infirmière qu'il a épousée parce qu'il l'avait mise enceinte »

Ce n'était pas exactement comme cela que les choses s'étaient passées, mais ce n'en était pas loin. Il ne l'avait pas choisie. Même s'il l'épousait, tout le monde saurait qu'il ne l'avait pas vraiment choisie.

Elle respira un grand coup et se tourna vers sa sœur.

— Ce sont tes bébés, dit-elle. C'est pour toi que je les porte. J'espère seulement que tu ne devras pas aller en prison.

— Je n'irai pas ! Tout se passera bien, dit Phyllis en l'enlaçant. Ils se trompent sur Boone. Et tu prends la bonne décision. Merci, Bailey. Je t'aime.

— Je t'aime, moi aussi.

Oui, elle avait fait le bon choix, se dit Bailey tandis qu'elles se dirigeaient vers la maison. Elle allait aider sa sœur et prier pour que tout s'arrange.

Le lundi matin, après avoir pratiqué deux opérations délicates, Owen se rendit à son cabinet de consultation pour recevoir ses patients.

Ned était déjà là, prêt à le seconder. Il possédait toutes les qualités d'un bon infirmier, mais Owen devait faire un effort pour ne pas le détester. Ce qui l'irritait le plus, c'était l'idée que Ned avait pu parler avec Bailey alors que lui-même l'avait à peine aperçue depuis samedi.

Elle s'était pratiquement installée chez sa sœur. Lorsqu'il était rentré samedi soir, il avait trouvé Bailey en train de préparer une valise. Elle lui avait expliqué que Phyllis avait besoin d'avoir quelqu'un auprès d'elle.

— Tu n'es pas obligée de dormir là-bas.

— La maison est grande. Phyllis ne doit pas rester seule dans un moment pareil.

Et elle était partie.

Il l'avait vue de loin, lundi matin, à la cafétéria de l'hôpital, en train de parler avec Nora et le Dr Sargent. Il avait été tenté de se joindre à eux, mais, espérant qu'ils organisaient la surveillance médicale de la grossesse de Bailey, il avait décidé de rester à l'écart.

La situation devenait intolérable, songea-t-il entre deux consultations. Tout le monde, y compris Bailey, considérait qu'il n'était guère concerné par ces bébés. Sauf que c'étaient *ses* enfants. Il fallait qu'il sache ce qu'elle avait l'intention de faire. Elle avait certainement renoncé à les confier à cet escroc de Boone. Il allait enfin lui dire que c'était lui le père biologique des jumeaux, afin qu'ils trouvent ensemble une solution.

À 17 heures, il s'accorda une pause. Comme il avait faim, il se rendit à la cafétéria, quasi déserte à cette heure-ci.

Bailey était assise dans un coin, le regard dans le vide, une assiette de pâtes devant elle.

Affichant un grand sourire, il posa son plateau sur la table et s'installa en face de la jeune femme.

— Cela fait longtemps qu'on ne s'est vus, dit-il.

— Nous ne devrions pas manger ensemble en public.

— Comment va ta sœur ?

— Je ne sais pas.

— Comment cela ? Tu t'es installée chez elle.

— Elle a été occupée toute la journée. Le procureur voulait la voir. C'est tout ce que je sais. Elle devrait ne pas tarder à me donner de ses nouvelles.

— Je ne serais pas surpris s'ils passaient un marché.

— Tu veux dire qu'elle pourrait témoigner contre Boone ? Jamais elle ne ferait une chose pareille ! Elle est trop loyale.

Il jugea préférable de passer à autre chose avant d'aborder le sujet qui lui tenait le plus à cœur.

— As-tu changé de médecin pour le suivi de ta grossesse ? Je t'ai vu parler avec le Dr Sargent.

— Oui. C'était une idée de Nora, et il a accepté. Compte tenu des circonstances, il n'est pas question que je continue d'aller à Los Angeles.

— Excellent.

Il attendit, espérant que Bailey en dirait davantage, mais rien ne vint. Elle semblait nerveuse.

Elle finit par rompre le silence.

— Tu n'avais donc pas l'intention de me le dire ?

— Te dire quoi ?

Elle lui lança un regard exaspéré.

— Phyllis a vendu la mèche. À propos du sperme. Espèce de sale type ! Tu aurais dû me le dire.

— Je suis désolé.

— La raison pour laquelle tu n'en as rien fait est évidente, lança-t-elle d'un ton amer.

— La situation est délicate.

— Oh ! arrête ! s'écria-t-elle, au bord des larmes. Malgré tout ce que nous avons… Je sais que je n'ai pas ton niveau intellectuel et que nous ne sommes pas du même milieu social, et…

De quoi parlait-elle ?

— Cela n'a rien à voir, Bailey. Tu es quelqu'un de formidable.

— C'étaient les bébés qui te fascinaient. Pour toi, je ne suis que… Qu'une mère porteuse.

Des larmes coulaient sur ses joues.

Il mourait d'envie de la prendre dans ses bras sans souci des ragots et de la rassurer. Mais les choses n'étaient pas si simples.

— Je veux m'occuper de toi, dit-il. Quel que soit l'avenir, nous y ferons face ensemble. Mais nous ne trouverons pas de solution si nous nous laissons gagner par l'émotion. Il est important d'envisager toutes les conséquences possibles.

— Comment peux-tu résoudre un problème pareil si tu fais abstraction des sentiments ? rétorqua-t-elle.

À cet instant, son téléphone portable sonna.

— Ah, c'est Phyllis.

Il aurait volontiers étranglé sa belle-sœur pour avoir interrompu cette conversation. Mais Bailey répondait déjà.

— Allô ? Oui, c'est moi, bien sûr. La quoi ? Oui, d'accord. Tout de suite ? Bon, très bien.

Elle raccrocha.

— Que se passe-t-il ? s'enquit-il.

— Elle m'a demandé de lui apporter la trousse de secours qu'elle m'avait donnée. Tu te rappelles ? Elle se trouvait dans la corbeille avec les produits de toilette.

— Où dois-tu l'apporter ?

— Au bureau de son avocat. Maintenant.

Que pouvait-on cacher dans une trousse de secours ?

— L'as-tu ouverte ? Qu'y a-t-il à l'intérieur ?

— Je n'en ai aucune idée. Bon, il faut que j'y aille, dit Bailey en se levant.

— Si nous nous retrouvions ce soir à la maison pour parler de tout cela ?

— Je ne sais pas si je rentrerai ce soir.

— Cesse de m'éviter, Bailey.

— Ne pense pas que tout tourne autour de ta personne, Owen, rétorqua-t-elle sèchement en s'éloignant d'un pas rapide.

Tandis qu'il la suivait des yeux, il surprit les regards curieux de quelques membres du personnel.

Il les toisa d'un air glacial, espérant ainsi tuer dans l'œuf les commérages.

« Je veux m'occuper de toi. »

De simples paroles en l'air, songea Bailey tandis qu'elle pénétrait dans la maison. Pourquoi Owen écartait-il toute idée de sentiment ? Il était incapable de vivre un amour désintéressé. Même s'il avait l'intention d'être auprès d'elle, il ne s'agirait que d'un soutien matériel ou d'une aide financière.

Elle se rendit dans la salle de bains et mit la main sur la trousse de secours, une petite mallette bleue et blanche marquée d'une croix rouge. Brûlant de curiosité, elle l'ouvrit.

À l'intérieur, elle trouva le contenu habituel de ce genre de trousse : un antiseptique, des compresses, des pansements de différentes tailles, des cachets d'aspirine, des gants en vinyle, des ciseaux, un thermomètre... Et, tout au fond, une clé USB.

Elle contempla l'objet un bon moment, incrédule.

De toute évidence, sa sœur avait délibérément placé cet objet dans un endroit où personne n'irait le chercher. Elle s'était servie d'elle.

Phyllis avait-elle voulu dissimuler des informations aux autorités, à Boone, ou bien aux deux ?

Durant tout le week-end, elle n'avait cessé de répéter qu'elle faisait pleinement confiance à son mari, que tout le monde se trompait sur son compte. Et, pendant ce temps-là, la clé USB restait bien cachée au fond de la trousse, dans la salle de bains, preuve que Phyllis soupçonnait quelque chose depuis un bon moment.

Qu'y avait-il sur cette clé ?

Malgré son envie de le savoir, elle ne prit pas le temps de la lire sur son ordinateur. On l'attendait, et puis, peu confiante dans ses connaissances en informatique, elle craignait de perdre accidentellement une partie des informations. Elle remit tout en place dans la trousse et s'apprêta à rejoindre sa voiture.

Soudain, une crainte la saisit.

Et si le fait d'avoir en sa possession cette clé USB la mettait en danger ? Si Boone surgissait et lui demandait ce qu'elle transportait dans cette mallette ?

Peut-être tombait-elle dans la paranoïa, mais avant de sortir elle jeta un coup d'œil par la fenêtre pour vérifier que la voie était libre. Après un moment d'hésitation, elle se rendit dans la cuisine et prit un couteau. Quelques minutes plus tard, elle le posa près d'elle sur le siège du passager, et elle démarra pour se rendre chez l'avocat.

Owen n'avait aucune idée de ce que Phyllis avait pu dissimuler dans la trousse de secours. Lorsqu'il rentra le soir, Bailey n'était pas là. Elle était déjà repartie chez sa sœur.

Le mardi, Ned se montra aussi chaleureux que la veille.

— Avez-vous vu Bailey récemment ? lui demanda Owen.

— En ce moment, elle ne quitte pas sa sœur d'une semelle. Mais vous devez le savoir mieux que moi.

L'après-midi, la secrétaire du Dr Rayburn téléphona pour lui demander de passer au bureau de l'administrateur dès qu'il aurait un moment. Vers 14 h 30, il se retrouva assis autour d'une table de conférence avec Mark Rayburn et Jennifer Martin, la directrice des relations publiques.

— *Flash News/Global* a annoncé aujourd'hui que votre frère venait d'être arrêté dans les Caraïbes, annonça Mark. Il est accusé de fraude financière.

Flash News était un service de presse diffusé sur internet. Autrefois, le mari de Jennifer y avait travaillé comme journaliste.

— C'est la première fois que j'entends parler de cela, répondit Owen. Mon nom a-t-il été mentionné ?

— Jusqu'à présent, non, répondit Jennifer de sa jolie voix grave. Mais nous devons préparer une riposte au cas où nous en aurions besoin.

— Désolé de vous poser la question, mais avez-vous jamais été mêlé aux affaires financières de votre frère ? interrogea l'administrateur d'un ton calme.

— Non. Je possède une maison en copropriété avec lui et sa femme, mais nous l'avons achetée bien avant qu'il ne se lance dans ces affaires-là.

— Excellent, dit Mark Rayburn. Je crois que les choses sont claires.

Mais Jennifer ne paraissait pas aussi rassurée que lui.

— Tout ira bien si cette histoire est rapidement réglée. Mais, si elle prend de l'ampleur, cela pourrait affecter l'inauguration du nouveau centre de fertilité.

— Etes-vous en train de suggérer que nous la retardions ? demanda Owen. Une telle décision me paraîtrait exagérée.

— Je suis d'accord, approuva Mark. De toute façon, attendre quelques semaines de plus ne ferait guère de différence.

Jennifer hocha lentement la tête.

— Je regrette que mon demi-frère se soit mis dans une telle situation et qu'il ait pu causer du tort à certaines personnes, mais nous avons un travail important à faire ici, dit Owen un ton emphatique, comme s'il s'adressait à la presse.

— Très bien, approuva Mark. Insistez sur le fait que vous aidez les gens.

— Faites attention, intervint Jennifer. Ne donnez pas l'impression d'attaquer votre frère alors que, pour l'instant, rien ne prouve qu'il est coupable de quoi que ce soit.

L'argument paraissait raisonnable.

— Je fais donc part de mon inquiétude pour mon frère et

pour ses activités, et j'exprime l'espoir que justice sera faite, d'une manière ou d'une autre. Cela vous semble-t-il assez neutre et inoffensif ?

Les autres se mirent à rire, mais il remarqua une certaine nervosité chez Jennifer.

— Cela ira très bien, dit Mark.

Owen regagna son bureau et se remit au travail.

Non seulement il lui fallait préparer l'inauguration officielle, mais il devait aussi rédiger la communication qu'il présenterait lors du congrès qui se tenait le mois suivant.

À 18 heures, il reçut un appel téléphonique de Jennifer, qui semblait mal à l'aise.

— Il y a une équipe de télévision qui attend devant l'hôpital. Ils souhaitent vous parler. Si vous voulez, vous pouvez sortir par la porte de derrière.

— Vous me conseillez de fuir ? s'écria-t-il, incrédule.

— Ils veulent vous poser des questions sur votre frère. Ils ont réussi à faire le lien entre vous et lui. Vous vous souvenez de Hayden O'Donnell, ce type qui vous a interviewé à propos d'une naissance multiple ?

— Vaguement.

— Il va sûrement essayer de creuser cette histoire et de l'exploiter au maximum.

— S'ils me surprenaient en train de partir par une porte dérobée, l'effet serait encore plus désastreux.

— Vous pourriez quitter l'hôpital en ambulance.

— Et pourquoi pas en hélicoptère ? plaisanta-t-il. Le mieux, c'est de les laisser m'interroger. Ils se lasseront et finiront par s'en aller.

Il prit le temps de se recoiffer avant de descendre dans le hall, où Jennifer et Mark l'attendaient déjà.

— Tout ira bien, dit-il avant de franchir les portes de l'hôpital.

Dehors, il n'y avait qu'une équipe de télévision et quelques journalistes de la presse locale. Hayden lui tendit le micro et commença à l'interviewer en prenant un ton dramatique, mais sans réussir à le déstabiliser.

Owen répondit facilement à ses questions, expliquant qu'il avait huit ans de moins que son demi-frère et qu'il n'était pas au courant des affaires qu'il menait.

— Je suis resté des années sans le voir. Nous avons renoué il y a quelques semaines à peine. Nous n'avons aucun intérêt financier commun, à part une maison dont nous sommes copropriétaires.

Le visage du journaliste s'illumina comme s'il venait de recevoir un cadeau de Noël.

— La maison où vous cohabitez actuellement avec la sœur de l'épouse de votre frère, n'est-ce pas ?

Où cet homme avait-il bien pu pêcher l'information ?

— En effet. Ce n'était pas prévu. Sa sœur et mon frère ne s'étaient pas concertés lorsqu'ils nous ont proposé, chacun de leur côté, d'occuper les lieux.

— Je crois savoir qu'elle est infirmière et qu'elle attend un enfant — un bébé destiné à Boone et Phyllis Storey. Est-ce vous qui avez pratiqué l'insémination, docteur Tartikoff ?

Aïe. Le terrain devenait glissant.

— Absolument pas. Je n'avais jamais rencontré Mlle Wayne avant mon arrivée à Safe Harbor, le mois dernier.

— Etes-vous son médecin ? demanda Hayden O'Donnell.

— Non.

— Mais vous vivez ensemble.

— Comme je viens de vous l'expliquer, nous nous connaissons à peine.

— Quelle coïncidence ! lança le journaliste, sarcastique. Vous êtes tous les deux confortablement installés dans la même maison à Safe Harbor, tandis que sa sœur et votre frère sont en train de voler quarante millions de dollars.

Owen entendit Jennifer pousser un petit cri.

Comment Boone avait-il pu voler une telle somme ? Cela allait créer un scandale beaucoup plus grand que ce qu'il avait imaginé. Un scandale qui n'était pas près de s'éteindre.

À cet instant, il lut dans le regard de Hayden O'Donnell que celui-ci tenait en réserve un flot de questions brûlantes qu'il avait bien l'intention de poser.

Finalement, il aurait peut-être dû accepter l'offre de Jennifer de quitter l'hôpital par une porte dérobée.

8.

— Regarde-le ! s'exclama Phyllis en montrant l'image sur l'écran géant de la télévision. Il porte un costume neuf qui a dû lui coûter une fortune ! Apparemment, il avait une maison remplie d'affaires dont je ne savais rien. Peut-être même possède-t-il une île privée. La seule chose qui manque, c'est une bimbo pendue à son bras. Mais je parie qu'il en a une en réserve pas loin.

— Oui, mais tu as vu son œil au beurre noir ?

Sur l'écran, Boone avait le visage tuméfié et les poignets menottés derrière le dos. Il était à moitié traîné au milieu de la foule par deux hommes qui n'avaient pas l'air commode. En sous-titre figurait le nom de l'île des Caraïbes où Boone avait été arrêté : l'île du Diable.

— De toute évidence, grinça Phyllis, la seule chose qu'il avait oublié de vérifier, c'est la façon dont cette brute de dictateur qui règne sur l'île du Diable traite les criminels en fuite. Surtout ceux qui oublient de lui verser de l'argent.

La voix de la journaliste attira l'attention de Bailey.

— Après avoir passé une nuit difficile dans une prison locale, le fugitif Boone Storey a accepté de se rendre aux autorités américaines pour répondre des accusations qui pèsent contre lui. Il aurait volé quarante millions de dollars en escroquant des personnes âgées qui avaient investi leurs économies dans la société qu'il avait montée.

À cet instant, l'image revint sur l'animatrice installée dans un studio de Los Angeles, une jolie blonde qui se tourna vers l'homme assis à côté d'elle.

— Quarante millions de dollars… Qu'est-ce que cela représente exactement, Burt ?

— Beaucoup de cocotiers, répondit l'autre en souriant.

Bailey lâcha un cri de rage.

Même si elle se félicitait de voir son beau-frère arrêté, elle détestait cette façon qu'avaient les journalistes d'étaler ainsi cette histoire au grand jour et de se moquer des membres de sa famille.

Assise à côté d'elle, sa sœur, les jambes posées sur une table basse, achevait de se vernir les ongles de pied.

— Je ne comprends pas comment, ayant eu des soupçons sur ce qui allait se passer, tu n'as pas essayé de l'arrêter.

— Ne commence pas à me juger, rétorqua Phyllis.

— Je ne te juge pas, mais pour qui me prends-tu ? Pour une mule ?

— Une mule ? répéta sa sœur, qui semblait ne pas comprendre.

— C'est le nom que les trafiquants de drogue donnent aux pigeons dans mon genre qui transportent la drogue en prenant tous les risques. Tu t'es servie de moi pour cacher les preuves que tu avais contre Boone.

— Ah, c'est de cela que tu veux parler ? Je ne suis pas stupide. Je voyais bien qu'il ne me disait pas tout. Je pensais que c'était dans sa nature, mais j'ai tout de même décidé de stocker sur une clé USB les informations contenues dans son ordinateur. Il utilisait un mot de passe, mais j'ai profité d'un jour où il avait oublié de verrouiller son ordinateur.

— Cela n'explique pas pourquoi tu as caché cette clé dans ma trousse.

— Quel meilleur endroit aurais-je pu trouver ?

Bailey poussa un profond soupir.

Elle avait vécu vingt-quatre heures difficiles depuis le moment où elle avait apporté la clé USB au bureau de l'avocat. Phyllis et lui n'étaient pas les seules personnes présentes. Il y avait également deux autres personnages qui, avait-elle cru deviner, étaient des procureurs ou des enquêteurs d'un grade élevé. Ils l'avaient regardée comme s'ils voyaient en elle une éventuelle complice qu'il conviendrait d'inculper. Elle avait presque jeté la clé USB à la tête de Phyllis et s'était enfuie à toutes jambes.

Aujourd'hui, au travail, elle avait entendu murmurer dans son dos. Dans les couloirs et à la cafétéria, les conversations s'arrêtaient dès qu'elle s'approchait et reprenaient une fois qu'elle était passée. Tout le monde savait qu'elle portait les enfants de cet horrible bonhomme. Les gens se comportaient comme si, quelque part, c'était sa faute à elle s'il avait volé tous ceux qui lui avaient confié leur argent, alors qu'elle aussi avait vu ses économies disparaître dans cette escroquerie.

— Ce n'est pas la peine de me regarder comme ça, dit Phyllis en refermant son flacon de vernis. Je n'ai pas cet argent. Boone l'a subtilisé. Cela me glace vraiment qu'il t'ait volée et qu'il m'ait joué la comédie.

— Et tous ces pauvres vieillards qu'il a spoliés ?

— Le procureur dit qu'avec les données que je lui ai fournies, ils vont pouvoir récupérer une partie de leur argent.

— Quelques miettes, oui.

— Sans doute. La bonne nouvelle, c'est que je vais probablement bénéficier d'une peine avec sursis. J'ai aimé ce sale type, mais je n'irai pas en prison pour lui.

— Je l'espère bien.

À cet instant, une nouvelle image apparut sur l'écran.

— Regarde ! s'écria Phyllis en augmentant le volume du son. Ils ont dû faire le lien avec la super-star de la recherche médicale.

Debout devant les portes de l'hôpital, Owen affichait un air à la fois indulgent et impatient. Probablement essayait-il d'amadouer la presse. Un sous-titre précisait :

« Le Dr Owen Tartikoff, demi-frère de l'ex-fugitif Boone Storey. »

— Vous cohabitez avec la sœur de la femme de votre frère, n'est-ce pas ? demanda un journaliste.

— Nous nous connaissons à peine, répondit sèchement Owen.

— Avez-vous participé à ses affaires financières ?

Bailey sursauta.

Les affaires financières de qui ? Pas d'elle, quand même ?

L'interview devait avoir fait l'objet d'un montage en studio. Ian, le mari de Jennifer, avait organisé un atelier destiné au personnel de l'hôpital où il avait montré comment la presse pouvait modifier le sens de vos propos en les sortant de leur contexte.

— Absolument pas, répondit Owen. Je suis arrivé ici il y a quelques semaines pour diriger le programme de fertilité du Safe Harbor Medical Center. Mon demi-frère et moi étions presque des étrangers l'un pour l'autre.

— Des étrangers ? s'exclama Phyllis. Quel menteur !

— Il a dit « presque ».

— N'a-t-il pas dit aussi qu'il te connaissait à peine ?

Bailey se revit dans la salle de bains avec Owen faisant l'amour, se fondant l'un dans l'autre, oubliant tout le reste.

Bien sûr, il ne pouvait pas en parler à la télévision, mais tout de même…

— Revenons au fait que vous partagez une maison avec la sœur de Mme Storey, reprit O'Donnell. Une femme qui porte l'enfant de votre frère. Est-elle vraiment mère porteuse, ou bien votre frère entretient-il une sorte de harem ?

Phyllis poussa un cri horrifié.

— Comment ose-t-il !

Bailey se mit à trembler. Pouvait-on vraiment dire des choses pareilles à la télévision en toute impunité ?

— C'est une mère porteuse, bien sûr, déclara Owen avec raideur.

— Et cela ne vous concerne en rien ?

— Vous me demandez si c'est moi qui ai pratiqué l'insémination ? Comme je l'ai expliqué, je ne le ferais jamais pour un membre de ma famille.

— À présent, elle fait partie de votre famille ? releva O'Donnell. Je croyais que vous la connaissiez à peine.

— Mademoiselle Wayne est une excellente infirmière qui travaille au Safe Harbor Medical Center, répondit froidement Owen. Nous sommes parents par alliance, et il se trouve que, par hasard, nous habitons sous le même toit. Il n'y a rien de plus à ajouter.

La caméra revint sur le studio de Los Angeles.

Phyllis éteignit la télévision au grand soulagement de Bailey, qui n'aurait pas supporté d'entendre d'autres commentaires ironiques de la part des présentateurs.

— Je n'ai jamais voulu te mettre dans une situation pareille, dit Phyllis.

— Je sais, répondit Bailey en s'enfonçant dans les coussins du canapé. Tu voulais seulement un bébé.

— Je le veux toujours.

— Les enfants ont besoin d'avoir un foyer stable. Comment pourrais-tu le leur fournir ? Tu es ruinée, Phyllis. Et tu as des ennuis avec la justice. Il te faudra des années avant de reprendre une vie normale. Elever des jumeaux est une tâche difficile, même dans des familles sans histoire.

— Oui, j'y ai déjà pensé. Tu sembles attachée à ces bébés, toi aussi. Pourquoi ne me donnerais-tu pas la fille ? Tu pourrais garder le garçon. Nous aurions chacune un enfant.

Bailey crut qu'elle était tombée dans un mauvais mélodrame.

— Les choses ne se passent pas comme cela. Les enfants ne sont pas des petits chiots. Et je ne suis pas une poulinière. Regarde comme je suis grosse, déjà ! Comment penses-tu que je vais survivre jusqu'en janvier ? Je comptais sur toi pour m'aider financièrement et affectivement. Si tu ne peux pas me donner cette sécurité, je ne vois pas comment tu pourrais le faire. Je vais devoir m'organiser autrement.

— Comment cela ? Tu veux les garder tous les deux pour toi ?

— Ou leur trouver un autre foyer.

— Mais nous avons passé un marché ! s'écria Phyllis d'une voix dure. Je garde mes droits sur ces enfants.

— Boone et toi, vous deviez prendre en charge mes soins médicaux et, ensuite, assurer le bien-être de ces bébés. Vous n'avez pas respecté vos engagements.

Phyllis se leva d'un bond.

— Va-t'en !

— Quoi ?

— Dehors ! Tu n'es ici que par intérêt. Tu pensais sans doute que j'avais caché de l'argent et que j'allais t'en donner ? Ou peut-être veux-tu trouver un couple fortuné qui va t'inonder de cadeaux et te proposer d'adopter *mes* enfants ? J'en ai assez entendu. Sors de chez moi !

Comment sa sœur pouvait-elle nourrir de telles pensées ? Bailey brûlait d'envie de dire à Phyllis combien elle l'aimait et qu'elles formaient une famille. Qu'elle pouvait prendre les bébés, mais qu'elle ne la jette pas dehors !

Cela lui fut impossible.

Elle portait en elle deux petits êtres fragiles et vulnérables dont le soi-disant père dormait ce soir en prison tandis que leur père biologique venait pratiquement de la renier. Quant à leur soi-disant mère, elle les traitait comme des petits animaux de compagnie qui se vendaient au plus offrant.

La seule personne qui se souciait vraiment d'eux, c'était elle, Bailey. Elle devait veiller sur eux.

— Je regrette que tu prennes les choses de cette façon, Phyllis, dit-elle en se levant du canapé. Je vais aller chercher mes affaires.

— Si tu changes d'avis, fais-le-moi savoir.

— Et toi, si tu te décides à te comporter comme une vraie mère, fais-le-moi savoir.

Et elle sortit préparer ses bagages.

Pour la première fois depuis vingt-huit ans, elle avait l'impression d'être plus âgée que sa sœur. D'au moins un siècle.

Si Owen rêvait d'oublier au plus vite sa désagréable confrontation avec la presse, Mark Rayburn et Jennifer Martin avaient d'autres idées en tête.

— Il est important de regarder ce qu'ils ont fait de cette interview, dit la directrice des relations publiques.

Ils s'installèrent donc tous les trois dans le vaste bureau de l'administration pour regarder les journaux télévisés. Chandra

Yashimoto, depuis son bureau de Louisville, se joignit à eux par vidéoconférence. Owen dut supporter sans broncher la vision de son frère menotté et emmené à la prison fédérale. Lorsque le moment arriva où Hayden O'Donnell lança ses insinuations à propos de Bailey, il ne put s'empêcher de protester. Mark l'imita.

— Un harem ? Cet homme dépasse les bornes !

Jennifer poussa un soupir.

— C'est gênant, mais surtout pour Boone. Jusqu'ici, il n'y a rien qui puisse vous porter préjudice, Owen.

— Pourtant, faites attention, intervint à distance la vice-présidente. Habitez-vous toujours avec cette femme ?

— Oui, dans un sens. Mais en fait elle s'est installée chez sa sœur.

— Tenez-la à distance, conseilla Chandra. Ne vous montrez pas en public avec elle. Docteur Rayburn, est-il exact qu'elle travaille à l'hôpital ?

— Elle travaille dans le cabinet médical du Dr Nora Franco. Et c'est une infirmière remarquable qui travaille dur, ajouta Mark.

Owen serra les dents.

Si Chandra essayait de faire renvoyer Bailey...

— Toutefois, si cette femme continue d'être une source de problèmes, il conviendrait peut-être qu'elle parte en congé de maternité plus tôt que prévu. En touchant l'intégralité de son salaire, bien sûr.

Owen dut se retenir pour ne pas s'insurger. Rien ne l'autorisait à parler en faveur de Bailey.

Heureusement, Mark n'en avait pas fini.

— Lorsque Mlle Wayne sera prête physiquement et moralement à partir en congé, je serai ravi d'organiser son départ. Mais pas un jour plus tôt.

Chandra pinça les lèvres.

— Eh bien, Mark, je vous fais confiance pour régler cette affaire. Vous êtes le mieux à même de juger de la situation.

Une fois la vidéoconférence avec la vice-présidente terminée, Mark se voulut rassurant.

— Nous aurons peut-être encore à esquiver quelques

attaques frontales, mais j'espère que l'attention des médias restera focalisée sur votre frère, Owen. Je suis désolé pour vous de ce qui lui arrive.

— Moi aussi, ajouta Jennifer.

Owen hocha la tête.

— Merci. À demain.

Il était près de 23 heures, et contrairement à d'habitude il se sentait épuisé. La journée avait été riche en émotions.

Tandis qu'il rentrait en voiture, il songea à toutes les injustices qui frappaient Bailey.

Elle avait accepté d'être enceinte pour faire plaisir à sa sœur, on lui avait volé toutes ses économies, et maintenant les médias la traînaient dans la boue. Comment personne n'avait donc conscience de quel être exceptionnel elle était ?

Lorsqu'il vit la vieille Honda garée dans l'allée, il se sentit soulagé. Bailey lui avait tellement manqué, depuis qu'elle était partie chez sa sœur !

La maison était silencieuse. Aucune lumière ne filtrait sous la porte de la chambre de Bailey.

Avait-elle regardé les journaux télévisés, vu son interview ? Comment allait-elle ?

Il savait qu'il aurait mieux fait de se mêler de ce qui le regardait, mais il ne put résister à l'envie d'entrouvrir cette porte et de jeter un coup d'œil à l'intérieur de la pièce.

Une petite silhouette était couchée sur le futon, elle dormait calmement.

Mais ce n'était guère confortable pour une femme enceinte, songea-t-il tandis qu'il refermait doucement la porte. Bientôt, elle ne parviendrait plus à se relever toute seule d'une couche aussi basse. Il fallait lui acheter un lit digne de ce nom.

Il y avait un tas de choses dont ils devaient discuter dès le lendemain matin. Il était impatient d'avoir cette conversation avec elle.

Le lendemain, lorsque Bailey sortit de la salle de bains après sa douche matinale, elle sentit une délicieuse odeur de cannelle venant de la cuisine. Elle découvrit bientôt que deux gros beignets étaient en train de réchauffer dans le four, tandis qu'Owen buvait son café en lisant le journal. Sur la première page figurait une photo de Boone, l'air méfiant. La légende indiquait : arrestation d'un fugitif.

Owen abaissa son journal.

— Bienvenue à la maison, princesse.

— Tu devrais faire attention, quelqu'un pourrait te voir en train de me parler, ironisa-t-elle.

Cependant, elle n'avait pas l'intention de se montrer désagréable avec lui.

— Dis-moi que l'un de ces délicieux beignets est pour moi, et je promets de ne pas te mordre, du moins tant que je n'aurai pas fini de le déguster.

Il les sortit du four et les posa sur la table.

— Il y en a un pour toi. Je les ai achetés à la cafétéria hier soir. On en avait deux pour le prix d'un.

— Merci, dit-elle en s'asseyant.

— Ne le prends pas mal, mais pourquoi es-tu revenue ?

— Phyllis s'est très mal conduite avec moi.

— Je l'aurais parié.

Elle avala une bouchée de son beignet avant de reprendre la parole.

— En fait, elle m'a proposé de partager les enfants entre nous. Je lui donnerais la fille et garderais le garçon. Comme s'il s'agissait d'une portée de chiots !

— Sois honnête, dit Owen. Si elle t'avait proposé de garder la fille, tu...

— Non ! explosa-t-elle. Cela n'aurait rien changé.

— Je plaisantais.

— Ce n'est pas drôle.

— Est-ce que tu m'as vu hier soir, au journal télévisé ?

Il ne s'attendait tout de même pas à ce qu'elle le félicite ?

— J'ai appris quelques petites choses, marmonna-t-elle, sentant à sa grande honte ses yeux se remplir de larmes.

Que lui arrivait-il ?

— Ah ? dit Owen en la regardant avec attention.

— Par exemple, que nous nous connaissions à peine, tous les deux.

— Mais c'est vrai ! protesta-t-il. Nous nous sommes rencontrés il y a quelques semaines à peine. Et cela s'est passé plus ou moins par hasard.

— En d'autres termes, tu ne m'as pas choisie.

— Choisie pour quoi ?

« Pour être ta maîtresse. C'était pratique, voilà tout. »

Mais il n'avait jamais dit autre chose, pas vrai ? Il n'avait rien promis. Il n'avait pas prétendu être amoureux d'elle. Il n'avait même pas pris la peine de lui révéler que ces bébés étaient les siens.

Elle se tourna vers la fenêtre, essayant de ne pas pleurer.

— Pour rien.

— Alors, pourquoi ne me regardes-tu pas ?

Elle avait l'impression de devenir folle. Pourquoi la torturait-il ainsi ?

— J'ai répondu à ta question. Oui, je t'ai vu à la télévision.

— Qu'est-ce que tu as ? Tu n'as pas l'air d'être toi-même.

Elle ne pouvait continuer ainsi à fuir son regard. Elle se tourna vers lui et le fixa.

— C'est vrai. J'ai changé. Je suis maintenant une femme qui porte deux enfants dont elle a la seule et entière responsabilité.

— Tu n'es pas obligée d'assumer cela toute seule.

— Que veux-tu dire ?

— Je peux t'aider à élaborer un plan.

— Un plan ?

— Un arrangement financier qui te permettrait de garder les jumeaux.

Il parlait d'un ton satisfait, comme s'il avait réglé le problème !

Elle ne supportait pas l'idée de rester une minute de plus près de cet homme. Il ne l'aimait pas, et il ne l'aimerait jamais. Elle n'était pas son type. Seulement une femme qui se retrouvait à porter ses enfants sans qu'il ait rien fait pour cela. Une femme avec qui il avait couché parce qu'elle occupait la chambre voisine de la sienne.

— Je ne veux pas de ton argent, si c'est de cela que tu parles, lança-t-elle en se levant d'un bond. Ce sont tes enfants, mais tu sembles ne pas y attacher d'importance.

— Ne sois pas déraisonnable, dit Owen. Nous devons rester discrets, du moins pour le moment.

— Ne t'inquiète pas, je ne vais pas te mettre dans l'embarras ! Nous avons déjà tous été assez humiliés comme cela publiquement !

Et elle quitta la pièce en coup de vent.

« Tenez-la à distance. »

Eh bien, c'était ce qu'il avait fait, non ? songea tristement Owen tandis qu'il se rendait au travail.

Il avait laissé Bailey s'enfuir sans courir après elle, malgré son envie de la prendre dans ses bras et de la consoler.

Ce n'était pas le moment. Ses responsabilités lui interdisaient de révéler à tout le monde sa paternité. Le scandale serait énorme et toucherait beaucoup d'autres personnes que Bailey et lui, notamment ses collaborateurs. Erica Benford, Alec Denny, Jan Garcia, par exemple, avaient accepté de déménager pour venir travailler avec lui. Tous dépendaient de lui, comme les patientes qu'il suivait. Tous lui faisaient confiance. Même si cela lui était difficile, il devait rester discret.

Bailey avait des amis qui l'aimaient et veillaient sur elle bien avant que lui-même n'entre en scène. Dans quelques mois, quand la presse aura cessé de s'intéresser à lui, il aurait tout le temps de reprendre sa place et d'aider Bailey à s'organiser pour élever les jumeaux.

Ce soir-là, lorsqu'il rentra à une heure tardive et découvrit que Bailey avait vidé la maison de toutes ses affaires, l'endroit lui parut affreusement désert.

S'il alertait son entourage, il finirait sûrement par la retrouver… Mais ce n'était hélas pas la chose à faire.

Bailey s'enfonça dans les coussins du canapé de Renée Green en essayant de ne pas déplacer le napperon au crochet qui recouvrait l'accoudoir.

— Pourquoi n'avez-vous pas eu d'autre enfant ? Mais peut-être trouvez-vous ma question indiscrète ?

Le cottage semblait sorti tout droit d'un conte de fées. Dans le salon, des vitrines abritaient de fines porcelaines de Chine, des statuettes en biscuit, des animaux de verre. Les tableaux accrochés au mur montraient des villages de montagne et des scènes pastorales. La plupart des meubles s'ornaient de vases et de coupes au décor fleuri. Même le petit tabouret sur lequel Bailey avait posé ses pieds était enrichi d'un bouquet peint dans des tons vifs.

— Cela ne me gêne pas que vous me posiez la question, dit Renée. Mais je ne sais pas par où commencer.

Tandis que Bailey laissait Renée organiser ses pensées, elle adressa des remerciements muets à sa nouvelle amie.

Après la scène qu'elle avait vécue le matin même avec Owen, elle avait ressenti un besoin urgent de déménager. Mais pour aller où ? Avant, il lui aurait été facile de trouver quelqu'un pour l'héberger provisoirement. Mais la situation n'était plus la même. Dans cinq mois, les jumeaux naîtraient. Elle ne pouvait pas imposer la présence de deux bébés à la personne qui l'accueillerait. Sans compter qu'elle risquait de placer ses amis dans une position gênante.

Ned, par exemple. Il était l'infirmier d'Owen. S'il la recevait chez lui, il risquait d'en pâtir. L'atmosphère deviendrait peut-être tendue au travail. Même chose pour Erica. Bailey ne se voyait pas lui demander ce service alors qu'elle connaissait la parfaite loyauté de sa collègue envers Owen. Et ses autres amies étaient maintenant mariées ou fiancées, comme Patty ou Nora.

À midi, elle était tombée sur Renée qui poussait devant elle un fauteuil roulant vide qu'elle apportait dans la chambre d'une patiente. Elles s'étaient arrêtées pour parler et, quand elle avait mentionné son problème de logement, Renée lui avait alors proposé aussitôt sa chambre d'amis.

— Je ne peux pas vous promettre un hébergement définitif, avait-elle ajouté. J'ai mes petites manies et, comme vous le verrez, ma maison est remplie de bibelots. Mais il y a de la place dans le garage, vous pourrez y stocker vos affaires. Je serai enchantée de vous garder aussi longtemps qu'il faudra jusqu'à ce que vous vous trouviez un endroit qui vous plaise.

— Cela pourrait me prendre quelques mois, avait souligné Bailey.

— Pas de problème. Je me sens parfois bien seule. Avoir une invitée chez moi durant quelques semaines ou quelques mois me changera agréablement.

Elle avait insisté pour payer un loyer. Renée avait fini par accepter, fixant un montant dérisoire qui correspondait à peine aux charges supplémentaires qu'entraînerait sa présence.

Ned et un autre infirmier avaient transporté ses affaires dans le garage de Renée, et ce soir toutes deux avaient commencé leur cohabitation en découvrant qu'elles partageaient le même goût pour les vieilles séries télévisées.

Mais Bailey gardait à l'esprit que Renée avait dû faire face à un dilemme proche du sien. Enceinte et seule, celle-ci avait abandonné son bébé. Ce qui n'expliquait pas pourquoi elle n'en avait jamais eu d'autre.

— Votre mari ne voulait pas avoir d'enfants ? demanda-t-elle à son hôtesse qui semblait perdue dans ses pensées.

— Cela lui était assez égal, en fait. Il était plus âgé que moi et avait toujours vécu avec sa mère jusqu'à la mort de celle-ci. Je pense qu'il n'était pas très à l'aise avec les enfants.

— Appréciait-il toutes ces vitrines avec tous ces bibelots ? interrogea-t-elle.

Son amie se mit à rire.

— Cette maison appartenait à sa mère, ainsi que beaucoup de ces verroteries. J'avais moi-même une petite collection qui a parfaitement trouvé sa place ici. Je vous en prie, ne vous livrez à aucune interprétation psychologique ! Je n'étais *pas* un substitut venu remplacer la mère d'Hubert, croyez-moi.

Bailey n'avait pas pensé à cela.

— La maison n'est pas particulièrement adaptée à la présence d'un enfant. Vous auriez été obligée de ranger tous les bibelots.

— C'est vrai. En fait, nous avons abandonné toute méthode contraceptive pendant un moment, mais rien ne s'est passé. Nous avions le choix entre consulter un médecin, nous tourner vers l'adoption ou laisser faire la nature. Nous avons opté pour la troisième solution, voilà tout.

— Je suis désolée.

— En fait, Hubert et moi avons été très heureux pendant près de trente ans. Si j'avais eu des enfants, ce serait merveilleux pour moi maintenant, mais je ne suis pas sûre que cela aurait été bien pour notre couple.

Bailey sourit, rêveuse.

Trente ans de vie commune ! Elle n'imaginait pas avoir cette chance.

— Je me demande si je rencontrerai jamais un homme comme Hubert.

Renée hésita quelques instants avant de se lancer.

— N'êtes-vous pas avec le Dr Tartikoff ? Mais je suis sans doute indiscrète…

Bailey secoua la tête.

— D'après lui, dit-elle, nous ne sommes aucunement engagés l'un envers l'autre. Vous avez donc la réponse.

— Tant pis pour lui.

Elle appréciait l'accueil simple et généreux de Renée, mais ce n'était que provisoire, se répéta Bailey en allant se coucher. Phyllis et Boone lui avaient volé ses économies. Pire encore, sa sœur — la seule parente dont elle avait toujours pensé qu'elle pourrait compter sur elle en cas de crise — l'avait rejetée.

Bien sûr, il y avait des mères célibataires qui réussissaient à élever seules leurs enfants. Si seulement il n'y avait qu'un seul bébé… Si elle avait plus d'argent… Si Owen l'aimait…

Son cœur se serra.

Owen ne l'aimait pas. Elle n'avait pas le choix. Elle devait trouver pour ses bébés un foyer stable où ils pourraient grandir sous l'œil vigilant de parents aimants.

Dès que ces enfants naîtraient, elle devrait s'en séparer.

Elle caressa doucement son ventre.

— Pardonnez-moi, murmura-t-elle, les larmes aux yeux.

9.

Durant le mois suivant, Owen vit sa charge de travail, déjà considérable, s'accroître encore. Outre ses interventions chirurgicales, ses consultations et le recrutement des collaborateurs qui lui manquaient encore, il devait assister à de nombreux événements destinés à faire connaître le programme du nouveau centre de fertilité, enfin officiellement ouvert. Lorsqu'il regagnait la maison tard le soir, à peine savait-il quel jour on était.

Par ailleurs, il ne pouvait ignorer les accusations qui pesaient sur son frère. Il était maintenant établi que Boone n'avait jamais eu l'intention d'investir l'argent qu'on lui confiait. Il s'agissait en fait d'une énorme escroquerie. Quant à Phyllis, elle avait fait le choix de coopérer pleinement avec les autorités. Dans ses interviews à la presse, elle se présentait comme une épouse trahie, victime d'avoir été trop confiante. Grâce aux informations qu'elle avait fournies, près d'un quart de l'argent volé avait pu être récupéré, mais le reste était sans doute à jamais perdu, déposé par Boone sur un compte secret ou dans un coffre avec l'espoir de le récupérer plus tard.

Depuis que Bailey avait quitté la maison, les journalistes ne l'avaient plus harcelé. Il y avait bien eu quelques insinuations désagréables et des questions indiscrètes lors de l'inauguration du centre de fertilité, mais, comme il avait pris le parti de répondre franchement, cette curiosité avait fini par s'estomper.

En réalité, l'absence de la jeune femme lui pesait. Sans elle, la maison semblait vide. À plusieurs reprises il avait essayé de l'appeler sur son téléphone portable, mais il était chaque fois tombé sur son répondeur. Il laissait des messages brefs : « As-tu besoin de quelque chose ? Je t'en prie, dis-le-moi » ou « Je voudrais m'assurer que les jumeaux et toi allez bien. Appelle-moi ». Mais elle ne l'avait jamais rappelé.

Ned lui avait expliqué que Bailey s'était installée chez une vieille connaissance et que tout semblait bien se passer pour elle.

Qui était cette « vieille connaissance » ? Une amie d'enfance ? Un ex-petit ami ?

Mais il avait renoncé à questionner son infirmier. Il ne se sentait pas le droit de le placer dans une position délicate.

Parfois, il lui arrivait d'apercevoir Bailey de loin, dans le hall de l'hôpital, mais elle prenait aussitôt la fuite. Et il ne se voyait pas la poursuivant devant tout le monde pour exiger d'avoir une conversation avec elle.

De toute façon, ils avaient le temps. Les jumeaux ne naîtraient qu'en janvier et, même s'ils arrivaient un peu plus tôt, il restait encore plusieurs mois pour organiser leur avenir.

Enfin, à la fin de septembre, une fois passé l'inauguration et son cortège de manifestations, l'agitation retomba au Safe Harbor Medical Center.

Un lundi après-midi en fin de journée, Ned entreprit de ramasser les fleurs fanées et les décorations défraîchies qui encombraient le cabinet de consultation.

— Tout cela est bon pour la poubelle, grommela-t-il.

Owen remplissait de la paperasse après avoir reçu sa dernière patiente de la journée. Il jeta un regard surpris à son infirmier, habituellement d'humeur plus joyeuse.

— Je peux commander des fleurs fraîches si cela vous aide à retrouver le moral, dit-il.

— Non, merci.

Ned s'appuya sur un comptoir.

— Il ne s'agit pas seulement de moi, dit-il. Tout le monde ressent la même chose. L'inauguration a été un grand succès, mais maintenant il faut reprendre le travail habituel.

Owen hocha la tête.

En effet, il avait observé un certain manque d'entrain chez d'autres membres du personnel, ces derniers jours. Il n'y pouvait pas grand-chose, mais, en ce qui concernait Ned, il avait le moyen de lui redonner le sourire.

— Depuis combien de temps travaillez-vous avec moi ? Six semaines ?

Ned acquiesça, l'air circonspect.

— Eh bien, poursuivit Owen, il n'y a aucune raison d'attendre que les trois mois soient écoulés. Je vous confirme que vous avez définitivement ce poste si vous le souhaitez.

Les yeux bleus de l'infirmier prirent un éclat nouveau.

— Génial ! Je... Merci, docteur T.

C'était le surnom que les membres du personnel utilisaient depuis quelque temps.

— Vous l'avez bien mérité, Ned.

Owen fut le dernier à quitter le bureau. Il était plus de 17 heures, et Caroline et Ned étaient déjà partis — sans doute ce dernier était-il pressé de fêter la bonne nouvelle qu'il venait d'apprendre.

Owen prit l'ascenseur pour descendre au rez-de-chaussée. Au deuxième étage, la cabine s'arrêta et les portes s'ouvrirent, laissant apparaître Bailey.

Voyant son air effrayé, il craignit un instant qu'elle ne refuse de monter.

— Allez, viens, l'encouragea-t-il. Il faut vivre dangereusement. Laisse-moi une chance de te faire sourire par mes plaisanteries.

Elle entra dans l'ascenseur et le regarda bien en face.

— Es-tu sûr que ce soit bien prudent de ta part d'être vu en ma compagnie ?

— Ne sois pas mesquine ! Dis-moi, comment vas-tu ?

— Le Dr Sargent qui suit ma grossesse dit que tout va bien.

— Je ne parlais pas de cela. Enfin, pas seulement.

Ils étaient déjà arrivés au rez-de-chaussée.

— Je vais t'accompagner jusqu'à ta voiture, annonça-t-il.

Bailey plissa les yeux, mais elle ne fit aucune objection. Peut-être parce que le hall était rempli de monde. Ce n'était pas son genre de faire une scène en public, se réjouit-il intérieurement.

Dehors, remarquant l'irrégularité du sol, il la prit par le bras.

Elle se raidit.

— Je ne voudrais pas te voir perdre l'équilibre, dit-il.

— Que me veux-tu ?

— J'aimerais savoir pourquoi tu es fâchée contre moi et pourquoi tu ne réponds pas à mes coups de téléphone. Et cette personne chez qui tu loges… Est-ce quelqu'un en qui tu peux avoir confiance ? Franchement, il n'y a aucune raison pour que tu ne reviennes pas à la maison.

— Tu ne serais pas gêné si les gens découvraient qu'on habite ensemble ?

— Cela ne m'a jamais gêné. Je craignais seulement que cela puisse porter atteinte à notre réputation et à celle de l'hôpital.

Le ventre de Bailey s'était considérablement arrondi au cours du mois dernier.

— Sens-tu les bébés bouger ? demanda-t-il en ralentissant le pas.

— Tout le temps.

— Phyllis n'insiste plus pour que tu les lui donnes, n'est-ce pas ?

— Elle m'a téléphoné à plusieurs reprises. Elle se montre tantôt gentille, tantôt horrible. Je ne lui fais pas confiance, ajouta Bailey d'une petite voix triste. Dire que c'est la seule personne sur qui j'avais cru pouvoir toujours compter…

— Tu peux compter sur moi, lâcha-t-il.

— Pour faire quoi, exactement ? dit-elle sèchement. Pour me faire revenir dans cette maison ? Si les gens trouvaient cela étrange avant, ce serait pire maintenant. Les commérages iraient bon train. Tu peux passer pour être l'oncle de ces bébés, mais comme Phyllis parle de divorcer de ton frère, il n'y aura bientôt plus aucun lien de parenté entre toi et moi.

Il n'y avait pas pensé.

— Nous resterons toujours en relation, dit-il.

— J'ai l'intention de les faire adopter. C'est la meilleure solution pour tout le monde.

Une adoption ?

Il s'arrêta à l'entrée du parking.

— Tu ne peux pas faire une chose pareille ! Je suis le père.

— Dis-le plus fort, quelqu'un pourrait t'entendre. Et nous ne pouvons pas nous le permettre, n'est-ce pas ?

Pourquoi pas ?

Il retint son souffle. Une foule de désirs contradictoires envahissaient son cerveau. Il ne savait plus où il en était.

Bailey libéra son bras.

— Si c'est la culpabilité qui te ronge, ne t'inquiète pas pour moi. Je n'ai jamais rien attendu de ta part, Owen. Je sais que je ne suis pas ton genre de femme.

Voilà qui était nouveau !

— Qu'est-ce qui te fait penser cela ?

— J'ai entendu parler des femmes que tu fréquentais à Boston. C'était tout le contraire de moi. Et je sais que tu n'es pas le genre d'homme à te fixer. Ou, alors, peut-être avec une femme qui te ressemble et qui soit à ton niveau. En tout cas, moi, je n'ai que faire de ta pitié.

— Il ne s'agit absolument pas de pitié !

En fait, il ne savait quel nom donner au mélange de sentiments qu'il éprouvait pour elle : du désir, de la tendresse, mêlés à un puissant besoin de la protéger... Si seulement elle lui laissait un peu de temps pour exprimer exactement ce qu'il ressentait ! D'habitude, son cerveau fonctionnait plus rapidement que celui de n'importe qui d'autre mais, là, il se trouvait sur un terrain peu familier.

— Continue à vivre ta vie, et je m'occuperai de la mienne, dit Bailey d'une voix tremblante qui trahissait son émotion. C'est mon problème, et c'est à moi de le gérer.

Sur ces mots, elle tourna les talons et entra dans le parking.

— Nous n'avons pas fini ! cria-t-il.

Elle lui fit un vague petit signe de la main et, avant qu'il se décide à la rattraper, son téléphone sonna.

Il fut tenté de l'ignorer, mais il ne pouvait pas prendre le risque de laisser l'une de ses patientes dans une situation difficile.

Il décrocha.

C'était Alec Denny, qui lui annonça une nouvelle surprenante.

Tandis que Bailey regagnait le cottage de Renée en voiture, elle ne put s'empêcher de revivre la conversation qu'elle venait d'avoir avec Owen.

Elle aurait voulu le voir rongé par le remords et amoureux fou d'elle — ce qui était impossible. Comment pourrait-il la présenter à ses éminents confrères de Safe Harbor comme étant la future Mme Tartikoff ? Et jamais il ne révélerait à quiconque, même pas à ses amis les plus proches, qu'il était le père des jumeaux.

Elle avait passé une bonne partie de sa vie à croire aux contes de fées. Pour finir par tomber sur un ogre. Histoire classique.

Lorsqu'elle rentra, elle trouva Renée en train de sortir des lasagnes du four.

Grâce à sa présence, son hôtesse avait retrouvé le plaisir de cuisiner.

— Désormais, disait-elle, il y a quelqu'un pour apprécier mes petits plats. Je suis certaine que cette envie me passera un jour, mais en attendant, profitons-en !

Pendant qu'elles dégustaient les lasagnes, Renée alluma la télévision pour regarder les informations locales. Après avoir développé les nouvelles les plus récentes, le présentateur annonça une coupure publicitaire.

— Ensuite, ajouta-t-il, ne manquez pas une interview exclusive de Phyllis Storey, qui nous réserve une surprenante déclaration. Restez avec nous !

Renée baissa le son pendant la diffusion de la publicité.

— Pensez-vous qu'elle va annoncer son divorce ?

— Ce ne serait pas une grande surprise, observa Bailey.

— Ils essayent d'allécher les téléspectateurs, voilà tout.

Quelques instants plus tard, Phyllis apparut sur l'écran.

— Vous avez dit que vous vouliez révéler au public une information qui vous est très personnelle, commença la présentatrice.

— C'est exact, répondit Phyllis. Avant toute cette horrible histoire survenue par la faute de mon mari, ma sœur avait accepté d'être mère porteuse pour Boone et moi. J'ai été folle de joie quand j'ai su qu'elle attendait des jumeaux.

— Elle devrait se taire, maintenant, murmura Bailey.

— C'est vrai, approuva Renée.

Mais aucune n'éteignit la télévision.

— J'espère que tout se passe bien pour les bébés ? enchaîna la présentatrice.

Phyllis crispa la mâchoire.

— Lorsque mon mari a été arrêté, Bailey a rompu notre marché. Elle refuse de me donner les bébés.

— Mais vous avez sûrement des droits sur eux ?

— Je crains que non. Vous voyez, ce sont ses ovocytes, aussi n'ai-je aucun droit. Pour moi, c'est une vraie trahison. J'ai pratiquement élevé ma sœur qui a douze ans de moins que moi. Elle peut avoir un tas d'enfants, mais moi non, et elle le sait. C'est une égoïste qui cherche à se venger parce qu'elle avait investi une partie de son argent dans les affaires de Boone.

— Une partie ? s'écria Bailey. Ce sont *toutes* mes économies !

— N'allez-vous pas entamer une action en justice ? demanda la présentatrice.

— Mais qu'est-ce que cette femme cherche à faire ? s'indigna Renée.

Phyllis agita les mains.

— On ne peut pas poursuivre quelqu'un parce qu'il se montre déloyal. Je veux juste adresser une prière à ma sœur, dit-elle en se tournant vers la caméra. Bailey, pense à ces petits êtres sans défense et à ce que sera leur vie avec une mère qui ne les a jamais voulus ni désirés pour elle.

La présentatrice se tourna à son tour vers la caméra.

— Voilà, chers téléspectateurs. Si Bailey Storey écoute cette émission…

— Bailey Wayne, corrigea Phyllis.

— Je lui demande de prendre contact avec nous. Nous aimerions connaître sa version de l'histoire. Et, maintenant, voici les dernières nouvelles concernant l'incendie qui a éclaté à Riverside County…

Renée éteignit la télévision.

— Vous devriez peut-être expliquer à tout le monde la façon dont votre sœur vous a laissée payer tous vos frais médicaux.

Bailey haussa les épaules.

— Elle s'arrangerait pour déformer ce que je pourrais dire et jouerait encore les victimes.

Elle imaginait déjà comment Phyllis s'étendrait longuement sur les détails de ses fausses couches.

Son téléphone sonna.

— J'espère que ce n'est pas Phyllis, dit-elle en sortant l'appareil de sa poche. Allô ?

— Salut, Bailey ! lança Patty d'une voix joyeuse qui exerça aussitôt sur elle un effet apaisant. J'espère que tu es libre samedi prochain ?

— Oui, je crois. Pourquoi ? Qu'y a-t-il ?

— Alec dit que le personnel est déprimé, maintenant que l'inauguration est passée. Alors nous avons décidé de célébrer notre mariage à l'hôpital pour remonter le moral des troupes.

— Vous voulez vous marier pour réconforter le personnel ? Samedi prochain ? Patty, personne ne peut préparer un mariage en un temps si court !

— Mais non, pas de problème ! Jennifer Martin va décorer l'auditorium, et la cafétéria s'occupera du buffet.

— Tu es vraiment folle ! Et pour ta robe ?

— Ma belle-mère se charge de la partie vêtements. Au fait, ma sœur Rainbow sera ma première demoiselle d'honneur, mais je voudrais que tu fasses toi aussi partie du cortège.

— Tu ne m'as pas vue depuis un bon moment ! Je suis aussi ronde qu'un ballon de football.

— Et alors ? Fiona sera elle aussi demoiselle d'honneur, et elle a peur de défiler devant tout le monde. Elle a demandé que tu l'accompagnes, acheva Patty.

La fille d'Alec, âgée de cinq ans, était une enfant délicieuse.

— Pourquoi moi ? s'étonna Bailey.

Quelques mois plus tôt, elle avait accepté de participer, vêtue de son uniforme d'infirmière, à une clinique pour peluches organisée lors de l'anniversaire de Fiona. Les enfants avaient été ravis, mais depuis elle n'avait pas revu la petite fille.

— Elle a regardé un film où quelqu'un s'évanouissait pendant un mariage, et elle veut que nous ayons l'infirmière Bailey sous la main, expliqua Patty. Je lui ai dit qu'il y aurait plein de médecins à l'hôpital et qu'Owen serait garçon d'honneur…

— Ah, vraiment ?

La situation risquait d'être embarrassante.

— Il est important que ma petite belle-fille soit heureuse le jour du mariage. Je compte sur toi. C'est oui, n'est-ce pas ?

Comment refuser sans faire de peine à Fiona ?

— Bien sûr. Comment dois-je m'habiller ?

— Darlene s'en occupera. C'est elle qui gère cette question. J'aurais bien mis mon smoking, mais elle s'y est opposée.

Au mois de mai, Patty avait revêtu un smoking pour assister au mariage de Nora et de Leo. Bailey trouvait que ce costume lui allait très bien, mais quelle femme ne rêvait pas de mettre une belle robe blanche le jour de ses noces ?

— Nous aurons une répétition samedi matin, et la cérémonie aura lieu à 15 heures, expliqua Patty. Tout le personnel est invité, y compris ton amie Renée. Peux-tu le lui dire ? Nous n'enverrons pas de cartons d'invitation, mais plutôt des e-mails.

— Je vois, dit Bailey, le sourire aux lèvres.

Patty avait raison. L'idée d'assister bientôt à ce mariage non conformiste lui redonnait le moral.

Le samedi matin, l'auditorium de l'hôpital était devenu méconnaissable, noyé sous un flot de fleurs et de rubans roses, lavande et blancs. Quelqu'un avait installé un magnifique piano sur l'estrade où était dressé l'autel. La cérémonie serait présidée par le prêtre de l'église que fréquentait Darlene.

La répétition se déroula sans encombre, mais Bailey se sentait un peu nerveuse, sans doute à cause des coups d'œil furtifs que lui lançait Owen.

Que s'imaginait-il ? Elle n'allait pas retourner vivre chez lui rien que pour lui tenir compagnie.

L'après-midi, elle rejoignit Patty au cinquième étage dans le bureau d'Alec pour aider la mariée à revêtir sa robe.

— Elle te va à merveille, dit-elle en admirant la longue robe blanche incrustée de dentelle.

— Je l'ai louée. Je n'allais pas dépenser une fortune pour une toilette que je ne porterai qu'une journée. Ah, regarde qui arrive !

Une créature à l'air rêveur venait d'entrer dans la pièce.

Rainbow était plus jeune et plus petite que sa sœur. Elle avait grandi en Arizona auprès de leurs parents, d'anciens hippies, tandis que Patty et Drew, les aînés, avaient été confiés à leur grand-père, un ex-militaire à l'esprit rigide qui vivait à Safe Harbor. Aujourd'hui, elle était employée dans une librairie à San Francisco.

— Tu ne vas pas assister à mon mariage en claquettes ! s'exclama Patty.

— Quoi ? Oh !

Rainbow contempla ses pieds comme si elle ne les avait jamais vus auparavant.

— Mes chaussures sont dans mon sac.

— Et où est ton sac ?

— Euh… Dans ma voiture.

Et elle sortit.

— Espérons qu'elle ne va pas s'évanouir dans la nature, commenta Patty. Hier, elle a disparu pendant cinq heures. Elle était allée à Disneyland sans prévenir personne ! Bon, je crois qu'il est temps de descendre. Darlene nous attend en bas avec Fiona.

Dès que la petite fille les aperçut, elle se précipita vers elles.

— Bailey ! Bailey !

Vêtue d'une robe en mousseline rose, une petite couronne de fleurs posée sur ses cheveux bruns coupés court, l'enfant était rayonnante.

— Comment va notre petite demoiselle d'honneur ? demanda Bailey en la serrant dans ses bras.

— Tu as une très belle robe, déclara Fiona en examinant la longue tunique rose fuchsia que Darlene avait conseillée à Bailey. Mais ma nouvelle maman est très belle aussi !

— Vous êtes magnifique toutes les deux, décréta Darlene, une petite femme mince qui approchait de la soixantaine.

Rainbow arriva. Elle avait troqué ses claquettes contre des chaussures à semelles compensées d'une hauteur extravagante.

— Me voilà ! dit-elle.

— Ravie de te revoir, répondit Patty.

Leur frère Drew, superbe dans son uniforme de l'armée, escorta Darlene jusqu'à sa chaise, puis il revint pour donner le bras à sa sœur. Comme convenu, la fiancée et son cortège attendaient dans une petite pièce voisine de l'auditorium le moment où Jennifer leur ferait signe d'avancer.

— Tout le monde est installé, annonça bientôt la directrice des relations publiques. Allez-y !

Obéissant au signal que lui donnait Jennifer, le pianiste juché sur l'estrade commença à jouer la *Marche nuptiale*.

— Bailey ! s'écria Fiona, soudain prise de panique.

— Qu'y a-t-il, chérie ?

— Et si je trébuche ?

Bailey la prit par la main.

— Je te retiendrai.

— Et si je laisse tomber les fleurs ?

— Cela porte bonheur ! Mais seulement si ça arrive par accident, ajouta-t-elle, prudente.

— Tu me promets de ne pas me lâcher ?

— Je te le promets.

En voyant le regard confiant que Fiona posait sur elle, elle se sentit envahie par l'émotion.

Qui tiendrait la main de ses propres enfants dans les années à venir ? Que se passerait-il s'ils se retrouvaient tout seuls ou pris de panique et qu'il n'y ait personne pour les réconforter et les protéger ?

Cette idée lui était insupportable.

Qu'importe ce que cela lui coûterait ni la dose de sacrifice que cela lui demanderait, elle devait rester près d'eux, s'assurer qu'ils étaient aimés et en sécurité. Elle ne pouvait pas les abandonner.

10.

Jennifer agita la main.

— Allez-y ! Maintenant !

Serrant fermement la main de Fiona dans la sienne, Bailey entra dans l'auditorium et vit tous les visages se tourner vers elles. Sur l'estrade, près de l'autel orné de fleurs, deux hommes les regardaient s'avancer vers eux.

Alec Denny, rayonnant de bonheur, et Owen.

Jamais elle n'avait vu un homme avoir l'air aussi viril en smoking. Il évoquait le feu avec ses cheveux roux et son regard brûlant. Pendant un moment, elle ne vit que lui, tandis qu'il ne la quittait pas des yeux.

Arrivée au pied de l'estrade, elle aida Fiona à grimper les quelques marches pour rejoindre Rainbow, la première demoiselle d'honneur.

Puis Patty fit son entrée, escortée de son frère Drew.

Au milieu des murmures et des soupirs émus qui s'élevaient de la foule, on entendit quelques sifflets admiratifs et des : « vas-y, Patty ! » lancés par d'anciens collègues policiers de la jeune mariée venus partager ces moments de bonheur.

Le visage de Patty s'illumina lorsqu'elle rejoignit Alec.

— Salut ! dit-elle avec un grand sourire.

— Salut, toi, murmura-t-il en l'attirant à côté de lui.

La cérémonie fut magnifique, mais Bailey eut du mal à se concentrer sur ce qu'il se passait autour d'elle. Elle était trop consciente du regard insistant d'Owen posé sur elle.

Ne se rendait-il pas compte que tout le monde pouvait le voir ?

Elle se tourmentait aussi pour les jumeaux. Elle les aimait trop à présent pour s'en séparer, mais peut-être était-ce un acte égoïste de sa part. Ils grandiraient sans père et sans argent, tout comme elle.

Owen viendrait-il les voir ? Auraient-ils les cheveux roux comme lui ? Les gens devineraient-ils qu'il était leur père ?

Elle sentit ses yeux se mouiller de larmes.

Elle avait toujours su que l'homme qui lui volerait son cœur laisserait un grand vide derrière lui. Au moins lui restait-il deux amours de bébés et un cœur plein d'amour pour combler ce vide. Enfin, presque.

Elle fut tirée de sa rêverie par les applaudissements qui saluaient les jeunes mariés traversant, l'air radieux, l'allée centrale. La cérémonie touchait à sa fin. Rainbow et Fiona suivaient le couple, et elle dut presser le pas pour se joindre au cortège.

Elle se faisait l'impression d'être une énorme tortue qui avançait en se dandinant derrière tout le monde.

Mais pourquoi Owen restait-il sur l'estrade ?

Il leva les mains, réclamant le silence.

— Si vous voulez bien tous m'accorder quelques instants, je vous ai réservé une surprise avant que vous n'alliez vous jeter sur la délicieuse nourriture qui vous attend à la cafétéria.

Des rires accueillirent cette remarque, et les invités qui avaient commencé à se lever regagnèrent leurs sièges.

Owen s'approcha du piano. Dans son regard fixé sur elle, il y avait une sorte de vulnérabilité qui lui était inhabituelle.

Qu'avait-il l'intention de faire ? se demanda-t-elle, troublée.

Dès que le pianiste plaqua les premiers accords, elle reconnut la mélodie. C'était l'une de ses chansons préférées, *Tu ne seras plus jamais seule*.

Owen se mit à chanter, ne la quittant pas des yeux, comme s'il se moquait d'être vu par la moitié de l'hôpital.

Bouleversée, elle se laissa tomber sur un siège vide et écouta.

« Qu'importe ce que la vie te réserve comme épreuves, qu'importe la violence de l'orage, il y a toujours de la lumière au bout », avait écrit le parolier.

Si seulement c'était vrai ! Mais il ne fallait pas se nourrir d'illusions, cela ne servait qu'à vous briser le cœur.

Lorsque la chanson prit fin, un tonnerre d'applaudissements salua la performance d'Owen. Patty et Alec applaudissaient plus fort que tout le monde, ce qui se comprenait puisque cette mélodie et ces paroles leur étaient destinées. Le texte était vraiment de circonstance.

Owen leva la main pour réclamer encore une fois le silence.

— Je vous demande encore un peu de patience, dit-il. Je voudrais ajouter quelque chose à propos d'une personne que tout le monde estime ici. Bailey Wayne. Je souhaite profiter de l'occasion qui m'est donnée ici pour éclaircir les choses concernant les affronts que Bailey a subis ces derniers temps. Je vous rassure, c'est avec l'accord des jeunes mariés.

Le cœur battant, elle entendit murmurer autour d'elle.

Mais que faisait-il ?

— Des rumeurs ont circulé, continua Owen. Bailey a été accusée publiquement de vouloir voler en tant que mère porteuse les enfants destinés à sa sœur. Eh bien, sa sœur l'a trompée et lui a menti. Sachez que mon frère souffrait de stérilité. J'ai fait un don de sperme pour que lui et ma belle-sœur puissent avoir des bébés. Mais ils m'ont trompé comme ils ont trompé Bailey. Je ne savais pas qu'ils feraient appel à une mère porteuse, et elle ne savait pas que les bébés qu'elle portait étaient les miens.

Des cris et des exclamations jaillirent dans la salle. Même Patty et Alec semblaient sous le choc. Visiblement, Owen ne leur avait pas tout dit.

— Ils ont également failli à leur promesse de payer les frais médicaux de Bailey, reprit Owen. Ils lui ont simplement permis d'habiter la maison dont il se trouve que je suis moi-même copropriétaire. Il s'est alors passé une chose étrange.

Il regarda fixement Bailey.

— Je suis tombé amoureux de cette femme délicieuse et, comme dans la chanson, je veux qu'elle ne soit plus jamais seule. Je veux vivre près d'elle le restant de mes jours, et je pense aussi que nos enfants doivent grandir avec leurs deux parents qui les aiment. Bailey Wayne, acceptes-tu de m'épouser ?

À présent, le silence régnait dans l'auditorium.

Elle posa la première question qui lui vint à l'esprit.

— Tu veux dire, tout de suite ?

Quelques rires se firent entendre dans l'assistance.

— Quand tu voudras, mon cœur, mais je comptais attendre d'avoir une licence de mariage et des alliances. Oh ! j'y pense... J'ai déjà quelque chose pour toi.

Il descendit de l'estrade et, lorsqu'il l'eut rejointe, il sortit de sa poche un écrin qu'il ouvrit. À l'intérieur, un gros diamant monté sur une bague brillait avec presque autant d'éclat que les yeux d'Owen.

Alors, devant tout le monde, il s'agenouilla devant elle et renouvela sa demande en mariage.

— Dis oui ! souffla Fiona, tout excitée.

Les joues en feu, Bailey se pencha vers Owen.

— Oui, murmura-t-elle.

Il lui passa la bague au doigt et lui baisa la main.

— Pour Bailey et Owen, hip, hip, hip, hourra ! cria Patty.

En entendant la foule des invités les acclamer, Bailey faillit pleurer d'émotion, étonnée de se découvrir autant d'amis.

Tous tenaient à les féliciter. Renée, bien sûr, et Ned. Nora et son mari, Lori, Devina, Caroline, le Dr Rayburn, le Dr Forrest, le Dr Sargent, et encore tout un tas de gens qui se pressaient autour d'eux. Sans doute y avait-il aussi des amis d'Owen.

Elle ne savait pas qu'*ils* avaient autant d'amis.

Patty émit un sifflement strident pour attirer l'attention de tous.

— Bon, si nous allions maintenant à la cafétéria ? Je meurs de faim !

Le reste de la soirée se déroula comme dans un rêve.

Trop fatiguée pour même songer à son déménagement, Bailey passa la nuit chez Renée. Le lendemain, Ned arriva avec un pick-up et, aidé d'Owen et de deux autres amis, il transporta de nouveau ses affaires dans la maison de Morningstar Circle.

Et, ce soir-là, elle s'endormit dans les bras d'Owen en essayant de se convaincre que cet homme-là lui appartenait vraiment.

En fait, elle savait déjà au fond d'elle-même que l'homme qu'elle aimait et contre lequel elle se blottissait ce soir serait encore à son côté le lendemain et tous les jours suivants. Il avait fait ce qu'il fallait pour le lui prouver. Que pouvait-elle demander de plus ?

BLANCHE

Une si tendre attache, de Charlotte Hawkes - N°1623

Chirurgien passionné, Bas Jansen a une seule règle : éviter toute forme d'attachement ! Après une enfance difficile, il refuse d'accorder sa confiance à qui que ce soit. Alors pourquoi ne parvient-il pas à oublier sa dernière conquête ? Tandis qu'il s'interroge sur la façon de la chasser de ses pensées, voilà que Naomi réapparaît dans sa vie. Elle est non seulement sa nouvelle collègue, mais aussi la mère de son futur enfant !

Le rêve d'un enfant, d'Allie Kincheloe

Sept ans plus tôt, l'infirmière Jess a été abandonnée, enceinte, par le père de son fils. Depuis, c'est sa famille contre le reste du monde ! Bien que son garçon rêve d'avoir un papa comme Beckett, cet homme formidable que la vie a placé sur leur route, elle craint de s'attacher à lui. Seulement, quand à la faveur d'une tempête tous deux sont amenés à travailler ensemble, Jess n'a d'autre choix que de faire face aux sentiments troublants que Beckett lui inspire…

Un bébé pour Maddie, de Marion Lennox - N°1624

SÉRIE : WILDFIRE, URGENCES MÉDICALES - 3/6

Enceinte… et piégée au fond d'une mine, où elle a été envoyée pour secourir des blessés. Maddie le sait : Joshua, son ex-mari, est le seul à pouvoir la tirer de cette dangereuse situation. Bien sûr, faire appel à lui n'est pas sans risque car, une fois sur place, il découvrira qu'elle attend un enfant. Mais au moins Maddie pourra lui avouer qu'elle l'aime toujours, et que cet enfant qu'elle a eu seule elle désire l'élever avec lui…

Retrouvailles à Wildfire, de Meredith Webber

SÉRIE : WILDFIRE, URGENCES MÉDICALES - 4/6

Rahman al-Taraq, cheikh et chirurgien illustre. Lorsque Sarah le croise sur l'une des plages de Wildfire, elle se retrouve plongée quatre ans en arrière : ce soir-là, à Londres, elle avait rencontré Rahman lors d'un gala. C'était juste avant qu'un terrible accident lui arrache son mari et son enfant à naître, faisant voler sa vie en éclats. Bouleversée de le revoir aujourd'hui, elle se sent mystérieusement attirée vers lui…

HARLEQUIN

Leur mission : sauver des vies.
Leur destin : trouver l'amour.

BLANCHE

HARLEQUIN

Une nouvelle chance à tes côtés, de Janice Lynn - N°1625

Quand, au cours d'une soirée romantique, Charlie lui annonce qu'il la quitte et déménage le lendemain, Savannah est sous le choc. Et dire qu'elle avait prévu d'annoncer ce soir au cardiologue qui partage sa vie qu'elle attend son enfant ! Comment Charlie ose-t-il l'abandonner ainsi ? Ne l'aime-t-il plus ? Convaincue qu'il lui cache quelque chose, Savannah décide de le suivre jusqu'au bout du monde...

Le retour d'un père, de Connie Cox

Venue encourager son fils, Adrian, lors d'une compétition sportive, Bella a un choc en reconnaissant le Dr Cole Lassiter parmi les spectateurs. Cole, son premier amour, qu'elle n'a pas revu depuis quinze ans. Cole, qui ignore encore l'existence d'Adrian, leur enfant... Aujourd'hui qu'elle est heureuse avec son fils, Bella n'a qu'une crainte : voir Cole briser leur bonheur comme leur cœur...

Leur mission : sauver des vies.
Leur destin : trouver l'amour.

AZUR

GLAMOUR. INTENSE. IRRÉSISTIBLE.

Poussez les portes d'un monde fait de luxe, de glamour et de passions. Ici, les hommes sont beaux, riches et arrogants ; les femmes impétueuses, fières et flamboyantes. Entre eux, le désir est immédiat… et l'amour impossible.

11 romances à découvrir tous les mois.